陕西师范大学优秀学术著作出版资助

秋根书室诗文集（外二种）

［清］孟传铸　著

孟宪恒　点校

陕西师范大学出版总社　西安

图书代号 WX24N0854

图书在版编目（CIP）数据

秋根书室诗文集：外二种 /（清）孟传铸著；孟宪恒点校. -- 西安：陕西师范大学出版总社有限公司，2024. 11. -- ISBN 978-7-5695-4452-7

Ⅰ. I214.92

中国国家版本馆 CIP 数据核字第 2024V123A3 号

秋根书室诗文集（外二种）

QIUGEN SHUSHI SHIWENJI（WAI ERZHONG）

［清］孟传铸　著　　孟宪恒　点校

出 版 人 / 刘东风
出版统筹 / 侯海英　曹联养
责任编辑 / 远　阳
责任校对 / 付玉肖
装帧设计 / 飞铁广告
出版发行 / 陕西师范大学出版总社
（西安市长安南路 199 号　邮编 710062）
网　　址 / http://www.snupg.com
印　　刷 / 陕西隆昌印刷有限公司
开　　本 / 720 mm × 1020 mm　1/16
印　　张 / 43
字　　数 / 510 千
版　　次 / 2024 年 11 月第 1 版
印　　次 / 2024 年 11 月第 1 次印刷
书　　号 / ISBN 978-7-5695-4452-7
定　　价 / 198.00 元

读者购书、书店添货或发现印刷装订问题，请与本社营销部联系、调换。
电　话：（029）85307864　85303620　传真：（029）85303879

出版弁言

《秋根书室诗文集》《西行纪程》《西征集》，清人孟传铸撰。

孟传铸，字剑农，号柳桥，山东章丘旧军镇人，生于嘉庆甲子（1804年），卒于同治甲戌（1874年），享年七十岁。

道光丁酉，传铸选授拔贡。他学问渊博，经济宏深，曾肆力于诗、古文、词，奥衍嵚奇。筮仕直隶，四任州倅，三权邑篆，所至有政声。时长山人王榕吉（荫堂）备兵大名，素稔其能，邀主军谋，辞不获已，始就之。出险入危，运筹决策，传铸之力为多。事平论功，辞不居，退居赵州冷署，为中隐坞三楹。听证之暇，啸咏其间。诸生从肄业者慕其清洁，比之陶靖节、周濂溪云。

所著《秋根书室诗文集》共十四卷，前六卷收诗三百七十七首；后八卷为文章，有时论、事论、书序、寿序、景物碑记、人物传记、墓表、墓碣、墓志铭、疏文、禀帖等，共一百三十九篇。

《西行纪程》共两卷。先是，其族弟孟传璐中道光辛卯科举人，授四川苍溪知县，传铸应幕，于道光己酉抵长安，但传璐突被改授察木多军粮同知，传铸径赴成都，以送传璐赴康藏。

自道光己酉（1849 年）农历八月十八日自章丘起程，由齐之豫、之秦、之蜀，十月初七日抵达成都，与传璐欢然聚首者匝月，仲冬既望送之西行，祖道武侯祠下，越日返程，庚戌正月十五日抵章丘。旅途往程四十九日，返程五十五日，共一百又四日，逐日有起驻、行程记录。

《西征集》诗一百九十余首，咏沿途山川景色，述秦巴风俗故物。

《秋根书室诗文集》及《西行纪程》《西征集》于清宣统庚戌（1910 年）由绿野堂线装首刊，2010 年被收入上海古籍出版社《清代诗文集汇编》，现首次点校出版。整理、点校者孟宪恒，是孟传铸族玄侄孙，1963 年毕业于北京大学，现任陕西师范大学教授。

孟宪恒谨识

2023 年 9 月

目　录

秋根书室诗文集

西行纪程

西征集

秋根书室诗文集

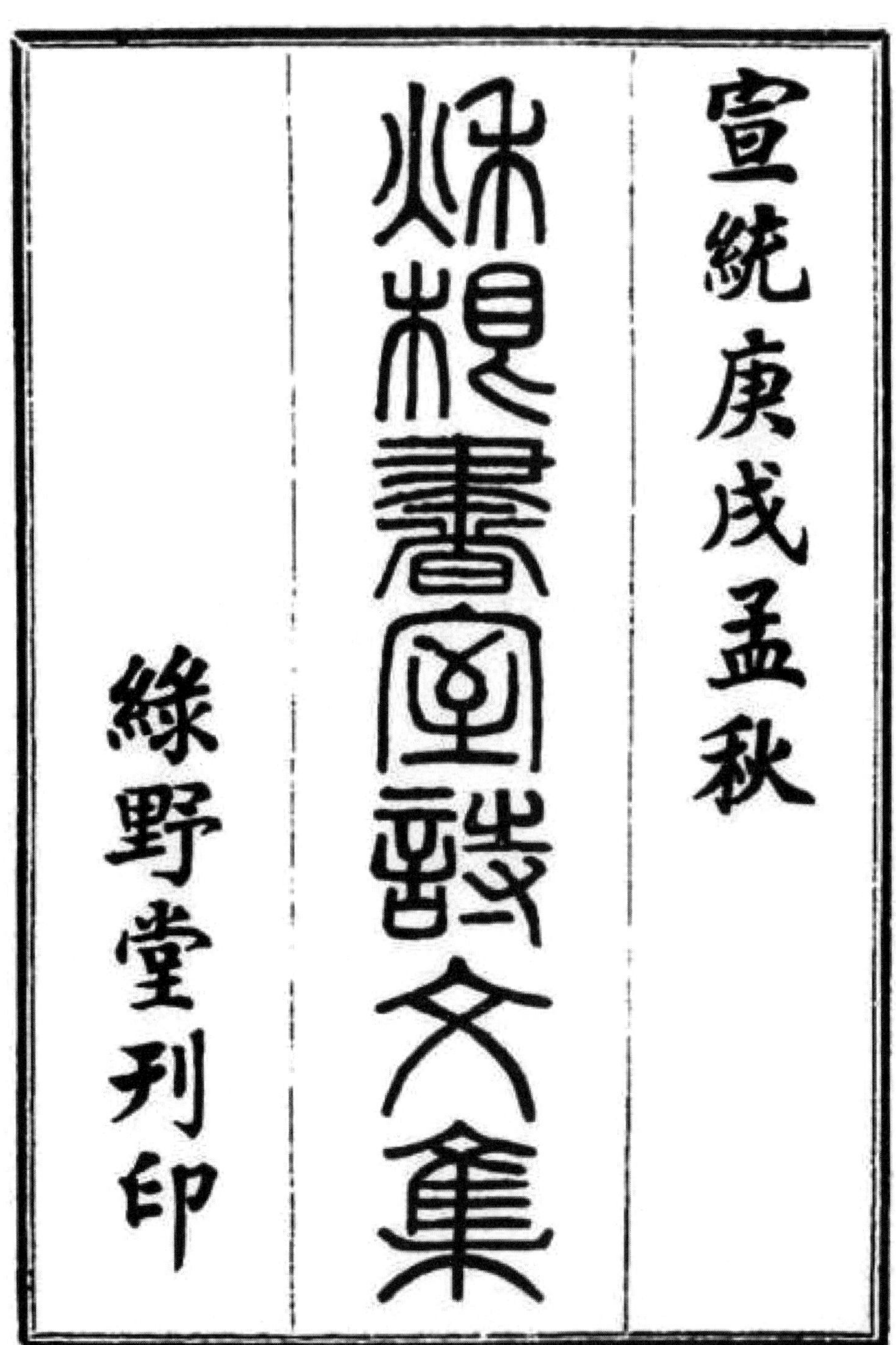

宣統庚戌孟秋

秋根書室詩文集

綠野堂刊印

《秋根书室诗文集》宣统二年（1910）绿野堂刻印本原书名页

王榕吉《柳桥孟公传》①

呜呼，吾方欲以千秋之事付公，而公竟先我而逝耶！

公长我六岁，始同学，继同谱，继又同官。四十年出处与共，相知最深。数年前，即思以自记年谱请公删定，先人传志有应补撰者亦将借重于公，公皆任而不辞。自备员京兆，数数致书于公，约于春秋闱事借作都门之游，届期卒因事不果。公虽年近七旬，而精神之强固，兴致之豪爽，远胜寻常，识者以是为公之寿征。呜呼，庸知公之遽作古人哉！以公之才识优长，性情耿介，学问渊博，经济宏深，竟沉沦末僚，不克大展于世，并不克享上寿哉！然公一生行谊，实有足以矫世励俗不可磨灭者。哲嗣以传事辱诿，又安敢以不文辞！

公讳传铸，字剑农，号柳桥，系出亚圣，世居章丘旧军镇。

生有异质，读书过目不忘。诗、古文、词悉秉庭训，综览乎子史百家，宏通淹贯，以故为文饶奇气，试辄冠其群。食饩后，旋举道光丁酉拔萃科，深为督学季公所赏。尝试经古，以应试者多不谙体例，命公拟作，以为多士式。其器重如此！嗣以屡踬乙科，情殷禄养，不得已就职直隶州州倅。

先补易州，次调遵化、冀州。宦迹所至，不忍与太夫人一日离，晨昏定省无间，一羹一饭必亲检点。友爱季弟，备极怡怡，而管束不稍贷。其孝友之根于至性如此。

公惟天性过人，一往独至，故凡所著述，语语出肝鬲；而豪杰俶傥之概，流露笔端，如蛟龙蟠屈，如江河竞注。上追秦汉之古奥，下逮唐宋之恣肆汪洋。而格律仍自甚严，不徒以沉博瑰玮擅长也。生平志趣豪迈，傲骨嶙峋。于乡先辈田山薑、卢雅雨两先生为近，诗境亦似之，海右词宗赖以不坠。远迩求传志、寿言、碑记者踵相接，自公之亡，而嗣响希矣。

公曾赴族弟苍溪君之招，往返蜀道，成《西征集》《西行纪程》两书，考据精详，又多感慨凭吊之作。前广平府史吟舟太守见而异之，代为梓行。其他著作等身，待梓甚夥。

其筮仕畿疆也，四任州倅，三权邑篆，所至有声。仕赵州最久，政绩亦最著。当直东教捻之纷乘也，州城年久失修，人心不固，公偕州牧日夜防御，亲督绅民修城置械，广筹军火。贼知有备，不敢进。高邑令毕公世榕，御贼徇难，皇皇无主，州牧谋所以代之者，佥称非公不可。公毅然任之。至则吊生问死，抚恤疮痍，招集流亡，众心于是大定。又请建祠以妥毅魂，发仓以赈难民。上游鉴其悃忱，请亦无不允。溯自逆氛猖獗，迭扰畿南，豕突狼奔，赵州适当其冲，州牧又屡代终，公之任凡七易，幸皆素仰公望，倚如左右手；公亦竭腹心之助，遇事匡救弥缝，兴利革弊，不可更仆数，是公实大有造于州境也。然而公卒让善不居，惟乐与都人士讲艺论文，有就正者指授不倦。向之为州佐者，苦无事权，率以从事谳局为可以自见。公仕赵十三年，每遇事关民瘼及有裨学校者，无役不兴，独不一问讼事。州牧或思借箸，坚谢不敏，每更一任，先以此具陈。出入州署，胥吏望风生畏，而公之梗概可想矣！即历任地方大僚，莫不敬礼有加，四方名公巨卿，结靷而过者，往往不主候馆而主公署，或流连信宿乃去。地当南北孔道，往来络绎，座上客常满，樽中酒不空，北海之誉啧啧人口。甚或行李困乏，摒挡佽助。宦况即由是益窘，然而公拥书自娱，绝口不言贫也。

余自甲辰需次来直，同忧乐，共休戚，历久不渝。迨巡守大顺广道，会办直东防剿，公从事戎幕，殚竭血诚。及由晋臬调任直臬，军事益急，公亦夙夜宣勤。事平论功，公固辞，强之则词色益峻，计惟列诸荐牍而不使知也。呜呼，大树将军今尚能有几人哉？余视藩直隶时，尝欲延公入署，备商机要，遣使往订，则衺璧均返。来书云：“清介是吾本色也，好友亦吾本愿也，一作要人，则通谒者益多，概行谢绝是怨府也，不绝之而常相接引则关防不严，重负知己多矣，不如仍守吾冷署之为愈也。且立志不作宰官，谓强项令与时不谐，仆仆者非吾所能也。”故虽以历次军功保同知，保知县，用加运同衔，并蒙恩赏戴蓝翎，当事者亦明知其人翘然独异，而不免少其抗直。公则循分尽职终其身，从无一语有干于长吏，此其气节奚止加人一等乎哉！

公为学，抗希大儒，不袭取理学之名。每劝人读书，务为有用之学，然不为拘墟小谨。兴之所至，任天而动。有时吹笛度曲，杂以诙谐，同座咸为倾倒。而一遇大节，皭然不污，慷慨好义，急人之急如其私。闻人间不平事，辄怒形于色，申申以詈。所谓心如急湍，激之则起，性真使然也。朋友有过，往往面折之，闻者莫不感服。自公之亡也，无与规吾过者矣！

先是，将修《畿辅通志》，或荐公与纂修之役，公辞以疾。后以赵州及五属志书专檄委公，公度不能辞，乃设局编辑。昕夕校核，有兼人之勇，有并日之劳。既虑其旷日持久，而又时多拂意也。焦灼过度，致得结闷之症疾，弥留，犹喃喃以志书局为言。竟至不起，曷胜浩叹！

顾吾尤有惜焉者，国家之需才，孔殷天地之生才，亦不偶如公之才，设令宏其匡济勋业，曷可限量？乃生矣而不用，用矣而不尽其才。三十年，公忠在抱始以州倅，终以州倅，在公则淡泊无求之志遂矣，独不解生才之天何竟听其抑塞如是耶！犹忆癸卯年，公将捧檄入直时，余犹就公车祖筵前，口占一语赠之曰："宦海输君先插脚。"公应声曰："名场愧我久低眉。"由今追昔，竟成谶语，噫可悲已！

公身后萧条，宦囊如洗，赖同人赙赗之仪，始得归其孥与榇。呜呼，如公者真无忝清贵家风也夫！

至世系子孙，已详载墓志，不复重叙。

年愚弟王榕吉撰

［校注］

①王榕吉《柳桥孟公传》及后范鸣凤《隐君子传》、王翰《〈秋根书室诗文集〉序》、刘家麟《读后感言》原在目录前，现移至《秋根书室诗文集》之首。

范鸣凤《隐君子传》①

隐君子谁？孟公柳桥也，柳桥宦游者几三十年。

胡为隐？曰：仕而隐乃真隐也。其仕隐奈何？曰：性恬淡不图荣利，捍大灾、定大难而不有其功，卒以冷官终。考古过万卷，雄于诗，奥于文。弟子请业者常接踵，亲为师而忘为官也，其斯为仕隐耳矣！

公名传铸，字剑农，柳桥其号也。其先世邹国亚圣裔，明永乐迁居章丘。曾祖可举，祖兴麟，父毓蕙，皆博学工诗文，著声庠序。而伯祖廷状，则乾隆甲子举人；叔祖廷对，则乾隆丙戌进士。

公抱异才，夙承庭训，自为童子，出语已惊其座；人少壮，采芹食饩，每试必冠军。道光丁酉，拔萃获隽。因肆力于诗、古文，奥衍嵚崎，见者有望洋之叹。

然视功名富贵泊如也。年四十，为母老就职州判，历任易州、遵化、冀州，皆独行其志，不随俗俯仰，上官恒刮目相待。

戊申，丁艰归。越明年，族弟鹤林官苍溪，招之入幕。公慨然曰："丈夫读书万卷，安可不行万里路乎？"于是，由齐之豫、之秦、之蜀，皆能考其山川，状其奇险，且发为歌咏，爰有《西行纪程》《西征集》诸书。

…………

初，大京兆王公榕吉与公笔砚至交，公服阕补赵州别驾，王公时备兵大名，兼辖直、东、豫三省兵勇，邀公主军谋。出入危险，数月就荡平，公力为多。王公欲跻之权要，力辞再三，强乃转一阶晋一衔，仍守本职如故，曰："将以温习旧业也。"然历署临城、宁晋，均能以学术为吏治。

同治元年，复历戎行。以功加运同衔。当是时，张、宋二逆递扰邦畿，赵境为南北孔道，数被兵。凡一切剿御之方，州刺史率倚公为重，得保无虞。高邑令毕公战殁，西山贼蜂起，公摄往是邦，群盗凛不敢犯。六年，枭匪至，防守甚严。七年，发捻张总愚北犯，势甚张。畿南蹂躏几遍，枉道独避赵州，公之先声使然也。肃清后，蒙恩赏，戴蓝翎，而仍守本职亦如故。十年余来，司铎临城。公闻之，喜以书遍告同寅曰："此饱学宿望也。"时，奉委纂赵州及五县志书，邀余同修，其请至六七而不已，余诺之。比至州，相见欢甚，与之旷谈今古。公旁通博引，浩浩无涯涘。尝谓予曰："商汉唐、宋明诸儒学术之得失，辩先天太极、河图洛书之真伪，我不如兄；考山川之险易、疆域之沿革、历代之异人轶事及百物纤悉之形，兄不如我。"予服焉！

于廨东隙地，构屋数间。古槐蓊郁，丛竹檀栾。庭前杂莳花木，垂花结荫，阳煦阴敷，掩映于豆篱萝棚间。浚一池，畜凤尾鱼百数，碧沼赪鳞，涟漪瀺灂。种莲数十本，出水亭亭格，高香远弥，望尽芙蕖。春晚，桃夭灼灼；入秋，室中植菊百盆。自题曰"中隐坞"。公童颜鹤发，静坐摊书。诸生以时来问业，人比陶靖节、周濂溪。噫，斯真隐君子已！余归署后，公旋卒。闻其宦囊如洗，图书万卷之外无余资，余悲之！

所修《赵州志》，文笔甚古，兹不具检。

旧箧得记《水车》一篇，其文曰：

坎地为井，越恒度，椭而廓之，窅然也，强

干类床，辨属于眉，左昂右庳，中卓双轮，一丰一杀，不设毂与輹，联以桄横，倍纵之数，熔铁为轴，平干受之丰轮，施齿若椓杙，相间不盈掌，上覆视轮，贯木植于立干，施铁齿错互与丰轮敌，旁出长木，若服牛之軶推挽，惟所使横桄罥斠，偶其耳，长其足，皆穴之，纳小轴焉，相衔类巨絙，伸缩无定则，达泉为程。其行汲也，视轮左旋，齿齿相抶，双轮应之，如牵重车，徐徐引斠而上，先仰后覆，半盈半虚，双轮之腹，置方盂刓一角哆为唇，受水而输之，塍汩汩如也。岁暵泉衰，则时行时止以节之。或缀当斠，参伍其间，挹注乃弗匮。云赵人莳，吉贝为业，计入倍登谷。四郊疆畎，吉贝十当其七焉。雨旸仰乎天，腴瘠乘乎地，耘耔赖乎人，而灌溉之宜，则资乎水车。夺天之功，辅地之力，济人之穷。视山泉通笕，微觉其劳，比桔槔、辘轳之用倍蓰矣。质朴以坚，非十稔弗敝也。器拙以重，非壮夫健马弗胜也。木工金工之需，非拥中人产囊有余粟者，弗具也。故察赵人之殷阜凋耗，察水车之增损可矣。

呜呼，斯文也，斯人也，欲隐之，而光气愈不可隐。吾见其薄日月而烛天壤也！

同治甲戌冬，河间范鸣凤流涕为之传

［校注］

①原文有删节。

王翰《〈秋根书室诗文集〉序》

昔夫子之言《诗》也，曰："兴观群怨，而推本于事父、事君。"；其言《书》也，曰："惟孝友于兄弟，施于有政。"信乎。《诗》与《书》为人生日用所必需，而不可须臾离者乎。独怪后世之为《诗》与《书》者，聆其言，非不婉娓；读其文，非不跌宕。及徐察其行治，或不逮焉，且反戾焉。如是者，其有合于《诗》《书》乎哉？若有人焉，居家，则竭其力以事亲；出仕，则本所学以化民。不期言而言莫不动人，不期文而文莫不奇伟。充其中以襮其外，浚其源愈洪其流。如是者，其有不合于《诗》《书》乎哉？若而人者，岂非夫子所谓文质彬彬之君子乎？如吾乡前辈孟柳桥先生，洵当之无愧色矣。

先生自幼颖悟，孝友出于天性。读古人之书，尤能通其意，学其辞。家甚贫，无以奉堂上甘旨，遂以拔萃出为州判。历任直隶、易州、遵化、冀州、赵州，所至皆有政声。居赵最久，而功德尤最著。以劳绩当迁也，辞不赴；以军功最卓也，避不就。以故居冷官三十年，安贫无异于在家。当时名公巨卿无不重之者，则其品望可知矣。

平生著述甚夥，《西行纪程》《西征集》，曾为史吟舟太守所刊行。殁后，囊无余资。其族侄铭心公，慷慨好义，恐其久而散佚也，爰搜其诗、文若干篇，藏诸箧笥，欲付剞劂，未暇为而遽逝；其弟雒川公，复命侄曰筑亭者，嗣收之，留以有待。翰于光绪丁未，因邑修乡土志，征辑文献。李君乐三携是集见示。余读之惊叹，惜其未能行世也。至是，来旧军与吾友华轩言及。华轩于雒翁为堂侄，因言叔父已命予与筑亭缮写雠校，出资将刊印焉。犹恐掉以轻心，每夜必篝灯细阅，盖如是其详审也。庶几逝者未竟之志得以获伸。吾子曷为弁言，且叔父命也。翰谫陋无文，安敢序是集？顾念先生殁几四十年，终赖后之人如雒翁者，为之表彰而传后世，彼夫世之云修德不获报者，不訾言欤！

至其诗之光明璀璨，文之博奥宏深，能得三百篇与尚书之遗意，而不徒以斧藻为工，则览者当自得之，无待末学之赘言也。

宣统二年秋七月望后，同邑后学王翰谨序

牌记：刘家麟《读后感言》

奉读大著，格诗有清壮者，有秀远者，次亦明丽，时出新意。律诗则身骑鸾鹤，手把芙蓉，飘飘乎遗世而独立也；山林畏佳，云涛灭没，浩浩乎御风而孤行也。蒙庄岂异，人意成连，将移我情。时秋雨新晴，一碧万里，企脚北窗，辄作天际真人想。

姻愚弟乐山刘家麟拜读

原书凡例

一、诗文原稿不分卷数，兹将诗、文共厘为十四卷。

二、诗集中尚有诗余数阕，不忍割弃，附于诗后。

三、《西行纪程》《西征集》二种虽为史吟舟所刻，其板不知归于何处，吾邑流传者甚寡，兹将二种附于其后。

四、诗文原稿已不全，诗缺五分之四，文缺十分之二。幸有后人所录副本相补，特录者错误脱漏处甚多。其无原稿可校，而有鲁鱼亥豕之讹者，则就所知者正之，其不可知者则付诸阙如，不敢蹈金根之讥，阅者谅之。

卷一

偕杨丰泉家月南憬南游团山

苦霖绊游屐，窘如自缚茧；
凌晨忽开霁，朝曦漏一剪；
天翁殊可人，晴为吾辈遣；
狂喜招同侪，西山诺可践；
挈榼出村墟，选胜忘近远；
瓜畴延芋区，深箐幂空崦；
平楚宿云滃，野卉珠露泫；
看鱼度桥迟，听鸩入林险；
彳亍游兴赊，空际张火伞；
淫淫汗浃衣，蹒跚足重趼；
美荫趋长松，小憩藉荒藓；
清飙飒然至，饮我清凉散；
举首眺前峰，山灵回青眼；
仿佛掬笑颜，哂予来何晚；
俗驾造请疏，尘容抗有靦。

见郑氏荫兹堂前老梅有感

客腊别梅去，含苞冻未拆；
残春访梅来，青青子可摘。
屈指几经旬，物变成今昔；
人生无百年，骎骎驹过隙。
童颜不常朱，华发难再漆；
蹉跎掷流光，俯仰增叹息。

偶　感[1]

少壮希仕进，唾手台与鼎；
翱翔践清要，逡巡历华省；
遇合无褰修，荏苒成画饼；
饥驱就末吏，如堕罗刹境；
随牒事远游，弃置叹疏迥；
有客为予言，宦谱当解领；
举世贵驯猫，骅骝足休骋；
宁使悦脂韦，毋令斥骨鲠；
宁甘拂须进，毋坐强项屏；

折腰趋公府，肃肃名版秉；
纵逢阍人怒，暮夜殷造请；
邀取孙阳顾，声价增俄顷；
呢訾而栗斯，反是为灾眚；
名场一俳优，忍辱乞墦等；
告者如含饴，听者类茹鲠；
仰天忽长笑，张目了不省；
中庭潭水清，尘面羞照影。

[原注]

❶时寓潭西精舍。

蚊

山行畏虎豹，棹尾倚崖谷；
舟行虞鲸鳄，扬鬐出洄洑；
䶎锬肆贪饕，吞攫恣弱肉；
所幸非蕃孳，栖息不在陆；
苟能重躯命，登涉宜裹足；
藐兹下门虫，逼处滋他族；
利喙张两翼，豸种而羽属；

盛夏褦襶子，挥汗日淋漉；
披襟待轻飔，望绝松涛谡；
午倦寻小憩，扰扰蝇满屋；
不遭投笔呵，宁堪拔剑逐；
夜凉希静便，黄粱一枕熟；
纱幮矜严闭，罗帱倏潜伏；
切肤占近灾，鹽脑逞惨毒；
锐如脱囊锥，劲如洞札镞；
去如盗远飏，来如客不速；
栩栩华胥游，职是成困酷；
无思亦展转，未寒先蜷局；
麻姑爪频搔，夷光蛾屡蹙；
梦中偶批掴，喋血殷蘧葍；
自笑山泽癯，东阳减尺腹；
鸡肋当馋吻，乌足供饮啄；
驱捕徒纷嚣，安处太剌促；
移徙来前轩，缺月挂修竹。

书室题壁

名理如妙香，幽人自解领；

云在与水流，两言拓真境。
灵台本湛然，俗缘合退屏；
室虚白自生，安居日三省。

晚　行

萤火丛篱根，微风袭岸草；
荦确循前途，没踝萦积潦；
一灯入遥林，拍拍惊宿鸟。

田　家

墟落日将夕，桑柘生微烟；
踯躅越阡陌，倚杖听暮蝉。
行歌自互答，老农话缠绵；
翛然意淳古，栗陆与葛天。

梦赵五人

昨夜游华胥，晤我素心友；
箭箙具鞓装，珊鞭未脱手；
剥啄挝荆扉，闻声倒屣走；
相视开欢颜，升堂遽拜母；
嗟咄供盘飧，偏提贳村酒；
交飞金叵罗，各腾悬河口；
积愫一朝倾，快谈互判剖；
龌龊看时流，蝇营而狗苟；
百年过隙驹，及时须抖擞；
毛锥迄无成，迷津猛回首；
入山师白猿，铅丸匣中吼；
人间多不平，喋血歼群丑；
归来受真诀，青囊牢系肘；
抗手云中君，拍肩柱下叟；
上清朝列真，饱餐十丈藕；
飞升待他年，寸心期勿负；
碌碌事章句，千载谁不朽；
砉然残梦惊，败簏走鼪鼬；
起看天向晨，月斜参横酉。

望　乡

久出胡不归，空记来时路；
登高望故乡，茫茫隔烟树。
一发见郎山，家在山阴住；
亲舍覆白云，详睇不知处。
定省疏慈帏，爱日已迟暮；
雪涕循前途，临行更延竚。

沂上哀并序

沂上哀，哀烈妇公氏也。烈妇沂水人，为刘梦锡副室，性婉顺，娴礼仪。事其内外主，惟谨。嫡室子患痘，烈妇多方调护，情逾所生。梦锡以暴疾终，烈妇视含殓讫，蓬首触棺中，颅血流被面，赖众环救不死；越宿，卒自经以殉。

予在都门，得其邑人王赓泰所作传略，读之爰成五古一章，用志景企。

茑萝附长松，菀枯终不移；
春阳苏万汇，薿薿发华滋；
繄彼萝与松，脩干萦芳蕤；

一朝飙风至，乔柯忽中摧；
伤哉弱蔓引，蔫然遽同萎；
感此缠绵意，使我中心悲；
劲节表天壤，所难出房帷；
下陈亦云贱，令范推女师；
入门事阿主，淑慎毋愆仪；
黾勉奉箕帚，助篚劳不辞；
恩勤代抚育，力哺呱呱儿；
啮臂誓相守，圆月忽成亏；
所天中道丧，漫漫无见期；
死者目已瞑，视息将奚为；
嗟彼食蓼虫，习苦宁言非；
触木血被颊，玉颜少完姿；
敬谢慰藉人，衷肠忍自披；
主恩剧深重，图报悔已迟；
九泉路未远，趋承敢相离；
启我室中箧，理我嫁时衣；
昔冀同白首，夜台今偕归；
引颈逐仙雉，毕命牵朱丝；
高楼有坠珠，名山有摩笄；
往迹不可见，彼姝许攀追；
谁续中垒传，彤管扬芳徽。

元日试笔示墀儿

昔余甫毁齿，欢跃迎春正；
荷衣舞綷缭，竹爆燃砰訇。
申贺诣亲族，尾缀随诸兄；
见人学拜跪，问答多咿嘤。
忽忽三十年，抗颜列前行；
不独乏尊宿，居然携孺婴。
童心嗟犹在，奈此颔下茎；
蹉跎虚增岁，潦倒无一成。
求还髫龀日，势若河东倾；
作诗寄深喟，覆辙鉴后生。

北征二首

百计营寸禄，捧符去乡里；
周章觅轮蹄，萧条戒行李。
上堂拜老亲，忍泪语无几；
但云安眠食，慎勿念游子。
游子行未遥，燕南路尺咫；

有弟依膝前，晨昏事可倚。
力能持门户，租税资料理；
归省期明年，岁月一瞬耳。
老亲情更凄，泫然泣不止；
哽咽出片言，临风寄数纸。

知交稔行期，载酒过相送；
引满前致词，殷勤效箴讽。
谓予生木强，宦途不相中；
傀儡纷登场，世情一市哄。
楦驴齐道麟，鬻雉合称凤；
扫门谒台省，望尘拜驺从。
试看诸时贤，浮湛耐嘲弄；
通籍不十年，骎骎已柄用。
予方伤别离，到耳如呓梦；
迟徊命首途，欲发重揽鞚。

寄吴鞠农先生

荡子去乡井，背冬再涉夏；

眷怀钓游侣，郁轸迈中夜。
表表延陵公，相思寄叹咤；
丽藻攀温邢，清词夺鲍谢。
丁年来上都，蹀躞骡裹跨；
献赋声摩霄，顾视空匹亚。
奚为悲暗投，顿失连城价；
一第终慁公，蹉跎迫老大。
觅食资舌耕，煮字饥无那；
锥立四壁空，颇忧妻孥骂。
比闻维摩诘，示疾藜榻卧；
此老恃神完，二竖应避舍。
所虑虚杖头，伯休药难贳；
计时定祛除，躬刈大田稼。
忆昔结袜初，余论叨奖借；
每逢说项斯，赧颜汗涔下。
匆匆随牒游，遽辞牛心炙；
寸禄羁遐陬，未命千里驾。
鸡肋胡营营，会须投劾罢；
买邻踊山阳，衡茆罨桑柘。
床前拜庞公，闻声倒屣迓；
五岳迟行滕，向禽毕婚嫁。

春涧芹登盘，秋塍黍入醡；
清谈折长松，烂醉舞双蔗。
席地而幕天，静观浮休化；
小诗息壤留，放言君勿讶。

临洺道中望太行作

悬旆辞上谷，于役清漳涘；
捧符叹劳生，郁郁戒行李。
出城一破颜，太行落眼底；
维时初涉冬，天末霜风起。
新霁澄寥空，峦壑净于洗；
朝朝岚送青，暮暮蔼凝紫。
光景阅百更，游瞩靡终始；
涌如波瀹沦，叠如云俶诡。
如隼翮摩霄，如骥渴奔水；
绵结如连腓，偃蹇如豕趾。
峻拔诸名峰，徒御纷能指；
山灵殊可人，伴送七百里。
计予辍辔时，蜿蜒势亦止；

昔闻天下脊，五岳培塿尔。
兹游拓襟期，所闻足偿耳；
会当蹋苏门，逌然聆啸旨。

定兴早发

客行贪晓程，蹶起及申旦；
篝灯呼仆夫，齁鮯卧方倦。
疲羸恋残刍，鸣嘶不离栈；
一僮眼麻茶，束装暗嗟叹。
草具供小餐，膻腥鲠吞咽；
沸沈瀹宿茶，羹涪挹朝盥。
瞢腾出村墟，平沙浩漫漫；
晨鸡甫三号，疏星耿河汉。

喜舍弟至

残春捧符至，劳劳未辍驾；
五日赴上都，冷署如传舍。

中途脱小珰，时忧长官骂；
毚兔旋投罘，毕役届炎夏。
颇幸予季贤，千里来慰藉；
同眠廨三间，狂谈间悲咤。
一官如羁囚，世情积欺诈；
蒙如铤鹿走，难避千骑射。
何时归故山，茅蒲老耕稼；
宠辱俱无营，卧听雨滴醉。

哭冯寄霞

昨岁与君别，故人正无恙；
临歧御金觞，把袂语何壮。
谓余奋前途，当官表风尚；
一洗群吏羞，勉副安石望。
慎勿嗟末秩，散地任疏放；
情词慨以慷，宁效儿女状。
良箴俨在耳，夫何遽凋丧；
缔交廿载余，相知洞肺脏。
鸿文翻水成，白雪发高唱；

辟易雄千夫，骚坛号飞将。
奇兵贵偏师，旗鼓吾军张；
五经尤纷纶，读古心怏怏。
汉儒柱方胶，宋贤卮无当；
依附名专家，嗤彼门户傍。
新异擅领标，笺释归辟创；
自笑仰屋梁，问世供覆酱。
只今秘缥绳，何人付梓匠；
比年炽海氛，鲸鲵怒跋浪。
汴土溃金堤，浊流激秋涨；
君谓时需才，肉食安足仗。
河汾箧中篇，行取干宰相；
奋髯为大言，君和余实倡。
快如屠门嚼，倾听颇神王；
倘持献台衡，罪定坐诽谤。
否亦笑腐谈，束置高阁上；
傲睨君性生，玩侮逮庸妄。
骂坐称酒狂，沾醉剧跌宕；
余常诤友居，蹈瑕辄抵抗。
多君颇印可，服膺称直谅；
孰谓夭天年，中寿旋属纩。

凶问千里通，闻已高原葬；
誓约承潭西，载笔志幽圹。
未刊第二碑，久要将无诳；
待归携絮鸡，杨风起悲怆。

由易州奉调赴遵化出郭口占

宦游来异乡，异乡如故土；
一朝捧符去，依依不自主；
纷藉束行箧，羞涩贷资斧；
知交重分襟，东郭邀出祖；
临歧情惨凄，欲语怆肺腑；
但道会有期，前途力须努；
忍泪遂登车，林罅日方吐。

集杜赠李海门画师

男儿生不成名身已老，但话宿昔伤怀抱；
终日坎壈缠其身，多才依旧能潦倒。

先生有才过屈宋，词人解撰河清颂；
射策君门期第一，豫章翻风白日动；
暂蹶霜蹄未为失，古来才大难为用。
黄帽青鞋归去来，生前相遇且衔杯；
径须相就饮一斗，亦知穷愁安在哉。
酒阑拔剑肝胆露，长安布衣谁比数；
脱帽露顶王公前，乘兴遣画沧州趣；
笔迹远过杨契丹，怪底江山起烟雾。
尤工远势古莫比，能添老树巅崖里；
两株惨裂苔藓皮，咫尺应须论万里。
毕宏已老韦偃少，满堂动色嗟神妙；
向来哀乐何其多，逢迎少壮非吾道。
归来倚杖自叹息，神仙中人不易得；
五陵衣马自轻肥，夹道朱蹄骄啮膝；
秋鹰整翮当云霄，会是排风有毛质。
孔子盗跖俱尘埃，百年多病独登台；
请君放笔为直干，我能拔尔抑塞磊落之奇才。

登州观海市歌

鲛室乱挝冯夷鼓，天吴跳波紫凤舞；

鼍矶狮洞云漫漫，仿佛神山亘悬圃。
我闻海若家豪雄，重洋高筑珊瑚宫；
曼衍鱼龙出新戏，发皇耳目开心胸。
暇日登城载樽酒，杰阁凭栏一翘首；
风恬浪静天淡阴，岛国须臾失相柳。
方壶员峤嵌蓬莱，金支翠盖纷往回；
虬户蜃窗互明灭，列真同上金银台。
通阛带阓五都起，豆马黍人走如蚁；
曲尘十丈开九衢，华严世界现弹指。
重阓百雉明丽谯，断崖横跨飞虹桥；
虾须排柱下珠箔，云母剪帐垂冰绡。
太乙红莲等闲住，四照花生广寒路；
众香国里优昙林，夜摩天上贝多树。
鲸呿鳌掷摇双瞳，沙门抹直虚无中；
俄忽幻怪尽澌灭，乱帆出没扶桑东。

卖儿行

去岁季夏苦淫潦，蚄螨蜂起秋稼扫；
土锉无烟甑生尘，眼前骨肉那得保。

严冬颠踣安足论，乞贷聊复延朝昏；
破衣典尽田易主，春来券借难登门。
犹有茕茕双弱息，啼饭宛转常绕膝；
阿爷乞食经邻村，十家闭户九空室。
傫然瓢杖旋归来，蹒跚彳亍颜如灰；
饮泣低声语阿姥，闻道前村卖儿女。
不如割爱售他方，骈首待毙亦何取？
牛衣对拥空涕零，中夜呱呱尚索乳；
明朝襁负来趁墟，前推后挽离乡闾。
市价低昂操驵侩，奇赢干没眼孔大；
茹痛书券双泪枯，摧抑还下望尘拜。
天寒日昃关说成，枵腹急转辘轳声；
数千入手不籴粟，掖儿且傍墙阴行。
提儿耳，拭儿面；牵儿衣，羁儿丱。
切切为儿啼，哀哀为儿劝；
儿善事主人勿令堂上嗔，儿善事主母勿令狮子吼。
痛儿骄性情，鞭笞折此生；
惜儿婴疾病，夭寿付天命；
人间地下重相逢，何年把袂再长痛？
絮语长唏嘘，呼儿登鹿车；
杂置苇兜叠股坐，其中比比如贯鱼。

父为儿执靷，母为儿徒步；
疾趋尾缀还吞声，送儿直过前溪渡。
踯躅欲复前，恶少裂眦怒；
尔儿何所苦，去去投生路。
临歧依恋不忍别，地角天涯无尽处；
伥伥各如痴，陌头遂小住；
儿兮儿兮去不还，迷离望眼穿云树。

有客有客家莱芜，乞食邻郡携双雏；
阿儿十三解托钵，阿女九岁能辟纑；
瓢杖沿门日曛暮，些须不足供朝餔；
宵深蹲伏短垣角，寒风料峭侵肌肤；
饥肠雷鸣皮皴裂，弱息竟夜啼呜呜；
凌晨携手入村去，哀言愿鬻为人奴；
恶少从中肆簸弄，悭勒有如偿宿逋；
六千卖女刚书券，三百卖儿不盈贯；
忍泣携手奔他方，旁观犹自笑无厌；
吁嗟乎！
生女勿悲男勿喜，男鬻作僮女作婢；
鬻男不足备一餐，鬻女犹买三斗米。

题《红线图》

太阿出匣一条雪，鹛鹈膏凝万缕血；
革囊红渍骷髅腥，千里剸仇去如瞥。
恩怨报复何纷纷，巾帼任侠今见君；
聂隐娘与荆家妇，过眼陈迹如烟云。
为许卿卿善藏器，溷迹青衣事诡秘；
下陈犹能分主忧，控制强藩等游戏。
跋扈将军气何雄，长蛇啖舑窥邻封；
空空妙手褫奸魄，夜深绣幕来惊鸿。
或疑此行殊首鼠，田氏犹存树怨府；
督亢匕首博浪椎，三尺昆吾利何取。
些须信物探床头，悬腰宁复忘纯钩；
廉蔺在赵强秦慑，肇开边衅将谁尤。
外伸国威内报主，两地健儿息鼙鼓；
当时雄镇互并吞，猿鹤沙虫安足数。
十年养士金成灰，辕门酣卧声如雷；
络角银河挂星斗，魏博归来盒在手。

由芹沟寻瓜漏河源至车箱峪，入野寺小憩，中庭有牡丹一株，大可合拱，数百年物也，即事偶成

涧花倒垂红照水，水浸落红香十里；
花香水香两悠然，风激浮沤弄蕊蕊。
乘兴策杖寻灵源，一路泉声聒人耳；
徐步沙堧忘近遥，略彴欹危枕崖齿。
万峰合沓通支流，荒屧踏遍冷云里；
峪口背转东车箱，虚滩渐见泄清泚。
走盘仙露初倾囊，十斛明珠迸岩底；
泠泠环佩列真来，喷薄直下如冻雨。
偶思小憩入兰若，佛灯无焰缭垣圮；
中庭高矗名花王，老干如臂柯如指。
洛阳曹国虚得名，数百年物今有几？
横枝偃蹇欺冰霜，空谷无人自旖旎。
游兴未阑日曛暮，急寻归路出沙嘴；
回首古寺藏榕林，一抹残阳乱山紫。

催花词并序[①]

予馆马氏斋前，有碧桃一株，含萼未吐，属以展墓。期近逝将旋里，计开时不复相见，爰草是词，焚之花前，酹以卮酒。午后有坼苞者，偶出枝头，嫣然欲笑。凌晨则繁英杂缀，大半放矣，旖旎向人翩反媚我。花神有灵，可称知己。

章台柳氏金缕衣，红杏尚书初赐绯；
众卉争拜东皇诏，何物陶婢偏稽违。
飞符昨下通明殿，女夷火速报传箭；
唐宫羯鼓春雷鸣，道士劝驾元都观。
尔既不如处士梅，林家妻占群芳魁；
空山高卧称寄傲，美人独处迟良媒。
红妆待尔侍王母，高会瑶池殢泛酒；
琼姿不亚秋海棠，徘徊也为重断肠。
艳质未入红豆赋，延伫今作相思树；
凭谁寄语武陵源，春风旧约及时赴。
有客盼花如追欢，浪掷千金邀一顾；
莫待王孙踏春归，红颜无人惜迟暮。

[校注]

①原文有删节。

张介农属题郭雪塘画册

国朝写生谁第一，太仓稊米纷难量；
海右首推任城李，胶西高冷同擅场。
吾章地僻绝艺鲜，后有郝氏前吕张；
崛起今见雪塘子，凌轹侪辈无颉颃。
暇日为君写此册，解衣盘礴神扬扬；
舐毫吮朱急追取，寸心造物争低昂。
珍卉异葩忽到眼，苞含萼拆天机藏；
弱植葳蕤斗妖艳，老干摎曲蟠风霜。
一枝一叶有殊态，如移春槛收群芳；
况复活相缀毛羽，灵禽接翅来我旁。
鸡鹊翡翠间鸲鹆，黄莺紫燕随飞翔；
离褷仿佛刷双翼，啁哳如听腾员吭。
饮啄眠宿适其适，相关乐意劳参详；
侧闻六法贵生动，象形傅彩犹兼长。
郭子工意并工似，点笔可上徐熙堂；
边鸾黄筌付衣钵，非祧崔艾宗赵梁。
图成急付潢池装，金题玉躞辉巾箱；
他时座客请观玩，寒具油手君须防。

题王荫堂《故吾图》

凉飔策策鸣楸梧，刍尼啁哳知了呼；
跛奴搴帷送急递，王子邮示《故吾图》。
瞠目抚卷三太息，作图微旨安在乎；
眼中悠悠者谁子，睥睨自命今鸿儒。
峨冠若箕剑拄颊，亦穷丘索通典谟；
涂节弭行砥圭角，东山物望归菰芦。
一旦释屩佩刚卯，故步顿与邯郸殊；
扫门由窦附权贵，夤缘竿牍登要枢。
邓氏铜山郭金穴，横财三十焮洪炉；
秦筝赵瑟聒双耳，台盘给侍倾城姝。
移文饯诵不知愧，守吾负吾知何如；
长白王子信奇士，古心古貌山泽癯。
怀清履洁三十载，昂藏亦复矜廉隅；
曩予追从事铅椠，弱植时赖蓬麻扶。
自言涂泥视轩冕，从宦遮莫羞诸奴；
龚黄召杜今不作，催科抚字终分途。
君今牵丝向畿辅，雷封沛泽穷檐苏；
行典剧郡陟台省，翱翔皇路腾天衢。
晋莅通显指顾事，操履讵敢忘区区；

丈夫穷达归一致，要处朱户如蓬庐。
君之此图乃悬镜，息壤在彼焉可诬；
他年功成画麟阁，遂初有赋思莼鲈。
玉叉挂壁开一幨，书生面目欣合符；
故山故吾正好在，掀髯相对聊轩渠。
若虞衰老追少壮，流光不贷驰居诸；
昨朝翩翩美无度，长鬣计日连根株。
志士重内不重外，变相那复关毛肤；
更欲写真觅高手，为君添毫颊上名今吾！

冗官咏

冗官冷署如废寺，案少讼牍门无吏；
冗官屏居如病僧，长日下帘没个事。
绿阴漠漠常覆檐，赤日炎炎不到地；
开编暂共陈人游，摊饭阑入羲皇世。
有时弄笔临南窗，亦和客难答宾戏；
正苦岑寂思纵谈，二三佳友闯然至。
一僮立睡头触屏，一僮跰蹮治茗器；
语争危险俄哄堂，正谐间作绝思议。

不须代麈青松枝，晋人依稀并高致；
吾方郁郁嗟久居，得稍倾吐差快意。
掐鼻炙眉罪幸免，坐啸画诺嫌应避；
百年如此良不恶，投闲那复怨弃置。
日昳客去归闭关，凉烟幂树万蝉沸。

寄刘药衫先生

羡君挂冠向神武，翩然归作湖山主；
甘拾橡栗随猿猱，耻携手版谒台府。
陶令田园松菊荒，饥对空案字难煮；
糊口四方仗说经，诸生请业簏先鼓。
羡君腹笥如绣谱，纷罗锦段异葩吐；
裒然举首观国宾，一日声名遍齐鲁。
比年诗卷高等身，兴至挥毫骤风雨；
出山小草珍琼芝，问价惊倒洛阳贾。
行洁才丰洵绝伦，寰中尚须偻指数；
堂上八千老灵椿，枝叶郁葱根干古。
羡君久作平头人，犹着斑衣下阶舞；
杖履矍铄龙钟随，白发鬖鬖辟咡语。

绕膝孙曾粲成行，优者如龙劣者虎；
行见朗陵迎太邱，不独逸少慕怀祖。
君视至乐殊等闲，人瑞地仙诧乡土；
何似旅食病参佐，羁栖阑入绛灌伍。
升斗未足奉老亲，五枝已穷穴中鼠；
破衣掩骭妻孥羞，日日攒眉咏愁苦。
拜床结袜期正遥，且过雷门持布鼓！

思归引

天风策策鸣枯桑，蟋蟀唧唧啼空堂；
千声万声歇还续，中有悲秋人断肠。
肠断东南望乡国，山上有山归未得；
思营寸禄来南畿，谁为游子报消息。
高堂问年逾古稀，倚闾日日望儿归；
密缝手线叠在箧，天寒忍着行时衣。
有弟年少性跌宕，跎跅往往事豪放；
摴蒱百万博簺游，田庐宁复问无恙。
傫然弱息方稚龄，荷衣总角初横经；
不辞景升笑豚犬，督课何年能识丁。

赖有慈亲习劳勚，凌杂米盐主生计；
绕膝妇稚啼饥寒，可怜衰白任家事。
三径松菊今荒芜，索米方朔饥乌乌；
故乡信有天伦乐，羁此不归胡为乎？
吁嗟羁此不归胡为乎？

雨　后

急雨收烦暑，轻阴送夕凉；
山衔残照紫，风卷暮云黄。
宿蝶蔷薇架，蟠蜗薜荔墙；
闲庭人小立，待月下修廊。

回疆告警即事有作[1]

射角天狼耀，群枭煽狄鞮；
阵云昏峪口，烽火照关西。
飞檄征车甲，连城震鼓鼙；

无将严律在，计日扫鲸鲵。

猖獗潢池盗，将军百战身；
荒原沉碧血，夜雨哭青磷。
马革冤魂语，鸾书恤典申；
高车汉都护，绝域叹漂沦。

引领瞻西极，风沙锁碛阴；
六师迟薄伐，群丑未成擒。
白草边声苦，黄云战气深；
刺闺频告警，遥企筑坛音。

赫怒申天讨，军符秘殿中；
三台移上相，十乘启元戎。
绣褶黄金甲，雕鞍白玉骢；
藐兹螳臂弱，当辙尚梦梦。

庙算无遗策，边邮挞伐张；
一人抒豹略，万里下龙荒。
折首王师吉，攻心国法彰；
传闻宽胁从，幸未火昆冈。

凤诏云端下，欢呼遍鹳鹅；
丰碑亏日月，睿藻壮山河。
脱剑娑罗舞，鸣笳敕勒歌；
灵台今偃伯，比屋颂嘉禾。

[原注]

❶张格尔之变。

游开元寺

闻道开元胜，言寻梵宇来；
溪沿荒磴转，门对乱山开。
树影昏禅室，泉声上讲台；
会须穷脚力，扪塔白云隈。

秋野晚眺有怀

墟落澹斜曛，迢迢一径分；

惊雕盘古木，归雁下寒云。
戍远秋笳断，村荒暮柝闻；
伊人天际隔，空自怨离群。

秋夜早起

依约近平明，开门月照楹；
池荷清夜气，庭树老秋声。
壮思闲中尽，浮名病后轻；
村鸡听角角，起舞愧吾生。

山　居

我爱林峦趣，栖迟避俗氛；
滩虚春涨雨，山近夏蒸云。
岚气逢晴见，泉声彻夜闻；
他年谢尘鞅，斗室草元文。

赠耿季源

当代无刘表，登楼客奈何；
白眉知己少，青眼向人多。
乐事樽浮蚁，生涯字换鹅；
蒯缑孤剑在，拂拭一长歌。

游楚峪寺

古刹枕崇冈，登攀趁夕阳；
丛林巢鹳雀，仄磴下牛羊。
应户山僧懒，询途野老详；
树巅开丈室，规制俨碉房。

胜地仁王住，珠林屐暂停；
人烟深箐黑，佛火古灯青。
暗壁尘蒙画，残碑藓蚀铭；
徘徊归已晚，前路入冥冥。

无棣早发

戒装乘夜半，遥路指城陬；
野阔林无翳，天空月不流。
微风沉远柝，重露逼征裘；
回首问津处，苍苍失渡头。

过横岭

峻岭横天际，崎岖不计程；
空山衔日色，古木撼风声。
岸石危如立，溪沙冻易行；
劳薪常自惜，仆仆困吾生。

由於陵旋里道经浒山泺北岸即目

策马梁邹过，湖阴路未遥；
卷沙风力劲，拍岸浪声骄。
浅潦随车合，轻寒贯酒浇；

吾庐今不远，行抵段家桥。

野泊冰初解，春田草正齐；
村烟迎日尽，浦树压云低。
短竖眠牛背，长途信马蹄；
东皋农事急，处处看扶犁。

秋日偕同人游大明湖

一棹穿萧苇，秋光碾绿漪；
露荷欹重盖，风柳曳残枝。
使酒容狂客，还丹叩导师[1]；
语阑天色暮，水阁上灯时。

[原注]

❶座有谈黄白术者。

袁西峰赴闽将至作此怀之

计日西峰去，闽天隔暮云；
客程山万叠，秋汛水三分。
樽酒删离绪，舟车助洽闻；
到时逢亚岁，雁序话离群。

雨中过韩家店

细雨华山道，蒙蒙上客裘；
狂云连树卷，急浪挟沙流。
路滑迟官骑，桥危怯母牛；
一樽谋薄醉，茅店小勾留。

我爱村居好，和家在星

我爱村居好，喧阗迓岁朝；
瓜饴杂菘韭，柏火代兰椒。

布藁纷萦足，登堂屡折腰；
牢丸供宿饱，不待冻醅浇。

我爱村居好，春灯元夜长；
圆鼙挝羯闹，高阁架鳌张。
假面参军弄，垂髫录事妆；
通衢尘不断，人影杂衣香。

我爱村居好，重三淑气融；
草薰香骑路，柳引纸鸢风。
绣帕秋千女，轻衫蹴鞠童；
踏青携榼去，扶醉过桥东。

我爱村居好，温馨暑气来；
桔槔蔬圃架，碌碡麦场开。
稻种开渠浸，薯苗曝陇栽；
压馋敌樱笋，朱李与黄梅。

我爱村居好，课耘农务同；
豆田龟拆甲，禾径蚓蟠弓。
积雨高佣值，新晴趣艺功；

方苞期四釜，力瘁亩南东。

我爱村居好，长嬴乐事赊；
掷铙僧侣捷，击盏觋奴哗。
卖鸭喧晨担，捕鱼鸣夜叉；
相招听稗去，深巷绿阴遮。

我爱村居好，园开野果尝；
收梨乘宿露，剥枣近新霜。
佐茗苹婆熟，充菹杏子香；
来禽高北土，休羡荔支浆。

我爱村居好，西成报赛殊；
扬旗联社长，叠鼓走神巫。
俳戏层台拥，壶浆夹道输；
纵观谁杜牧，得似水嬉无。

我爱村居好，严凝吼朔风；
障开苍鹘健，圈上紫鹤雄。
扫叶空庭积，藏花窟室通；
重门寒可避，留暖笑冬烘。

我爱村居好，田家谨盖藏；
传钲严夜警，列栅备冬荒。
叶戏轻携钞，枝谈暖负墙；
少年多肄武，卞射又开房。

我爱村居好，残冬琐计周；
瓮齑芥根罨，盘饦麦芒搜。
醉灶僮烧马，敲门吏送牛；
计时资息减，质库赎衣裘。

我爱村居好，峥嵘岁欲除；
腊醅分里酿，春帖倩邻书。
款客留新味，迎神扫敝庐；
儿童纷笑语，爆竹巨雷如。

盐山晚行

暝色起蒙蒙，霞留一抹红；
低云微漏日，长薄怒号风。
放犊人趋舍，盘鸦阵蔽空；
欲寻村店宿，策马去匆匆。

客　况

日日压风尘，长途仆御亲；
马疲寻店早，囊罄检衣频。
谋饱供残炙，防寒爇湿薪；
萧条为客况，快意是沽春。

苦　寒

黍谷停邹律，难回一室温；
雪晴天易晓，风急昼常昏。
御冷偎桑火，防寒阖荜门；
大裘偕广厦，此愿几人存？

遇　猎

风急木萧萧，弯弓出近桥；
压冠青鼠重，飞鞚紫骝骄。
窜莽搜穷兔，盘云下怒雕；
少年矜意气，不羡汉嫖姚。

怀袁西峰❶

峻岭扼仙霞，关山去路赊；
怀君当岁暮，为客尚天涯。
官廨秋尝蔗，僧寮晚斗茶；
武夷题句遍，还访郑公家。

［原注］

❶时客闽中。

於陵道中遇雨

黑云压山重，遥路客愁赊；
微雨撩轻霰，惊风走乱沙。
避寒开土屋，索饱野人家；
策蹇匆匆去，平林已暮鸦。

春日赴邻村

薄暖迎初岁，春风拂面和；

雪消寻径易，林转见山多。
宿草苏回岸，余澌渍碾涡；
马蹄行得得，揽辔渡湄河。

偕同学泛明湖即登历下亭会饮

乘兴上兰桡，花深舻漫摇；
朱帘明妓舫，碧瓦隐僧寮。
挹爽荷千顷，吟秋柳万条；
吹笙人不见，冷落水西桥。

遗址中央在，荒亭枕石矼；
树阴摇断壁，帆影没回窗。
得句催铜钵，飞筹倒玉缸；
风流怀杜李，余韵寄兰茳。

王荫堂迂道过访别后却寄

百里虢城路，高轩小住时；

偶疏三月信，似隔十年期。
名刺怀应减，村醪醉不辞；
匆匆还判袂，东望雁书迟。

岁暮怀荫堂

岁月去骎骎，怀人思不禁；
朔风吹旷野，落日下平林。
落拓谁青眼，交游托素心；
明春开蒋径，鲁酒更同斟。

晚　眺

暮霭散霏霏，余薰上客衣；
横烟平楚迥，残照远山微。
世事纷棋局，生涯问钓矶；
错成空聚铁，回首壮心违。

甲午春日试笔

瞥眼经三十，年光更转头；
阅人无定镜，涉世有虚舟。
守懒文章拙，偷闲岁月遒；
南陔诗待补，愧未洁晨羞。

过书院讲舍有感

葳蕤今闭锁，斗室昔横经；
萦壁尘虚白，当门草怒青。
乱蝉号灌木，饥雀下空庭；
忽忆槐黄日，羞过问字亭。

送周铁樵回里

上书终失计，不遇即归休；
作客空长铗，还家有敝裘。
千峰明夕照，一叶下寒流；

早就名山业，重来筑选楼[1]。

[原注]

❶铁樵著述十余种。

雨霁过阅武台望千佛锦屏诸山

宿霭压云重，夕阳山翠浓；
乱流争一壑，孤塔拱群峰。
禾熟农登圃，途遥客倚筇；
射堂荒废久，侵埒草茸茸。

女郎山道中

仄经寺门西，崎岖蹋故蹊；
日斜人影互，云重雁声低。
灵石山腰在[1]，飞仙洞口迷[2]；
潺湲听不断，行近绣江溪。

[原注]

❶山有文星石。

❷三阳洞在后峰下，为葆光子修真处。

夏日呈同舍诸子

清润熟梅天，人间日似年；
院花巢倦雀，风树落惊蝉。
扇影留宵话，棋声聒昼眠；
成言聊举似，无事小神仙。

秋试回里

失利文场惯，归途兴已穷；
乱蝉深树里，瘦马夕阳中。
散栎材甘弃，长杨赋不工；
到家储斗酒，眊矂待西风。

夜经石硖村

暝色万山苍，前途入渺茫；
鸱号松磴月，狐窜柘林霜。
解渴寻泉窦，防倾避石梁；
蹇驴来往熟，信辔过山庄。

过余青园吊焦怀谷先生

寥落篱门在，孝然曾卜邻；
多才遭冷眼，垂老乞闲身。
筑圃存先业，谈诗有替人；
青箱遗泽在，继起属余珍❶。

五斗腰羞折，投闲归敝庐；
名高成拙宦，性僻合幽居。
客载云亭酒，人仇邺架书；
凄凉诗卷在，花发照前除。

［原注］

❶余珍先生季孙少有才名。

柬李东溟

吾辈灵光在，风尘老布衣；
十年走燕赵，五字近陶韦。
早岁耽吟兴，余生叹息机[1]；
分题莲幕下，莫道赏音稀[2]。

[原注]

❶东溟稿中有《息机诗》。

❷时客萼村先生幕。

思　归

旅食抛家计，思归又几旬；
嬉游怜少弟，经纪累衰亲。
病久难成寐，愁多不当春；
苦吟拈五字，聊复慰闲身。

病中口占

病亦欺孤客，他乡益鲜欢；

寻医轻试药，呼仆强传餐。
事少闲眠稳，神衰久话难；
休文憔悴甚，日日带围宽。

怀东溟

矍铄翁谁是，东溟硕果存；
斯人诗卷富，吾道布衣尊。
客久身差健，吟成律细论；
匆匆还判袂，未得数晨昏。

寄赵伯彪

凌轹无侪辈，骚坛旧主盟；
狂名喧北里，雅制俪西京。
旅况轻三载，乡愁断五更；
倚闾人望久，及早建归旌。

寄食他乡惯，羁留历下城；

阅人双眼倦，作客一身轻。
券为沽春积，诗多倚病成；
筑台难避债，囊底日营营。

脱腕龙蛇走，欧虞杂隶蝌；
仆方怜见晚，君正患才多。
残梦留箫局，余香泥枕窝；
珊鞭归去好，停织若兰梭。

偕马彝堂登雉山绝顶

绝顶一翘首，空冥天四围；
远峰森相笏，平野界僧衣。
石窟通泉润，岩花过雨稀；
不须登岱岳，想已入非非。

荦确疲行屐，前峰境转幽；
穿林惊噪雀，迷路逐归牛。
村近闲农过，祠荒古佛留；
跖名山并辱，千载尚遗羞。

外弟李十二桀来，鹑衣垢面，状类丐者，对之凄然，即成六首以赠

一别无消息，经今几度春；
操音听尚熟，觌面识难真。
小字存称谓，清规守雅驯；
少时孤露痛，抚恤断周亲。

簪笏门资贵，家声累叶存；
千金酬国士[1]，一饭窘王孙。
马齿年来长，牛衣夜不温；
西州余痛在，肠断为谁言？

恻恻无家别，羁栖困此生；
戢身悲老母，糊口负难兄。
夜雨思乡梦，秋风去国情；
可怜同伍相，入市有箫声。

堂下牵衣戏，与君同稚龄；
世家竟衰落，亲串各飘零。

久客颜成黑，逢人眼不青；
寥寥谈旧事，哽咽忍重听。

葛帔西华痛，绨袍忆古人；
数行余涕泪，十载厌风尘。
伥伥沿门钵，劳劳入爨薪；
愧予无厚贶，单绞易悬鹑。

栖止浑无定，身如不系船；
仳离抛旧业，偃蹇失华年。
余糒充行橐，残衫供酒钱；
前途须努力，早着祖生鞭。

[原注]

❶先外曾祖仪部公好养士，几破产，粲其曾孙也。

赵五人读书于书院文昌阁戏柬

香吏前因在，高居傍列星；
浦云穿牖湿，山雨泼帘腥。

残梦摇城柝，雄谈搅阁铃；
珠宫君早住，合冠佛名经❶。

［原注］

❶时将秋试。

雨后即目

灵雨足翻盆，嫩晴天气温；
风停闻水碓，云净出山村。
莎阪蹊无迹，瓜田涨有痕；
一犁农望惬，荷锸话篱门。

积霭散空冥，人来游画屏；
溪光摇岸白，山势逼天青。
果熟巡园摘，莺啼选树听；
前村频叠鼓，争赛社公灵。

游张氏别墅

一径蹋莓苔，名园绣水隈；
层轩缘岸起，曲沼引泉开。
唼浪红鳞出，翻空白羽来；
主人饶静趣，日课竹生胎。

濠梁余乐在，小憩素襟宽；
野稻香通座，名花开近栏。
下钩乘晚涨，支牖纳晴峦；
莫把桃源访，人间足考盘。

绣江暴涨

上自四营，下讫三盘，沿河庐舍多被冲激，平地水深数尺，田禾没泥淖中，百年仅见之奇灾也。

倒挽银河泻，涛随骤雨来；
闸争三板浸，堰夺万夫开。
放溜通衢合，飏尘比舍摧；

名园今泽国，荇藻罥池台❶。

幽壑走潜蚪，洪波滚滚浮；
荒陂排积潦，断岸啮狂流。
旋洑鸣群虎，澜回曳万牛；
秋成方计日，沦没痛西畴。

[原注]

❶张氏别墅几成巨壑。

述　怀

插脚走尘埃，浮生驹隙催；
任狂知有悔，作达愧无才。
笑口钳难启，愁怀郁不开；
自怜还自恨，歧路日徘徊。

寄冯寄霞

不信冯当世，中年尚草莱；

快谈瓶水泻，豪饮瓮云开。
著述经生业[1]，纵横国士才；
何时重接席，同覆掌中杯。

早岁营时誉，文章下水船；
论持诸子左，气夺众儒先。
芳讯迟三月，高科负十年；
河汾作都讲，上策箧中传。

[原注]

❶五经皆手注。

寄赵五人

郁郁宁居此，茫茫集百忧；
醉歌轻世事，狂语侮时流。
岸帻闻高咏，怀铅作远游；
白头今健在，及早觅封侯。

失计谋糊口，何年夙诺申[1]；
诗才衰境退，交谊客途真。

旧雨疏今日，高风见古人；
知君多劲节，龙性可能驯。

[原注]

❶五人有历下之约，予出就，马公聘竟不果践。

露　坐

雨息夜凉生，虚澄拓太清；
疏星当汉转，孤月出云明。
院静喧蛩语，楼高近雁声；
会须身跨鹤，缑岭去吹笙。

怀家东岩❶

十载闲从事，春伤逆旅情；
微官妨治行，薄俗重科名。
老至才须减，家贫宦不成；

惟余双鬓雪，卧病在江城。

婆岭篮舆过，公山蜡屐游；
高眠容散吏，长揖事诸侯。
路远迟乡信，装轻压客愁；
不堪随牒苦，壮志付东流。

[原注]

❶时需次皖江。

戒　弟

赖汝今当户，宽余内顾忧；
门规羞饮博，家计误嬉游。
客舍呼僮扫，乡租课仆收；
但须常事事，业较仲多不。

十亩中人产，还须竭力耕；
婉容勤事母，抑志勉从兄。
旧业沦愚贱，衰宗贵老成；

慎毋交恶少，狗苟与蝇营。

世德守清寒，勤劬耻素餐；
中年回首易，晚节立身难。
影切含沙避，阴休运甓宽；
莫言今壮盛，老至已姗姗。

省识安贫乐，吾庐即轴薖；
疏狂更事少，衰贱患才多。
任智行贻悔，矜情气失和；
善人乡里重，君谓少游何。

歉岁疲称贷，先谋担石储；
资生安寄食，养拙任闲居。
斗叶心如系，栽花手不锄；
蹉跎成老大，即我是前车。

怀西槎

三旬成阔别，徙倚每思君；
客舍仍春雨，家山有暮云。

酒场参小户，诗敌走衰军；
记取追陪日，狂谈抵夜分。

题佛慧山小阁

暇日寄幽寻，苔封石磴深；
飞仙留色相❶，孤客惬登临。
树合僧厨暗，云生佛殿阴；
清修何日遂，早办买山金。

[原注]

❶阁祀吕仙。

过耿季源墓

故人成永诀，宿草閟荒丘；
常此瞢腾醉，谁为汗漫游。
无儿伤伯道，有妇谥黔娄；
咫尺山河邈，凄然涕泪流。

过松野别墅见墙内群卉争放，遂订来朝赏花之约

雨丝风片里，节序逼清明；
逢我寻诗出，迟君载酒行。
闲门闭春草，芳树语流莺；
计取明朝会，花阴按玉笙。

尊经阁闲眺怀丁贞也

不到横经地，悠悠岁几回？
庭空萝蔓合，春尽菜花开。
乱蝠巢危栋，修蛇上讲台；
东归思敬礼，望望近蓬莱。

北渚临遥浦，南山指近峰；
微风湖舫笛，残日寺楼钟。
却忆翩翩度，曾披落落胸；
旧游星散尽，何日继芳踪。

卷二

北征口占

悬将征旆乍巾车，郑重慈帏示训余；
辍辔宜寻曾宿店，解装先发纪程书。
寥寥客邸勤操管，扰扰侯门漫曳裾；
弧矢四方男子事，不须归梦恋鲈鱼。

经东平陵故城

悼惠残疆百雉留，开藩曾此驻东州；
铜盘岁月悲前代，铁券山河吊故侯。
鸩鹊废宫半禾黍，麒麟荒冢莽松楸；
千秋呜咽关卢水[1]，犹抱颓垣日夜流。

[原注]

[1]关卢水在城西二里。

闱前戒友

令肃牛毛执法严，须知瓜李远猜嫌；
乞联休竟从邻铺，问字何妨谢叩帘。
玉杵须教寻约去，金针莫为度人拈；
锦衣归慰倚闾望，休负芙蓉镜一奁。

寄怀家东岩

十载西风别雁行，萧萧客鬓饱经霜；
江山游历添诗卷，岁月消磨减宦囊。
几辈腾身攀骥尾，廿年蹇足走羊肠；
清时簿领殊闲适，卜地还开射鸭堂。

怀历下旧游柬赵五人

三载鳣堂乐事多，攀嵇交吕日经过；
蜂房各占分榆楮，虾渚同游折芰荷。
酒侣百巡无覆盏，棋兵七纵尚称戈；

预期明岁秋重到，沈醉潭西一放歌。

明湖夜泛

惊鸥接翅掠烟空，一碗渔灯出短篷；
横笛客邀湖舫月，打钟僧立寺楼风。
秋声猎猎荒蒲外，夜气沈沈老柳中；
愁向百花台下过，瓣香谁解祝南丰。

偕友人登历下亭小酌

瓜皮艇子画桥东，胜侣间游兴偶同；
打桨声喧蒲叶雨，卷帘香度藕花风。
吭圆嘹唳银箫和，拇战纷呶玉碗空；
皂盖东藩今几载，回头陈迹太匆匆。

北极台闲眺

神宫百尺郁崔巍，倦客登临眼骤开；

城面乱山作屏障，湖心平地起楼台。
卖鱼翁去柴门闭，放鸭人划钓艇来；
独恨同游催返棹，临阶欲下重徘徊。

幽居书怀

青衫落拓老经生，图籍长期拥百城；
栎托散材依社老，药称小草在山名。
茫茫入世看长剑，耿耿怀人对短檠；
从此安闲归布素，当涂休羡事蝇营。

踏遍槐花仕路遥，秋风棘院几魂销；
弃余已分沟中断，收录安期爨下焦。
沧海白鸥征夙约，浮云苍狗幻崇朝；
他年拟访茅君去，手把长镵劚药苗。

惊人岁月去堂堂，年少光阴有底偿；
唾手功名成堕甑，信心文字率骑墙。
叶尊世守牛腰富，用与时违鹤胫长；
浪说达人善齐物，也将通塞判低昂。

无才早谢鹤书征，豪气犹存化未能；
广武长叹狂阮籍，苏门清啸老孙登。
诗关入格长低首，论切匡时每服膺；
记取醉乡真乐在，浇愁须买酒三升。

惺惺谁复惜惺惺，姑妄言将姑妄听；
看剑心如豪士赤，摊书眼对古人青。
平情异域无秦越，比类群流有渭泾；
不羡卢敖游兴快，飞鸿前路入青冥。

自　遣

酒兴诗怀病不禁，回头岁月苦侵寻；
犹存燕雀处堂虑，渐失骅骝伏枥心。
瓠作大樽容五石，家藏敝帚享千金；
栖邱饮谷甘终老，息影空传拥鼻吟。

自编诗草题后

撚断茎须字未安，宗风岛瘦与郊寒；

残编恋恋余鸡肋，薄技区区笑鼠肝。
蹊径破除今我在，门庭追步古人难；
自怜灯下推敲苦，起视星河夜已阑。

反游仙

清都谁佩六壬符，汉殿空传五岳图；
幻境洞中人看弈，灵踪市上客悬壶。
梦魂栩栩迷蝴蝶，身世悠悠笑蟪蛄；
不必远寻勾漏令，养丹砂井半荒芜。

餐霞服玉事茫然，福地难寻况洞天；
授笈空传龙护法，还丹谁信鹤知年。
麻姑好事宜搔背，桂父多情待拍肩；
笑煞淮南能拔宅，区区鸡犬也登仙。

示及门

词源滚滚泻秋涛，杯水蹄涔敢自豪；
浪逐时名嗤画饼，精搜韵语怯题糕。

探骊有客争鳞爪，窜雉何人爱羽毛；
文阵自当成别队，傍人门户亦徒劳。

冬日书室题壁

生涯冷淡寄书帏，尽日无人静掩扉；
棐几外移尘滚滚，虚窗南向日辉辉。
瑶缄未覆书来少，酒榼长空客到稀；
屏退万缘聊兀坐，闲观物理学沈几。

文安道中

堞影参差古木攒，寥寥村落枕河干；
苫茅向日支牛屋，插藁临渠护鸭栏。
赛社千人挝鼓竞，填仓百堵布灰宽❶；
惭余仆仆随行旅，未许安居乐考盘。

［原注］

❶是日填仓。

宿范家屯

细雨霏微雾蔽空，暂寻投止慰途穷；
茅庐凿户连豚栅，土锉烘衣爇马通。
榻足乱斑秋后雨，窗楞严吼夜来风；
怜余斫地方长痛，遮莫伤心赋转蓬。

春日郊行

村巷条条唱卖饧，暄妍节序近清明；
遥天尽处暮云合，积雪消时春水生。
罨画楼台初放燕，秋千院落正闻莺；
闲游颇识闲中趣，半晌无言立晚晴。

留别诸同学

披吟两载快同堂，别后相期十倍偿；
莫待穷途悲伏骥，须知歧路易亡羊。
科名底事羞张奭，史传何时读霍光；

浪说困亨终有命，可堪回首问津梁。

流光爱惜事钻研，志士身名寄一编；
挟策读随翁子后，着鞭起在祖生先。
漫将才艺轻时辈，未许文章戾古贤；
他日阿蒙容刮目，鹏程九万伫高骞。

赠房春樵

湖干把臂便情亲，决计从君更买邻；
王粲登楼曾作客，梁鸿赁庑惯依人。
怀中锦制千篇富，肘后方回万户春[1]；
弹铗碎琴成底事，堂堂岁月误闲身。

吟啸迥然鸾凤清，座中同听绕梁声；
还从彦辅窥标格，未许韩康隐姓名。
牢落酒场甘小户，精严诗律拓长城；
百年柳社今萧瑟，计日骚坛作主盟。

[原注]

❶春樵善医。

潭西精舍偶成

十载潭西足快游，今来下榻更淹留；
菰蒲响送晴时雨，竹树凉生夏日秋。
北牖贪眠欹客枕，西廊闲话泼僧瓯；
拍肩挹袖多仙侣，不羡环瀛有十洲。

游石佛寺

群山合沓注溪流，禅院斜通一线幽；
古碣苍苔难辨岁，空庭黄叶自鸣秋。
蛛丝袅袅罗人面，鸽粪累累积佛头；
我似相如方病渴，僧徒散尽莫浆求。

初夏即目

浅燠风光暑未浓，葛衫蒲箑镇轻松；
芳畴过雨村村锸，急潦争溪寺寺钟。

梯倚绿阴除果虱，泥圬黄壁换茅龙；
无端助我孤吟兴，信口田歌唱老农。

道经盘泉寺追忆旧游

回头岁月去堂堂，两载游踪问此乡；
赌酒场临开士屋，寻碑路指相公坊。
闲门寂历闭春草，野水纵横穿缭墙；
记取醉归踏明月，几人拊掌咏沧浪。

赠冯寄霞

一第慁君殊可怜，英雄末路困寒毡；
读书休议古人后，著论宁持天下先。
九曲浊流隤竹石，三年瘴海莽风烟；
青蒲白简儒生责，太息谁陈贾谊篇。

暮春感怀

客馆羁身影块然，愁怀难遣暮春天；
纵横塞径草无赖，零落随风花可怜。
岁月逼人添白发，功名失计守青毡；
年来壮志消磨尽，未许逢场更放颠。

长夏潭西精舍书事

浓绿如帷散郁蒸，昼长开牖对渟澄；
豪吟近接谈经客，小饮时招退院僧。
眼倦灯昏疏晚课，心闲斋静及晨兴；
他年若得买山隐，如此清幽恐未能。

天津早发

旅柝喧传迫夙兴，梦回孤枕尚瞢腾；
五更霜重船船雪，十里波明岸岸冰。
御冷客隈湖葑火，贪程仆睨市楼灯；

顽躯自笑衰孱甚，削面风来噤不胜。

游摩诃峰下醴泉寺[1]

乱峰回互转羊肠，一磬铿然落上方；
屐齿徐穿黄叶坞，人家多住白云乡。
清冷野水鸣空涧，细碎秋花缀缭墙；
后乐先忧吾辈事，入门首拜范公堂。

[原注]

[1]范文正公祠在寺内。

闲　感

伯阳原欲混雄雌，木雁中间得我师；
颠倒两言鸡口小，平分一绝虎头痴。
输赢冷眼观棋局，醒醉无心付酒卮；
梦觉槐柯终有日，腾腾兀兀几多时。

僦居潭西精舍题壁

借屋真如燕索巢[1]，莓苔初破履綦邀；
寒泉带雨声初壮，弱柳摇风势不骄。
古壁尘蒙盘蜥蜴，疏棂纸碎罥蟏蛸；
买邻千万寻常事，差近诗人丁卯桥。

别辟精庐小院东，当轩下榻亦匆匆；
屏当帘幕劳诸友，排置琴樽仗小僮。
几树残红香殢雨，一湾新绿影摇空；
潭西胜地清如许，悔不来乘披柳风。

[原注]

❶用楹帖刘松岚观察语。

赠沈子润

橐笔无端事远游，故山猿鹤待归驺；
茫茫世路谁青眼，冉冉年华易白头。
张翰乘秋宜返棹，仲宣作赋尚登楼；

家园信有团圞乐，莫使舍人嘲蒯缑。

倚闾北望几年年，记否临行手线穿？
历碌倚人终下策，驰驱别路试先鞭。
授徒常辟谈经舍，奉母勤耕负郭田；
我亦他乡倦游客，不随君去浪迁延。

磁州岳城镇岳鄂王庙题壁

三字狱成碧血寒，枌榆父老拜衣冠；
累累顽铁群奸魄，肃肃灵旗上将坛。
沙漠两宫听大去，河山半壁痛偏安；
高皇若洒思亲泪，唾手燕云未是难。

彼口东窗兆祸胎，长城万里竟崩摧；
壮怀如遂黄龙抵，妖谶难符白雁来。
破敌谋原和议梗，迎神曲比挽歌哀；
山村壁垒消磨尽，五百何曾问背嵬。

邯郸怀古

醉骑花骆赵都来，好客平原安在哉？
白水南周文叔殿[1]，紫山西控武灵台。
回车古巷仍墟里，挟瑟名倡半草莱；
惟有村醪胜鲁酒，垆边小驻且衔杯。

照眉池馆水云荒，主父遗墟下夕阳；
霸国捧盘毛遂侠，危城孤矢鲁连狂。
游仙幻梦人炊黍，落魄藏名客卖浆；
太息望诸抔土在，金台枉费筑燕疆。

[原注]

❶光武温明殿故址尚存。

读康书臣贰尹《续无双谱》却赠

眼中碌碌皆余子，荆楚人豪始见君；
古籍纷纶披彼美，词场跋扈张吾军。
江涛巫峡势千里，明月扬州色二分；

正始遗音谁嗣响，西涯渊颖许同群。

黄粱店卢生庙题壁

浮生勘破水中沤，漫向仙翁借枕头；
差喜刘蕡终下第，何妨李广不封侯。
功名末路思牵犬，富贵逢时出饭牛；
竖子英雄尽黄土，人间无处觅丹丘。

偕周辅之别驾游黑龙洞登明月楼即目

杰阁平临滏水滨，嵌空岩窦削嶙峋；
重潭地络通溟渤，古洞阴崖閟鬼神。
峭石激澜声灖灖，回风蹙浪影粼粼；
他时岁旱期霖雨，为祝龙君一欠伸。

闻获逃监

日饮亡何正倒樽，连翩尺檄下龙门；

揭来壁上寻弓影，遮莫舟中刻剑痕。
营窟计工怜狡兔，投林势急遇穷猿；
读书博塞休差别，臧谷而今不细论。

过眼浮云是也非，琼茅漫索问先几；
鸡鸣有口工偷度，雉翳无心遽脱围。
甑破当途拼不顾，璧完间道幸能归；
发纵功狗皆宜录，客橐萧然为解骓。

漫　兴

置散投闲分也应，不堪衰与病相乘；
名场潦倒文章贱，心迹消磨岁月增。
感事尚思击壶口，逢时那惯摸床棱；
头衔望绝蓬瀛贵，剩有空衙冷似冰。

代友人题泥像

土偶形骸百不堪，今吾故我试详参；
掇皮谁识臣心赤，屯相应嗤鬼面蓝。

他日虎贲先入座，前身弥勒许同龛；
懵懵混沌原无窍，一掬团沙叔夜惭。

秋日喜赵伯麐枉过

触热劳君命驾寻，相看惊见鬓霜侵；
依人冯煖常弹铗，入市陈公耻碎琴。
忽忽十年京国梦，悠悠千里故乡心；
貂裘敝尽不归去，箧底龙泉空夜吟。

忆昔联吟历下亭，鱼鳞比舍正横经；
狂歌时复吹椽竹，烂醉犹呼倒酒瓶。
碌碌半生惭旧雨，寥寥诸子散晨星；
与君今日重携手，莫厌深杯泻醁醽。

涿州道中口占

十丈黄尘涴客衣，邮亭数尽策征骓；
杏花零乱东风紧，芳草芊绵夕照微。

诗思不堪莺代诉，乡心直与雁争飞；
琴高鲤去无消息，莫把仙踪问钓矶。

秋日登易州城楼

危楼百尺俯关河，倦客凭临一放歌；
东去洪涛三辅转，西来佳气二陵多。
寒风古木盘雕鹘，衰草荒原牧骆驼；
异代岩疆今赤县，虿狐斥堠半消磨。

寄讯刘乐山先生

故园经岁滞双鱼，未向柴桑问索居；
讲舍暂留容膝地，名山应富等身书。
灵椿树老春秋积[1]，丛桂歌成事业虚；
壮日还乡迈周甲，循陔不待倚门闾。

牵丝曾向楚疆行，投檄东归万虑轻；
有热心肠如侠客，存真面目是儒生。

老来姜性知逾辣，醉后兰言觉倍清；
雒诵孙曾争问字，闺门至乐拥书城。

判牍白云亭上秋，清名常共峡江流；
甘抛墨绶占肥遁，忍脱斑衣事远游。
得句何妨嗤拙目，逢时未免笑方头；
凭君阅尽官场险，今古茫茫貉一丘。

五裤曾歌稚子来，长官难事遽归哉；
推敲功细尊诗律，锻炼狱成羞吏才。
未许荐文通狗监，谁从伏枥识龙媒；
蒲轮他日跖山路，霖雨苍生愿早恢。

[原注]

❶太翁年逾八旬。

得生子信志喜

劳劳行役困泥涂[1]，一纸乡音报掌珠；
愧乏清声传老凤，妄期元草授童乌。

芳樽醉客调汤饼，彩帛娱亲耀矢弧；
两鬓渐皤初遇此，故山东望一胡卢。

裸负辛勤两载过[2]，连翩雁影一行多；
知依衰父须能挽，未遇神僧顶自摩。
腊酒遍斟添把盏，晬盘行试好提戈；
但无灾难愚兼鲁，安望公卿似老坡。

[原注]

❶时方奉使平干。

❷墀儿入继已二年矣。

寄拙轩漫成

遁迹闲曹计自佳，远离人海免挤排；
廉金薄甚分司俸，廨舍寒如自讼斋。
摇尾颇羞干府主，论心差喜约同侪；
聋丞傥荡无人问，且托豪吟一放怀。

量移北平途次涿鹿眷怀易上旧游率成长律六首，寄呈赵莲塘主讲陈笏山明经并柬诸寅好

屈指西风两载留，量移草草向边陬；
导舆差幸慈亲健，置襁还深弱息谋。
薏苡未携羞薄宦，葡萄不愧失名州；
闲曹迁去乏遗爱，留挽何人念邓侯。

德怨胥忘事长官，浮沈容易受知难；
方头自信攀缘拙，强项终邀礼数宽。
有蟹避讥刀漫捉，无鱼忍饿剑羞弹；
卢湛[1]许邵[2]皆能吏，参佐庸庸一例看。

粹然儒者赵夫子[3]，卓卓人师有至评；
夜雨谈经秦博士，春风入座鲁诸生。
芙蓉镜好名心淡，苜蓿盘甘俗虑清；
秋菊一畦数竿竹，百花丛里日纷营。

华庭文藻推高格[4]，不愧衙官屈宋才；
角技池边开射圃，招凉林罅上琴台。
陈编枕藉时污卷，佳客觥酬日覆杯；

冷署毗连情意浃，杏园群屐久追陪[5]。

高流过访每停车，暇日招寻乐事赊；
俯首倚楼名士座[6]，论心投辖孟公家[7]。
金莲送院行承宠，玉树盈阶宁浪夸[8]；
记取寒宵成雅集，清樽团坐咏梅花。

结习寒毡乐不疲，靦颜异地作经师；
千言挥洒欣叉手，一字推敲费撚髭。
胜侣当时尊北面，文游何日续南皮；
诸君努力春华爱，九万鹏鲲化及时[9]。

[原注]

❶谓香谷。

❷谓云浦。

❸谓东旸学博。

❹谓胡华庭。

❺华庭署中有杏园、琴台、射圃诸胜。

❻谓莲塘。

❼笏山。

❽莲塘有令子笏山诸郎多才。

❾谓胡王冯诸及门。

岁暮书事

帖子通糊吉语陈，冷官门户剧生新；
唐花畏冻衰亲护，爆竹轰雷小婢驯。
祭灶开樽留饯岁，参衙逐队贺班春；
放归掾吏妻孥对，免使阶墀叩首频。

题梁秋坪集后

拥鼻吟成太瘦生，诗家渊颖重歌行；
丰神超举青天鹤，格调恢奇碧海鲸。
论古羲轩归一室，摅情温李拓长城；
高怀信有江山助，鲁树燕云剑舄迎。

换羽移宫奏雅弦，时流若个许随肩；
秾香偶与西昆会，逸气知从北地传。
初日芙蓉新乐府，晓风杨柳老屯田；
秣陵佳话君应记，碧柘堂词贵蜀笺。

上巳拟同章谷臣少尉出游，阻风不果，作此寄之

寻芳招侣出春城，泼火刚逢宿雨晴；
亭畔管弦名士集，水边簪珥丽人行。
黄霾黯黯忽吹垢，白日沈沈遽匿精；
如此佳晨偏败意，王戎俗物可同情？

分咏秦始皇

电扫群雄肆并吞，劫灰一线六经存；
商君法在皇威积，假父权收宝位尊。
主器诬传艰国步，当车狙击褫奸魂；
恨渠创业亏忠厚，汉室流沿尚寡恩。

力尽长城百万师，篝狐人不在边陲；
携童求药逃徐市，逐客陈书纳李斯。
接踵两京开变局，侈心三代扫成规；
雄才信出群枭上，百二山河藉厚基。

闻卢厚山制军破赵逆于楚南，喜以志之

一箭旄头落，将军解战袍；
百蛮初革面，五岭痛流膏。
羽檄驰湘浦，烽烟蔽汉皋；
揭竿苗僰恶，鸣镝楚氛嚣。
胠箧归酋长，探丸戮贼曹；
关通援吏侩，啸聚拥乡豪。
专阃迟剿捕，沿村苦驿骚；
虏威腾草木，鬼哭遍蓬蒿。
别部潜衷甲，前锋挫伏弢；
车迷妖雾暗，寨陨将星高。
碧血涂空垒，黄巾据废濠；
兔毚营窟易，虎猛负嵎牢。
上相开乌府，雄才拓豹韬；
先声驰露布，严令肃秋毫。
计定衔枚进，师行劲弩操；
蛮云迎节钺，蜑雨洗弓刀。
极典鲸鲵戮，余生蝼蚁逃；
陈俘入衅鼓，列帐士投醪。
白象胪呼快，朱鸢闾泽叨；

他年麟阁上，褒鄂著勋劳。

千佛山谒虞帝祠

大孝今如在，灵祠奉舜皇；
二妃升祔座，千佛枕名冈。
伊昔闻元德，何关教义方；
长号亲未顺，计陷弟相妨。
道洽顽嚚格，行修底豫彰；
耕耘劳象鸟，都聚备牛羊。
井廪身宜爱，陶渔计善藏；
余生怜妹酒，郁思结君床。
妫汭温恭协，唐阶侧陋扬；
历难方作股，命位遽敷肠。
效职咨罴虎，来仪舞凤凰；
玑衡齐岁闰，川岳奠封疆。
禹稷功斯茂，羲轩治用光；
地图拓青冀，园庙镇潇湘。
斑竹林犹渍，苍梧草不芳；
一堂森俎豆，万代肃冠裳。

庑下称明水，峰阴祝瓣香；
箫听九成奏，弦引五条张。
败墨淋椒壁，轻尘积桂梁；
祠前殷展谒，归路月苍苍。

忆春词十首

红墙银汉镇迢迢，触拨闲愁奈此宵；
晓日芙蓉青琐闼，春风杨柳赤栏桥。
微吟拥鼻鸣条脱，匿笑低鬟弹步摇；
记取扬州旧游地，玉人邀月自吹箫。

万方仪态帐中春，飘瞥惊鸿赋洛神；
油壁西泠寻小小，画图南岳唤真真。
幽期卜尽搔头玉，信物贻将约指银；
我是看花老崔护，重来几见倚门人。

脸晕朝霞隐断红，纤腰绰约出房栊；
青樽醉客樱桃熟，筠管裁诗芍药工。
半褪残妆窥璧月，微闻私语隔屏风；

瑶池供奉随王母，可许飞琼下碧空。

薄倖名高怨蹇修，彩云散尽尚迟留；
迢迢弱水三千里，渺渺蓬山十二楼。
尺素寄书愁过雁，银潢回驾妒牵牛；
纱幮坐尽莲花漏，自剔银釭自写愁。

感甄有赋奈情何，六忆妆台漫兴多；
笑我手生眉扫黛，殢人肠断脸横波。
香熏宝鸭偎箫局，梦醒孤鸾怯枕窝；
天上寂寥知几许，同尝况味是姮娥。

如此丰标不羡仙，兰香生小剧堪怜；
鸳鸯对刻珊珊佩，蛱蝶双嵌瑟瑟钿。
桐叶缘轻拼密誓，桃花命薄照孤眠；
他时为证三生梦，一笑相逢在石边。

箧底留仙六幅裙，依稀为雨更为云；
回心院好银笺写，媚寝香浓宝鼎熏。
炼粉漫逢秦弄玉，弹琴几见卓文君；
空房清泪时时揾，认取红冰清簟纹。

二八芳年正破瓜，无端锦瑟惜流霞；
匆匆踏遍江南草，缓缓歌残陌上花。
五两风催青雀舫，九衢尘送紫鸾车；
凭君为证氤氲簿，愿祝仙人萼绿华。

撒手中途忍便抛，双栖海燕破新巢；
余欢尚恋芙蓉蒂，旧约难寻豆蔻梢。
补恨有方求獭髓，续缘无术煮鸾胶；
人间天上知谁是，独处经年并系匏。

门外枇杷花不芳，萧郎白马少年场；
几多愁绪抛红豆，无那离情折绿杨。
旧事侵寻重屈指，闲愁撩乱九回肠；
云英一去天涯远，莫向蓝桥再乞浆。

济南道中

秋禾初熟稻生孙，夹道清渠涨雨痕；
青箬一肩归路晚，乱蝉衰柳夕阳村。

过废园

曲榭回廊枕水斜，王孙春尽不归家；
荒园日长离离草，撩乱东风落杏花。

浒山泊即目

靴纹滑笏碾晴川，朵朵危峰落马前；
太息王郎今不见，墨王池畔水如天。

老渔多住打鱼矶，矶上人家静掩扉；
隔岸一声柔橹起，惊鸥拍拍破烟飞。

春　闺

玉勒雕鞍控紫骝，翩翩裙屐踏青游；
深闺镇日停针线，过尽春光未上楼。

题绣春张女史葡萄画扇

倦绣深闺不自持，龙须宛转写相思；
扫眉才子天涯远，间煞珊瑚笔一枝。

率更家法远通神，墨沈淋漓苦逼真；
未许簪花留妙格，书名谁识卫夫人❶。

衣钵蠡庄传接无，等闲耽阁绣工夫；
拈毫绘出匀圆颗，可抵齐奴一斛珠❷。

紫乳流甘溅齿牙，西凉佳酿至今夸；
个中清味都抛却，爱饮羊羔入党家。

[原注]

❶女史工书法。

❷女史为袁玉堂弟子，后归盐贾为簉室。

魏竹桥昆仲招饮汇泉精舍，予偶负约，作此却寄，即征后会附小启

青衫皂帽，忙时正踏槐花，白舫红灯，暇日宜浮竹叶，选湖山之胜地，缔金石之新交。此竹桥次崖，昆仲有汇泉精舍之招也。团花作壁，素奈林开，雪藕当筵青萝馆，启粼粼柳浪，滴浓翠于湘帘，冉冉荷香，袭清芬于罗袂，振遗响则铜琶铁板，不妨高唱江东，写逸怀于玉管银笺，定许移情渚北思。抽乙乙锦质丽空，句琢丁丁，金声掷地，撚毫座上，骊探谁诮，得鳞把臂，林间貂足，自惭续尾。乘兴则卿皆庾亮，败意则仆似王戎。固已愿效趋凫，欣容附骥已。惟是，俗缘碌碌，脚插红尘，韵事匆匆，爪迷白雪，同年隔面，竟如紫陌寻春，卜日有心，忍使青樽负约，仆是防风之后，至君岂旧雨之不来，拟续前盟，爰征后会。此日为郎憔悴，已自羞郎，他时与我周旋，慎毋作我。

拟向蓬山顶上行，淮南鸡犬共飞鸣；
如何却被天风引，未许区区到玉京。

群公高会辱相招，一曲同期按六幺；

浪说风流邀笛步，卧吹人隔水西桥。

栴檀香重梵王家，门外寒芦老着花；
十笏隃麋千叠纸，几人脱腕走龙蛇。

旷代雄才赵倚楼，诗成立马信难俦；
当筵莫谱吴娘曲，暮雨潇潇动客愁[1]。

五字天空一雁飞，青莲家法尚依稀；
狂名明日人间满，墨沈淋漓发钓矶[2]。

竹桥昆季媲金相，六笔三诗各擅场；
耆旧为君重举似，西樵少鹤老山姜[3]。

家风枉自说郊寒，叉手穷吟字字酸；
纵使骚坛厕邾莒，也应颜甲侍珠盘。

管领湖山作总持，琳琅佳什写乌丝；
他年贳酒旗亭夜，听唱黄河远上词。

[原注]

❶赵伯彪。

❷李唱韩。

❸魏竹桥昆季。

三盘村访友

三里平芜蹋屐痕，乱途迢递入前村；
十年不到桃源路，转过荒篱错打门。

鸡栖豚栅拥团瓢，曲巷斜通宛转桥；
两岸菰蒋千桁柳，隔溪风起雨潇潇。

灯　下

孤檠照壁可怜宵，牵惹愁人恨万条；
不待征鸿和蟋蟀，一林黄叶雨潇潇。

忆　家

游人飘泊未东还，说着归期一破颜；
引领时时望天末，青螺几点是家山。

留别都门诸友

黄金已尽敝貂裘，季子怀书苦未售；
一辆柴车两羸马，行行归卧草堂秋。

故人揖别又天涯，齐树燕云道路赊；
知否驿亭秋雨夜，孤衾短榻梦京华。

出都口号

锦茵藩溷浪随风，得失无凭问塞翁；
一曲骊歌挥手去，迢迢烟树蓟门东。

招贤馆外夕阳沈，旧迹重经思不禁；
枉说昭王能信士，台名偏是重黄金。

雪泥踪迹托飞鸿，酒肆歌场一笑空；
回首春明门外路，五云楼阁暮霞烘。

客来燕赵善悲歌，策马愁从易水过；
只少白衣人送我，翻澜一掬吊荆轲。

秋雨枕上

潇潇风雨逼重阳，寥落情怀入夜长；
寒重布衾人不寐，卧闻残滴乱糟床。

枕湖楼闲眺

蒹葭分港绿萋萋，荷叶当轩柳踠堤；
画舫笙歌人不见，橹枝摇过藕花西。

湖上秋晚

沈沈水气泼衣腥，打桨人归唱未停；
一碗渔灯蓼根出，半疑磷火半疑星。

冬日读书

闲披诗卷及晨兴，短晷骎骎未可乘；
内子怜余勤晚课，夜窗分与补衣灯。

纸　鸢

腾身不待羽毛丰，顷刻连翩上碧空；
借问吹嘘谁着力，深恩常是祝东风。

烟中跕跕影参差，下土居然望羽仪；
夕照欲颓风力软，看伊跛扈不多时。

云程九万快扶摇，未控枋榆也自骄；

笑杀痴儿贪引线，翩然一举到层霄。

凌虚六翮近青天，仰面群儿望若仙；
寄语长绳休放尽，防他一跌下重渊。

历下与丁贞也话旧

都门车马涨尘红，话别虎坊桥正东；
五载流光弹指过，雪泥鸿爪太匆匆。

尊经高阁郁崔巍，暇日披吟亦快哉；
月窟搴芳谁谶取，楼居人是谪蓬莱。

明湖小住记听经，玉友金昆聚一庭；
故事君家吾解说，海滨人物首双丁❶。

灼三夫子遽长眠，绛帐生徒各一天；
讲舍无人秋草合，后堂重到痛彭宣。

[原注]

❶谓令兄瀛桥。

丁贞也将归黄县，阻雪懊甚，作此调之

琼田瑶树现蓬壶，旅邸何人恼戒途；
我亦他乡倦游客，漫天风雪正围炉。

故园千里望迢迢，马首东来路正遥；
卜尽归期归未得，梦魂飞过浒山椒。

泥深雪重阻征车，莫是狂夫不忆家；
知否闺中凝望久，误他连夜卜灯花。

归程休怯客衣单，诗境宜从霁后看；
一路推敲驴背稳，小桥流水驻吟鞍。

雨后寄柴文泉兼呈胡鹤林

客绪牵萦苦未删，时偎栏角听潺湲；
故交落落疏相访，风雨连朝共闭关。

一庭浓绿罨莓苔，历乱槿花相向开；

村酿乍篘新茗熟，今朝可有故人来？

潭西精舍闲赋并忆旧游

风云百战开唐室，故宅沧桑恨老龙；
燕子不来堂榭改，僧雏间打五更钟[1]。

词坛狎主联名士，棋敌雄军说老僧；
不道卅年诗酒地，夜窗今照读书灯[2]。

布衲精严三戒律，银钩摎曲八分书；
瞿昙示寂名流散，往迹销沈剩草庐[3]。

雨来避漏床床湿，午后迎凉牖牖支；
小院无人闲索句，马缨花下立多时。

千觞竞醉回廊月，一笛闲吹小院风；
长日课文夜谈史，炎天清兴六人同[4]。

栏边苔晕蒙茸绿，屋角槿开寂历红；

睡起卷帘下庭院，等闲消受藕花风。

泺源诸友半清狂，醵饮千回作酒场；
记得醉归扶阿汝，垂垂衫袖涴淋浪[5]。

武城宋子足风流，意气高凌百尺楼；
看杀璧人年太稚，回头忽忆竹林游[6]。

傲睨时流赵五人，生成龙性可能驯；
年来筑室长河侧，桐帽棕鞋号酒民[7]。

老友谈经踞虎皮，翩翩少俊日吾伊；
诙谐曼倩今南寺，团坐无人为解颐[8]。

冯唐老去雄心在，马戴诗成雅调张；
入座狂谈长夜半，一瓯清茗傍琴床[9]。

鲁公遗墨重琳琅，石刻模糊半隐墙；
诵到竹山招隐句，令人神往读书堂[10]。

澄潭千尺漾层波，踏浪人来捕水梭；
捉得银鳞不归去，柳阴晾网唱秧歌。

空外无人觅赏音，一池清泚韵瑶琴；
倚栏时觉耳根净，借取鸣泉证道心。

朝饥正迫僧炊笋，午睡初回客削瓜；
如此清凉仙界好，愧余辛苦踏槐花⑪。

［原注］

❶地为唐胡国公秦叔宝故宅。

❷精舍为蒋伯生、桂未谷先生联吟地，研虑上人善奕。

❸楹帖石刻多未谷隶书。

❹冯寄霞、赵方山、马培堦、曹慎修、胡伯华及予也。

❺家月南。

❻宋竹兮。

❼赵五人。

❽刘健也。

❾冯寄霞、马培階。

❿壁有颜鲁公竹山联句石刻。

⓫将应秋试。

卢生庙和壁间韵

勇退伊谁出急流，子房曾从赤松游；
功名末路真蛇足，衣白山人李邺侯。

名场阅尽艳神仙，修到神仙转索然；
天上有时防谪落，侍香曾说玉皇前。

一枕黄粱往事空，青瓷小劫历匆匆；
华山高卧希夷叟，曾否升沈入梦中。

落魄天涯虮虱臣，也浮宦海问迷津；
书生本乏封侯相，愧作邯郸道上人。

题劳介甫霜林觅句小照

少俊翩翩玉润才，东阳八咏奉清裁[1]；
吟笺莫向林间擘，学步还须傍镜台[2]。

渔笛清词绣啸翁，挈家南去也匆匆；
故乡秋色儿城好，莫渡吴江咏落枫❸。

前年捧檄到榆关，白草黄沙黯旅颜；
题石高怀浑不减，朝朝拄笏看西山❹。

吾乡前辈王黄叶，廿四泉头日著书；
君亦耽吟似秋史，锦囊佳句可相如。

[原注]

❶介甫为沈西雍太守馆甥。

❷介甫夫人善诗及词，故调之。

❸介甫本阳信籍，徙居吴门，故以周公瑾相况。

❹介甫曾任北平巡检。

乞梁秋坪作画

传将六法夺荆关，泼墨淋漓老不闲；
好寄蛮笺备清兴，晴窗渲染米家山。

五岳前期苦未酬，望中丘壑也风流；
凭君一幛开生面，老去宗文足卧游。

游铁公祠

风蒲猎猎苇萧萧，路转城隅去未遥；
一抹红栏低亚水，何人倚醉试吹箫。

长至日枕上口占

霜威凛烈逼寒毡，瑟缩人偎败絮眠；
忽忆东华台省客，五更骑马正朝天。

楚峪寺题壁

危楼百尺俯晴沙，略彴遥通一径斜；
野客不来僧院闭，微风吹落石楠花。

卷三

西行车中口占

两载眠菰芦，屏居息尘坱；
今日理行縢，出门何惘惘。
山水夙缘深，探奇入梦想；
西眺首太行，崤函连上党。
伊洛窥旧京，铜驼卧榛莽；
黄流九折来，雄关忽开朗。
秦汉陵阙荒，丰镐川原广；
远过祀鸡台，云栈如属缰。
仄途夺虺蛇，秘洞叩魍魉；
蒟酱佐郫筒，烂醉歌慨慷。
诗草期一囊，蜡屐拼几緉；
五千路尚遥，发轫已神往。

莘县道上

破雾浮图矗，轻阴淡未收；

流云低阁雨，积潦远涵秋。
薄俗纷多感，浮生喜浪游；
汉昌五千里，莫漫计征邮。

见菊畦有感

灌蔬园里茱萸节，例有新词四座夸；
抛却故山诗酒伴，野人篱落看黄花。

不　寐

孤枕不成寐，迢迢数更鼓；
残灯暗还明，空案走饥鼠。

望杨刘

暮晋朝梁据要冲，舳舻磨戛血溶溶；
典军终忌留皮豹，生子谁如独眼龙。

引锁千寻工扼险，保銮百骑苦争锋；
霸图销歇浊流徙，古寺荒凉急暮钟。

灌园村妇

操作空闻偕隐妻，几曾身健把锄犁；
辘轳呕轧河阳道，团髻村姑手灌畦。

望太行

路入漳南驿堠长，西风作意欲催霜；
行人马上浑无事，落日蒙蒙望太行。

晓望苏门山怀孙钟元先生

兼山堂好在，望望夏峰真；
急难羞朝士，高名漏党人。
中年去桑梓，大道辟荆榛；

长饿理寒石，孤芳许结邻。

重叠征书下，冥冥天际鸿；
盗声鄙种放，谈理敌王通。
峰上三竿日，泉流百道虹[1]；
比年隆秩祀，配食素王宫。

[原注]

❶遗址今为百泉书院。

木栾店题壁

趋河急溜滔滔下，隔岸群山滚滚来；
小驻旗亭贳村酒，征人怀抱一时开。

孟津王相国觉斯故里

相国书名一代传，南都遗事剩荒烟；
过江马首陈降表，妒杀朱丝燕子笺。

北邙山

揽辔登北邙，累累错古墓；
石阙莽销沉，樵苏及宰树；
强半犁作田，阴窾窜狐兔；
讵少势豪流，力足南山锢；
名德渺弗闻，骄倨华屋处；
戢身就长眠，抔土沧桑度；
不如柳季垄，敌国生企慕。

白马寺

丈六金人入梦阑，无遮象教被真丹；
汉家原庙沦秋草，不及摩腾竺法兰。

梵荚流沙万里来，斯文舍卫几时开；
他年绝域求周孔，吾教谁为大辨才。

洛上作

袁家新妇艳，赋笔妙陈思；
淼淼回罗袜，翩翩下桂旗。
西园初罢宴，南浦欲通辞；
平视犹招忌，危哉七步诗。

拟游龙门不果

潞公莲幕网群才，暇日清游暮雪催；
我正依人如永叔，凭谁飞驿载樽来。

洛城怀古

国本纷纭积谏章，盈庭各自命周昌；
妖书只竟开三案，封册何妨并二王。
两世推恩优白象，卅年浩劫换红羊；
可怜南渡推遗孽，草草莺花社屋亡。

新安书所见

嶙峋夹壁削天成，浓绿纷披野葛生；
崖上种田崖下宿，傍檐飞下叱牛声。

渑池县❶

会盟台畔去，历历困征邮；
彳亍人缘岭，凌兢马乱流。
溪暝蒲稗合，村疃柿榆稠；
硖石横前路，人言我亦愁。

[原注]

❶秦赵会盟台在西郭。

石　河

黄泥峻坂千秋岭，碧涧清流万寿桥；
行尽崤函三百里，拂群日日看中条。

陕　州[1]

乱流趋郡郭，在陕古名疆；
蔽芾召公树，荒凉魏野堂。
仙踪鸡足杳，客路马蹄忙；
谁念征衣薄，萧晨正履霜。

［原注］

❶宋魏野草堂在东郭鸡足山，在城南河上公授经处。

过稠桑驿追悼亡室

年来奉倩久神伤，岁月骎骎逾小祥；
妙子不膺王老去，独挥残泪过稠桑。

望思台[1]

信多杀人子，天道讵悠悠；
未许刀兵弄，爰生骨肉仇。

投怀绝青雀，避地问泉鸠；
危矣长安狱，储皇一线留。

[原注]

❶在汉戾太子园侧泉鸠水上。

鼎湖原

鼎足羲农草昧功，神仙末路事难穷；
桥山兀兀拱抔土，知是龙髯是堕弓。

素女为师仪态盈，漫从阴道丐长生；
摇精恪守崆峒教，不事容成事广成。

函谷关[1]

关门秋晓树苍苍，襟带宏农一涧长；
背道西攻驰汉帝，丸泥东塞霸秦王。
清时不待听鸡度，倦客何劳策马忙；

闲杀犹龙老仙客，丽谯兀坐阅兴亡。

[原注]

❶宏农涧在关前。

题老子庙

崆峒示戒导分流，傲诡南华一派收；
树敌远夷来白马，传经令尹识青牛。
致虚空费雄雌辨，守寂何劳道德留；
晋室清谈成鼎沸，盖公枉说治齐州。

华州西溪❶

空腔老柳半垂黄，早稻初收晚稻香；
十里菱塘水萧瑟，华州风物是江乡。

[原注]

❶唐杜子美为功曹时曾游其地，称为小曲江。

谒郭汾阳王祠

再造唐家赤手成，同时太尉漫齐名；
威权易夺甘驴跨，富贵能居免狗烹。
天子不为儿谰语，大人利见虏寻盟；
我来也学崇韬拜，宁向风前涕泗横。

王景略墓下作

扪虱高谈被褐来，华山归卧亦雄哉；
桓公跋扈怀他志，幕下胡为失此才。

风声鹤唳丧师还，数语临终付等闲；
能制东征无孝直，氐王遗恨八公山。

长安怀古

建瓴形胜拓岩城，过客茫茫百感生；

数代河山周左辅，千年文物汉西京。
秋风废苑金人泣，落日荒原石马鸣；
莫把乘除论闰位，曾经彩笔赋张衡。

西安作家书

已试秦关险，还愁蜀道难；
殷勤寻驿使，一纸报平安。

渡沣桥

龙薄坂前烟漠漠，犬丘城下草萧萧；
故人冷落无杯酒，忍过阳关第一桥。

过马季长故里[1]

绛帐青编拥百城，通儒术业说铿铿；

桓灵运否工逢世，俊及才多难窜名。
草奏丧心倾李固，传经高足忌康成；
休将对策夸淳朴，还让南阳处士英。

［原注］

❶地名绛帐村。

武功晚行

木落秋高露气凉，秦云陇树晚苍苍；
遗黎陶穴存豳俗，祝史牲牢作道场。
三畤高原禾黍尽，五陵衰草寝园荒；
征夫不忍频催骑，时读残碑辨汉唐。

马伏波将军墓

矍铄哉翁第一流，芃芃荆棘闭荒丘；
名随铜柱天南播，身欠云台壁上留。
乱世嚣争嗤井底，衰年征战困壶头；

明良一德犹腾谤，款段何如逐少游。

陈宝夫人祠戏题

盈盈翠羽闲明珰，独处小姑未近郎；
倘向山头作云雨，穆公遮莫是襄王。

渡渭口号

篙师薄入浪花围，邪许声中气力微；
羡杀吴侬争渡好，蒲帆一叶剪江飞。

益门镇

披豁益门镇，遥程通蜀关；
仆愁新试险，客喜饱看山。
清涧[1]水呜咽，陈仓云往还；

巴赍在何许，且复奋登攀。

［原注］

❶水名。

古三交城

古迹三交问，荒荒闯虎蹊；
风回斜谷口，云渍武关西。
叠嶂浓敷雪，危崖乱踏泥；
不知天色暮，村落一声鸡。

凤　岭

群峰峭崪控连鳌，缭曲钩梯万仞高；
危磴缀行纷走蚁，悬崖鼓力逐飞猱。
平林细雨围青幕，远岫痴云现白毫；
愧我浪游轻万里，西来也似梦三刀。

凤县作

凤州三绝柳手酒，翠缕青帘野店门；
安得殢人出纤手，金丝低处劝金樽。

途次闻家松野于役，昌都就道有日，恐不及晤，怅然有作

万里桥边万里游，忽传随牒向遐陬；
西陲路少悬幢引，东道人谁下榻留。
折竹祠前劳盥手[1]，浣花溪上问遨头；
锦城若遂联床话，整辔徐随博望侯。

[原注]

❶入留侯祠乞签。

马道早行

申旦辨严程，艰危万虑轻；

棕林千骑塞，椒市一灯明。
月暗荒鸱啸，风号猛虎行；
七盘高岭近，今日宿褒城。

草凉驿题壁

柳树湾前刚买春，草凉楼畔小逡巡；
层梯划壤耕岩腹，傍水开庐凿涧唇。
缚股行縢随草履，缠头疏布当山巾；
岐周遗俗今犹在，差喜民风尚朴淳。

观音砭

巴山蜀山如结阵，四围天为山所困；
戴盆坐井虽殊观，周陆合沓势垂尽；
平时高视何寥寥，今日仰窥殊闷闷；
蟾兔蔽匿星斗亏，高春日下抑何迅；
我来茧足走蚕丛，退则盈尺进则寸；

如此荦确稽去程，征夫郁郁转生忿；
思陈一策力铲除，愿假万丈摩天刃；
丰隆列缺随指挥，披导砉然郢斤运；
雷霆荡扫崱屴平，过客徐鞚五花骏。

大安驿枕上作

孤馆乱峰围，淅淅风叶下；
灯昏院无人，山魈窥帘罅。

孟冬朔日途中野祭者

纸火青荧照墓门，家家冬祭拜儿孙；
远游自缺豚鱼荐，愧煞村夫老瓦盆。

武连驿迟朱芾亭不至

雨雪不时作，冥冥结昼阴；

驰驱同志少，衰病异乡侵。
古柏武功路，残钟觉苑音[1]；
郫筒新酿好，相待锦江斟。

[原注]

❶觉苑寺在驿北，宋元丰敕建。

板桥驿与老农谈，羡其闲适，诗以纪之

一溪流水竹当门，芋叶离披覆堰根；
饭罢倚檐无个事，手翻园册教雏孙。

脚底何知万里程，消闲长日闭柴荆；
官租纳后辞城市，为买年猪偶一行。

上亭堡[1]

兼旬绝曦景，跛躄漏天来；
复岭愁难越，沈阴郁不开。

三巴回近塞，七曲抱灵台；
我亦郎当甚，铃声吁可哀。

[原注]

❶即郎当驿。

登剑阁

雄关百尺郁嵯峨，过客凭临一啸歌；
内附强酋输白雉，西巡荒主跨青骡。
楯栏突突铭词剥，刀尺茫茫壁影磨；
旧是平襄旌节地，居人犹记汉山河。

广元道上纪所见

策蹇来石亭，绰楔纷照路；
大书表贤侯，德政莽森布；
牵援古循良，俚词纷条具；

累累羊子碑，比比召公树；
颂声胡太多，转滋过客虑；
神君不世出，群来此邦处；
将毋治茧丝，遽尔歌襦裤；
将毋逞狼贪，遽尔夸虎渡；
匪敢薄今人，臧否恐参错；
详视标题闲，反覆尤堪恶；
铲削前令名，后贤竟改注；
去思一朝删，转移歌来暮；
张可戴李冠，贡谀如蹈故；
嗟彼阳鱎流，底事工谄附；
君莫喜舆歌，他日令公怒。

杭香堡

半岩枯竹半岩松，深箐周回路几重；
正听瀑泉涤尘虑，流云飞堕一声钟。

次绵州[1]

芙蓉溪过见绵州，南下涪江抱郭流；
学士尚传渔父里[2]，居人难问越王楼。
鳞鳞比屋编黄篾，淼淼澄波泻碧油；
乔木澹烟风景在，东津只少打鱼舟[3]。

[原注]

❶芙蓉溪在州东北十里许，杜诗东津观打鱼即此。
❷渔父村在城东黄山谷故里。
❸温飞卿诗“澹烟乔木是绵州”。

落凤坡谒庞靖侯祠[1]

鹿门英特士，埋骨乱云堆；
策定三都地，人非百里才。
卧龙名并峙，衰凤遇堪哀；
倘假先生寿，中原运会开。

[原注]

❶罗江县西十里，今名白马关。

晚抵汉州

平芜蹀躞向岩城，失喜劳人欲辍行；
金雁驿前霜竹乱，石犀桥下暮潮生。
李公港汉犹通灌[1]，房相楼台入耦耕；
十日醉眠我无分，临歧何处脸波横。

[原注]

❶秦李冰治蜀，导江水灌田，今赖其利。

沔县早行

十日穿危栈，平原快晓行；
仆夫诉宵冷，客路趁冬晴。
祠宇闲凭吊，云山费送迎；
阵图遗石在，草没汉王城。

雪行忆诸弟

打头如掌雪花粗，水驿山亭一色敷；

遥忆吾家群从乐，一瓯清茗夜围炉。

仙人关❶

危关死守画刀痕，明炬山头杀气昏；
中目韩常报宵遁，只今飞鸟避辕门。

转战援军七夜驰，高楼火灭倒鸱夷；
棕榈败叶江枫飐，仿佛穿营紫白旗。

潭毒山前士马强，英风待制据胡床；
功收犄角存巴蜀，漠漠寒芜吊战场。

［原注］

❶宋吴玠破金处。

益门镇出栈

记入益门镇，蟾蜍已四周；

山川何寂历，岁月忽迁流。
老境增衰鬓，残年向尽头；
惭无奇崛句，云栈一囊收。

早　起

长途迫夙兴，残梦尚瞢腾；
朗朗严城柝，昏昏古驿灯。
帘歙风横入，窗漏月斜升；
襆被仓皇去，愧他行脚僧。

岐山晚行，御者失道，求饮不得，殊懊甚也

金轮忽西匿，远道困征夫；
点点归牛散，啾啾宿鸟呼。
谷深车铎厉，村远驿灯孤；
何处寻茅店，残羹尚有无？

端　居

端居日多暇，掩卷起长叹；
十年厕经生，俯首弄柔翰；
少壮意气豪，挟策逐时彦；
私享敝帚金，谬夸脱颖见；
负笈走四方，师友期讲贯；
疏懒胡性生，舍业日游宴；
奥义昧鲁邹，疑晦殆强半；
制锦不成章，断续才袜线；
磨厉须及锋，铅刀谢百炼；
麻衣待至公，矮屋尘踢遍；
如堕沧海涛，浩乎迷畔岸；
一第常慁人，敢云罪非战；
屈指旧同学，翩翩上云汉；
频年撄世纲，家计劳敕断；
风木悲严亲，旋丁季父变；
竭蹷摧中肠，九原期无憾；
萱堂衰病侵，伊谁侍寝膳；
舌耕寄他乡，依人慨王粲；
残躯宽带围，药里供清咽；

扪腹鼎膨脝❶，目昏雾花看；
志灰精力消，自分沦愚贱；
念此增彷徨，心悸背流汗；
华年随逝波，往者不可谏；
甑破何顾为，改辙亦长算；
推车入深山，茅蒲老耕佃；
绵上有介推，庶几称后殿；
惜违当时心，清泪落如霰。

[原注]

❶时患腹胀。

游雉山

暇日多隐忧，业生类春草；
绵芊可中庭，芟除几时了。
有客为我言，登攀计亦好；
芒屩自排当，乘闲事幽讨。
仄径通羊肠，彳亍出林表；
荦确石磴纡，绝顶望缥缈。

河流双带萦❶，白沙莽浩浩❷；
墟落千万家，炊烟幂榆枣。
芳畴叠僧衣，畦畛划分晓；
镜波互明灭，篱门晃虚皛。
荒祠缭垣颓，花落红不扫；
蹣跌倚长松，偃盖森羽葆。
溜雨皮青僵，拏空探龙爪；
洞天在人间，何处问蓬岛。
胡为染世故，尘埃日扰扰；
会储买山钱，结庐冠其嫖。
拾橡随猿狖，栖迟以终老；
白云方待人，决计须及早。
倦游薄曛暮，归路石房绕；
长啸振层峦，遥空没飞鸟。

［原注］

❶瓜漏绣江两水环互左右。

❷瓜漏多积白沙，望如匹练。

寄家西槎

三万六千场，浮生类转毂；
胡为叹劳薪，牢愁日蹙蹙。
忝附砚席交，橐鞬竞角逐；
驽力骅骝先，雉价凤凰鵔。
上下随云龙，中书愧老秃；
我宝宋人石，君泣楚廷玉。
靦颜对妻孥，青衫泪盈掬；
世流倒狂澜，一手苦翻覆。
买第衣钵传，觅举饱竿牍；
白撰通津梁，逡巡致鼎足。
计簿洵殊荣，穷薄鲜厚福；
况逊揣摩工，帖经废三复。
科目纵谬叨，进退实维谷；
简伉乖时宜，承乏惧覆悚。
唾面颜甲重，拂须步踖踧；
未解近床拜，宁甘扫门辱。
出守奉一麾，重责寄司牧；
贪缘四知金，纷呶片言狱。
鹰犬供长官，民命恣鱼肉；

溪壑欲良奢，诛求忍敲扑。
下下署考功，严谴寻初服；
谅哉侯霸痴，已矣詹尹卜。
昔君走燕台，悲歌独击筑；
归来为余言，丙夜同剪烛。
东华十尺尘，薰天不可触；
当路佃夫骄，失势嗣宗哭。
古今貉一丘，通隐笑沈陆；
素衣易化缁，柴车去何速。
世网多纠缠，微躯自局促；
性僻逢迎简[1]，知我卿鲍叔。
同病剧相怜，浮云骋遐瞩；
十年息壤留，买山诺暂宿。
婚嫁毕向禽，偕游继前躅；
度地东陵东，傍泉起茅屋。
墟落三两家，渔樵互聚族；
菌阁扶苍藤，荷陂种修竹。
眠帐鹤梦酣，支床龟息熟；
芒屩折角巾，岑牟斜杀幅。
杖策寻灵源，藉苔看飞瀑；
柳阴乌犍嬉，稻塍白鹇浴。

种秫盈西畴，腊醅手亲漉；
招饮来良朋，盘飧供野蔌。
觥船任拍浮，藉糟或枕曲；
兴酣吹短箫，迭唱良辅曲。
有时学长生，神方上清箓；
甘饴饷青泥，仙药斸黄独。
功成破瓜年，高举跨鸾鹄；
拔宅姑妄言，热场困严酷。
故态今犹存，狂吟凫胫续；
诗成上骚坛，博君一捧腹。

[原注]

❶西槎咏怀句也。

无雨叹

未年盛夏天不雨，畿南赤地一千里；
街头粮价朝朝增，十贯不买三斗米；
道殣相望沟壑平，拉杂胔骼饱蝼蚁；
少壮漂泊权偷生，沿门托钵随衲子；
穿墉逾墙亦偶为，鸣骹胠箧情急耳；

几时啸聚来纷纷，盘踞村落如封豕；
恶少乡豪俱响应，驵侩援结供嗾使；
登门怒叱田舍翁，计口均粮囷可指；
愚氓畏事甘吞声，但道唯唯颡有泚；
或出担石充空囊，或损轻资惠桑梓；
蛇虎威棱狼贪饕，溪壑不盈势不止；
我闻明季多旱蝗，流寇充斥殆如此；
守令告灾多饰词，质言恐失大令旨；
衙蠹干没官屯膏，流离雁户复何倚；
酷吏报最专催科，饥寒棰楚出九死；
饿客揭竿肆焚掠，神州陆沈成覆水；
运移明祚数云然，养痈玩灾谁祸始；
残腊三白曾见无，田家饭瓮莫浪语；
春来旱暵七经旬，俶载良时误举趾；
狂飙似虎日夜吹，平畴龟坼横庚理；
缥轭高束黄犊眠，芜菁枯拆麦苗萎；
嗟我农夫失来牟，行将埋没逐新鬼；
岱下诸邑方汹汹，入市插标鬻儿女；
侧闻有诏宽春租，县衙追比按期举；
绘图难待郑侠来，踏灾不逢袁介起；
牧羊求刍足达官，远谋敢笑肉食鄙；

鲰生徒怀杞人忧，吁嗟彼苍伊胡底。

醉中信笔

开卷便宜读《离骚》，得钱便宜持酒瓢；
人生快意须臾耳，及时不乐非英豪。
二十四考中书令，彯缨曳组鸣鸾镳；
势要熏天炙手热，五侯七贵门资高。
不然财雄比陶猗，钱愚地癖纷招摇；
郭家金穴石金谷，肉库山积环黄标。
敢云富贵非吾愿，妄语贫贱徒虚骄；
智者由来重时命，通塞有数将安逃。
生世不谐事儒业，青衫泥我如漆胶；
管辂漫诩一黉俊，子云无辞能解嘲。
蹋遍槐花苦觅举，雁塔仰视天门高；
桃梗土偶竟谁是，何不归去关蓬蒿。
带索躬耕分中事，曹仓邺架穷传钞；
净揩双眼看时态，滚滚去似秋江涛。
翛然老作太平犬，安能龌龊媚世工折腰！

留别马问亭

老伧息影雉山侧，枵腹抗颜据讲席；
故人寥落如晨星，赖有高贤数晨夕；
颇恨半生未谋面，残秋握手乍相识；
依稀缔交十年前，掇皮辄尔输肝膈；
将毋东野与退之，梦魂往还在畴昔；
今岁学舍成比邻，对宇望衡去咫尺；
二陆分住廨东西，诸阮聊分道南北；
琴樽日日相过从，礼节自疏忘倒屣；
兴酣促膝间狂谈，四座挢舌各嚄唶；
眼高六幕胸千秋，排山摧岳富捃摭；
有时拊掌一胡卢，头没杯案汗巾帻；
抗喉高歌良辅词，前喁后于无钩棘；
长绳难系羲和轮，暮岁峥嵘苦相迫；
离筵觥爵交飞腾，小户敢辞酒肠窄；
今宵痛饮须尽欢，明朝便是云山隔。

秋　夜

恻恻寒生百尺楼，越罗衫薄不禁秋；

凭栏莫听临风笛，一夜征人雪满头。

斋前晚梅大放，率尔有作，寄呈蔼园，即订巡檐之约

约略春痕上北枝，闲寻踏雪恨来迟；
谁知酒肆重逢日，犹是罗敷未嫁时。

月落参横见一枝，荒村春信笑迟迟；
侬家小院多修竹，翠袖天寒独倚时。

绛裙缟袂擢琼枝，索到巡檐一笑迟；
太息枯肠何水部，负他官阁卷帘时。

暗香浮动逗交枝，步屧篱根到未迟；
底事封姨太唐突，教人肠断月明时。

东皇着意护丛枝，路入孤山放鹤迟；
闻道仙人数罗郁，姗姗今见独来时。

铜瓶纸帐插枝枝，伴我诗癯结梦迟；

记否灞桥风雪里，蹇驴破帽苦吟时。

拟向江南寄一枝，陇头驿使信偏迟；
分身未到长安路，又是江城按笛时。

仙姿绰约秀连枝，洛浦人归玉佩迟；
为语绿珠容绝世，君来莫待坠楼时。

放　笔

廿年身世两蹉跎，咄咄书空竟奈何；
江上琵琶听不得，青衫一掬泪痕多。

仰对空梁日著书，千秋万岁竟何如？
浮名不及杯中物，底事呕心赋子虚。

气吐长虹力挽牛，男儿结客仗吴钩；
朱家郭解今黄土，一注醇醪吊赵州。

慎莫劳劳扫相门，平津阁闭少公孙；

英雄合向江湖老，一饭常怀漂母恩。

不合时宜蒂芥胸，侧身天地竟难容；
会须独驾飙车去，群玉山头拜赤松。

陌　上

朱轮绣幰碾晴沙，陌上人迎苏小车；
今日寻春春已去，教侬肠断倚桃花。

偶　占

落红铺径水平池，庭院潇潇暮雨时；
景自萧闲人自瘦，一场春梦出帘迟。

茜纱窗外雨声骄，一穗寒灯伴寂寥；
自笑年来憔悴甚，潘郎鬓发沈郎腰。

悼　亡

天上青鸾信渺茫，吹箫台畔月苍苍；
知他奉倩愁如海，一听清歌一断肠。

古　意

登台不见秦箫史，设幔空劳李少君；
回首北邙悲葬玉，朝朝暮暮怨行云。

冬　晓

朝曦偏傍小窗明，偎枕摊书万虑清；
饭熟山妻呼不起，搴帏催唤两三声。

雪

打窗风雪夜潇潇，听到残更势转骄；

晓起搴帘看庭院，老梅低首竹弯腰。

天使阅兵东郡纪事

拜表群公出凤墀，诘戎端不负清时；
天边绣斧初行部，海上楼船已犒师。
十道羽书连月下，千门铁骑戴星驰；
重洋昨岁鲸鲵戮，风靖蓬莱玉帐旗。

供张东门起幔城，迢迢头踏起鸣钲；
遮舆投刺官僚拜，夹道行庐将吏迎。
百辆辎軿充后队，万人铙吹拥前旌；
威仪漫说唐都护，不数高车出塞行。

森森鹿蚪拥层台，阅武堂前垒对开；
哨急合营驰虎旅，屯空列幕走龙媒。
高牙五丈霞明日，巨炮连珠地走雷；
安不忘危关睿虑，长城须仗轶群材。

投醪飨士听胪呼，十万金钱俨赐酺；

东国油幢移使节，中州练甲奉军符。
飞觞尚醉椎牛宴，负弩仍驱落雁都；
闻道畿南多赤地，还朝宜绘监门图。

追　悼

欹枕清宵玉漏残，伤怀往事泪阑干；
冤禽碧海填愁易，顽石青天补恨难。
祥梦敢征虚集凤，列真相引遽乘鸾；
黄金捍拨双银甲，几叠哀筝忍再弹。

红豆嵌将骰子无，新编莫续黑心符；
寻来郭璞三升豆，费尽齐奴一斛珠。
别浦有时搴芍药，故山何日采蘼芜；
台盘给侍屏风列，漫把荆钗傲绮襦。

银汉西倾纤月低，画幮人静晚风凄；
浮尘败箧萦蛛网，故垒空梁涴燕泥。
白水为盟心并照，黄泉有待手重携；
他年暖老须燕玉，忘说相随到杖藜。

争挥慧剑断尘缘，苦海慈航得径便；
血渍啼鹃空化魄，壁悬飞鼠遽登仙。
嫦娥窃药奔宵月，倩女离魂泣暮烟；
哀乐几多费陶写，不堪丝竹醉华筵。

紫玉成烟已蜕形，韦皋重会梦无灵；
浪抛砧杵敲寒月，耻抱衾裯赋小星。
东郭人归庭寂寂，北邙风起雨冥冥；
丽谯更柝和钟动，不数褒斜道上铃。

阎浮路隔望依依，道士西厢莫叩扉；
篮室夙缘留赤线，重台旧队老青衣。
流年锦瑟随驹过，入梦罗裙化蝶飞；
一道红墙终古界，漫将消息问支机。

前和剪纸唤卿卿，楚些哀词调再赓；
恶业灰中沈万劫，精魂石畔证三生。
随鸦未唱郎当曲，换马同传薄幸名；
若道求浆终得遇，天涯踏遍访云英。

不共鷓鴣寄一枝，夜台长去杳归期；

情条宛转抽蕉叶，恨缕缠绵曳藕丝。
石阙口衔空复尔，车轮肠转竟何之；
扬州廿四桥边过，可有琼箫倚月吹？

挂壁余芳蛀麝煤，命宫磨蝎遽相催；
朝云去后闲妆阁，夜月窥时掩镜台。
桑树金环人再世，蓝桥玉杵客重来；
潘郎尽有伤心句，谱入参差续八哀。

都门怀古

燕都遗恨竟如何，抑郁还赓击筑歌；
竖子成名羞郭隗，英雄偾事痛荆轲。
督亢图毁咸阳炬，碣石宫倾易水波；
太息望诸中道弃，孤忠千载照滹沱。

高丹亭将应诏上书，诗以止之

纳言明诏下丹除，圣度汪洋海不如；

元老临戎贵持重，书生建策本迂疏。
延询盛典虚前席，征辟隆文失后车；
横海勋名元不易，吾侪只合老乡闾。

太平良策出河汾，湖海元龙豪气存；
拔帜纵能摩敌垒，请缨谁与谒天阍。
笺成豹略机原熟，敝尽貂裘道岂尊；
肉食远谋今异昔，不须辛苦叩铃辕。

卷四

戒杨丰泉

杨子窘甚饥于菟，俯首弭耳荒山隅；
一朝虓怒作雷吼，震摄猿狖啼封狐。
年来不得行胸臆，汗漫混迹侪屠沽；
村酿五斗供鲸吸，烂醉夜卧黄公垆。
黑犊雉枭信手掷，绕床大叫成三卢；
博徒酒侣忽谢却，买笑又恋倾城姝。
迷香洞深到不易，留髡送客寻欢娱；
筝弦嘈嘈拂雁柱，歌喉呖呖调莺雏。
晨鸡三号破绮梦，缠头巨费连宵输；
青楼薄幸牧之悔，黄金挥尽囊栝虚。
君才不羁识洞达，色界偶涉非沾濡；
日近妇人亦细事，古云感愤今则无。
诸伧相士贵边幅，骅骝宁与驽骀殊；
问柳寻花本托兴，纷起指目为登徒。
彼悠悠者安足齿，蚕茧自缚乖良图；
忆昔与君共铅椠，鸿文脱手惊老儒。

十一人中最年少，意气傲兀雄千夫；
视掇青紫拾芥耳，筡云直上游天衢。
维时贱子奉坛坫，邾莒敦盘下风趋；
屈指吟社旧同学，翩翩皇路争先驱。
蹉跎十年付弹指，道旁隳甑嗟居诸；
我已颓唐君尚壮，壮不努力胡为乎？
君不见，服轭老马迷前路，嘶鸣踯躅寻他途；
前车不远当鉴吾，吁嗟乎，前车不远当鉴吾！

和刘乐山先生题拙集韵即以留别❶

浪吟纤细逊蛙声，唧唧差如蚓窍鸣；
纵使高流虚接誉，敢期竖子竟成名。
无多手稿劳芟刈，不死心茅尚郁生；
取次扬雄羞少作，扫将林叶逐风轻。

秋高秦陇气苍苍，风土无端问异乡；
匹马严程攀曲栈，片帆归路下清湘。
浪游愧我肠犹热，拙句逢君齿发香；
悔煞插萸佳节近，题糕座上少襄阳。

[原注]

❶时将有成都之行。

谒魏文贞公祠[1]

英主堂廉独犯威，诤臣妩媚是耶非？
批鳞手足扶洪业，纳鹞怀曾伏杀机[2]。
墓有仆碑冈陇改[3]，家无遗笏子孙微；
太阳都录莫须有，里社千秋俎豆辉。

[原注]

❶在晋州西郭。

❷太宗有“会须行杀此田舍翁”语。

❸公墓为滹水所没。

中秋对月饯松岩明府席上作

来鸿去燕各争秋，客里风光烂漫收；
五斗浊醪皆适口，二分明月正当头。

将军闻咏宜停舫，老子驰情欲上楼；
如此团圆如此会，莫夸骑鹤到扬州。

题王荫堂刺史《续故吾图》

光阴有迁流，形骸有少壮；
一乘一除间，新故迭推宕。
新也不容玩，勋庸及时创；
故也不容诬，夙怀重期向。
忆君十年前，作图证微尚；
惟昔髯未生，玉树临风壮。
惟今微有髭，添毫倍神王；
体貌虽差殊，素志无弛放。
业以恢弥宏，阶以转弥上；
独兹守区区，葫芦绘依样。
讵缘入世深，真面遂凋丧；
但指须有无，未免失皮相。

题叶香士《晚凉看洗马图》

谁言蓄马事不韵？黄睛道人重神骏！
汉家西极天马徕，霜蹄蹴踏风云开；
渥洼龙降收异种，远耆蒲类规轮台。
叶侯健者真英雄，爱驰名骑弯强弓；
醉射黄獐饮獐血，耳鼻出火生长风。
纵辔注坡若傅翼，此乐何减曹景宗；
平芜蹀躞走金埒，步工时效连钱骢。
十年薄宦肉生髀，枥下汗血闲欲死；
圉师牵向高柳阴，滑笏清流石齿齿。
翻空乱激千斛珠，可意骕骦亦弥耳；
风臆龙鬐一洒然，滚尘五花谢泥滓。
吁嗟乎！
楚氛腾恶殷南天，黑山铁骑如风旋；
叶侯倘使掉鞭去，骅骝开路捎旌旃。
倚鞍挥毫作露布，英姿飒爽图凌烟；
颊上三毫合添取，人欤马欤名并传。

景州早发

三年留滞幸成归，奔走江湖悟昨非；
宿涨未消吹浩浩，残星将灭弄辉辉。
听鸡茅店霜沾鬌，策马枣林风揽衣；
屈指到门童稚候，种松看取可成围？

定州署中除夕

仆仆风尘苦未休，可怜犹作稻粱谋；
仰空鼠岂功名吓，过隙驹难岁月留。
寄迹梁鸿常赁庑，怀乡王粲正登楼；
春风明日开生面，满酌屠苏慰白头。

漫期将寿补蹉跎，天外浮云瞥眼过；
下石名场羞市井，厝薪时事沸干戈。
深心有计谋藏壑，巨手何人挽逝波；
我亦处堂如燕雀，逢春且唱太平歌。

偶　成

沧海横流未息机，衰龄雅不慕轻肥；
残棋一着观成败，古籍千言剖是非。
肝胆空存何处吐，鬓毛如许几时归；
变名方学吴门卒，漫制南山扫塔衣。

作诺不甘合去休，激昂难与世情投；
寥天远举期黄鹄，急溜浮沈笑白鸥。
五夜着鞭谁健者，三年刻楮便名流；
烽烟岁岁昏吴楚，洗甲无时倍隐忧。

题柴舜臣先生玉照

矍铄哉翁，称隐君子；
古貌古心，婆娑下里；
寄兴丝桐，咀宫嚼征；
存太古音，证伶伦旨；
长笛短箫，分刌析理；

绝艺传薪，执业而起；
长清短侧，殚索弦指；
环侍诸孙，玉树交倚；
草阁阴清，桐花放始；
小试龙团，风生腋底；
信手抚弄，洗空俗耳；
恨我远游，寄题寸纸；
何时踵门，一听流水。

秋夜独坐怀友人

轻飔木末弄刁调，碧宇澄澄湛泬寥；
泼地清光无赖月，袭人凉意可怜宵。
偎梁宿燕梦相警，抱砌啼螿语似嘲；
如此栏杆成独倚，伊人千里白云遥。

送赵斡亭明经旋里

旅雁一绳霜叶白，平棘城南送归客；

缥缈故山指虎门，匹马征衫带寒色；
重来计日春草生，不须临歧动凄恻；
揽袪相送还相留，鹧鸪劝人行不得；
嗟嗟世难方横流，满地干戈道路塞；
十年杀气腾南天，余氛蔓延大河北；
桀黠岛夷太鸱张，横海舳舻析津迫；
吁嗟乎！
议战议抚皆无功，翠华出塞何匆匆？
太液池头一炬火，可惜三十六离宫。
急辇金币啖强敌，却为揖盗开辟雍；
誓书郑重如铁券，非类心异言不衷。
将军一败肝胆裂，传檄疆吏同兴戎；
他族逼处师乌合，外兵内寇愁交讧。
谁秉国成职枢要，诀策胡不权始终；
坐使大幡五楼辈，乘隙四出纷剽攻。
炎炎渐有燎原势，人未悔祸忧心忡；
何当诸帅背城借，荡扫群丑畿甸空。
捷书早奏迓銮辂，都人夹道争呼嵩；
明春君随社燕到，碧桃花下倾千钟。

梦在星

吾兄泉下宿，忽忽二十年；
何意清宵中，欢聚情如前。
招邀赠云馆，狼藉陈诗篇；
尚论古人句，魏晋兼唐贤。
顿渐各持义，互参上乘禅；
或侒辟支果，断断谓不然。
仰天忽大笑，解脱空诸缘；
有客排闼入，侧笠锄在肩。
指瓶索尝酒，瓜瓠纷登筵；
团坐遂轰饮，拇战挥老拳。
兴高发清唱，引吭秋云穿；
予亦倚声和，齿豁喉不圆。
果筐啮饥鼠，倾隳枕函边；
梦回韵在耳，朦胧窗月悬。

闻家其相之讣

方怪音书作答迟，忽传凶耗泪痕滋；
随肩入塾五年长，苦口论文一字师。
逼近衡庐偏昵就，寒酸笔砚托交知；
年来宗衮消磨尽，老辈典型更属谁？

豕突妖氛旦夕传，广文无那弃寒毡；
悬车赖我千言促，解组从君一着先。
藜藿可辞更窘况，枌榆足乐送残年；
怜他安享仍无分，甫返柴扉便九泉。

耕耦前期沮溺俦，婆娑二老足风流；
未营别业兔三窟，先占名山貉一丘。
杖履几人悲旧侣，缥缃有子继前修；
何年乞取归田假，酹酒荒阡宿草抽。

曲云书枉过话旧

跫音生喜到寒厅，平棘城边聚水萍；

剪韭客来谈夜雨，班荆人散数晨星。
宦场寥落头俱白，歧路徘徊眼不青；
底事怀忧同伯道，蚌珠计日抱宁馨。

题夏危卿《秋林觅句图》

凉意飒高梧，孤馆日岑寂；
拥鼻吟正酣，微闻疏雨滴。

清兴发萧晨，人瘦西风倚；
拈花悄无言，时扣锦囊底。

黄叶村头住，烽烟苦未降；
故山一回首，枫影落吴江。

兰闺艳福多，画幨杂吟管；
酬唱何风流，鸥波人未远。

过访姚锡龄、赵灿章两茂才，适张丽卿明经在座，畅谈移晷，归途成长律二章却寄

双轮出郭碾尘轻，稚子迎宾户不扃；
两月荒城怀旧雨，今朝别墅聚晨星。
登台觅句儒生感，撼壁狂谈野老听；
挥手依依归路晚，淡烟残照罩林坰。

丈夫六十合称翁，恰四翁来宁易逢；
我独力衰如鹢退，公皆齿长未龙钟。
抄书不拭麻茶眼，论史能宽芥蒂胸；
地主若容迹频数，还期一月一追从。

灿章、锡龄两茂才依韵见答，再叠前韵，得四首

三人师敢掉心轻，导示津梁叩秘扃；
共把简编娱暮景，自斟杯酒劝长生。
道孤差信狂奴守，句拙何堪老妪听；
拄笏西山还一笑，隐君庐舍在郊坰。

燕南耆宿两衰翁，文献百年未易逢；
论古三诗兼六笔，浇愁百榼敌千钟。
晒经休笑先生腹，贮甲谁窥老子胸；
扩我见闻医我俗，草元亭下日相从。

世荣瞥眼一尘轻，岑寂冗官户尽扃；
扫叶心情乘短晷，生花目力散群星。
得枭得雉何心赌，呼马呼牛信耳听；
取次故山投劾去，萧闲杖履度烟坰。

兵后凶荒说老翁，干戈未息岁难逢；
丰年常羡人三釜，瘠壤今收亩一钟。
墟落廪高游鼓腹，村坊酒贱醉沾胸；
太平歌咏吾徒事，三叟还宜载笔从。

李香谷摄高阳，借余肩舆去任，时以授来者，作诗以索之

熟读南华论物齐，有无彼我礼难稽；
早知策许绕朝赠，悔不舆先别驾题。

小吏能更他国酒，微生爱乞近邻醯；
辟归闲道原容易，莫便匆匆信马蹄。

有　感

一笑谋成偃月堂，世途巇险甚羊肠；
吹毛自谓寻疵巧，近手安知代斫伤。
啄蚌有时收鹬鸟，捕蝉无术免螳螂；
好还天道原如此，寄语诸公敛剑铓。

多金行路见交情，白犬丹鸡宦海轻；
几许头颅逢客赠，断无肝胆向人倾。
伏机窃发嗟何及，宝剑重磨不待平；
堪笑雨云翻覆手，登堂明日又门生。

送友人从军

论交平棘意殷勤，忽地临觞别绪纷；
珥笔未随金马客，仗戈先逐水犀军。

雄谈娓娓风生座，奏凯堂堂露布文；
云树淮南千里隔，衔杯何日慰离群。

军门长节暮秋时，书记翩翩顾盼姿；
刁斗森严程不识，封章荐达魏无知。
钓鱼山险周防密，盘鸟阵开布算奇；
帷幄发纵功不细，教人叹息重军咨。

笼中鹤

青田仙种志干云，郁郁幽居谁忆君；
铩羽漫思天外举，引吭忍向月中闻。
人如伏处堪为伴，境到卑栖尚不群；
从此投闲安束缚，仰看旧侣上苍雯。

韝上鹰

风吼天山雪打围，健儿臂上足神威；

掓身兀兀思排击，掣足迟迟受指挥。
功让周逵张密网，心随注阪走轻軓；
老饕攫肉非吾事，闲傍猎场学息机。

枥下马

红锦障泥旧梦苏，逐群仰秣困穷途；
若舒筋力才仍足，但相皮毛术已粗。
漠漠飞沙经绝塞，愔愔小雨啮残刍；
衰躯且自安维絷，伯乐他年得遇无。

井底蛙

一隙通明别有天，托居幽窟得安便；
深藏好处羸瓶下，攀附羞随级绠前。
泥滓潜踪良有分，沧溟跋浪信无缘；
高鸣原不期人赏，任尔非才幸自全。

怀刘药衫先生

五柳先生本爱闲，冥鸿避弋早飞还；
春旗按部曾巴峡，雨笠催耕老跖山。
高尚名应腾海右，太平歌自咏田间；
崔儦入室五千卷，中岁辞官未是顽。

廿载皋比近郭门，云亭问字日纷纷；
知途老马精谈艺，预草童乌善缀文。
商隐闲情吟夕照，坡翁衰境恋朝云；
迢迢九载乡关隔，鼻垩何时试匠斤。

怀李露园从军云南，时师阻黔境不得进

昆明又隳劫灰中，烽火连天夕照红；
六诏连鸡吞白爨，诸蛮莅犬煽乌蒙。
磨盘山险难潜度，铁索桥危待急攻；
马槊淮南曾小试，捷书何日告成功。

纪　事

篝火鸣狐启乱萌，震邻风鹤怯先声；
将军闻警三遗矢，文吏分忧一背城。
守险何曾劳士卒，冲锋只竟仗民兵；
幺么荡扫全容易，持重逗桡无日平。

秋夜独坐有怀

兀坐寒更尽，商飙动远林；
雨声还淅沥，秋气太萧森。
黯黯银釭灺，迢迢画角沈；
故人天末远，何处寄离音。

秋　夜

人定踞胡床，轻飔袭袂凉；
停云时阁雨，掩月忽流光。
近砌繁蛩响，高楼度雁行；

何当邀素友，高调咏沧浪。

生日在馆拟归不得漫赋

年年鞠曆侍高堂，无那今朝滞异乡；
地隔萱帏难舞彩，樽余菊酒当称觞。
当筵作恶如伤别，对客无言讶病忘；
遥识老亲念游子，倚闾日暮待归装。

粤警感事

清时幅员长，穹笠等涵盖；
声教沦八荒，帡幪示宽大；
历朝善招徕，德威罔弗届；
北庭沈墨乡，西徼旄牛外；
穿胁魋颜流，崩角奉冠带；
东赆偕南琛，璘彬图王会；
蔚若涂山巡，执玉懔匪懈；
闲闻顽梗流，盗兵窥穷塞；

一挥奋天戈，当辙麾螳背；
蠢兹嘆咭唎，侏㒧而狡狯；
赕土亏正供，高价售浊秽；
置蜜刀剑端，嗜者恬不怪；
财耗身命随，胡忘垂堂戒；
计惟弱中华，坐使区夏匮；
矫矫黄鸿胪，叩陛力请对；
要言塞漏卮，敷陈阐利害；
温旨荷褒嘉，拯民此事最；
一炬奇货空，庶几振聋聩；
小丑恣跳梁，效逆毋乃太；
赫怒申挞伐，聚族歼则快；
孰谓天讨张，魁柄授鼠辈；
龌龊纨裤儿，门资叨养丐；
夤缘列通显，覆悚调鼎鼐；
赫灼权熏天，竿牍倾宇内；
一朝拥节旄，粤岭驰紫轪；
精锐集诸方，期门戈铤队；
所冀筹万全，一鼓虏可败；
重创乃议抚，马前吐蕃拜；
爰施汤网仁，弥坚尧天戴；

持重亦良谋，分军扼要隘；
主客形势成，高垒当引退；
不识渠肺腑，举事殊愦愦；
兵力与民心，危言肆狂悖；
逗挠失事机，偏师遂先溃；
果毅关将军，涂地肝脑碎；
畏贼如虎狼，奚止蜂与虿；
恇怯乏善策，私问遣一介；
割地议请和，疆索轻草芥；
拓非铜柱标，弃如玉斧画；
猥云饵敌耳，中饱自返旆；
胜算安边陲，瓯脱安足爱；
侧闻置官守，沿户重科派；
被体斥裘裳，装饰易鬔髻；
嗟彼编伍氓，胡然隳鬼界；
或詈仇家鸾，或唾秦相桧；
众望悬藁街，果就栎阳逮；
夫何失东隅，覆辙蹈受代；
专阃煽余威，声色事荒汏；
辇金输强敌，若与野人块；
帑藏为之空，搜牢遍闤阓；
枢政日益弛，边防日益坏；

岂无万里城，可怜坐斥废；
书生怀隐忧，端居寄长喟。

春柳答友人

嫩绿垂垂拂钓矶，缠绵正好系征騑；
长条不是无心挽，怕惹飞花上客衣。

冬日感事呈王荫堂

旅食他乡苦滞淫，镜中畏见鬓霜侵；
依人碌碌梁鸿庑，度岁空空季子金。
逐鹿名场输捷足，亡羊歧路亦甘心；
羁愁赖有知交慰，底事长歌作越吟。

感　事

休嗤东野不平鸣，饶有骇机随地生；

路入重歧行逼仄，棋抛一着劫纵横。
异时空抱噬脐悔，当局胡忘攘臂争；
寄语丁公莫相厄，浮云变灭万缘轻。

清明风霾竟日

积日封姨吼，阴霾郁不晴；
胜游虚订约，令节枉存名。
列俎修时荐，连舻滞客程❶；
为霖殷望泽，良沃正春耕。

[原注]

❶家慈由北平来冀，计时在津门舟次。

丙夜不寐枕上作

比撄尘网日阻梗，如瞽失相堕眢井；
枨触不化心烦纡，胸积痼瘕项生瘿；
将无磨蝎守命宫，恶岁迁流致灾眚；

果使忧患能伤人，摧挫自信年不永；
彭殇齐物师达观，生浮死休亦平等；
髑髅差乐南面王，愿随鸡犬舐丹鼎；
于世无济真赘疣，岁縻寸廪行可省；
所虑萱堂今龙钟，晨昏倚膝须定省；
雷池饷鲑职方修，敢思九原保要领；
抑郁且寻行乐方，抖擞烦恼力贵猛；
不需低唱与浅斟，闭户焚香忘曦影。

南村晚归

古城东畔春日西，白杨风战鸺鹠啼；
天寒月黑暗无路，乱蹋墟墓鞋穿泥。
狐狸怒据嗥蓬颗，挂棘纸钱耿余火；
心悸背汗趋前村，踉蹡不顾醉衫辨。

闻议抚事成有感

跋浪长鲸大海蟠，汪洋圣度比天宽；

当车怒合膏斤斧，解网恩容捧敦盘。
上相筹边尊魏绛，元戎制敌仿仇鸾；
从今逼处滋他族，厝火须防卧未安。

由漪清园步至玉泉寺，即景口占

揽尽名园胜，招提接近郊；
路幽穿槲叶，垣缺出筠梢。
稻垄千盘划，泉珠百琲抛；
禅关远尘境，可许阿侬敲？

到门殊寂历，游客坐忘机；
水牯懒长卧，沙禽驯不飞。
摇风篁影乱，通溜涨痕肥；
老去菟裘卜，还来买钓矶。

送柴文泉大令需次赴吴，赠以四律并序

卉年旧雨一旦分风①，睹展骥兮颜开，听歌骊而心恻。

使君捧檄腾欢，为逮老亲，廉士剖符，署考定推清令。虽屈栖鸾于枳上，未拓鸿才，而驯文雉于桑间，亦觇骏绩。王乔治叶，问政谱其谁传？潘岳栽花，卜荐章之早上。爰乘赠策，载绎陈编。

窃念胥门索赋，橘柚兼包，内府征租，稻芒是括。钱有导行之例，船多进奉之名。长官惟计，除头小吏亦思染指，或鸡连愚懦而早卖蚕丝，或兔脱豪强而长流雁户。甚至威张冠虎，密布爪牙，苦耐鞭牛，仅存皮骨。延赏之囊中百万，直可通神；雷渊之杖下，半千时闻。泣鬼宵检，苞苴之籍，昼翻罗织之经，听者沾膺，言之切齿。

今者，官常霜肃，治术风清，建牙者共仰金心，效臂者咸呈银手。才勤抚字，补牍已登。但号循良，书屏定卜。莫道半通是绾，境囿雷封；须知三异之称，政期日上。伏愿师驱鸡以除害马，惩佩犊而变饮羊。拔薙抑强，胥芟稂莠耨苗，靖盗聿扫萑苻，司农之籍缓开比屋。不呼暮夜，都讲之筵早启，圜桥共坐春风，古有神君宁殊不尔。今逢吾友是将毋同属行李之方殷，折垂杨而无那，预聆江东驺唱，远应口碑，且联下里骈词，用抒衷曲，一言为贶，四律适成。

篮班畿辅叹离群，把手乡关袂又分；

邓尉探梅应忆我，吴江载米更逢君。

官邮去去巡青甸，子舍迢迢睇白云；
回首芸窗旧同学，弃繻英概属终军。

纸堆生活隐蒿莱，随牒南行亦壮哉；
挂席淮堧冲白絮，解装吴会熟黄梅。
着鞭初起闻鸡舞，射策曾夸中鹄才；
吏道休言师法令，饰将儒术益恢恢。

巇险名场厕足难，湿薪严束为谁宽；
调羹洗手如新妇，敛版低眉事长官。
一斗葡萄羞夜馈，数畦芦菔足朝餐；
汉廷御吏真无两，梁统门迎正结欢。

东南财赋甲诸方，无艺诛求信可伤；
计部算缗忧硕鼠，外台飞粟戒贪狼。
时清不徙姜潜榜，民困还倾何易囊；
措大行将作慈父，闾阎生命酌茶桑。

[校注]

①神仙把风分为两个方向。

卷五

枕上作

三更风雨急，乱打纸窗破；
布衾泼水寒，猬缩尚高卧。

惊断东归梦，中宵一雁过；
隔窗窥月影，隐约见明河。

病骨不禁秋，无衣辗转愁；
呼儿乘早起，先去典罗帱。

寄陆吾山判官，时在大名军幕，有防河之役

七纸狂书记，翩翩又见君；
衔官今屈宋，门阀本机云。
保界畿疆重，搜材幕府殷；

敬舆推独步，别驾识同云。
耀日良工剑，成风大匠斤；
平淮行奏雅，谕蜀早驰文。
巨镇天雄扼，洪流地险分；
渡罂图诡变，击楫息嚣纷。
余事铭金甲，闲情写练裙；
刍粮筹许借，帷幄砚齐焚。
销夏河堧苦，防秋障塞勤；
志歼铜马队，身逐水犀军。
备已艨艟设，功先锁钥闻；
宣房严列栅，夹寨厉征蕡。
红袄方盈贯，黄巾渐敛氛；
挥将鹅鹳阵，殪彼虎狼群；
盾鼻才人乐，刀环战士欣；
归途来下榻，斗酒话斜曛。

枕上口占

后名不及一杯酒，寂寞千秋奈尔何；
辛苦诗人撞醋瓮，何如信口打油歌。

拥旄仗节出专城，才隽逢时意气生；
市卒监门原不贵，偏传梅福与侯嬴。

忍饥闭户诵经史，金石歌声空自豪；
胡不贩脂洒削去，市门衮衮弄钱刀。

公孙布被开东阁，五鼎貂蝉出恶宾；
今日诸侯谁好客，几人流涕说平津。

读史杂感

果否时危选将难，膏粱纨裤并登坛；
军中佛子呼边镐，江左夷吾愧谢安。
枉为覆军损顶踵，何曾报国沥心肝；
封峤功岂寻常见，执法胡为失律宽。

坐拥封疆漫请缨，遥观壁上失连城；
良民苦贼翻从贼，大将专兵却避兵。
索饷征车何气壮，望尘退舍屡魂惊；
遮留万口横衔去，浪说援师恨进明。

度陇谣

骠骑将军正承宠，建牙吹角下关陇；
健儿手扶八挧舆，双纛翩翻万人拥；
豪奴假势腾虎威，小吏奔走长官恐；
邸舍盘飧与传车，呵叱鞭笞气汹汹；
入境先索导行钱，晓事牧令亲手捧；
那知贪狼一饱难，不似秀才小眼孔；
嗟尔高门白面郎，傅粉薰香岂将种；
平时尸素居台司，囊橐赇赂笑阘冗；
一朝奉诏清河隍，阖门聚泣双目肿；
但学信陵饮亡何，布阵行师浑懵懂；
处处勾留如贾胡，坐使寇深道路壅；
畏首畏尾身几何，谁言萧王见敌勇；
可怜覆辙纷在前，若人偾军定接踵；
国事不堪重破坏，忠言休诮墓木拱；
幸哉谏垣尚有人，白简千言今南董。

赵月槎茂才[1]携所著杜诗传薪见过，即送其东旋

带甲纵横日，胡为事远游；

侧身天地小，放眼古今愁。
下笔千秋在，逢人一卷投；
茫茫吾道废，犹复谒诸侯。

旅食江南惯，萍飘过十春；
有时随大吏，无地着斯人。
飒飒看飞檄，昏昏起战尘；
归来仍作客，长铗伴闲身。

杜陵穷野老，诗笔压三唐；
耳食纷笺郑，心传漫注庄。
前贤深契合，他氏扫伧荒；
手定千秋业，名山莫久藏。

十载羁燕赵，孤怀郁不开；
闭门佳客少，投刺俊流来。
冻解泥双屐，谈深酒一杯；
送君返东国，乡思转悠哉。

近代诗人少，相逢信有缘；
论交刚此地，高会定何年。

君有四方志，我常孤榻悬；
重来谈杜律，休惜杖头钱。

[原注]

❶星海。

招隐士赵灿章先生入城避寇

古人足不履城市，厌看浊俗竞营耳；
赫赫要津逐臭蝇，衮衮钱刀附膻蚁。
人海中藏大隐流，金马门前苦索米；
曼倩陆沈姑妄言，肥遁更有玉川子。
昌黎款曲投诗篇，破屋三间洛城里；
洛城名都称繁会，何意高贤肯栖止。
赵州雄踞燕南陲，可怜衰替非昔比；
闾巷萧条阛阓稀，禾黍芃芃杂疆理。
心远地偏宜结庐，奚啻山巅与水涘；
先生本是烟霞人，视州城如胜母里。
近岁为侬一破戒，王符到门蹙然喜；
比来烽火旦夕惊，四郊纵横走蛇豕。

村氓避寇来纷纷，牛车捆载填郭门；
先生偏欲井陉去，麇鹿猿狖雅为群。
世乱道梗那易进，豺虎狙伺环荆榛；
胡不随队向城郭，逡巡便可寄重闉。
千夫杖戈循堞守，那畏丑类连云屯；
阿咸先至扫榻待，骨肉聚首延朝昏。
淡交况有素心友，往来二老通殷勤；
登陴余暇寻至乐，荒斋瀹茗同论文。
抵掌狂谈过夜半，不似曩时愁日曛；
翘足劳我西北望，如困危地思援军。
敢借卢仝征典实，自居韩愈羞先民；
好寄此诗当招隐，先生速驾双蒲轮。

王孝女寿诗并序

孝女高邮州人，湖北洪黄道谥忠介寿同之女，文简公引之之孙，文肃公安国之曾孙也。柔嘉婉顺，孝性天成。十四岁刺血上书父母，愿侍养膝下，终身不嫁，侪辈劝之，皆不听。年及笄，父母为议婚，孝女闻之，复刺血上书，矢志如前，以死自誓。父母曲从之。

母有夙疴，孝女遂习方书，间投刀圭，应手奏效。方危急时，割臂肉入药鼎中，母饮之立瘥。旦暮诵诸经咒，为二人祈寿数十年不辍。

忠介公殉节楚北，孝女闻变，呼天抢地，欲以身殉；又念身死无人趋侍，乃茹痛节哀，作好语以慰母。灵輀归日，刲臂付髹工调漆涂棺，示以身殉；又不能遽殉也。

今岁戊辰四月为孝女四十设帨之期，其兄比部郎某为征诗纪孝贞之行，王京兆与有世好，属为作诗。

吁嗟乎！

世间孝女竟有此，至性突过奇男子；
孝女自视殊等闲，不忍暌违高堂耳。
男子依依奉晨昏，就养原不离家门；
女子有行远父母，他乡悬忆空泪痕。
不嫁养亲世争羡，彤管芳标列女传；
南国屠氏供樵苏，北宫婴儿彻环瑱；
妙真祈寿腥膻除，畏吾誓天鬟发断；
秦汉以降二千年，偻指未满十人算；
或值同产乏弟昆，或嗟居贫缺羞膳；
或膺痼疾须扶将，或触罪罟罹忧患；
安常处顺朱门中，终身不字诚罕见。

维扬甲第推琅琊，木天累叶发清华；
文肃文简复忠介，勋庸节烈能传家；
毓秀兰闺禀异质，婉嫕淑慎人争夸。
顺德天生孺慕切，承欢难作片时别；
髫龄矢志依膝前，两次陈书溅指血；
但愿毕生趋侍勤，箕帚事人诚不屑；
为母疗疾读方书，为父延年诵梵偈；
彼苍胡不鉴精诚，无端椿庭惨殉节；
马革裹尸出鄂城，乃翁自是铮铮铁；
闻难几度期捐生，上有慈亲敢永诀；
昼作好语宽母怀，夜渍枕席自呜咽；
涂棺佐药臂重剜，沈疴缠绵寸肠结。
先意承志四十春，皋月悬帨逢灵辰；
亲在言寿礼无据，私心慰藉惟奉亲；
年年常此承色笑，莱子衣着女儿身；
一门忠孝相辉映，后有贤媛前名臣。
伉俪婚媾垂古制，侍执巾栉分中事；
愆期诗或吟摽梅，苦节未免惊浊世；
岂知笃孝恋庭闱，我用我法安素志；
庸德之至成绝行，圣人复起无异议。
比年纶诰颁十行，搜采闺闼同表彰；

坚贞节操累累数，如此纯孝无颉颃。

呜呼！

太真绝裾匆匆去，不管倚闾人断肠；

纵使勋伐勒钟鼎，定省疏缺非贤良；

陟岵陟屺古兴叹，白云亲舍徒沾裳；

出营微禄或服贾，来谂将母殊不遑；

何如绣阁日相守，承颜蟀杼还鹣筐；

遂使须眉愧巾帼，洁白载诵南陔章；

孝女至性诚不匮，萱堂爱日方舒长。

题叶香士《楼东论古图》❶①

嵚崎历落叶香士，本是石林老孙子；

嗜古神游千载前，作官身沈百僚底。

投劾卧病朱楼隈，鬓丝禅榻吟徘徊；

却扫闭关谢宾客，不容屐齿侵苍苔。

筌天籁阁太清楼，真本赝本何纷蹂；

煤黯丹青袭锦赙，油污毫素垂银钩。

枣木版肥绛州拓，梅花帖碎何家偷；

残缣摩挲忍释手，市贾门价高琳璆。

一病夫旁一年少，书淫画癖耽冥搜；
雄谈撼壁日移晷，夕阳红抹楼上头。
吁嗟叶君竟黄土，论古之人人亦古；
吴江枫冷谁赏音，洗马图曾拙句补；
开幨仿佛见须眉，掷笔三叹泪如雨。

[原注]

❶为高仲醽公子作。

[校注]

①原文有删节。

送王秋浦太守引疾归蓬莱

先生家在蓬莱住，旧是高士栖隐处；
宦游卅载羁他方，故山茫茫隔烟树。
朅来维摩小示疾，投劾遽寻遂初赋；
掉头巢父挽不留，一鞭摇摇海角去。
人怪先生猛抽身，长安索米何苦辛；
即真初拜二千石，连城坐拥滹沱湑。
兵燹重经困供亿，为恤凋瘵苏疲民；

判牍秋曹霹雳手，覆盆立揭沈冤伸。
慈父神君颂四起，蔀檐依戴如周亲；
名在御屏最群吏，逡巡便许登要津。
计日受禄虽介节，俸钱藉可医素贫；
卧治淮阳古人有，堂阶不下仍班春。
况复据鞍伏波壮，何事乞假忧采薪；
东门祖帐首涂日，定有父老遮寇恂。
胡不少留树勋绩，历三五岁思鲈莼；
我谓先生贵知足，勘破浮荣类转毂。
宦味指已尝鼎鼋，縶维颇厌世网酷；
即今进退绰有余，明农决计告归速。
二顷新收种秫田，十椽重葺卷茅屋；
烟蓑雨笠课耕耘，春韭秋菘佐饘粥。
执经幼子书千行，负剑童孙字百幅；
介弟近郭营菟裘，滴翠岩下富花竹。
蹑屐携筇惬幽寻，溪流瀌瀌峰矗矗；
先生嗜砚有奇癖，仿佛邗江汪季角[1]。
汉碑唐帖堆满床，长日临摹中书秃；
息机导引成地仙，忍使余生困案牍。

呜呼！

先生貌犹童颜好，神王何愁二竖扰；
齿序愧我晚十年，霜鬓垂垂催人老。

微官鸡肋甘长损，布袜芒鞋办独早；
可惜囊空难买山，异乡留滞殊懊恼。
遥计悬车三载强，挂冠定作脱笼鸟；
相期过访东海头，把竿同钓蜉蝣岛。

[原注]

❶江都汪蛟门比部好蓄砚，名其居曰“十二砚斋”，余家旧藏其一。

高母孟太淑人寿诗

女郎之山蜿蜒长，东有绣水流汤汤；
波渟峦峙灵秀彰，笃生贤淑今孟光。
梱德粹美音孔臧，针神斗巧师七襄；
相攸早适华门郎，婉容愉色承尊嫜。
羹和锜釜蘋蘩湘，鸣机佐读登上庠；
才名煜耀如初旸，乡书登荐声洋洋。
紫薇之署容回翔，折蒌教子垂义方；
弱冠当户宗能亢，趋公汲汲无他肠。
录勋授职宜银章，不忍远宦辞故乡；

承欢左右依北堂，手筑别业依深隍。
平台曲榭通回廊，春畦鹿韭花中王；
夏池菡萏仙子妆，秋棚群卉凌清霜。
冬室扃秘奇葩藏，食单调膳精且详；
鲈脍雀炙鹅截肪，常珍不亚元山粱。
版舆曲折穿苍筤，日涉之趣何徜徉；
娱亲行乐殊未央，今岁置闰逢小阳。
气候舒缓天微凉，菊矜晚节初垂黄；
敷披篱角流异香，天上宝婺森光芒。
绣闼设帨风日良，寿母九秩仍康强；
毶毶鹤发朱颜扬，堂开光碧通云房。
如婉妗降瑶池旁，内侍宋子班齐姜；
傅玑耀首鸣珠珰，鸠杖辟咡相扶将。
哲嗣肃穆振冠裳，众芳国里称寿觞；
诸孙神骏看腾骧，峥嵘玉树排两厢。
或秉木铎依宫墙，或赓苹野吹笙簧；
英英环集雏凤凰，砌前拜舞争趋跄。
稚子竹马方跟跄，把臂伏地如雁行；
东邻佳士刲羔羊，西舍贤姬承篚筐。
折简召客驰纪纲，高轩莅止闻锵锵；
联镳并辔飞骕骦，履綦剑佩纷郎当。

玳筵泥首相颉颃，簪笏重叠堆满床；
四围匼匝山屏张，扬仁诵德如表坊。
须臾百戏同登场，灵璈宝瑟调宫商；
参军苍鹘争跳踉，舞腰纤细怜萧娘。
大垂小垂低复昂，游龙鼓鬣莺引吭；
余音袅袅穿画梁，几席珍错流膻芗。
如瓜枣实来扶桑，紫霞九酝丰瀼瀼；
嘉宾既醉抽毫忙，天保之什歌陵冈。
纯嘏耆艾炽而昌，雅调玉节和金相；
菊罗佳本名治蘠，千本百本何浩穰。
延年藉祝占休祥，德门繄古多余庆；
龙章三锡来天阊，六珈象服辉煌煌。
永绥福禄谁能量，餐霞主人情彷徨；
显扬之意犹未偿，锦轴百幅金题装。
更思千里征琳琅，寿母有侄官畿疆；
视缕坤范如圭璋，令我搜句惭伧荒。
我闻萱帏健胜常，神明不衰豫且康；
会向绣水浮轻航，升堂展拜斟琼浆。
曼倩桃实容偷尝，周览亭馆游回塘；
吟哦信口成引喤，此诗为券毋相忘。

隗雪舫寄诗见怀长歌答之

里门话别逾十载，日月如驰鬓须改；
君念良朋盼西书，我怀旧侣钓东海；
齿豁头童复何求，背乡离井宁不悔；
刍豆无多胡滞留，听我一言君应骇。
忆昔剖符平棘初，图籍十箧充后车；
冗曹事简身差健，补读未见东观书；
手筑小坞种花木，丹铅乘兴编虫鱼；
窃意闭户周星纪，著述定可高尺余。
谁知遍地戈铤起，黄巾红袄纷若蚁；
孤城破碎长濠湮，冲寒冒雪残堞倚；
朝去暮来风鹤惊，妻孥惶怖幸不死；
菲才曾忝戎幕游，夜草军书尽七纸。
吁嗟侪辈何翩翩，云霄奋迹夸羽翰；
独有畿南老参佐，绿衫槐笏未移官；
不是君门少荐达，雷同苟得心岂安；
况具山林朴野性，强项难博台司欢；
与其贸贸瓶羸角，且笑兀兀鲇上竿。
坐此蹉跎到衰朽，折腰甘逐簿尉走；
屈指耦耕陇畔人，半存半亡契阔久；

感君示我寄怀诗，盥薇雒诵不容口；
桑榆景迫宜悬车，病躯正自念丘首；
如山积逋俸钱空，轮蹄之费吾何有；
比岁会须投劾归，入里欢笑招老友；
挈榼藉草云湖湄，醉看残阳挂衰柳。

雨后夜坐，期友不至

久雨履綦绝，门巷滋绿苔；
返照忽澄霁，中庭月徘徊；
幽花泫篱落，流萤点池台；
兀坐苦岑寂，谁与倒樽罍；
延伫过夜半，可人期不来。

哀族兄传辙

枯槁穷处士，一介殊不苟；
闭门委巷中，自砺硁硁守。
逢人爱谈诗，苏陆甘低首；
饥卧三日强，羞出贷升斗。

盱睢聚童蒙，兔册藉糊口；
蓬茅有真乐，盆池种菱藕。
豆棚袭凉飔，一壶倒村酒；
中岁足不良，扶藤蹩躠走。
惜哉未假年，戢身向陇亩；
俗流腾讪笑，狷者吾独取。

题《银夏观渠图》，为宝梦莲观察作❶

黄流入中原，狂澜逞巨害；
导源出漠南，水利亦云大；
银州开旧渠，边疆资灌溉；
荡潴贵乘时，良苗日蔚荟；
岁收亩一钟，殷阜甲榆塞；
仁人念民依，周历心一快；
吁嗟丰沛灾，泛滥浩无派；
昏垫皆为鱼，捷石功屡败；
何年塞宣房，荷锸理经界。

[原注]

❶时方河决。

再登兴隆寺佛阁

宗雷招胜侣，相将叩禅扉；
僧雏导前路，步屟行迟迟。
松风激清响，萝阴散参差；
午梵度钟磬，厨烟生一丝。
登阁骋遐瞩，形神为旷怡；
云幂太行岫，波散滹沱陂。
淅淅黄叶下，衰草明寒晖；
悠然俗虑尽，凭栏坐忘机。

题徐蔼珊《送穷图》

我作《留穷图》，两年笔未泚；
君示《送穷图》，披帙辴然喜。
送之将安归，留亦于何止；
斟酌送与留，一言请倾耳。
造物妙权衡，予角去其齿；
黍稌不同登，鱼熊无兼美。
龌龊多牛翁，高步矜华侈；

果腹餍脆甘，被体炫罗绮。
仕途快遭逢，忝颜厕青紫；
一丁曾识无，毕生梦梦尔。
岿然没字碑，可哀亦可鄙；
君胡擅文藻，潘笔而乐旨。
欬落九天珠，词倒三峡水；
赐履即墨侯，拜爵管城子。
便便经笥充，足压钱虏垒；
坐是身命穷，饥驱别乡里。
赵国卖浆散，燕市狗屠死；
失路君应知，多文乃祸始。
才与财之间，丰彼故啬此；
宿慧挟穷来，问天休逐鬼。

自题《留穷图》

贫者士之常，此语尽人晓；
奚为萦华膴，魂梦徒扰扰。
豪夺与巧偷，百计忙不了；
愿难溪壑偿，恩公日懊恼。
狂呼造化儿，痛骂阎罗老；

子云曾逐贫，美新盛名扫。
昌黎也送穷，谏佛风力娇；
二公悟何迟，惜哉空文藻。
予本窭人子，半世太枯槁；
若有鬼物凭，生计辄颠倒。
少壮志激昂，侧身天地小；
比来义命安，胸无利名搅。
且任马呼牛，宁复鱼羡鸟；
穷鬼大揶揄，下士未闻道。
浮休论死生，将毋任舌挢；
涂泥视轩冕，将毋犹目挑。
行且抛子去，遐荒事幽讨；
予闻鬼告行，揽袪心如捣。
封殖妄念除，惟君烛里表；
蛩蟨依有年，弃置休草草。
鬼乃大轩渠，窘乡缔夙好；
同作后羿民，居游到首皓。

自题《芹谷归隐图》

台鼎诸贵游，高谈爱林薮；

白头恋朝簪，乞骸定谁某。
仆仆守疆吏，王事苦棘手；
鞅掌心目昏，颇思投劾走。
累重妻孥牵，老死一官守；
冷曹去就轻，挂冠事宜有。
可怜栈中驽，折腰觅五斗；
繄余饥驱出，累如丧家狗。
十年少定居，憔悴驿旁柳；
捧符来赵州，薄俸豢八口。
群处燕雀堂，遑问归畎亩；
岂知朴野性，沮溺念耕耦。
高咏归来篇，乡关一翘首；
吾邑太山阴，芹谷绵冈阜。
茅屋三两家，乔木纷相纠；
硗确岁可菑，寝丘义或取。
开圃春劚桑，穿渠夏种藕；
痴男把锄犁，健妇供井臼。
射麋逐樵奴，捞虾约钓叟；
仰天歌乌乌，击林还拊缶。
誓寻薜萝衣，初服一抖擞；
时惜无郗公，买山钱储否？

移文告山灵，五年待执友；
猿鹤莫怨惊，息壤盟敢负！

陆吾山半刺枉过有赠，作此奉答

荒城生夕阴，积雪照池阁；
老翁闲读书，瑟缩如病鹤。
忽闻佳客至，跫然履橐橐；
披服仍儒风，吐属见肫悫。
盛夸壁间诗，使我癯颜怍；
自言出机云，游钓京江郭。
故山腾楚氛，关西偶栖托；
仿佛曾庭闻[1]，榜尾名未削[2]。
饥驱走燕晋，遂插宦场脚；
掞天负雄才，陈编仍咿喔。
相期入承明，严徐侔制作；
监州冗曹耳，胡为失一着。
裙屐诸俊流，宝马黄金络；
高楼日传觞，窟室宵纵博。
多君少年人，湔除世习恶；

穷途甘冷交，捷径耻高爵。
即此占素养，明志在淡泊；
袖出五字诗，羡我归隐乐。
时危正需才，莫漫寻林壑；
勖哉砺廉隅，跧伏非落拓。
毋为跃冶金，宁为藏玉璞；
倘假尺寸柄，定抒康济略。
萍逢进良箴，重此岁寒约！

［原注］

❶曾，西江人，康熙中入陕籍，中省试，君亦相同。

❷君中戊午副车。

冠县广文颜香圃哀❶

常山勤王投袂起，骂贼钩舌含胡死；
鲁公抗节殉淮西，颜氏忠贞照青史。
去年蛾贼深州来，敦夫意气何雄哉；
手麾马策叱鼠子，穿胸洞胁圜扉隈❷。
今年踵美有香圃，当门植立如虓虎；

不惜碧血污黉宫，张髯侈口刚肠吐；
狂刀四集尸横陈，瞑目甘心无怖苦。
是时比户逃，空城难揞拄；
议战缺戈铤，议守乏干橹；
备弛急递绝，贼至若风雨。
或谓公职非守土，且避凶锋觅地主；
中考功法削籍耳，头颅断送亦何取。
公闻大恚怒，炯炯双睛努；
爵秩判崇卑，忠孝根肺腑；
读书学何事，斯义本邹鲁；
不能殄妖氛，已愧腐儒腐；
匍匐草间活，犬彘安足数。
世笑广文为冷官，碌碌甘与丞倅伍；
叨俸滥纳束脩羊，龙钟尸居半聋瞽；
公独慷慨以身殉，断舌洵不忝绳武。
吁嗟乎！
妻随夫，孙从祖；
童龀遇难未断乳，一门鬼雄自俦伍；
明伦之堂伦已明，颜氏忠贞耀今古！

［原注］

❶香圃讳怀兰，同邑举人，予执友也。官冠县教谕，咸

丰甲寅仲春，流寇躏冠县，香圃登明伦堂骂贼，死；次孙锡麟以卫祖，死于侧，麟之妻、子同时遇害。

❷深州判官颜公锡敏，字敦夫，曲阜人，复圣裔，予同年生也。癸卯九月，贼犯深，公方在州署，偕同官谋守御。贼突入州门，公策马独往，裂眥大骂。贼以长矛刺之，洞胁坠马，负重创死。或以片席覆之，移置狱门外，暴露十余日，尸不腐，面如生。贼退，公子振墀收葬之。予驰往经纪其丧，盖目击惨状云。

中秋月下怀诸兄弟

去年今夕秋月寒，家山骨肉何团圞；
封胡羯末集群从，黄鸡紫蟹纷登盘。
觚爵横飞不知数，衰孱病体撑宵阑；
谁识今年落异土，寂寥客馆自宾主。
负手花阴曲折行，徐看清辉屋角吐；
弟兄分手天一涯，尺书难诉别离苦。
吁嗟乎！
人生聚首无百年，能看几次今宵圆？
西风淅淅雁行断，翘首故乡何处边！

醉后走笔送郭靖菴明府归扶风

羡君矫如青田鹤，俊翮翩翩向寥廓；
俯瞰凡鸟鸣啾啁，羁身樊篜失栖托。
又如高秋清唳蝉，嘒嘒振响长林巅；
饮露吸风腹不滓，蛣蜣秽饱将谁怜。
好爵縻君君岂住，一鞭遥指故山去；
儿童方思竹马迎，忽卸朝衫返布素。
扶风豪士舞剑台，关西夫子谈经处；
披发入山勤著书，枕流漱石自成趣。
山居四要茶荈谱，田家五行耒耜库；
仰天大笑轻王侯，脱屣富贵抛世务。
叹我卑栖恋微官，逐逐争食随鸡鹜；
送君河桥忍言别，解嘲聊作前席诉。

君不见：

比年烽燧南天红，连城破碎疲战攻；
大帅恇怯卒骄惰，逍遥散地工避锋；
军需告匮贼益炽，颇牧何人称折冲。

又不见：

黄流横决腾万马，建瓴直下齐鲁野；
编户昏垫思禹功，刍茭不备任倾泻。

福来何日歌宣房，汉庭三策时已寡；
累卵危势谁酿成，痛哭欲学长沙贾。
鄙夫诚怀杞人忧，君岂洁身肥遁者；
山中定有蒲轮征，峰诮壑讥会须惹。

寄题张竹亭《医士且闲闲图》

荒园千竿万竿竹，就中选地起茅屋；
长日科头踞盘陁，茗碗茶铛伴诗牍。
浓绿纷披上须眉，如坡老来篔筜谷；
富贵休羡万户侯，人生得此愿良足。
毛诗桑者称闲闲，闭户安享清净福；
爱闲多是未闲人，劳劳久苦世网触。
倦飞鸟亦思投林，削迹匿声窜岩曲；
君也龆龀嗜灵枢，日携药囊逐华毂。
入市伯休久知名，踵门造请太烦黩；
亟思避地谢俗流，一壑一丘寄高躅。
自号竹亭夙愿深，合住潇湘图一幅；
克期卜地营三椽，种竹成林笋簇簇。
思闲真个能萧闲，不然世局徒刺促；

古有竹屋[1]今竹亭，故事君家乃犯复。

[原注]

[1]张文君事。

九月初七日夜，大雨雷电交作，独坐感怀

惊飙激木声怒号，迅霆訇磕山为摇；
急点注矢杂檐溜，汹汹似涌钱塘潮。
有客兀坐正披卷，短檠一穗明寒宵；
偶吟邠老满城句，眷怀陈迹中郁陶。
曩昔九秋插萸会，群从三五纷招邀；
西园平台足舒眺，屐齿时啮郎山坳。
满载鸱夷挈蛮榼，交腾觚爵持双螯；
问亭散人酒大户，西槎居士诗中豪。
秋坪湘浦妙音律，丝竹间作声嘈嘈；
狂墨淋漓泼岩壁，清歌宛转流云梢。
烂醉相扶接䍦倒，回看松罅山月高；
胡为千里营薄禄，趑趄旅进同折腰。
今雨不来孤馆闭，枯坐寂如僧打包；
明日急请东归去，朝阳洞口分一瓢！

和郭岱云少尉《宝剑篇》

读君《宝剑篇》，使我心怦然。
丈夫不得行胸臆，便当弹铗归林泉；
不然溷迹入屠狗，浮白大嚼看青天；
醉来瞋目试一舞，万花凌乱如风旋。
生世不谐牛马走，抱关击柝觅升斗；
铓刃顿矣谁发硎，壁间漫作怒蛟吼；
负剑辟咡权贵前，蒯缑之外复何有。
夜来左界明欃枪，绿林青犊方披猖；
安得元戎出颇牧，横磨十万如秋霜；
鹿卢在握指挥疾，荡扫吴楚清湖湘；
鲰生草檄入油幕，抽毫高咏朱鹭章；
世间不平鼠子辈，区区何足劳干将。
吁嗟乎！
良金跃冶空自豪，藏鞬畴为寻善刀；
时少壮武与雷焕，长令寒芒夜夜丰城高！

题文星岩中丞《秋猎图》，送其之任山左代

射虎将军北平李，没羽石烂呼不起；

叠双神技今无人，坐令妖氛弥天紫。
封狐狡兔何纵横，磨牙奋爪腥风生；
负嵎伏莽恣饕餮，南服蹂躏无坚城。
豺狼当道畏反噬，逍遥袖手谁请缨；
岂少忘归与繁弱，荡荡海寓难廓清。
吁嗟我公真健者，秋草平原试骏马；
拓弦时作霹雳鸣，耳后风生鼻出火。
跳梁么麿一扫平，纷纷毛血洒郊野；
作图聊复寄雄心，此志未酬此力果。
我倚公门事戎行，八年鞭弥随旌幢；
即今福星移海右，遵渚徒咏周公裳。
传闻流氛及东鲁，青犊驰突如风雨；
看公弯弧落旄头，草薙禽狝靖狐鼠；
丹青重见生面开，褒鄂腰间大箭羽。

读陈息帆牧伯康邮草题后

卬笮西去旄牛徼，蜻蛉塞控浪穹诏；
相如谕蜀文未传，博望乘槎迹不到。
侏僪盱睢安殊方，道通中国闻有唐；

曾藉兵力靖内难，爰凿混沌开天荒。
公主远辱吐蕃嫁，赞普鹰眼梗不化；
元世拜爵八思巴，法王帝师夜郎大。
我朝诸番常内讧，王师戡定绥西戎；
绝域置邮达葱岭，蕞尔康卫丁要冲。
察木多古称前藏，昌都名亦列亭障；
童山怒水程三千，过客裹足愁岚瘴。
公独捧檄歌骁征，揽辔慷慨心何壮；
马后桃花马前雪，撩取诗人发高唱。
殊音异服诸蛮奴，负质犷顽别信向；
狉獉恍与魑魅游，舌人象胥敢欺诳。
况复瓯脱物产奇，遐陬草木难为状；
公停輶轩采风谣，濡染大笔顿神王。
一编拉杂罗方言，万象毫端齐奔放；
钩辀磔格搜句新，娵隅参军许相抗。
维西绥服多成书[1]，乃令积薪驾而上；
惜哉半载竟遄归，将母早慰倚闾望。
陆贾装辞南越金，诗橐珠玑物已长；
瓜期倘得逾三年，巨册臟臟牛腰样。
观察纪行十六卷[2]，逡巡也应头地让；
吁嗟予季步后尘，招魂空怜马革葬[3]。

边塞秋风折雁行，手把公诗起悲怆！

[原注]

❶松相国筠有《绥服纪略》，又余大令庆远有《维西见闻记》。

❷姚亮甫观察著纪行十六卷，息帆师也。

❸舍弟松野，令苍溪，道光己酉，有察木多之行，卒于役所。

长歌赠汪迪夫少尉

昔我识君年未冠，周甲平分半之半；
临风玉树度翩翩，路旁争拥璧人看；
头角崭然千里驹，卓荦观书弄柔翰；
珠玑咳唾九天飞，小儒咋舌长老叹；
屈指曳履上星辰，微嘘鼻息沸云汉；
祖武曾到蓬莱巅[1]，故物再向鳌顶占；
当时预期及壮年，儤直会入金华殿。
如何失计觅升斗，卑栖甘逐簿尉走；
无那饥驱乞米来，瘦腰折尽仍空手；

贵游高耸宣明面，下吏牢钳邹衍口；
得饱粟同鸡鹜争，忍饿肠作蛟龙吼；
末职拘挛去住难，手版向人还自丑。
飘零书剑逾十春，曳裾终耻登侯门；
冯君箧底蒯侯在，凄凉诗卷随闲身；
有时抽毫一挥洒，万斛泉涌惊鬼神；
旖旎芳词涴翠袖，淋漓醉墨题红巾；
玉台一席夺温李，瓣香虔奉吴梅村；
同谷七歌饭颗老，穷途落魄追吟魂；
东坡和陶首饮酒，导河直欲寻昆仑❷；
壁立相如莫煮字，橐笔王粲常依人。
吁嗟乎！
结绿青萍有定价，运蹇且复寄篱下；
投辖方逢陈孟公，休厌残杯与冷炙。

[原注]

❶迪夫之祖曾抡大魁。

❷集有《仿同谷歌》及《和陶饮酒》等篇。

影山草堂图歌为莫子偲[1]孝廉作

十亩荒园万竿竹，百弓隙地三椽屋；
清流滮滮山矗矗，林影当窗漾寒绿。
先生鬌龀呈头角，十行并下目耕速；
琳琅四壁堆卷轴，青灯一穗伴幽独。
坐拥百城愿亦足，嗟嗟草堂宁非福；
一自跃登公车毂，觥觥才名诧耆宿。
金门空上三千牍，一第恩人日刺促；
他乡转徙萍梗逐，陶公三径荒松菊。
比年烽火故园烛，秦灰楚炬抑何酷；
亭馆荡尽箖箊秃，草堂有灵应痛哭。
先生旦晚看除目，苍生久向安石祝；
他年宦成寻初服，丙舍依旧起林麓。
绕栏筼筜种簇簇，茶铛经卷日往复；
闭户著书忘剥啄，山水窟中寄芳躅。
陆地神仙定谁属，重绘草堂图一幅。

［原注］

❶友芝。

题蔡芗延[1]养灵根堂遗集[2]

长爪郎君去千载，骚坛阒寂空无人；
瓦缶雷鸣黄钟哑，眼底余子徒纷纷。
宁乏作者振逸响，大雅巨手争扶轮；
言鲭笑牒半沿袭，如涂涂附陈相因。
清才株立奇才寡，昌谷一集撑嶙峋；
乃知昊綷有深意，琅环宛委罗秘文。
元奥菁英那容泄，宝惜奚啻璠玙珍；
密镝重缄灵犬守，时防胠箧归凡尘。
曼倩偷桃岂易事，篡取竟有芗延君；
险语谲词纵横出，笔随风雨轰有神。
魍魉慑伏魑魅走，雷霆訇訇驱三辰；
穹宇分章抉云汉，锦裳尚欲攘天孙。
上帝闻之色然骇，大搜宝笈今安存；
削公禄籍夺公寿，一官沦落常食贫。
不登木天数奇耳，巫阳之召何逡巡；
著述等身六丁取，急摄文魄追诗魂；
嗣君一编犹什袭，如出鲁壁更秦焚。
吁嗟乎！
容容后福痴奴享，玉折兰摧欻长往；

长吉一流乃有两，九泉把臂惬心赏；
锦囊底物留精爽，盛名赫赫烛天壤。

[原注]

❶鸿燮。

❷蔡，桐乡人，孝廉，官盐大使。

题陈息帆刺史《鸿爪八图》

墨池怀古

绿滟滟，墨池波；
香冉冉，墨池荷；
南轩遗迹今无多；
风灯百世空烟萝；
使君来，朱楼起；
爇瓣香，奉张子；
鸿文百卷寿枣梨；
千载哲人为不死；
吁嗟俗吏安知此！

云亭省耕

泥扑漉，蓑独速。
三尺鞭棰两觳觫，杏花红亚野人屋；
使君策马于于来，不遣前呵惊黄犊。
范公亭子高平云，桑麻沃野莽铺棻；
沾涂谁慰农夫勤，岁大有祝使君千万寿。

千峰叱驭

鞓装箭箙珊瑚鞭，跨下叱拨腰龙泉；
穹崖邃谷灭人迹，骁征远历西南天。
回首成都五千里，何处平安寄一纸；
俚奴负弩蛮女歌，楚楚红莲冒雪底；
归橐不载陆贾金，半卷诗成蕃部史。

三峡归舟

朝白狗，暮黄牛，舟穿三峡行人愁；

怒涛奔泷七百里，插天叠嶂风飕飕。
嵌空瘦削难为状，瞿唐滟滪盛秋涨；
顺流千里一日程，十幅布帆浑无恙。
哀猿啼，客泪落；
横槊航头出奇作，咄咄风利不得泊。

海东泛宅

书生眼孔小于芥，拘墟未信九州隘；
螺舟一叶浮渤澥，望洋乃知坤舆大；
鸱夷全家巨艑载，破浪乘风真一快；
涛头远没蓬山椒，日脚倒射扶桑外；
天轮地轴互吐吞，不须荒经诧谲怪；
放怀一洗垒块胸，八九云梦无芥蒂；
乃翁拥楫正豪吟，呱呱石麟来上界[1]。

[原注]

[1] 生孙。

河北从军

下马露布上击贼，儒生身试戎衣窄；
鼓角宵殷沁河涛，旌旂秋飐太行色。
墨磨盾鼻气益豪，军咨祭酒何人识；
横腰宝剑时一鸣，丈夫报国期马革。
君不见：
十万健儿逐穷寇，聚歼克日捷书奏；
无端漏釜走游魂，岌岌燎原势不救。
知公惊看兔脱罦，定有密智囊底叩；
吾谋不用将如何，归来扪舌手缩袖。

沧城抚驭

沧城灾，蚁贼来；
沧城哭，蚁贼逐；
沧城笑，使君到；
使君未到民无告；
闾巷残黎尚几人；
遗骸纵横枕郭门；

败垣夜夜啼青磷。
使君泣，哀鸿集；
拮据况瘁勤抚辑；
草草完聚成家室；
使君心力何时毕？

捷地巡防

横海城南秋草黄，长河一线流汤汤；
交冲水陆开岩疆，凶徒相距三舍强；
风声鹤唳人皇皇，使君捧檄严秋防；
戈铤壁垒森千行，列幕夜静天微霜；
北风猎猎旌旆张，仰空搔首看欃枪。
吁嗟乎！
此老胸中甲十万，指挥叱咤风云变；
倘授魁柄任戡乱，捷书早奏明光殿。

卷六

寇　至

下春日晕天无光，狂飙急吼黄尘扬；
街头大哗马贼至，千家皇遽如奔狼；
地居午道控南北，可怜寇至无消息；
衙斋燕坐方酣嬉，如浓睡中闻霹雳；
飞召同官议设防，低头塞默面土色；
须臾侦骑皆返奔，大言贼已穿东屯；
卷地潮来不知数，但见戈矛旗纛连天昏；
炮石未备干橹缺，第一奇策先闭门；
横刀短衣丽谯上，群倚残堞翘首望；
后村火熄前村红，明灭参差乱星状；
寒风裂肤人欲僵，长官归卧芙蓉帐；
迟迟漏尽天向曙，城头笼灯当列炬；
忽传蚁队东北行，人人色飞更眉舞；
归召幕友腾捷音，叙功偏夸阵亲临；
当时贼若向城郭，危哉吾辈皆成禽。

寄候赵斡亭明经

前岁君归春未半，试灯风过坚冰泮；
他乡相依两白头，忍说临歧双袂判。
是时萑苻起河朔，篝火鸣狐正生乱；
违心仓猝催治装，庶免老友同蒙难。
果然君行月未周，纵横蛇豕忽北窜；
空城无备惟闭门，谁敢冲锋试一战。
再去再来春复秋，居然代飞如燕雁；
书生虽少胆轮囷，两年戎幕浑见惯。
连番寇警身犹存，残命幸邀彼苍眷；
一从挥手知交稀，忽忽三见韶光换。
君归故里无他营，舌耕依然携破砚；
传闻精力如昔年，矍铄廉颇尚善饭。
恍惚记得放翁诗，天为念贫偏与健；
滔滔时态东逝波，宦游我亦鸟飞倦。
靖节懒折下吏腰，宣明厌看贵人面；
本营升斗仍苦饥，区区鸡肋奚足恋。
久留恐遭楚人钳，枘凿况与世冰炭；
年来衰境日相逼，鬓须点点霜痕遍。
何如及早投劾归，乘下泽车骑款假；

何人把臂重入林，故交大半晨星散。
与君夙有夔蚿怜，剧谈抵掌忘昏旦；
酌酒休嗔次公狂，吟诗且任聱叟漫。
不似此间常畏人，转喉触讳左右盼；
东望乡关渺何许，闷来掷笔发三叹。

从军行送莫郘亭赴淮南曾制军幕

亭皋木落秋风生，莫子将有淮南行；
十上春官试不利，愿缚裤褶随东征。
丈夫要在抒胸臆，终童请缨非儿戏；
得入帷幄决戎机，不数鄞人好奇计。
江左古称财赋区，小邑租税侔通都；
羊很狼贪力朘削，诛求到骨无完肤。
十载南服困征战，滇黔闽峤连湘湖；
名城摧陷吏逃匿，储胥火迫穷追呼。
挽粟飞刍日不给，司农仰屋乖良图；
所恃吴越尚绥靖，千艘玉粒勤灌输。
今春武林竟不守，平江毗陵望风走；
脂膏命脉一朝尽，天庾正供仰谁某；

留都和籴纵泛舟，难给辇下百万口。
披猖更有重洋夷，妖氛黯黮缠郊畿；
釜底游魂聚歼快，赫怒命讨方誓师；
君登幕府仗风义，半世知交托文字；
曾侯秉钺中外钦，力能办贼意中事；
还期奋威挈大纲，远抄近攻善措置；
扫除盗魁贳余人，枕席过师恤凋敝。
嗟嗟沧海方横流，端居愧我怀隐忧；
蒿目时艰竟何济，不如借箸参军谋；
戈铤队中效一得，迂疏稍洗儒生羞；
送人作郡徒自笑，中书秃矣将安投。
莫子莫子行色壮，马周作奏致卿相；
他时风传露布文，措大名在云台上。

秋日怀赵伯麐

故人三载别，京国信沈沈；
尺素何时寄，空堂离思深。
寒飙袭罗幕，病叶下庭阴；
岁晚衣谁授，愁听月下砧。

客　至

燕南为客久，乡思日悠哉；
怅我数年别，多君千里来。
家书搜败橐，情话倒深杯；
抵掌论时事，愁颜许暂开。

寄柴文泉

二月征轺驾，匆皇未报君；
畿南仍薄宦，天末惜离群。
朗朗鱼山梵[1]，迢迢獭水云；
知余乡思切，莫诵稚圭文。

微禄资糊口，瓢萍殊未谐；
抱关存夙志，负耒念同侪。
世事狂澜倒，交情下石乖；
才疏兼性僻，到处任推排。

故态狂奴在，空余伏枥嗟；

挥金矜意气，看剑惜年华。
仕宦常居户，文章不作家；
衰迟还役役，回首望蒹葭。

羡汝供甘旨，高堂爱日留；
归仍负米去，出不挂钱游。
牵袂抛黄口，谈经慰白头；
漫思毛义檄，烽燧暗南州。

[原注]

❶时方馆谷东阿。

临清乱后寄讯赵五人

河朔流氛恶，知君布画奇；
守障诸弟壮，复壁老亲危。
鼠窜听黄口，鸱张恨赤眉；
里魁同授甲，乌合亦支持。

力蹙岩城陷，雷轰天地昏；

仓皇何处泊，屠戮几家存。
纵火延墟里，横尸塞郭门；
流离怀骨肉，四野并声吞。

慷慨睢阳节，张髯犯虎威；
冲锋殷碧血，攒刃漏青衣。
身没豹皮在，骸收马革稀；
贺兰营垒近，不为解重围❶。

匝月烽烟熄，天心悔祸胎；
豺狼终自溃，虫鹤竟谁哀。
孤寡遗民泪，逍遥大将才；
敝庐灰烬里，曾否辟蒿莱。

[原注]

❶刺史张寄琴积功殉难。

登崇因寺佛阁

杰阁三层出，西风万里长；

登高望故国，为客滞他乡。
秋老川原阔，年深竹树荒；
郎峰何处是，云物晚苍苍。

夜　坐

飘骚秋意满，商序感浮踪；
振捧清飙厉，侵裾白露浓。
空庭寒坐月，萧寺远闻钟；
阒寂凭谁慰，啾啾砌下蛩。

遣　兴

弦解离琴足，瓶居列井眉；
平心齐得丧，信手忘成亏。
塞上休寻马，庙中常惮牺；
浮云堪一笑，何事问灵蓍。

同人有劝予进阶者，作此答之

衮衮让诸公，名场不热中；
暮年畏矰缴，野性避樊笼。
忍假他途进，终安末路穷；
侏儒一囊粟，饥饱信天翁。

薄俗浮沈惯，营营走要津；
驽骀犹故我，鹰犬尔何人？
宦橐诚羞涩，穷檐亦苦辛；
催科兼抚字，无术慰斯民。

保阳遇刘小彭，即送之大城任

送汝张帆去[1]，仓皇正苦兵；
揭竿千骑恶，漏刃一家生。
信懒传书少，安贫寄食轻；
谁期燕市酒，今夕得同倾。

漂泊仍随牒，微官去住难；
已搜行箧尽，谁念客衣单。
芳草芊绵长，春风料峭寒；
三年临别泪，相送复河干。

[原注]

❶辛亥年事。

北极台道院吊醉琴道人

道人棕拂闷山阿，别院重经长薜萝；
依座听经山鹿去，当窗对浴渚禽多。
芙蓉港汊萧萧雨，杨柳亭台瑟瑟波；
勘破浮休真妙谛，劫灰无尽问行窠。

送陈方伯量移江左代

五载封圻镇上游，忽移旌节上江头；

白门岌岌开藩重，赤县喁喁卧辄留。
毒雾一天迷铁瓮，岩疆千里缺金瓯；
从今锁钥归韩范，南顾应宽圣主忧。

财富东南甲五都，挥戈何日靖萑苻；
连征彍骑仍观望，已罄封椿更转输。
尺籍流亡劳抚辑，羽书敦迫忍追呼；
连圻涂炭三吴甚，旦夕飞陈郑侠图。

砥柱狂澜百尔钦，耻随时局共浮沈；
和衷转叹鸣孤掌，敝舌谁为谅苦心。
比比借筹群力合，兢兢持管主恩深；
莫言矫俗矜风骨，认取虚怀箧盍簪。

报国情深去住难，起居八座正承欢；
还乡计日悬征旆，尝味何人进食单。
暂辍捧鱼疏就养，须凭叱驭答移官；
向阳小草空依恋，聊缀芜词写寸丹❶。

［原注］

❶先送太夫人归里，然后就道。

偕郭靖菴明府登隆兴寺佛阁

华严楼阁镇城隈，暇日寻幽屐齿陪；
别院藤阴通丈室，诸天花气抱香台。
三千震旦慈容满，百八摩尼御府来；
宋代名蓝龙象力，苔封铜井漫疑猜。

层楼百尺接秋雯，畿甸犬疆历历分；
穿牖佛香初地接，倚栏人语半空闻。
西风凉入重关树，南浦晴飞大陆云；
预订重游插萸节，还愁落帽笑参军。

送郭靖菴明府移疾还里

遂初寻赋未衰年，勘破名场一着先；
强项岂容常绾绶，折腰不耐合归田。
青山管领偿诗债，白社招邀少俸钱；
高卧也难清梦稳，南疆烽火照甘泉。

何曾谴谪向江浔，蒿目时艰忍不禁；
差许鼋羹尝宦味，也因鲈脍动归吟。
人攀衰柳长亭晚，马踏荒溪落叶深；
闭户课儿无限乐，渔蓑一领换朝簪。

襆被征轮道路赊，咸阳西去问君家；
秋风华岳云边屐，落日黄河渡口槎。
百亩好栽陶令秫，半园新种邵侯瓜；
等身著述名山业，趁取晴窗眼未花。

便便经笥富多文，前岁樊舆幸识君；
萍水又逢殷结契，苔岑方托忍离群。
僧楼听梵三秋晓，客馆谈诗五夜分；
公去我留倍惆怅，相思早寄陇头云。

兰仪河决

沛丰宿涨未全消，又报黄流混北条；
旁挟汶沂难划岸，横湮曹郓欲通潮。
泽中鸿雁哀谁诉，波底鱼龙气正骄；
莫道彼苍怜赤子，烽烟甫熄泻天瓢。

定州官舍哀王雅堂

年来朋辈怆离群，况复幽明路已分；
南面百城曾羡我，东头一廨最思君。
纵横鼠迹蟠书箧，络绎蛛丝织帐纹；
别室抚棺成一恸，差强宿草遍生坟。

奉酬张小波先生题西征拙集之作

橐笔西征忆旧缘，长途清兴入吟鞭；
秋风夜泊黄河曲，晓日晴窥太华巅。
曳足千寻疲蜀道，回头九点散齐烟；
行滕楖栗前期在，独少惊人谢句传。

半卷残诗足压装，远游殊自笑郎当；
囊中有稿缁前辈，笔底无花负异乡。
粉本或堪传色相，邮笺敢道著文章；
多公欬唾挥珠玉，两袖烟波未足偿。

和史吟舟先生引退诗，即送南旋

归思莼鲈独季鹰，邯郸枕上醒瞢腾；
人嗤靖节腰难折，我道宣明面可憎。
决计也如弹剑铗，干时那惯摸床棱；
秋空一一征鸿过，谁是冥飞解避矰。

洺水常山奉一麾，使君来晚口成碑；
春风四野驯鹰眼，夜月千村静犬牦。
严岂束薪苛令长，喜难赋芋媚台司；
攀辕截镫寻常事，借寇喁喁切去思。

岳岳才名骋上都，觚棱回首影模糊；
东曹快事仍除棘，西掖威声动伏蒲。
外吏七年心力尽，清班廿载爪痕无；
不甘作诺男儿事，同调而今惜太孤。

客橐萧条命驾迟，就荒松菊伴吟髭；
晓风词唱柳三变，暮夜金还杨四知。
棠棣联吟寻旧稿[1]，枌榆赛社倒深卮；
朝衫不及渔蓑便，击壤长歌答圣时。

托足龙门定夙缘，菲才自信受恩偏；
每逢授简招枚叔，不赋登楼恼仲宣。
五夜纵谈催画烛，三冬校艺拥寒毡；
铜鞮曲唱还乡乐，挥手临歧也惘然。

［原注］

❶公兄工诗。

前和史吟舟先生引退诗，余意未尽，再成四章[1]

带甲连天十载强，告饥传警日腾章；
群公束手深严地，哲士抽身富贵场。
小丑鲸吞横渤澥，群凶豕突撼岩疆；
韬钤几卷平生熟，谁采刍荛叩智囊[2]。

庸流失职仰天呼，高士归田意兴殊；
安我漆园眠栩栩，从他豆顷唱乌乌。
何妨嗜懒同中散，未要行吟学左徒；
膴仕已尝期寿考，相随绛老说泥涂。

五岳前期订向禽，芒鞋竹杖好追寻；
积谗客自工燕说，多病公先动越吟。
布被空怀贤相迹，绨袍谁慰故人心；
杨临贺去还相送，滏水离情尔许深。

[原注]

❶存三。

❷公著有《兵法集鉴》一书。

杂感信笔

斯立哦松日闭关，衰慵正自爱投闲；
雨云翻覆眼看熟，岁月迁流鬓早斑。
善士也思乘下泽，嘉宾不为买名山；
猿惊鹤怨移文在，射鸭何心竟未还。

几队登场傀儡新，百端交集漫悲辛；
趋时正鼓中流枻，扶俗谁援下阪轮。
荐牍纷纷争烂胃，揭竿扰扰沸吹唇；
封椿已匮郊多垒，康济清时要有人。

横草何功合去休，无多栈豆尚迟留；
前途殊暗居裈虱，故迹难离引磨牛。
少日壮怀虚盾鼻，暮年危境怯矛头；
而今随遇能知足，富贵须臾验水沤。

预计悬车近十年，微官鸡肋便长捐；
卷茅重葺三间屋，种秫难营二顷田。
元亮叩门仍乞食，杜陵沽酒待分钱；
渔樵但祝烽烟靖，穷老躬耕也是仙。

喜赵斡亭明经来署

家山辜负几重阳，寥落晨星鬓各苍；
剪烛论心曾别墅，停车握手又他乡。
商量旧学多荒弃，问讯知交半在亡；
自愧贤非陈仲举，留将一榻且徜徉。

寒酸面目本吾徒，旧雨重联道不孤；
千里识涂尊老马，一编传业进童乌。
贫甘咬菜家能立，秃尚生花笔未枯；
从此天涯增伴侣，凭谁二老写成图。

史吟舟先生守常山童试，以兽炭命题，得豪字，依韵得四章奉呈

深恩挟纩万家叨，词采熊熊萃俊髦；
神为然犀临渚王，功争驱象烈山高[1]。
红羊坟首灰痕验，元豹文身雾影韬；
炳蔚大人占虎变，火生巾角豸冠豪[2]。

斗室温馨气足豪，党家何事饮羊羔？
狻猊白吐垆头细，饕餮红燃鼎耳高。
窗漏马尘随影没，庭蹲狮雪化身逃；
消寒佳会宜烧笋，缚取花猪胜执牢。

不畏严凝逼缊袍，炎炎词客聚朋曹；
朝衣坐笑羊头烂，庭燎辉分马口高[3]。
束尾驱牛烽可戏，焚身戒象贿徒豪[4]；
法门今正传三昧，佛座灵狮现白毫[5]。

煨芋讹羊笑汝曹，牛心啖炙价增高；
城狐燔后忧焦额，穴鼠熏来忌燎毛。
孔厩不焚还马问，楚林未炽莫猿号；
鳜生安有冬烘诮，大厦春生士气豪！

[原注]

❶公防弊甚严，枪手远遁。

❷公先任侍御。

❸是日长至节朝贺。

❹时有以贿败者。

❺朝贺在隆兴寺，故云。

倅署东偏筑中隐坞告成，诗以落之

小坞经营别院东，荆榛荒秽剃弓弓；
奢怀欲庇千间厦，循分仍居一亩宫。
先辟南荣迎旭日，广通北牖纳凉风；
乐天中隐闲曹事，投老监州可许同。

学舍如舟说小苏，及肩容膝陋规模；
援贤自解能旋马，换主难期且止乌。
斯立哦松题壁未，子猷看竹到门无；
兰亭梓泽知多少，十载烽烟长绿芜。

料理轩楹为爱闲，不妨门设也常关；

地宽先受池心月，墙矮贪看屋角山。
豪客自眠楼百尺，劳人合住廨三间；
残年寻去披吟乐，读等身书未是顽。

引绳握尺自参详，如起禅家退老堂；
陋室可铭宜散地，敝庐堪卧奈他乡。
泉通近凿芙蓉沼，路曲斜编薜荔墙；
两月拮据丁匠毕，俸钱挥尽倒轻装。

代谁辛苦起蘧庐，几净窗幽习未除；
差可园居安庾信，何烦壁立恼相如。
排当贺客过墙酒，皮置贫官插架书；
先种梅花三两树，月明庭院自携锄。

额署秋根旧室寻❶，压檐槐老绿森森；
谋非贵相营三窟，费过中人产百金。
迹托鹪巢诚得耳，丝抽蚕茧亦何心；
溧阳重见穷东野，射鸭堂成待赏音。

[原注]

❶余家旧塾题曰“秋根”，取杜句也。坞中正室前有老槐一株，爰取旧名命之，西南室曰一枝巢，南室曰茧窝。

病臂戏占时自军营告归

衰病欺人中一肢，学医如到折肱时；
兴来书不挥毫便，力退行先拄杖知。
按拍已乖愁度曲，敲门定拙避吟诗；
半人凿齿摧颓甚，左腕临摩悔已迟。

措大休夸顾盼雄，从今袖手罢从戎；
看人草檄工磨盾，笑我冲锋怯挽弓。
已分扇难麾万卒，漫疑墓可兆三公；
何时长揖军门下，揽辔仍呼矍铄翁。

记　事

天语飞传缚近臣，一声霹雳破奸魂；
恃居肺腑招群小，肯出心肝奉至尊。
簿录免收金谷宅，伏辜岂傍玉津园；
苍黄少主回銮日，急剪凶徒固本根。

一纸哀音四海腾，鼎湖仙去痛龙升；

誓书宜共金縢守，末命旋忘玉儿凭。
五鬼同心图秘策，三公侧目避威棱；
朝廷若缓徙薪计，跋扈将军贯益增。

近地纠蟠宁易图，重权枢密握军符；
游鱼在釜懵无觉，执豕开牢始大呼。
锄急祸难滋蔓草，网宽党已拔根株；
借筹虽赖群公力，只竟慈闱足睿谟。

身依日月掌风雷，祸福循环亦数哉；
黑狱频年兴北寺，紫垣一夕拆中台。
人衔丁相修微怨，鬼代燕公铸横财；
闻道朝衣东市日，家家沽酒笑颜开。

观城遇范季思明府，询马子润学博殉节事，诗以哀之

恶耗纷传削迹逃，那知西郭委蓬蒿；
庙堧复土金搜橐，道左横尸血染袍。
破屋难藏三妇艳，空城谁问一官高；

奚奴稚齿甘从死，曾否汪童随例褒。

相依皋庑岁骎骎[1]，击节论文五夜深；
生小茅檐贫彻骨，长年竹素苦呕心。
冷曹徇禄欢场少，估客招魂战地寻；
能读父书儿秀发，哀孤伤逝泪盈襟。

[原注]

❶子润馆余家三年。

朝局日新善政累累，即事恭纪

践阼冲龄世庙符，中兴洪业立规模；
临朝高后垂帘法，入画周公负扆图。
玩好错陈严内竖，诗书启沃仗鸿儒；
残年再睹升平象，野老相随一杖扶。

偾事岩疆恨懦臣，牦缨盘剑国威伸；
鸣听丹凤弹诸将，誓定黄龙肃九宾。
破械频颁宽大诏，安车先起老成人；

询荛第一开言路，也许书生痛哭陈。

竿牍苞苴隳纪纲，一朝振厉复官常；
懿亲人许参帷幄，廉节臣能重庙堂。
征辟不收三语阮，会推争荐四知杨；
尊严最是八州督，琴鹤萧然冷宦装。

权奸斥退达宸聪，望治欣欣四海同；
授首内廷歼巨憝，推心专阃识孤忠。
诸曹综核人勤职，重镇封除爵尚功；
流水高原新令下，风趋从此变群工。

千里持粮罄转输，司农仰屋日踌躇；
征商徐弛当关禁，增赋严惩履亩租。
铸币炉停通市易，算缗车辍缓追呼；
闾阎取次安生业，始信深宫有远图。

清丰过王镜泉明府殉难处

裲裆裤褶出城时，骏马珊鞭听誓师；

少不惜身抛老父，死犹瞑目信男儿。
鹳鹅新集情难洽，蛇豕纷来力岂支；
恤典九重恩最渥，许从战地筑崇祠。

官队乡团谊不亲，仓皇一战傍城闉；
断头难辨模糊鬼，裹血容逃狡猃民。
破屋穷蓤闻夜哭，空壕残卒卧朝呻；
贤侯剩有循声在，看取碑前隳唳人。

自六塔至饲鹤池即目

白骨交撑蔓草根，是谁祖父是谁孙；
长林拂拂腾尸气，秋雨斑斑漉血痕。
果腹老鸢拳废垒，争肢饿犬斗空村；
刀兵劫后残黎少，太息何人漏泽园。

感　事

上方请剑水鱼亲，不制遥权近十春；

卢杞人嗤蓝面鬼，禄山自谓赤心臣。
旌旜棼丽[1]王开府，阑矢趍趯吏拜尘；
半世奸谋专养寇，貔貅耗尽太仓陈。

戎衣初着阵亲临，转战堂堂报国心；
受钺三番臣节变，赐环万里主恩深。
叙功不握春秋笔，荐士分投暮夜金；
饱载军储入郿坞，贿交闻已遍朝簪。

烽火连天哭未休，云霓属望转迟留；
重权徒秉桓温节，散地方登庾亮楼。
奔迸残黎抛襁褓，闲嬉卒伍脱兜鍪；
名城窃据多乌合，坐看他人一战收。

行窝随地足徜徉，翠绕珠围态万方；
雏伎熏香宵荐枕，歌儿傅粉晓传觞。
乞师傔从纷窥户，催饷缄封积满床；
屈指又逢腾捷日，军咨信笔且修章。

不战偏夸识敌情，招降四出识推诚；
韬戈谬说攻心上，困垒安能破胆惊。

如奉骄儿先授印，骤迁大将却翻城；
失机最是勤王策，揖盗开门幸未成。

如市军门纳垢污，干儿义女聚降徒；
贼兵同处猫眠鼠，宾佐扇威虎假狐。
苞贡频来除巧利，松名不避进妍姝；
纠邪白简纷纭上，敢信弹章足蔽辜。

久闻明诏槛车收，半载王程转自由；
行馆食单调美膳，勾栏乐部度清讴。
诙嘲交舄学齐赘，饮泣戴冠羞楚囚；
到处飞书征馈赆，贪囊未饱且淹留。

治狱千官公论存，翻澜廷辨肯声吞；
群传罄竹陈金阙，犹望输薪出玉门。
援手难施终国法，断头尚戴是天恩；
休言杀将贼难灭，恰有红旗报紫阍。

[原注]

❶借仄用。

招杜石坨、刘铁村、李鲁泉、王载福、李诲堂诸广文小饮

五夜参衙各兴阑❶，园蔬小摘且追欢；
难求太守葡萄酿❷，学具先生苜蓿盘。
径扫三三仍积雪❸，筵开九九待消寒❹；
环围土锉同温酒，笑比空山对懒残。

[原注]

❶时方州试。

❷用孟佗事。

❸连日大雪。

❹明日冬至。

焚黄礼成恭纪

久废莪蒿痛鲜民，五花纶诰忽承恩；
宣麻倾耳同除授，啜菽伤心失逮存。
魏阙空怀酬犬马，荒原久缺荐鸡豚；
明年乞假东归去，一纸黄封告墓门。

两世青衿一第难，长埋恨骨久应寒；
箧中手泽犹传业，泉下头衔屡换官[1]。
休问榜名笑罗隐，还邀赠典慰方干；
陈庭车服生无分，食报诗书待阖棺。

[原注]

❶三邀赠典。

刘药衫先生八十寿诗

地仙老健日婆娑，绣水盘山问轴薖；
嚼到桂姜知性在，种来桃李信才多。
名流钦仰灵光殿，讲舍经营安乐窝；
记取家风登上寿，趋庭曾唱百年歌[1]。

鼎足词坛各啖名，明经[2]观察[3]记争衡；
知交零落龙头会，风雅总持牛耳盟。
邑有几人称硕果，天留此老压耆英；
出山草后踞觚纪[4]，始信文章重晚成。

轻装未贮俸钱归，守取青毡旧业微；
老诗两言遵疏广，清名一代种胡威。
厅无旋马茅茨陋，园不踏羊藜藿肥；
能读父书幺凤好，遗金休笑凿楹非。

归田三见岁星周，勘破浮荣一笑休；
善政荆南留众口，雄文山左压人头❺。
曾联爱弟天阶步❻，独领群仙月窟游；
重到泮宫非异事❼，宾筵再听鹿呦呦。

［原注］

❶太翁寿至九十三岁。

❷吴鞠农先生。

❸李戟门先生。

❹公著作二种。

❺公中丙子解元。

❻癸未偕弟左青先生同榜进士。

❼公是年重游泮宫。

书室题壁

浪掷光阴逝水流，百年一瞬信沈浮；
贫仍故我富安待，壮不如人老合休。
行乐在堂歌蟋蟀，逞豪掘阅叹蜉蝣；
平生才拙甘雌伏，闭户摊书且遣愁。

仰天大笑信眉舒，枘凿乖违习不除；
盖次公嗔多酗酒，嵇中散著绝交书。
蛙藏深井忧时事，蠡测重溟议古初；
如此性情如此世，端龟休卜屈原居。

识字无多煮字痴，愚公相唤未容辞；
囊收妙药仍龟手，篋理残篇少豹皮。
我所思兮东海钓，客何为者北山移；
栖迟冷署寻生计，且傍晴窗寸管持。

谬悠俗口毁兼誉，卷尽浮云识太虚；
梦醒隍中谁得鹿，乐寻濠上我非鱼。
自怜原宪硁硁守，人羡扬雄寂寂居；
何日故山投劾去，门生扶掖上篮舆。

连朝寒甚，以敝裘授表侄刘庆本、侄婿马殿文

积雪沈阴剧冱寒，怜君相倚到贫官；
绨袍范叔何时遇，葛帔任郎度腊难。
岂有雉头藏内箧，聊堪犊鼻挂同竿；
朝来巷口多僵丐，安得长裘万里欢！

寄怀陆吾山

轻掷承明著作身，竭来蹩躠走黄尘；
江湖笑傲才无敌，风雨高歌句有神。
赁庑今宵寒卧雪，坐衙何日晓班春；
相期蕊榜听胪唱，莫漫闲曹学隐沦。

西行转粟俨从戎，千里崎岖逐断蓬；
阻兴公车来阙下，承欢子舍近关中。
推敲被底宵搜句，邪许城头昼省功；
何日南畿随牒出，论文冷署一樽同。

哭姚绍梁之讣

恶耗惊传遽饰巾，涔涔老泪涴庭尘；
书缄问讯方周月，文字知交剩几人？
赋鹏有才伤贾谊，葬鱼同日逐灵均[1]；
残春一夕联床话，泡影电光迹已陈。

[原注]

❶卒于重五。

送何梦寅太史改官之任云南

簪豪才子出承明，荆棘西南万里程；
梗化已延钩町国，悬军难逼逻娑城。
相如才大应传檄，诸爨酋豪正阻兵；
化导今来贤令尹，会销刀剑事春耕。

雄才重见傅修期，正是戎旃磨盾时；
潜进应穿豺虎窟，左迁恨夺凤凰池。

中丞计缪程功缓，骑省悲深就道迟；
玉斧关河收有日，铙歌早寄一囊诗。

寄怀史吟舟先生

挂冠神武志明农，三径归来少定踪；
坞壁山中时纵火，旌旗江上正传烽。
康成获免诚多幸，士燮堪投未易逢；
荡涤群凶原易事，不知何处李横冲。

焦土何堪问敝庐，仍携铅椠度居诸；
人归鹿洞同听讲，世劝龟山早著书。
群盗何时闻草薙，服官当日被兰锄；
襄阳耆旧同编传，闭户真应号隐居。

送王逢生孝廉应礼部试

铁砚磨穿旧业深，南宫桃李种新林；
呕心文字能惊目，唾手功名仗苦心。
宝气千寻开剑匣，生机一线待泥金；

此行须捧毛公檄，暮景慈闱惜寸阴。

公车辍驾岁将阑，雪积尧年鹤语寒；
人少赠袍怜范叔，门谁扫径问袁安。
艰辛历尽时方转，厄苦尝来力益殚；
好向蓬山高处立，名臣发轫在春官。

前岁寻亲西粤行，中原豺虎正纵横；
椎心仓卒三年痛，负骨崎岖万里程。
薄薄桐棺怜宦况，萧萧葛帔见人情；
老亲弱弟仍羁旅，目断南天寸念萦。

尊甫都门捧袂时，几番锁院叹珠遗；
神山可到回风引，别径方寻德雨施。
肖子榜头刚吐气，故人泉下定伸眉；
可怜新筑一抔土，不及生前慰素期。

冬　晓

饥乌噪茅檐，朝旭策群动；

独有闲眠人，拥被续残梦。

戏咏钱

河间工数钱，十十与五五；
将邀姹女来，夜伴守钱虏。

万贯塞破屋，秀才眼孔小；
贫儿诧同侪，形容变枯槁。

和峤信有癖，两篦自屏当；
咄咄积如山，倾身不能障。

明训传二疏，多财则损智；
乃翁挥斥空，何与痴儿事。

曹王勋伐高，赐钱顿生喜；
人生慕使相，好官亦尔尔。

夷甫口不言，矫情理难信；

中怀淡无营，遮莫阿堵近。

地下三十炉，燕公财太横；
持此将安归，夜台使鬼用。

崔烈拜司徒，生致铜臭诮；
奚不奉长官，一博鸬鹚笑。

通神十万贯，延赏可奈何？
关节容不到，世有包阎罗。

饥驱四方走，羞涩看杖头；
脂膏润无分，先生惟蒯缑。

雨中期靖菴不至，诗以促之

茅檐尽日淋浪雨，阻断门前过客蹊；
寂处故人能念我，芒鞋莫惜踏春泥。

闺　情

当时悔与制行縢，一纸平安寄未曾；
别后泪痕谁记取，晓窗妆镜夜窗灯。

赠郭岱云

司勋十载梦扬州，薄幸人间第一流；
信有雄文跨当代，才名何事博青楼。

黄河远上唱旗亭，一卷新词付小伶；
世外赏音传画壁，可儿眼定为谁青。

襄阳新曲白铜鞮，胜日寻芳向大堤；
谁信老僧曾面壁，禅心已定絮沾泥。

笙歌北里锦缠头，白马骄嘶苦未休；
顾曲才人莫羞涩，杖头须挂百钱游。

诗　余

绮罗香·题薛涛《玩笺图》

万里桥边，枇杷花下，绝代丽人曾住。管领春风，为许平康独步。偎锦瑟、王建传笺，启琼宴、韦皋邀顾。记髫年、信口哦桐，无端写出断肠句。

松花新制盈箧，试问相思种种，几行能诉。晚节空门，色界别寻归路。斗媚妩、卓氏西行，竞词采、文姬北去。惜卿卿、纸角留名，被风流却误。

满江红·题陈息帆刺史《香草词》二首

香草词人，认前身、谪来金阙。仿佛是、藐姑仙子，珊珊丰骨。逸气时拈如意舞，豪情空击唾壶缺。试付将、铁笛老龙吹，江心裂。

断肠句，霏玉屑。歌扇掩，酒杯凸。似琵琶商妇，四弦嘈切。官阁吟梅攀白石，扁舟度曲翻红雪。读鞶烟、恨雨石城歌，凄凉绝。

载酒江湖，论竹垞、国朝首唱。谁方驾、陈髯崛起，雄才奔放。延露曾夸调唳鹤，衍波空解渡香象。叹百年、作者太寥寥，广陵响。

公鹊起，扫榛莽。绪绵邈，情孤往。好移宫换羽，夷犹跌宕。晴日琼莲开玉井，秋风仙露吸金掌。看缤纷、花雨落诸天，非非想。

满江红·题陈息帆刺史东航草

击楫中流，乘宗悫、长风巨浪。涛头过、九州欲没，八荒在望。衣带条条河汉走，蹄涔点点江湖涨。指几星、岛国有无间，青螺状。

蹑员峤，凌方丈。目空阔，胸襟荡。恰谢公舒啸，回帆雅量。浴日五更窥地底，探源万里通天上。唤钓鳌、仙客入舟来，啼声壮❶。

[原注]

❶生孙。

按，此词原题《前体·题陈息帆刺史东航草》不录。

浪淘沙·为马杏轩题《杏村图》

春闹隐君家。艳影夭斜。几枝红杏压篱笆。错认老梅开未遍，微逗窗纱。

麦陇界袈裟。野趣桑麻。草堂迟日读南华。闲杀鉴湖风景好，浪迹天涯。

浪淘沙·题《影山草堂图》

岩罅草堂宽。绕屋檀栾。萧萧风雨一灯寒。山色泼帘侵竹影，人在绿天。

回首望乡关。兵火骚然。经藏鲁壁可曾完。何日晴窗重读易，翠戛千竿。

按，此词原题《前体·题〈影山草堂图〉》不录。

卷七

胜光禄传檄勤王论[1]

庚申八月二十有八日，客趋告予曰："胜光禄愤师，徒无功；慷慨奋袂，传檄勤王。不日援兵四集，小丑行且殄灭矣！"言之欣欣有幸色。

予拊膺太息！徐起，告之曰："光禄以重创之身，犹思倔起血战，不可谓非奇男子。召兵勤王之举，则聚一千五百州县之铁铸"错"字不成者也。光禄非不读书者，胡不深思熟计，乃尔贸贸出此？畿辅从兹多事矣，可谓痛哭顾引为幸事乎哉！"客愕，眙问故，予曰："自昔勤王之师，措置无善策，以今时势计之，可虑者正夥，安望其奏奇勋耶！"

淮南中州，江左吴门，信多劲旅；然或收自降卒，或起自凶徒，鸮音甫化，鹰眼犹存，纠群不逞之辈，聚诸辇下。主兵既弱，客兵自强，能保其无他志哉？汉董卓之变，则有二袁、孙、曹；晋桓元之变，则有宋武帝；唐朱泚之变，则有李怀光。皆以勤王而至者也，可虑一。

四方之师，蜂屯蚁附，例须威名烜赫、勋望隆重之帅，以统御之。然后号令严，人心一。否则，散乱失纪，观望退缩，胜不相让，败不相救，祸有不可测者！唐时九节度之师，李、郭在列，无救于败，其明征也。光禄能自任统帅乎？自任统帅果足厌众望乎？可虑二。

援师集矣，岂无忠肝义胆、马革自矢之人偏师独出扫荡逆夷者？然成功者，强兵也，悍将也。强则易骄，悍则难制。他时策勋，酬庸锡之爵秩，则谓鲜实惠；赉之金帛则不餍奢心。小有觖望，呼吸变生。盖征召易，散遣难也。可虑三。

迩来，司农仰屋，储偫缺如。甲士屯集四郊，腹乏食，体乏衣，寝息乏帟幕。夫以饥寒交迫之身，父不能使子为孝子，兄不能使弟为悌弟，乃使士卒安坐待毙乎？强者攻剽郡县，弱者劫夺墟落。都下最名殷富，恐卒伍亦生觊觎，必至之势也。可虑四。

吴、越之界，寇焰方炽。侧闻翠华远幸，都下空虚，必将乘衅抵隙，狡焉思逞，蓄异谋，则大举北来；收近利，亦急攻旁郡。是启戎心而张贼势也。可虑五。

千里赴难，必简精锐。曾、袁诸公，乃心王室，谅不以疲羸塞责。然而精锐既撤，守御必虚。吾恐国门未收斩将搴旗之功，南服先有覆军丧地之辱。可虑六。

夫南服介胄之士，蹈死不悔者，惟是，效忠国家，冀邀厚赉耳！忽捧勤王之檄，必谓根本动摇，安危难测，人人惶惑，处处惊疑，彼此畏沮，多怀首鼠。以之战，无斗志；以之守，有懈心。其不闻风而溃亦幸矣！可虑七。

前者，都门内外，宿师数万，临阵辄溃，望风先逃。外兵无济，大势已见。兹复号召乌合，带甲麋至，部曲丛杂，猜嫌易生。用之公战则怯，用之私斗则奋。纷糅轇轕，解散无术，李傕、郭汜事何如乎？可虑八。

数万雄师，同时北上，车马餐宿，供顿不易，给应偶缺，恃众而哗，哄堂掠市，肆行无忌。区区州县吏能胜其陵藉乎？可虑九。

逆夷之酋，互相雄长，贪取金帛，无大志也。逆夷之兵，募自闽、广，畏寒者也。背秋涉冬，朔气凛冽，即使按兵不战，和议不成，亦将饱掠而去，旬月事耳。勤王之兵或未至而贼去，或甫至而议成，无功遣归，更需邮传，不犒则失军心，犒之则縻军储，无裨时事，徒涉张皇。况值人心懈弛之日，安知中途不生变耶？中途生变，非多树一敌耶？可虑十。

或曰："不兴勤王之师，逆夷何日殄灭？"予曰："京营之兵尚可用也。承平日久，入伍虽多游惰，然有室家之恋，则不肯逃；有世禄之籍，则不敢去。诚得一知兵者将之，谕以祸福，激以忠义，明赏罚，信号令，遣间谍，设犄角，奇正相生，贪诈互使，蠢尔小腆，一鼓成禽。语云'胜者用败者之棋'，正谓此也！况津民素称剽悍，切齿逆夷，悬金购募，必有群起应命者。淮阴侯驱市人而战，亦奏肤功。前天津令谢子澄不曾用津民乎？”或曰：“募民杀贼，已奉明诏，不睹成效何也？”予曰：“比来败事，患在奉行。具文任事者，无实心耳！”如果积金营门，有携贼首至者，应时畀之。安见长安市上遂无勇夫？粤东之败艇匪，即用此法。与其辇金啖敌，何如出金募兵哉？纵使皆不可用，光禄久握兵柄，旧时部曲，恩谊浃洽，技能周知，飞调一旅亦可获指臂之助。此“廉颇思用赵人遗意”也。计不出此，突尔大声疾呼，徒使四方闻之震骇疑惧，妄谓天下大事不可为，其不至激变者几何？况乎召者未必至，至者未必速，速者未必有功，有功未易措置耶！抑何不思之甚也？

为今日燕赵计，教练乡团，兴筑城堡，是救急第一策！非专防土寇也，兼防客兵也。兵来宜防，兵归宜防，兵败宜防，兵胜尤宜防。

畿辅初无贼，调集勤王之兵，恐异时不化，为贼不止。区区偏见，自知过虑。伏愿宗社有灵，早靖逆氛。外兵不来，鄙言不验，则国家幸甚，天下幸甚！

[原注]

❶时洋夷犯阙，胜保御之八里桥，伤股坠马，张皇无措，遂传檄诸帅及督抚。

禁兵掠食论

比来兵勇劫掠村墟，主帅佯曰不闻；有踵门泣告者，大声恐喝，逐去之，不使尽所欲言。意谓轻骑逐寇，势难重赍；贼过之地，市肆皆虚，非掠食则饿殍矣！初不令其掠资财也，掠妇女也，掠牛马也。抑知食既可掠，则瞋目叱咤，张威横行，室内之物，乘机恣取，何独贪于饮食，廉于资财、妇女、牛马乎？

古有借民一笠斩首者，军律之严如此。今则掠食为名，肆行劫夺。非主帅纵之，抑谁纵之哉？

夫飞粟挽刍，行师之要。今之粮台，支领者银也，犹必名之曰“粮台”，则支银非良法矣。如谓古法不可用，康熙年间，新疆用兵，草地运粮，用驼马即以驼马充粮；嘉庆年间，川楚用兵，军士皆裹粮入山，此本朝故实也。军需则例，开载兵丁每日支米几合，其后乃有折支银两之事。相沿日久，骤以米粮与之，士卒必有所不乐。然纵兵肆掠，不至，民与兵斗不止。民与兵斗，民必不胜，不至驱民从贼，藉贼抗兵不止。夫民至藉贼以抗兵，天下事尚可问乎！或曰军行粮从，必贼守一城，踞一寨，而后可至。今则旷野驰逐，辎重不能相及似也。不知粮储原有分贮之法。邻近州县，先时给资，委令分地购置，市价自免腾踊。或数十里，或百里，或二、三百里，城关、村镇皆有存储，兵逐寇至，开仓应时给之。若贼踪不至之地，陆续接递转运，亦鲜重费。义仓存谷，预令舂碾备借。逐寇之兵，但携干糇，备一二日粮而止耳，何待掠食乎！脱令糗糒告罄，势难枵腹，无已，则令民移釜村外，煮粥饷兵。士卒有入庐舍者立斩以徇，此不得已之法也。

噫嘻！贼过室空，穷黎自难具餐，尚堪责令设食乎？虽然，荷戈之徒，果能奋力杀贼，必有壶浆箪食以迎者。谓予不信，试询诸清丰观城辛酉年之民。

寨长说

萃一寨千百耆老丁壮，畴无才智，畴无技能？群起而推一二人为之长，俯首帖耳，奉命承教，杀之不敢怨，赏之不敢辞，指麾驱策之奔走而不敢后。分不可曰不尊，权不可曰不重，然而令果行乎？禁果止乎？条教设施果顺流无壅阏乎？如其有之，必出于跋扈不逞之辈，徒党纷纭擅作威福者也。令行矣，禁止矣，缓之则剽夺侵渔为患闾左，急之则揭竿探丸公然为盗矣。彼贤绅端士礼法自守之君子，逞威倚势，既有所不屑为，而谦抑敛退畏讥远谤之情，则亦有所不能为。夫以不能令行禁止之人，而使之握兵柄，御强敌，尚克有济乎哉！

夫国家设官分职，尊卑相摄，名分素定。故纲举目张，令下不啻流水，至于秉麾仗钺，生杀惟命，自古而然。

闾里之中，望衡对宇者，宗族也，姻娅也，主伯亚族也。平昔骈肩交臂等夷而莫可统属，一旦烽燧在郊，共为拥戴，亦惟是虚名相奉耳。彼心目中非视如长官之尊、主帅之贵，惕惕焉不敢触犯者也。锋镝当前，驱之效死，赏则疑于市恩，罚则易于丛怨。恩重者玩生，怨深者祸伏，为操为纵，吾术有未易施者。且兵法尚严，干令冒禁，能一麾断首乎！顽梗难驯之夫，施以棰笞，犹傲睨反唇而不甘塞默，刎颈血涂地耶？然而垛夫游兵，细民也，犹可训斥呵责者也，聪明自用，越我范围者，惟寨副及门街垛队诸长耳！

《城守方略》曰："柔懦者不为长，昏愚者不为长，暴横者不为长，执拗者不为长，奸私者不为长，志不奋发、力不强健者不为长。"一乡一里，才德周备曾有几人？今之为长，果非《方略》所指乎，旦夕预谋，只此数十人。其间性情气类、家世分位、辈行年齿，迥不相侔，然不能不引与共事。脱有偏执违拗殴辱忿争之事，主持驳正，和剂消融，何以餍众心而杜多口？其或倚富挟贵，违乱纪律，将废法乎则无以惩后；将执法乎则势有所不行；不幸而出于蒙惠积嫌之家，悠悠俗论，咸得以报德复仇议其后矣。即曰各长有犯，由官处断，吾知入告之日，必有经营周旋为之缓颊者，徇情则阿，避怨则挠。古云“法自贵近始”，岂易言乎！岂易言乎！然遂谓寨长不可为者，亦非也。自负分尊，则俯视群流，而不思听纳；自恃权重，则恣睢侈汰，而莫可挽救。其究也败坏大局，贻累万室而后止，是诚不可为寨长者也。

有人焉砥德砺行，群伦矜式，敦睦洽比之风，沦浃有素；倘使之督众拒敌，临阵行法，公正之情既足以服众庶，而其恻怛悲悯不能不杀、不忍遽杀之仁心，又足以警惕戎行而生其感激。吾知陨首之鬼，且有瞑目九原而无憾者。曾何一令一禁之犹扞格也哉？或曰“桑梓之近未可伸威也，绅士之微未宜专杀也”，是必不议守而后可议守，兵机也，得不用兵法乎？

迩者，举行团练，诏谕稠叠，助防助剿，久睹成效，按律行戮，齐一军心。非匹夫敢操生杀之柄也，法不得不尔也。如谓虚名相奉，拥戴难恃，操之过急，离叛易生，彼童蒙之师，常施夏楚，工匠之长，不废谴诃，率万人而冒矢石，一夫违命，执而僇之可也，又岂跛扈不逞之辈，诛夷任情者所可同日语哉！或曰：“诛杀近于暴，不若归诸有司之为愈，是亦一术也。”敢质之屏翰乡闾者。

救荒议

为灾区宜救敬陈管见事。

伏查，本年雨泽稀少，畿南收成歉薄。节近寒露，二麦未能播种，遥遥来秋，方期登谷；青黄不接，为日甚长。小民甫脱兵燹，疮痍满地，哀此穷黎，其何以堪！又况东南一带与曹州、东昌、临清接壤，风气桀骜，屡作不靖。且多传习邪教，学弄拳棒之人，值此凶年乏食，倘有奸徒乘机煽惑，啸聚尤易，三辅拱卫神京，未雨绸缪，赈恤之方，所宜急讲也。

乾隆中叶，方恪敏公督直隶时，修筑义仓，星罗棋布，正为饥馑而设。奉行既久，百弊丛生，败瓦颓垣之中，藏谷安在？间有存者，率皆浥烂不可食。常平仓亦然。库款支绌，如今日施赈，实不易言。

窃谓，帑项勿庸多縻，而能使民沾惠者有二法在：灾重之区，截漕散米，副之以煮粥；灾轻之区，通商和籴，济之以劝捐而已。

河南兑漕，在内黄之楚旺，距大顺广所属，远者三二百里，近者不及百里。山东兑漕，在德州之安陵，其去深赵、冀与内黄之势略同。河间、天津尤近，惟保定、正定、定州稍远，均在五百里以内。顺天所属亦远，然有舟楫可通之处，如能奏请截留两省粟米十余万石，分洒灾区，其势诚便。但陆路为多，水路较少，转运之费不能不宽为筹备耳。又闻州县兑漕皆出帮费，可取之以补运费；帮丁起程亦领食米，可取之以备折耗。宜于冬初会商各省督粮道行之，放米不放粥，其中利弊得失，前人论之綦详，今取节省柴价可以津贴运价，陆运者由仓领米，未经入船可免使水掺和诸弊；水运者委员雇船监押，亦与帮丁积惯作弊者有别，但能截漕，可免发帑矣。

州县存米之区，宜分不宜合。大县十余处，小县七八处，择适中之地，四面村落皆在十里内外，联为一社，先将贫户大小名口榜示通衢，共见共闻。倘有不公，人人可以指摘。克期散放，三五日一周，只用先时领票，临时点验，领后换票诸法。每放一次，即将放出米数、领米人数及不到者与存米若干，揭示通衢。而清查户口为最难，四境之内，万户数万户不等，牧令亲身踏勘，穷一日之力，百余户而止。即副以教佐，宽以时日，鸾僻村墟必有足迹不到之处，只凭保甲开报，纵使委员助之，徒滋烦扰，于事无济。造册、造榜、造票皆胥吏经手，则有重复遗漏捏冒诸弊。恶绅劣衿之把持，土豪地棍之侵夺，亦所不免，是在良有司善为经画耳。

赈不必虚施也，则用以工代赈法。城郭、沟池、河道、塘堰、衙署、仓库、庙宇之属，酌其紧要，力能置备材木砖石者，即招饥民佣工给米抵价，然必日给数钱为薪柴盐菜之需。若老幼残废、疾病之人，不能远行，幼年、妇女不愿出头露面者，令本村煮粥以哺之。每村选殷实之家、诚朴之士，代司煮粥之役。计口授米，计米授柴。亦将食粥名口榜示通衢，无名者不得入厂，官吏不时往查，其势亦便。至于防劫夺，防偷窃，防顶冒，防掺和，病则施药，死则速瘗。抛弃幼孩则宜收养，兴贩妇女、宰杀牛马则宜查禁，皆急务也。

通商有三要，产粟之地不闭籴，鬻粟之地不抑价，粟过之地不苛征，外无他术矣。

齐境大清河以东，中州黄河以南，咸称丰稔。奉天土旷人稀，每岁余粮外售，分济数省。今岁亦号中熟，市价自必平减。但使彼地州县肯听商贾转运天津、海口及临清各处，关津奏请豁免税课，不难源源而来。然而不识时务之地方官，往往抑价者，何也？虑病民也。不知抑价则病民更甚。时当旱荒，邻境粮价必昂，独此一境抑之使低，从此商贾裹足，其后虽使增价，无由得粟，是自困也。何如增旬日之价，闻风辐凑，便可减百日之价乎！虽然万室之邑，一商十商不足也，千商则足矣，万商则益足矣。商户商也，苟歆以重利，士亦商，农亦商矣。穑事余暇，牛马旷闲，四出贩运，往返千里。夫人可能所虑乏资本耳，官有公储之项，急宜借予半载以后归，母不取子，否则力劝富室行户广为借贷，薄息速偿，间有折阅指物抵补出贷之家至千贯以上，酌请职衔以励之。道途集镇，不令隶役累扰，安见废业之士，辍耒之农，不皆驱车入市逐什一之利耶！

直隶素称瘠土，频遭蹂躏，向时富民，今则八九告匮，劝捐未可轻议。然有力矫宿弊使人不疑之法，捐户非出资也，输粟可矣。无粟亦非出资也，买粟助赈可矣。出粟非远施也，贷之邻里宗族可矣。但劝富室出杂粮若干石，随其所有糠粞、麸麴、秕稗、酒糟、豆饼皆可准折，散给附近贫户，按口分授，不许多取，秋成加息归偿。官为检明，登造印簿，逋欠则官为追比。流亡疾病死丧无力者舍之，衡其出粟多寡及耗失之数，比较市价为请奖叙。虚衔职官惟其所欲，少者则旌其门闾，稍有余力之家，则令鞠养童稚，施散药饵。寒则施柴薪或留旷宅以处游民。自给之家则令门前日施米汤两三桶。壮丁则令巡警盗贼，掩埋饿莩。若无赖棍徒，聚众恐吓，口称均粮者，必重惩之。敦劝之日，优以礼貌，不宜苛派逼勒。盖富民者，贫民之母也，饥其子再困其母，同归于尽，后将谁恃《周礼》保富之道，正以济贫耳?

救荒诸法前代不必言，若国朝张清恪公之《十条》，方恪敏公之《十五条》，魏叔子之《四十策》，宏纲细目，本末兼赅，尤莫详于汪稼门制军《荒政辑要》一书。水旱交筹，蛟蝗并及，可谓集大成矣。择其切要者行之，洵足起沟中之瘠。然林希元有“二难”，首曰得人；周文襄有“六先”，四曰择人。盖得其人，则实心实政，斯民可登衽席，非其人则良法美意，胥变为厉民之举，况赈恤饥氓千万，性命所关，可容不肖官吏滥厕其间乎？怠缓者，后时急遽者，失序刻薄者，寡恩悭吝者，惜费放狂者，偭矩迂腐者，拘文游滑者，虚演故事贪墨者，计饱私囊刚暴卤莽者，或激生事端弊窦种种，未可枚举，今若力行荒政，藉可察牧令贤否，相因之道也。至如蠲缓赋税，宽减徭役，有成法在，不待胪陈。卑职为拯救灾区起见，是否有当，伏乞垂察。

与王荫堂太守论团练书

晨间齐玉过赵，展读赐书，知有招集二千人之议，诸牧令恇怯观望，视为具文。贵处当星使未至之先，崛起为倡，又筹万金充军食，可谓宏济时艰，先人所难矣！

简授副使，不愧！不愧！此二千人者，招之市井乎？抑招之村落乎？市井多游惰，平时寄食充数，孱弱不可用；一旦强寇当前，缓则输情于外，为敌间谍，急则倒戈翻城，图苟且之富贵矣。村落蚩氓，天性椎鲁，技艺法令，谙习为难，其衣食稍足者必不愿出而应募；且耕作方殷，纠聚非时，此招募之难也。

夫筹备粮饷，万无良策。取诸官吏，则岁捐月输，筋力已疲；取诸商民，则日朘月削，脂膏已罄。如果数及巨万，必极威挟力迫智取术驭之方。后此能再举乎？此粮饷之难也。饷之入也既艰，饷之出也即宜啬。计日授之，每丁银一钱，抵京钱三百，不容损也。团长、团副、队长、伍长、教师、书吏诸色人，或倍焉，或三焉，四焉。练勇二千名，日需二百数十金，不满五旬，万金空矣。斯时技艺未熟，法令未娴。即熟矣、娴矣，而饷不继，将中辍遣散耶？抑虚名注籍，静俟传呼耶？遣散是为浪费。倘使静俟传呼，能必其无出疆徙业之事，闻命即赴耶？即停饷之后，十日一操练，尚非散漫无纪；然开操之日，给付口粮，军心方齐。每年三十六次，非七千金不敷度支，此项之来亦岂易易？若饷金独备临敌之用，练习无须授食，则丁壮必不齐，齐亦不乐为用。盖沿户佥丁，古法不行久矣。此弟踌躇终日，而一策莫效者也。然则团练将议停乎？无已，则设为等级限例激扬黜陟之法：初演十日，人给百文，艺进矣倍给焉，否如故，或免给示罚；廿日后，艺进矣倍给焉，否如故，或免给示罚，增至三百文而止。材优十人者拔充伍长，材优百人者拔充队长，以时视其勤惰捷钝而上下之。不率教，不成艺，与傲很害伍者黜，此亦撙节之术也。技成之后，徐议停饷。旬为期，月为期，岁为期，酌损以渐，而用命如常，是在良有司妙于措置耳。然统驭非人，必至横生事端。盖聚之诚难，散之亦正不易。河南卫辉、禹州之事，其明征也；山东赵康侯之辈，其隐祸也。是知团练一法不成，于时无济，成则流弊无穷。不然，宋、元以来代有老成谋国之人，胡不恃此戡乱，而必豢养士卒，岁縻金钱数百万哉！独恨今时兵乏饷绌，盗贼如毛，不得不作补苴目前之计，遑恤其他。

夫兵凶战危，宗社存亡所关，古人专门名家，师弟授受，然后称名将，著奇勋焉。近日膺阃寄者，不问其人之智愚，不揆其才之长短，徒以爵秩既高，便假魁柄。受命之日，妻孥聚泣，以为大戚；谈及戎机，目瞪口呆，如瞽失相，欲其克敌奏功，不亦难乎！

窃闻桑阁学之为人，忠信诚悫，世推长者；韬钤武事是否谙习，尚不敢知。不日抵省，议方略，审机宜，依仗名流，用导先路，军咨祭酒非老兄其谁任之！是阁学一身畿辅恃为安危，老兄则运筹帷幄，决胜千里者也。所系顾不重哉！老兄吏治循声，自居燕、赵第一流，至于戎略尚非当行。世无黄石公，自宜向书卷求之，味其一语，可以济事。

弟行箧兵书无多。戊午夏月，子翼津门趋谒时，全行检付，令其代进左右。案牍余暇，务望细心研求，益人神智不少。月杪驺从过赵，清宵煮茗，再倾吐一切也。

狂瞽之见，自笑迂腐，伏希原谅！

驳陈令《孔庙承祭辨》

静海令陈元禄，始仕贰尹也。咸丰辛亥，试守清河丞，兼权少尉令。适有远行，尉受画诺之役，上丁学宫释奠，陈某欲摄祀，校官抗词断断而争，陈某力弗胜退列，有愠色，忿作《孔庙承祭辨》一篇，丁卯孟春上之制府，下藩伯集议，半采其说，播诸畿甸，垂为令典矣。

夫订正礼仪，首贵博古。谓援引经传，参证史策，折衷损益，以求指归也；尤莫贵于通今，谓详考《会典》《则例》诸书，恪循当代功令，乃《春秋》尊王学礼从周之旨也。失此二者，徒逞臆见造为曲说，即娓娓动人，亦难折服谈礼者之心。

陈某名宿后裔，自负通才，国家宪典宜所素谙，乃忽创谬悠之论，不传于古，不合于今，则何也？

辨谓：教官承祭孔庙，礼无所据，乃以典史摄事为宜。按朱子《漳州教授厅壁记》云：当严先圣、先师之典祀，领护庙学，而守其图书、服器之藏，是宋代曾奉禋祀矣，然犹曰非今制也。《大清通礼》，直省释奠仪，凡府、州、县崇圣祠，皆教谕正献，月朔释菜，望日上香，教授、教谕、训导分班行礼，忠义、孝弟、节孝、名宦乡贤四祠，以教谕将事。彼教官亦有同时公出之时[1]，不闻以典史摄也，其致祭社稷坛，府、州县长官主之。长官有故，佐贰以次摄，神祇坛亦然。夫曰“有故”，公出是也。曰“佐贰以次摄”，县令之下，必推教官。先于丞者，其秩清，其班高也。丞且不能争，况典史乎！典史不能代崇圣祠之祭，况上丁乎！社稷神祇坛教官可代，孔庙独不可代乎？谓礼无所据，《大清通礼》[2]即彼所谓著之官书，犹不可据耶？

辨谓：祝册书某县教谕某敬祭为没知县之官，而县无所主，按崇圣祠，忠、义、孝、弟四祠主祭者，教官也，通礼祝祠维某年月日某官某致祭，不载某知县、某遣教谕、某致祭之文，颁行宇内，奉行已久，未有以没知县为嫌者。若谓某知县、某遣典史、某敬祭，于词为顺；无已用彼之法，某知县、某遣教谕、某敬祭，以典守孔庙之官司，祇承孔庙之祼，将于词不更顺乎？

《传》曰：“神不歆非类，民不祀非族。”知县圣人之徒也，教职亦圣人之徒也，同出士流，同此承祭，安得斥为释老之流，私其苗裔？彼典史者来自吏攒[3]，日与累囚为伍，铨曹处以流外朝会不入班联[4]，诚鄙之也。庙庭尊严，一旦以猥贱小吏滥厕灌献，诚彼所谓非礼之享，先圣先贤且吐弃之矣，瞻顾依迟云乎哉！

然则辨谓：无本不立者何也？彼意代拆、代申乃委之以政，与守职无异。印信可代钤，纸尾可代署，则听讼之庭可坐，奉邑之位可践。侈然以令自居，是为不没知县之官。而县有主矣。夫代拆、代申所以济法之穷，古印有纽有绶，悬诸肘后不暂离，今官携印公出，犹古法也。令罔所不任，公牍纠纷，日需勾当。明初始设典史主文移出纳，实为幕职假手治文书，正符明制，倘曰差遣，即如躬莅。彼隶人手握朱符，四赴墟落，村氓、里胥亦将拜跪迎送乎？

不然矣，辨谓：讼狱者，不可质于学官之庭，其意典史受委即当听讼，此说大谬。《处分则例》：凡呈报人命，印官公出，移请邻境印官相验，或同城之同知通判、州同州判、县丞代验。毋得滥派杂职，仍听印官公回。承审，慎重人命也，防末曹侵官也，典史不得听讼之明征也。国之大事在祀与戎，不可检验承审，尚可承祭乎哉！

又谓：守出，委政于令；令出，委政于尉。等属也，以令絜守，以教职絜丞倅似矣。以尉絜令，七品未入，分位悬殊。士人杂流，品地迥别，拟不于伦。

乌乎！至是若取譬伯玉使人，孔子与坐，伯玉、孔子敌体也，所以敬使知县宣圣敌体乎？典史入庙，宣圣亦将致敬与坐乎？引喻支离矣！

又谓：明禋报享，国之大典；孔庙之祭，天子之祭。夫知为大典、重祭，非其官不得议，妄议者罪无赦。陈令自审，所居何职，应辨耶？不应辨耶？

又谓：学校，风化之地，王政之本。诸生于是乎观礼，人不可欺，神不可诬。如以典史承祭，慢神悖礼，亵越实甚。宣圣怨恫，冥漠不易测，其奔走樽俎之列者，吾知始必色骇，继必窃议，终必忿然，墙进攘臂而大哗。

阮光禄南雍哄丁之举，或再见于清河。人不可欺信乎？不可欺矣尚言风化乎？其他长子众子之喻以尉受委，若长子之子可以承重礼，无二适啜啜如醉人呓语，闻者解颜。鲰生、陋儒一假，则委巷蓬头，妪怒蹲墙，缺侈口咒，鸡犬无关，是非不复议！

[原注]

❶如赴郡送考之类。

❷道光四年续纂颁行。

❸定例从九品未入流，由吏攒考授其人，多猥琐，近世宦室子弟自纳粟进者，品地实优，不得与吏员并论。

❹直省朝会班位文官至县丞止，孔庙班位同。

静海县知县陈元禄《孔庙承祭辨》[1]

咸丰元年二月八日，直隶清河县知县，以事公出，其日行公事，票委典史代拆代申，例也。越一日，上丁[2]释奠先师孔子之期，吏以承祭仪注告其祝册[3]，曰维年月日，清河县知县某，谨遣典史某，敬祭礼也。儒学教谕以为宜，承祭色厉而辞，固升香对越之际，典史不敢争，退而辨曰："知县，县之主也，事神治人惟所职。县之祭典，咸以知县承明所主也。知县之祭，天子之祭也，教谕承祭，礼无所据。记曰：无本不立，何可漫然行之乎？尉令之属，令守之属。守出，委政于令丞，倅官尊不与闻；令出，委政于尉丞，簿官尊不与闻。譬之长子之与众子叔父也，而长子有故，长子之子承重，众子虽尊不敢逾。诚以礼无二适于有大禁，礼制昭然，可以类举也。今教谕承祭，其祝册曰'清河县教谕某敬祭'，是没其知县之官，而县为无主矣。匪惟人听惶惑，抑恐先圣先贤瞻顾依迟不即，为非礼之享也。事上使下，其理一贯；事神可僭，治人亦可擅。将讼狱者咸质于学官之庭耶，公牍咸钤以学官之篆耶，应自知其不可矣！"

或曰：教谕，儒官也，冠儒冠，衣儒衣，先师之所私，多士之所质。以之承祭，不亦宜乎典史、卑官、俗吏职犴狴耳，裸荐兴俯，神弗之亲敬。对曰：蘧伯玉使人于孔子，孔子与之坐，敬所使也。典史虽卑，实代知县。知县，天子之命也。且圣人为万世师表，今天下进退，语默、饮食、酬酢，皆圣人之道也。君其君，亲其亲，皆圣人之徒也。岂若释老之流，而独私其苗裔也耶。

或曰：君子恶讦以为直者，国武子以尽言见杀，君子处身涉世，通而有节可也。正言博辨，何子之迂阔若是也。对曰：明禋报享，国之大典。况学校风化之地，王政之本，诸生于是乎观礼，人不可欺，神不可诬，夫岂可默焉！已乎鲰生、陋儒，趾不谕阈，讋言鼓说，人弗之訾。或拥多财，闭户对妻子，袒裼跳呼，人亦莫之禁也。而升之朝，而命之官，耳目为观听之式，履蹈为趋步之仪，无论以艺擢，以资进，无尊无卑，举不可以苟也。后之知县公出，宜著之官书而正告之，塞其违，董其所不知，斯礼典秩矣。

直隶布政司钟，为核议详覆事。伏查各州县春秋致祭文庙，攸关大典，礼应守土之官主祭，教佐陪祭。适值牧令公出，如非承审要案，承办要差，自应先期回署，届期敬谨躬亲致祭。倘实难赶及，亦应预行酌委代祭。不必拘定何员，或委教职，或系佐贰等，均属可行。惟以虔恪为主，以为妥协。所有核议缘由是否允协，拟合具文详请宪台查核批示，以便通饬一体，只遵为此，备由具呈，伏乞照详施行，蒙督院刘批如详，通饬遵照。

[校注]

①此文乃《驳陈令〈孔庙承祭辨〉》之附。

②农历每月上旬的丁日。

③祭祀用的文书。

余 论

师儒之官，清秩也。汉平帝时设学校，置经师；魏晋有文学，即博士、助教之任；隋有州博士；唐置经学士；宋置教授；元因之；明初府、州、县皆立学，始有教授、学正、教谕之分，而皆佐以训导；本朝沿其制不改，讲明彝伦，考校文艺。其人率出身科目或升选成均，不羼以资郎杂流。近世虽增捐纳一途，而一出于高才生曾饩官粟者，故朝廷宠假之，亦异他官。

宋崇宁四年诏令，教授承务郎，在本州佥判上，选人在职官之上。朱子谓，上之人，以其儒官优容之，虽有不合不问。洪迈谓，教授虽秩卑，吏部勿敢豫，必宰相自推择。盛世右文，尤崇儒术，顺治间有提学按临奖励教官之例；雍正间有加恩优待赏给封典之例；其近而可征者，嘉庆二十年，礼部咨复闽浙总督汪志伊教职为师儒之官，与首领佐杂有别，通礼直省三大节，朝贺外府州县，皆以教官纠仪。至序列班位，骁骑校、知州知县教官、守备第六班，笔帖式库大使经历、州同州判、县丞、盐大使❶、千总第七班，序列止于此。夫以八品散曹，进而与知州知县守备比肩接席，洵可谓荣，使之纠仪则以侍御视之矣。

世见今时政尚宽大优容，校官不加澄汰，讲舍皋比半为昏耄阘茸者，所辱率轻侮而訾謷之，此末流衰替耳。揆诸建官初旨，岂若是哉？典史古为尉，追捕盗贼、伺察奸非、游徼狱掾之职也；近代不讲流品，黑白混淆，典史忘其出身，公然与校官同列，自附清流。若在六朝，必如纪僧真之诣江敩，路庆之之见王僧达，自取移榻焚床之辱矣！当日清河教谕，进争承祭是也，独惜其未读官书，无词面折之耳。陈某若知典章，煌煌敢无端置喙哉。

[原注]

❶由科目出身者列第六班教官之次。

《圣谕广训衍》恭跋代

《圣谕广训》一书，两朝圣人觉世牖民之良规也。上自纲常名教之大，下及耕桑作息之细，精粗咸具，本末兼赅。又复显明其旨，直朴其词。欲使群黎百姓家喻户晓，圣德可谓深厚，睿虑可谓周详矣。当时颁布，中外实力奉行，通都大邑，穷乡僻壤，所在官吏，罔弗恪循功令，乘时宣讲，是以殊方异俗，虽有犷悍桀黠顽梗不逞之辈，亦皆潜移默化于渐摩谕导之中而不自觉。

百余年来，士食旧德，农服先畴，安居乐业，久道化成。属在编氓，优游于光天化日，其顺则而忘帝力者，非两圣人提撕教诫之殷，其明效能如是哉？厥后视为具文辍置不讲，由是风俗衰敝，渐入浇漓。彼犷悍桀黠顽梗不逞之辈，耳不闻告戒久矣。诲导既弛，秉彝浸昧。仁义不生于心，礼让不关于口，又何怪其盗弄潢池，俶扰区夏乎！

迩者，风摧电扫，逆焰渐熄。适奉有举行宣讲之旨，诚救世良策也。晋省存有《圣谕广训衍》旧板一箧，乃前抚臣成宁等所刊。字画尚属清晰，臣等敬谨刷印，装订成册，颁下通省。俾牧令教佐董率诸生克期宣讲，寒暑弗辍。且察其勤惰，要其终始，程其殿最，以振兴而鼓舞之。期于历久不废，庶几型仁讲让，革薄从忠。下可睹熙皞之风，上不负觉牖之旨云尔。

《守寨臆说》序

辛酉仲春，逆捻北犯，岱宗之阴，穆陵之右，戎马蹂躏，千里为墟。吾乡鸠众遏寇，屯踞浒山泊之湄，乘地利也，是以获免于难。父老惩毖，邻壤爰有戒心，佥议筑堡为守御策。经始未协古法，屡筑屡圮。秋八月，贼越省垣来，乡人旅拒于唐家道口，乌合不肃，成列而溃，族叔幼冯公歼焉，里党没于阵者若而人。维时霖潦方盛，寨壁复隍三之一。乡人凶惧，尽室偕逃，资蓄庐舍弃如敝屣。贼徘徊寨外，未敢冒进，不逞之辈导之入。而吾族素封家密箧藏镪，俄顷荡尽；犹赖藩帅追蹑，不暇焚毁而去，八月十八日事也。

避兵者仓皇四出，佽佽安之。露处宵行，骤雨淋漉。饥寒交集，罔不蠹伤。踉跄归来，急图缮葺垣墉。干橹百废，俱修未浃三旬，防御之术粗具。

九月廿四日，贼又自淄青至矣。村众登陴固守，寝馈靡宁，六阅昕宵，凶徒始退，知有备也。绣、獭两水间，袤延数十里，积尸横野，烈焰烛霄，掠金币，屠牛马，污妇女，燔室庐，殆未可亿万计。

我村非寨保卫，其不同归糜烂者几何！此诸君子协谋分任之功，富室巨商又不吝重金以助之，是以一岁之中，再罹兵燹，栋宇无恙，器具犹存。天运也，抑人谋也？

铸所为逖听消息，私衷窃慰者也。冷曹羁身，不克随诸君子后，略效奔走，深用自愧！

壬戌夏五，归自天雄。道路传播，皖、豫诸逆，杪秋有北窜之耗，闻之几欲裂眥。此辈豕突狼奔，靡所定向，则抵御之方不可不预为讲习。晴窗无事，辄复遥思悬揣，僭拟数十条，信笔直书。不谐情势。分为四门，录成一帙，名曰“臆说”，盖师心自用也。管窥蠡测之中，参以古人成法。法未必宜行，行未必适用，用未必收效，亦不过曰“纸上谈兵”耳。自揣迂腐执拗，昧于世故，掇弄笔墨，不顾其安。倘有假之柄者，必且眩惑瞀乱，畏缩颠倒，而不知所为，敢大言欺人哉！

吾乡寇氛再逼，匆匆筹防。安内辑外，百密无疏。铜头铁胫之流，以无隙可抵而遁。固知此间大有人在，何事盲人道黑白乎？然而东望乡国，寸念时萦，梦呓病谵，愿献一得，其不视为桃梗土偶生彼岸之訾，则幸矣！

按，此文后有《〈西行纪程〉序》，与外二种之《西行纪程》之序重复，此处不另录。

段晏洲《观察时文》序

八比之文，为世诟病久矣！委巷陋儒，目不睹石室之储，抱一卷兔园册，奉为金科玉律，蹈袭剽窃，割裂补缀，时命偶谐，猎取甲乙科，辄诩诩自负。试问所居郡邑之沿革，所受姓氏之源流，舌挢颧赤，塞默不复置一词，遑论其他！而二三跅弛之士，逞才横骛，鲸呿鳌掷，偭规背矩，矜衒浩博；否则幽僻险涩，舍康庄入鼠穴，昏昏索索如行三里雾中。去文章之途愈远，圣贤之旨亦愈晦，是大厄也！是极弊也！曷怪舒相国赫德有请废八股，别思遴拔实学之疏哉？

必也枕葄经籍，服古功深。浏览乎史册，详究得失成败之林；参验乎世情，熟识兴替盛衰之故。逮其操觚，吐弃俗尚，步武先民，阐理精行，机畅布法，密遣词醇。携以应有司之举，罔不信手奏效若斯人者，处必为硕儒，出必为名臣，前明之王守溪、唐荆川，我朝之张素存、韩慕庐是也，区区以文士目之抑末矣！

观察晏洲先生，萧人也。地介丰沛，俗骁桀材。武有西汉猛士遗风，先生独觥觥以善文著。少为诸生，名满淮徐间，称一黉俊。顾其制艺，搜抉精髓，扫除依傍，孤诣独造，光焰上腾。一往骏迈之气，不啻天马行空；而又范我驰驱，工趋工步，大异于覂驾之驹、偾辕之犊，盖敛才而非逞才者也。尔时寻行数墨之流，率指摘而匿笑之，谓非揣摩家，正轨终身，恐无奋迹之日。先生闻之，坚守自若。无何，登贤书，闱卷一出，众论翕然。不数岁，捷南宫，登词馆，践履清华，文誉隆起，倍前时响之訾謷先生者，皆已潜悔骇服，近则投贽门墙北面称弟子矣。古称善为文者，转移世人而不为世人转移，谅哉！

甲子秋，暮先生来摄赵州。受篆伊始，以兴文教为己任。招徕青衿，与谈帖括，业谆复若塾师。月必严扃两试之，试日自占一艺，间出箧中旧作昭示程式。多士得先生文，传钞雒诵，比之东观未见书。风气蒸蒸丕变，铸因受而卒读焉，时而壮夫舞剑，时而美女簪花，时而指陈剀切为痛哭之贾太傅，时而盱衡慨叹为绘图之郑监门。规抚墨裁诸篇，或如李临淮入汾阳军，麾帜改色；或如韩淮阴出井陉口，鼓角惊人。二三小品亦巧不累雅，隽不伤道。其间浓淡奇正，体格各殊。要其胸罗史籍，熟察世变，昂首天外，机杼自抒；不剽窃，不蹈袭，不割裂补缀则一也。八股宜废之说，得此文可以刷耻矣！然先生具兼人才，诚不宜目以文士者，往岁乞假归田，招集丁壮，训练步伐，有全城御寇之功。及来畿甸，握三寸不律，入幕府，筹战筹守，当路深资硕画，即守赵之日，莅政未逾半载，百务振兴，颂声四起。

班、史传循吏谓，以经术润饰吏治，不其然欤？异日者，扬历岩疆，兴学教士，一时庠序俊髦沾丐绪余，争自砥砺，力湔庸茶骫骳之习。则斯编也，非即旬宣之嚆矢哉？质之举业家当不河汉吾言。

重刊《忠孝经》序代

人之生也，恃吾君亲而已。人之立于世也，亦惟奉吾君亲而已。夙夜匪懈，以事一人，忠也。明发不寐，有怀二人，孝也。求忠臣于孝子之门，资于事父以事君，分虽殊，理则一也。

《孝经》传自尼山，义蕴宏深，本末包举，洵乎子道之极则也。茂陵马季长作为《忠经》，纵不敢方驾孔氏，而人臣事君之道，亦灿然大备。世无无君、无父之人，则欲效匪懈之节，竭明发之怀，舍忠、孝两经，安所致力哉！

某家故寒素，不克竟诗书业，弱冠服贾四方，为堂上谋甘旨。每闻师长耆老谈古人忠孝成迹，辄色飞眉舞，屏息静听，日移晷弗稍倦。然《孝经》实未受读，《忠经》实未寓目也。一日遇鬻故书者，检得《孝经》一册，大喜，急购归，昕宵披诵，玩索寻绎。虽烦剧，不忍去诸手。旋于市肆见忠、孝两经合编，更大喜，购归，披诵如前。今卷帙渐就损腐，犹珍惜若拱璧焉！

辛亥以还，烽燧四起，风鹤频惊，惴惴恒有戒心。庚申元日，仰天叩祝，惟期双亲戚族脱离刀兵之厄，自愿赠遗《忠孝经》千部以广其传。辛酉秋日，捻逆北犯章丘，两丁其厄，屠戮焚掠，惨不忍言。而某属有天幸，骨肉强近均免于难，茅茨庐舍亦安堵无恙，谓非彼苍庇佑，能受福若是哉？

兹谨刷印《忠孝经》合编如叩祝之数，分赠知交诸君子。是举也，非如施送梵经，求福田利益也。吾人日戴君亲之恩，宜思图报于万一。读是编者，默而识之，扩而充之，身体而力行之，循分尽职，不以时位为解。承流宣化忠也，输课纳税亦为忠。三釜五鼎孝也，啜菽饮水亦为孝。但使人人心中有忠、孝二字，夫何患浇漓之不化，敦庞之不复乎？伏愿有心世道者，时举斯编，广为演说，庶几挽救末俗之一助云。

《戒霜录》序

今者盗贼纵横，骎骎半天下矣！摧上将，隳名城，豕突鸱张，所向披靡。南讫楚、粤，北达淮、徐，羽檄交驰，烽燧叠警，累年积岁，荡平无期。举国家数百万休养之众，二百年盈溢之藏，一旦小丑陆梁，乃至溃决糜烂，岌岌乎不可收拾，今日之势尚忍言哉？

原其啸聚伊始，数十狂悖匹夫耳。非如跋扈强藩，骄蹇悍将，据形胜，蓄士马，凭险拒命，力难扫除也。维时官斯土者，绝恶初萌，豫图滋蔓，下尺一符，踪迹而勾摄之，三五精强隶役足矣。或逮治稍迟，骤起揭竿，容有探赤白丸之事，所踞不过斗大孤城，所戕不过墨绶一官，大府信能申警备，速征调，乘其乌合，聚而歼旃，正自易易。嗟夫，孰任连圻，孰任百里，养痈忍祸，玩寇殃民，使蘖牙其间者，浸淫泛滥以迄今日，彼昏之肉其足食乎？夫涓滴不塞将成江河，思患豫防，羲经垂训。大吏不务姑息，则牧令畏弹治而巡徼必严；牧令不工弥缝，则胥役绝关通而追捕必力。夫何上焉以镇静戒多事，下焉以畏懦务苟安。欺饰壅蔽，结为锢习。盗风之炽，率由吏治之坏，不得归咎气数也。抑又思之乐安恶危者，人情也！生非至愚，未有遗弃术业，抛离骨肉，冒叛逆之名，而甘蹈锋镝以死者。

况我朝深仁厚泽，沦浃肌肤，往代厉民之政，革除一空。彼山陬海澨，穰穰芸生，一夫失所，上关宸廑，试萃黔首。而问之，鲜有以朝政阙失怼及君父者。然则蚁聚蜂屯之徒，谁实激之，而横决若此哉！将毋大僚之贪黩欤？小吏之朘削欤？府史胥徒之头会箕敛欤？虎狼有人，鹰犬有人，则蛇豕亦必有人。决裂在一日，酝酿在百年，祸变之生，胚胎有自其源，可即事以推己。

予蒿目时艰，追憾祸始，积愤于中，莫可抒发。闲读史册，僭逆细民跳梁山泽者，无代无之。然偏师掩扑，罔不应时殄灭，即或狂锋难撄，震惊宗社，如唐之黄巢，明之李闯，凶悖为甚。推其发难之初，皆由懦吏因循畏缩而成。然则弭乱之道，其故可思矣。《易》曰：履霜坚冰，至言慎始也。爰钞撮旧事数十则，命曰《戒霜录》，将以贻后世之备萑苻者。

《团练条规》序

承平日久，民不知兵。骤与之言兴团，言练勇，非骇笑则奔避耳。迨兵燹已过，惨遭蹂躏，疾首痛心莫可言状，斯时振臂一呼，鲜有不起而应者。然而亲属散矣，妇女辱矣，室庐毁矣，财物空矣。与其悔恨于既往，胡不筹策于未来？

先时豫防，有备无患，莫如乡守团练一法，此守望相助遗意也，保全者己之躯命，捍卫者己之骨肉，遗留者己之资蓄。无征调之烦，无供亿之苦，无失业之虑，无转饷之劳。退守进攻在闾里，则可悉要害，披坚执锐皆族党，则可联性情。寓兵于农，古人良策莫善于此。

今者粤匪跳梁，武昌失守，中州一带先筹防御，畿辅壤地相接，亟应未雨绸缪。小民各念身家，其忍安坐待毙乎？且恐宵小匪人遥恃声援，乘间窃发则变生肘腋，不可不早为之防。

夫俗有醇漓，性有良莠，习有邪正，地有险夷，境有冲僻，业有贫富，户有多寡，势有强弱，年有老幼，气有勇怯，情有奢吝，猝为招集教演，诚非易易，是在守土官吏恫瘝民瘼，实力举行，勿惊扰，勿迁延，勿畏难，勿苟且，婉言苦口，谕导多方。俾富者输资，壮者效力，环相保卫，众志成城。下能庇民，即上足报国；名登上考，位列崇班，为公为私两有裨益。凡兹有位，谅怀同心。谨采择古人成法，妄参己意，为《团练条规》若干，则胪列于左。至于因地制宜，随时变通，不泥古亦不戾古，是所望于良司牧焉。

立团总、团长、团副法：

城市村镇，各就地保所管之地为一团。合数团、十数团为一大团。每一小团设团长一二人，团副七八人。无论绅士、居民须求心地明白，晓畅大义，乡人信服者，公同酌立，不得徇私妄举。每一大团立团总一二人或三四人，总理各团之事。当清查户口之时，团中丁壮多寡，产业贫富及有无不法之人，责令从公确报，如有蒙混徇隐，一经告发从严究治。

按户抽丁法：

大户出壮丁三名，中户出壮丁二名，小户出壮丁一名，须年力精壮。二十岁以上、五十五岁以下者，无论士农工商，有无田产，但系土著，均应列名。其外来流寓不知底实之人，以及游手无赖，均不得滥充。如丁壮实有贸易外出及绅耆孱弱力难持械者，许其出资，雇觅本村余丁替代。派定之后，团长编造二册，开注丁壮姓名、年岁，所习器械，先送团总收存，团总另造一册，开注某村某团长名下管领团勇若干，填列姓名年岁，送官备查。如有伤亡疾病应行补换者，亦随时造册呈送。倘例应入团而抗违不入与不应入团而强行插入者，许团长、团总指名具禀惩治。

量材分习器械法：

每团长下各挑选精壮，或抬炮火枪，或长矛短刀等器，各随所愿受学，务期专精一艺，熟练之后兼习他技。延聘教师乘暇试演，其进退攻击，成行布列，均照行阵队伍之法，务期各收所长，不必拘定一格，而以火枪、长矛为长技。一切器械均由富绅捐资自行制备，惟火枪、抬炮必须送官编列字号发给，俟地方平定之后，仍行缴官收存。其捐资制备器械较多者，报明数目由官奖励。

分班轮日教演法：

每团选择庙宇、园圃空闲之地为教演公所，合一团之人，少则分三班，多或分五班，于农隙之时，轮日聚集公所教演技艺。即耕耘收获之期，得闲便演，或早或晚，或日中，均可习演一次或间两日、三日分演一次，半月、一月合演一次，总不可因忙停废。并责令团长置买《武经》等书，暇日即与同辈讲解。复时时晓以大义，总要大家齐心。地方文武官尤当随时分赴各乡，亲加操阅。择其技艺精熟、胆力出众者，优加奖励，或给银牌以旌之。如团长、团总果能团练有方，信义孚众，能使一团至数团器械齐整，行阵严明，堪为一方保障者，由地方官奖给花红匾额，或详请给予顶戴以示奖励。如能杀贼立功，亦可拔充武弁，愿就文职者听。

筹备经费法：

各团殷富之家，出资置备鸟枪、火药、刀矛、器械、旗帜、梆锣一切应用之物，并修理村口栅门，杜塞缺口墙垣，均按上中下户分等摊派，其出资多寡之数公同酌定，不许一人武断或任意强派及诡词幸免。如团中素乏殷富，则不妨于麦收、秋收之日，酌议每亩出粮若干，由团总随时征收存积公所，备本团之用。其出入变价及添置器械，明晰登簿，共见共闻，不许侵蚀抛弃，并不得徇情滥支。

分别州县远近、冲僻情形酌量举行法：

大顺、广三府与豫东毗连，不独楚匪北犯关系非轻，即河南捻匪、山东幅匪现俱蠢动，设有窜扰，亦大可虞；其团练尤为紧要。闻开州、长垣、东明一带民风强悍，素习刀矛拳棒，招而集之，防堵尚易得力。正宜及时查奸细，练壮勇，备器械，修城郭；不得托镇静之名，致令门户不谨，保障不严。若正定以北大路州县，亦宜仿照举行。其余偏僻小邑，如概令讲御敌，习行阵，势必摇动人心。只就从前联庄之法，加以严密，亦须各村添备军器，且择其著名镇店劝谕绅民各修武备，团练壮勇，自卫身家，使土匪知我有备，不敢轻来窥伺，斯众志成城，事集而民不扰。

以上数条，大略也，易知易从者也。至于临时遇贼，一切固守防御调遣戒严之法，规约尚多，容再另议。

《董氏族谱》序

家必有乘，古法也。尊祖故敬宗，敬宗故收族。氏族之辨，掌之太史。魏晋以降，矜重门资，故谱牒之传，《隋书·经籍志》《唐书·艺文志》并登焉。宋子京作《宰相世系表》十一卷，名阀巨族，搜罗殆尽。《宋史·宗室世系表》二十七卷，特著“天潢”一派，凡以重氏族也。宋《庐陵》《眉山》二谱为后世所师承。考流派，辨昭穆，别亲疏，纪绝续，明异同。水源木本，展卷了如。使人孝弟之心油然以生，彝伦攸叙，实维权舆已。

吾邑张家林董氏，远祖莫可考，或云出自江都相，有明初叶讳士新者，由冀州徙隶今籍；再世讳敏者仕至指挥同知，以儒业昌其家，代有闻人，巍为巨室，迄今且五百载，耆宿誉髦，项背相望，而历世系牒未有成书，亦憾事也。

竹泉茂才惄焉伤之，披吟余暇，作为《族谱》一书，仿史家表体，纵横叠布，统绪相承，寻端竟尾，灿若列眉。宦绩懿行及闺阁之饮冰茹檗者，皆为作传系于后。而又拓碑版、考兆域、咨故老、参传闻，广询博稽，慎之又慎，两阅寒暑，其书始就。茂才之心可不谓勤且苦哉！辛亥春，介其族人鲁川以弁言为属。

夫谱者普也，举本支百世，合而书之，普遍靡遗之义也。茂才作是谱，远徙必书，乏嗣必书，为人后必书，近代生卒可记者必书。信今传后，至详且尽。后之读者，考流派之源，辨昭穆之列，别亲疏之等，纪绝续之迹，明异同之防，由是笃一本睦九族，孝弟之心必有油然生者。古人敬宗收族之义，于是乎在斯。不负作者苦心，而阀阅旧望，庶几引绳勿替矣！

《栾城张氏族谱》序

栾城张明经重斋，方雅族也。濡染家风，砥行劬学，望而信为端谨之彦。一日，携族谱索序。盖创自先世，明经踵修之者。

张氏隶山西之临汾，一世曰怀正；二世曰守成，居本籍；三世曰内志，习牢盆之术，奉母徙家于栾，生友益，缵承遗业，壮岁无禄，有子麟正，以名孝廉，闭户养母，终身不仕。门下著录多人，邑之青衿佥名举孝行，与母苏太孺人苦节抚孤，均荷褒旌，树绰楔者也。

崇祯戊寅之难，守成妻李，率子妇孀女，联袂死于井。不数十年，麟正之嗣延年、乔年同榜登贤书，同时任邑令。厥后冠裳簪绂，郁郁彬彬，历奕祀不衰。呜呼，节烈孝义，萃于一门，彼苍报施善人，宁有靳哉！

披其谱，读之首序，引溯缘起也；次表、图，明统绪也；次纶诰，彰国恩也；次墓表、墓志、行述、行略、家传、寿序，诵清芬，扬骏烈也；次孝义坊、家庙、祭田诸记，标建置也。其昭穆之行列，宗庶之继嗣，迁徙之井里，爵秩之崇卑，兆域之阡原，匹配之外氏，女夫之姓字，一一详书，较若列眉，体例谨严，纪述赅备。尊祖恒于斯，睦族恒于斯，信今传后，洵乎美善兼尽矣！所尤难者，近世谱牒家，矜诩阀阅，率援曩代。巨人长德为增重遥遥华胄，末俗之通患也。

《广韵》称张氏十四望，清河、南阳、吴郡、安定、敦煌、武威、范阳、犍为、沛国、梁国、中山、汲郡、河南、高平是也。谱图称十三望，安定、范阳、太原、南阳、敦煌、武威、上谷、沛国、梁国、荥阳、平原、京兆、清河是也。两说微有不同。

原受姓之始，《路史》云，黄帝次妃彤鱼氏生子挥，造弧矢受封于张，以邑为氏。《世系表》云，黄帝子少昊青阳氏第五子挥为弓正，始制弓矢，子孙赐姓张氏。《南华经》则谓黄帝游具茨，张若前马是得姓，不始于挥矣。

《姓谱》云，周宣王卿士有张仲，其后事晋者曰张侯生，老三卿，分晋之日张氏仕韩，三传为汉留侯良，十三传为晋司空华，子孙仕宦流移，因地著望，惟河东、清河最显，河间则祖常山王耳，中山则祖北平侯苍独。

《潜夫论》盛推富平侯安世，敦仁俭约，多阴德，子孙昌炽，代有贤嗣，国邑闾里无不有张者。河东解邑有张城，有西张城，岂晋张之祖所出耶。

今栾城张氏，傥欲援古为重，临汾本晋境，张城壤地非遥，而太原张氏三世相唐；汉太傅禹，赵国人，栾与赵疆域毗连，引据入谱，夸张门第，可为十四望；十三望弁冕视世之牵合附会者，有间已乃独断。自明季推怀正为鼻祖，信以传信不敢滥托。华腴膏粱之裔，此狄武襄之郤画像也，不亦加于人一等哉！后昆善藏弆之，足为撰谱者法。

温氏《本草撮要》序

医家授药，殆驭将。然非习将，安选将？非选将，安任将？太公望、司马、穰苴、尉缭子、李药师，善言兵者也，而十材五过之说，读《龙韬》者心折焉。淮阴侯虽善将兵，不免夺印。惟汉高为善将，将亦知人善任而已。

药之寒热温凉，一将之智愚勇怯也。药之滋补攻下，一将之剽突持重也。药之候六气、察诸淫、配君臣、合丸液，一将之贪诈互使、奇正环生、观变风云、因利山泽也。至于主撮甫投，患苦顿释，亦犹旌麾所指荡，么么驰露布指顾事耳。景岳张氏有演八阵图之说，是以方书为玉帐经矣。然世之庸医，试疗病夫，或效或不效者，何居药性未谙，泛然杂投故也。夫不习药性，轻言方剂，是何异身握魁柄，未辨两甄强弱，一旦凿门而出，不溃则北。欲其摧锋陷阵，灭此朝食，乌可得哉！

医家本草，疏药性者也。权舆于神农氏，梁有陶宏景，唐有苏恭，宋有刘翰至掌禹锡、唐慎微，而大备李东垣。《药性赋》甄综大略，明李时珍病诸家踳驳杂糅，撰《本草纲目》五十三卷，三易稿始毕。考据精核，搜罗博奥，洵可谓集大成矣。

吾乡温先生邃于医，携“十全术”，起沉疴无算。平生究心《本草纲目》一书，患其卷帙浩繁，附录诸方仓卒，未易检寻。爰条析支分别汇一册，诸证杂治依次辨明之，俾阅者如睹指上螺纹，名曰“撮要”，此缪希雍《本草单方》遗意也；又取《药性赋》增辑补注，捃摭阙遗，亦东垣功臣也，用心可谓劳矣。

且夫兵，凶事也，战，危机也，千万人之生命系焉。病，凶事也，药，危机也，一人之生命系焉。古方今病，动多舛午。吴门倪仲贤，尝讥之孙膑减灶、虞诩增灶，迹不相袭，智则相师也。

读兹编者，如操兔蹄，如携鱼筌，潜心寻绎，引申触类，神而明之，一以贯之矣。郭尚父之用恩，李太尉之用威，同奏肤功，幸勿眩于程不识刁斗，转訾解鞍下马之李广为失律也。故曰医家授药，殆驭将然。

卷八

《龙江编珠》序

金陵观音门外，大江之暝，其地曰“龙江”，踞瀔皖、豫章下游，估舶往复如织。旧设关征商，而以榷盐为主名。患胥徒之中饱也，命官莅其事，遴廉且才者司之。道光己酉、庚戌间，任城邵莲溪司马[1]实董厥役，吾友柴文泉大令[2]副焉。

司马夙负才名，登进士，任尚书郎，出为嘉定太守。迕大吏，左迁，需次白下，时春秋已高，官橐萧索，犹勤浏览，耽吟咏，初不以失职介怀。

江干无事，招同人为拈字会。其法，触目信口举二字成七言诗一联，伦汇迥别，平侧适均。试盘错也，划定位置之区，在第一曰凤顶，二曰鹅项，三曰鸢肩，四曰蜂腰，五曰鹤膝，六曰鹭胫，七曰雁足。部伍既明缀兆，复整范驰驱也。其间又附数格，曰魁斗，一字置上句之首，一字置下句之尾；曰连流，一字置上句之尾，一字置下句之首；曰碎流，则拈三字分置两句中，不拘以对待；曰分咏，则取一雅一俗，绝不相近之故。实器物合制成联，殆仿古人禁体限韵之例又加严耳。预其会者，文泉而外，吾乡焦海峰[3]、滨州张铭晓、历城贾辉山诸明府，其他不能尽知。而登坛执牛耳者则莲溪也。

当夫抽秘骋妍标新领异，惟恐座上元白一时压倒，于是名联隽语坌集纷罗，不终岁成两巨帙，好事者争相传写，文泉亦手录一编。辛亥奉讳归里，予索其压装物，出此相示若获拱璧，亟倩其犹子念泽茂才抄存大半，携以远游，无何失去，每翻箧衍，怦怦不释于怀。

庚午初夏，文泉次君念浩来赵，又出斯编，欣然动色，不啻十年故交道旁倾盖也！又倩念浩摘录十之六七约七百余联，予题之曰《龙江编珠》，盖取隋杜公瞻类书之名，系之以地，别于古人耳。

文泉尝欲纠里人复举此会，适予随牒来畿辅，文泉亦携砚赴谷城，事遂不果。呜呼，岁序代谢，陵谷变迁，俯仰廿年间，文泉墓有宿草，编中诸君子大抵化为异物。

即金陵为六朝都会，粤逆猖扰，窃据十稔，龙江一席地，化为戈鋋出没之场。今虽荡涤凶秽，设关如故，而沈沙折戟，白骨青磷，徒增过客凭吊。当年风雅坛坫，欲还旧观，岂可得哉！抚兹遗编，匪特兴山阳邻笛之悲，直欲下新亭之泪已！

[原注]

❶勷。

❷广洙。

❸肇瀛。

《帚金集》序

吴鞠农先生，吾章诗叟也。少与同邑李戟门大京兆，以文藻相切劘，角逐词场，分建旗鼓，一时香名觥觥齐鲁间，称诗者率目为吴、李云。

先生于予有卉年之长，距所居一舍而遥，且累年舌耕异地，恒以不识面为恨。癸巳季夏，通谒于历下旅邸，见其躯干修伟，快谈若瓶水泻。

叩以诗法则，曰：诗无定体，拘墟者非诗也。汉魏六朝尚矣，陶靖节外清内腴，实罕匹偶。唐有初、盛、中、晚之分，标新领异不泥一格。下逮元明，世运递迁，英词踵出，其流播佳什，类有精思，灏气弥纶布濩于其间，不得以皮毛求之，即不得以法律绳之。学者潜心观玩，寻味于无味，索象于无象，寝馈既久，别有会通，不斤斤求合于法律，皮毛自获，左右逢原之乐，虽才地学力高卑各殊，要其不傍门户卓然成家则一也。近代神韵、性灵，谬执偏解，出奴入主，互为诋娸。下至竟陵、公安，异派支流，致隳恶道，是宜审辨歧途，庶不迷于指归已。先生之论如此。退取其诗读之，奇崛雄放，精微冲澹，咸臻其妙。洵所谓不泥一格，卓然成家者也。

丙午春，予宦游易水，闻先生病废，号半人，为扼腕者累月。窃念先生著作鸿富，而顾以明经终。年既耄，更膺痼疾，犹携秃管，据讲席，岁以受徒觅糊口。脱一旦溘露，则《帚金集》或湮沦不传。急遗书索之，谋出俸金付匠氏。集至，而予以奉讳还里，草土余生，势不暇计。顷则橐笔，依人衣食奔走，然时时萦念弗置。每思及早开雕，俾先生目睹告成，稍慰素期。孰意癸丑夏日，夙疾增剧，竟归道山！天不慭遗，哲人殂谢。既切虎贲中郎之悲，而息壤在彼恧孰甚焉。京兆哲嗣稚玉、保如两孝廉，先生高足也，方梓《京兆公续集》，将以余力为先生刻诗，予遂奉是集归之冀，速登梨枣，公诸海内。而稚玉之谊，笃师门与予之终负夙诺，其相去为何如哉！

先生前著《高唐齐音》二卷，辑《绣水诗钞》十卷，业经刊行。他有《邑乘拾遗》二卷，搜剔幽隐，考辨精详，足补旧志阙佚。《如梦结缘》四卷，古文骈体悉备。类应乞请之作，尚秘缥缃。《碎金录》两巨册，盖仿王荆公旧式，信手捃摭，分汇编次，小学之馈贫粮也。未及删定，为学子攫去，无从征还，因述是集颠末，故缀及之。

《知德轩诗》序代

道光甲辰，余应春官试，滥竽榜末。揭晓日，淮南人士咸额手走贺，曰汪铁庸先生中隽矣，房考陈岱云侍御亦以得佳士自喜。盖公渊懿纯雅，著述等身，为诸生祭酒者数十年，齿序于是科为最长，学术亦于同榜为最优，订谱者登诸简首，弁冕群英，一时称盛事云。

余窃仪公之为人，顾以宦辙分歧，音问梗阻。乙卯承乏中山，嗣君桐坡司马来赞余治，询公近履，则捧檄南粤，时抱疴，遄征便道旋里，不数月遽归道山，为叹息者久之。

桐坡出公《知德轩诗稿》四卷见示，将付梓，氏征一言以冠其集。爰受而读之，奇思遥情，脱落畦畛，模山范水，潇洒出尘，使人会意象于笔墨之外，乃复和雅冲淡，一屏幽忧，侘傺抑塞，不平之鸣噫异矣！

古来缀文摛藻之士，携三寸不律，掉鞅词场，视掇青紫如摘颔髭，脱蹭蹬不掇一第，必且激昂感愤流为歌咏，抨击时辈诋娸古人，其怀才不遇，或遇而濡滞者，比比然也。

公逼五旬甫登贤书，岁星一周，乃捷礼闱入仕，不践清华而区区畀以邑令，虽遇亦蹉跎矣！当其橐笔异乡，舌耕茹苦，纻衫矮屋，坎壈备经，独能优游待时，托兴恬愉，不作王章，牛衣中语，是何学之醇养之粹耶！

国朝晚达之荣，前推尤西堂太史，后有沈归愚宗伯，宗伯年最高，遇亦最隆，其诗和雅冲澹，与公诗若出一辙。太史处未征鸿博日，已不免侘傺幽忧之习，而公铜章墨绶不及一绾，溘焉殂谢，才丰命蹇，禄釜无缘，何去尤、沈二公如是之远耶，抑不朽之业故别有在也。

公手辑《四书萃说》《五经荟要》《六书音韵》《勾股算法》诸书，探源抉奥，折衷立说，类皆卓然可传。而文稿中《革盐商论》一则，尤为切中夙弊，不愧古之通儒。徒以诗人目之，浅之乎测公矣！谨缀数语以摅景企。

《哀鸦片烟诗》序

彼夫青囊候疾，误委顿于吞丹；黑狱沈冤，迫仓皇而饮药。伏少翁之法，讳说马肝；招诗史之魂，恨遗牛脯。贵妃金屑，艳骨成尘，信国砒霜，刚肠屈铁。洵多捐躯于一夕，讵遂瞑目于九原。未有谈笑茹荼，慷慨就木，殒生不辞，饮鸩饵毒，直比含饴！

如今之嗜鸦片者也，当夫匡床偃仰，秘室幽囚，尺筩而黍谷吹春，寸炬而萯宫照夜。未入襄王之梦，偏来神女行云。非兴轩帝之师，辄令蚩尤作雾。妙回甘于谏果，齿颊犹芬；愁食热于含桃，心肝欲裂。三日之香自恋，十年之臭谁遗。无何，姿仪外减，肤革中摧。鹤翎锻而不修，龟息嘘而欲绝。谋蛣蜣之饱，孱躯未至瓠肥；怜鸥鹭之饥，羸面先呈瓜削。乞儿向火，乐胜神仙；饿鬼求浆，光争魑魅。迨至铺歠渐艰，啼号叠迫，鬻儿负襁，典妇牵裾，长游避债之台，莫问封椿之库。苟延残喘，卑田院托钵，还来为敛遗骸，漏泽园藉槁竟去，荡子将毋悔否。仁人不禁恻然，顾或谓生当适意，休怪夫夫物信移情，自甘仆仆。

汉皇帐底神胶，别试奇方；顺帝宫中妙药，助成演揲。不假卢仝，七碗已破，瞢腾未倾，供奉千觞。早消垒块，虽曰圂腴污口，究非漏脯充肠。他如喝雉呼卢，倾金决胜，招莺携燕，倒箧寻春，拥将铅粉，围昵枕席，真堪伐性，隳入曲槽，阵亲杯铛，遂致损年。

信多减算之条，别有破家之例。褦襶子大都忘我贫富，且瞻屋乌焰，摩王毕竟饶谁寿夭，莫问丘貉。胡弗驰观于遐域，奚烦拯溺于颓波。嗜者惑焉，诋之迂矣。抑知相随，竿木尔尔；讵非遽索，灰钉期期。不可纵欲，翻成断欲。无儿之伯道堪哀，卫生转致戕生。有妇之黔娄谁谥，漆汁调而朱颜立悴，银钉炮而白骨交撑。

匪降孽之自天，试省愆其何日。所赖达人知命，端士审几，危戒垂堂，忧深巢幕。舒我广长舌，罗刹国共识夷途；寻君自在身，跋陁海咸登宝筏。谢青泥之饷客，信丹液之误人。枚叔七发而疾瘥，阿婆一呼而梦醒。

噫嘻老亲严督，怙终则詈。任申申，良友婉规，托讽岂情；能已已，桑榆未晚，尚图力补。夫东隅桃梗有知，幸莫遥訾夫西岸。

爰成韵语，敬献箴铭。

中隐坞记

赵州刺史公廨，踞城之乾隅，垣西乃倅署也。咸丰癸丑，粤逆北犯，赵丁其厄，刺史之廨燔焉，倅署岿然独存，幸矣！

己未，余来判州，自堂皇达燕寝，栋宇如故，惟缺啮穿漏耳。书舍三楹足供过客下榻，行箧卷轴庋置无地，窗狭而黝，散帙挥毫弗便也。

东偏有旷地，凹凸坡陀，败灰山积，古屋三楹，庳陋污秽，前人弃为厩且圮矣。爰图改作而绌于财，谋探支廉金成之，商诸州守陈公息帆，然其议。明年庚申，划瓦砾，剔榛莽，涤除而兴筑焉。经始于季春，告功于夏五，费三百金有奇。起三舍，北曰“秋根书室”，南曰“茧窝”，西南曰“一枝巢”。翼以回廊，中凿方沼，额其门曰“中隐”，取白乐天“留司”诗意也。

噫！达官要人之宅，燠馆凉台，云廊月榭，侈者跨阡陌，约者亦十余亩。

庚戌以来，妖氛所被，率已荡为丘墟，赵以股肱郡叨依神京。曩者，群丑狂突，藩帅覆诸瀛渤之间，无孑遗漏刃者，脱非皇威震詟，幺麿聚歼，吾赵能安枕耶？公私庐舍能比栉无恙耶？

余于道光乙巳随牒来畿辅，初佐易州，量移遵化，旋调冀州，未三载奉讳归。誓将耕钓烟水，没齿不复出。既而牵于孥累，再辞乡井。今老矣，褵褷倦羽，久觊投林。乃故山传燧，风鹤频惊，松菊虽存，其能稳卧菰芦，耽衡泌之乐哉！

兹者经营小筑，若卜菟裘种树灌花，作栖迟终老计。纸窗土壁髹彩弗施，视贵介亭馆丰约诚不相及，然而案无讼牍，座有名流，南荣负暄，北牖招爽，茶铛酒碗，画幨诗筒，散诞之趣，远追羲皇上人不啻过之。彼夫簿书鞅掌，手版磬折，劳逸苦乐之间，有不愿以彼易此者，名之曰“隐”，岂骄语贫贱哉，亦自适其适而已。后之来者，此种萧闲况味，幸同尝之，孰谓岭上白云不堪赠人者。

明水镇重修锦江桥记

吾章巽方之明水镇，旧号“山水窟”，亘峨峰，控麻渚，清渠周回，珠泉腾涌，其著者曰“龙眼”、曰“长川”、曰“金镜”、曰“玉带”，而“百脉”之名，独隶桑氏《水经》。直“百脉”之北，袤八十弓而近，有桥跨河堧，是名“锦江”，龙眼、长川诸水汇焉。

桥之权舆，丛碣漫漶，末从稽緊可征者。胜朝隆庆[1]壬申间，居民马本化尝董其事，货田庐以充需，洵重役也。国初，刘邦儒、王家奇等踵而葺之，复臻完巩。惟是，地据孔道，轮蹄坌集，岁月邈绵，成迹渝焉。址齾齾楞而圮，石矶矶泐以折。隧者，厂者，潜湫者，蹲泞者，行旅不能超而度也。冯虑濡首，杭或胶舟，辍步临流，充涂嗟悼。

镇之隐君子，副指挥康公星焘，恝焉伤之，属乡耆为修复计，佥曰义举也。然费不资脱，力绌中辍，如善后何？公曰：“诸君勉任之，有仆在，无虞乏匮也。”乃蠲吉兴筑，兼叩诚于近闾通阛。众感其义，翕然响应。饶者输材，健者输力。几历十余晦朔，工将告讫，而公遽归道山。嗣君上舍承诰茂才，承谟敬承先志，力振余功。更阅寒暑，业始大就。仆者、植陂者、夷危者，锢途之湫隘，荦确者并治之，甃以石，墐以灰，盖踵旧图新，规制寖侈已。是役也，经始于道光己丑春仲，落成于壬辰孟秋。需费繁巨，贯计四千余，而上异方佽助未敷其半，余货率仰给于公。人恒德之，而公颇不诩诩自负，殆感马本化之事而奋兴者也。

庚子孟秋，上舍昆季谋伐石，志倾囊者姓字。予稔其事，乐观厥成也。爰撮纪之，为踵起者劝。

［校注］

①此指明穆宗年号。

隆平县儒学重修溯濂堂记代周又川广文

提唱圣贤绝学于千载下者，自有宋周元公始，世所称濂溪先生也。著《太极图说》及《通书》四十篇。论者谓得孔孟本源，大有功于学者。其教人也，雅善开发。程氏二子受业时，每令寻孔颜所乐何事，故明道。先生曰：“自再见周茂叔后，吟风弄月以归，有‘吾与点也’之意。”若李初平、侯师圣，皆以详说有得。宋室大贤名儒，骈肩接踵，而道学传中，史家独推元公为弁冕有以哉。

黉序，教士之地也。校官，教士之人也。今世循循善诱若元公者，曾不多觏。呜呼，运会递降，名实乖违，于兹见一端矣。

隆平学宫西畔，旧有明伦堂，颓废，化为平田。乾隆中叶，有瀛州周公世，俊者，累官太守，曾任此地司训，患明伦堂工费之巨不可骤复也，拓官廨地，起堂三楹，额曰“溯濂”，盖恪守家法，与多士相切劘，数典而不敢忘者。

同治丙寅，某来摄儒官篆，升堂睹额，怦怦触于怀。亟思勉绍前徽，勿坠先绪。乃顾瞻兹堂，宋富剥蚀，瓴甋穿漏，上雨旁风，莫可障御，居者有覆压之惧，奚自布讲席乎？爰谋缮葺，而绌于资。同学诸君子闻之，翕然出财力相佽。俄而发捻凶徒俶扰郊坰，守陴治兵，不遑筑室。戊辰之秋，群丑荡平，同人将理前说，予以四民流离琐尾，未有宁宇，姑迟之。己巳夏杪，方集丁匠议攻治，仲秋中旬遂毕役。予喜兹堂告成，讲习可兴也，号召士流克朔望为期，恭诵《圣谕广训》，暇日则肄礼容，谈经术制义，试帖应举之业亦间及焉。

夫元公周氏之宗衮也，太守与某皆周氏子也。太守不忘祖训，拳拳以教士为心，某独何人，敢不以太守之心为心哉？惟是，植行薄劣，操术弇鄙，人师经师两弗能任，欲法元公之于李初平诸人，万万诚不相及。所冀吾党二三子，抗怀希古，缵承圣贤绝学，有如河南两程子，其人者则出青谢蓝之誉，秉铎者有荣施矣。是役也，巡功为某某，出资为某某，例得附书。

隆平县重修城垣记

韬钤家规，画地利鳃鳃于深沟高垒，诚有味乎？其言也，非豫筹抢攘之会哉！

隆平旧号象城，割三辅片隅，地幅陨褊，狭若弹丸。负尧山，带漳水，前引魏博，左挟信都，上不得列赤紧，下亦不至侔瓯脱。犹然畿甸股肱也，郊原坦迤，平毗接畛，而斥卤间之无，穹岩邃谷，雄关巨浸之胜，足以拊背扼吭，控制区夏。古惟大陆泽，亦名广阿，居九薮之一。沈存中谓大陆皆浊泥所湮，今为平土，可耕治。天设阻隘，在赵宋久已荡尽，盱衡形势，识者每心嗛焉。

辛酉、壬戌以还，教捻丑徒蜂起，近疆焚劫屠戮，井里为墟。隆平丁恶氛之冲，频苦隳突而罹害，差浅信有天幸，实亦地利人事维持于其间耳。当是时，阳曲郑鲁南大令沂绾绶兹土，震邻叠筮，戒备不虞。首谋练勇，兼议筑城，鸠召丁男，教之偕作，若输财贿，若殚筋力，毋后期，毋中辍，毋谤讟，毋畏疑。令下流水，应声蚁赴，引绳缩版，百堵皆兴。经始于某岁某月，逮某岁某月而役粗毕。厥后四境之人每闻寇警，扶衰携稚，重趼浃汗而来，望郭门为生路。罔不举手加额，交庆载苏。呜呼，屏蔽黔庶，捍卫封圻，城之功，宁不伟与？

越岁，郑公以量移去，余适承其乏。睥睨楼楯，阖扇舆梁，凡阙遗未竟补缀有待者，仍赖闾左成之，阅旬乃蒇事。哀我疲氓，置槷任索，削壁捎沟，黾勉趋役之劳，胡可泯也？同寅诸君，绅士耆宿，巡功省植，董戒劝相，夙夜在公之勤，安忍忘也？爰砻贞石大书名爵于后，而为文以记之。

窃慨承平日久，吏职窳惰，悠缪因循，惟囊箧之丰是亟。黉宫射圃，廨宇廪廥，关隘津梁之属，坐视其荒圮倾毁，不一缮治。城郭沟池，设险以待，暴客者也，亦复漠置，如秦越人之相视肥瘠，清晏无事，奚恃肃禁防，而弥戎心。一旦篡严，乃扼腕太息于莫可凭借，而噬脐已晚。迩年戈铤纵横，州郡沦陷相踵，岂皆守陴疏弛哉？垣墉不完，隍池不浚故也。

隆平在曩时，重阓周郛，奄忽就颓，风鹤偶闻，闾巷如沸，篝灯传柝，旦暮惴惴有戒心。假郑公素暗戎机，弃鼛鼓畚锸于无用，虽复结团教战，进足制敌，而退守失险，披坚执锐之士，恇扰易生抚，兹蕞尔邑，其能安堵无恙耶！

今日者，崇深中度，仡仡言言，固圉御侮，形格势禁。一城之筑，一池之凿，贤于十万雄师矣。然祖禹顾氏有言，地利亦何常之有？金城汤池不得其人以守之，曾不若培塿之丘，泛滥之水？得其人，则及肩之墙，有时百仞之城不能过也；渐车之浍，有时天堑之险不能及也！谅哉斯语，愿谂诸习韬钤者。

高邑县敕建毕公祠记代

咸丰辛酉，山东莘、冠、馆、堂之间，奉白莲花教者倡乱，懦帅宿师散地不能讨，力主抚。明年冬，降徒复叛，仅四十七人耳，纠煽驱胁，甫浃月，得四五千人，纵横焚劫，畿甸南境蹂躏无完区。

逆氛逼高邑，邑侯毕公，泛官锁公，率团勇御诸东鄗柏乡，以廪生郝步瀛、附生李锐、武生李灿、俊秀李凌霄为部长，亦邀乡民来助，列阵破塔村之南，前驱至，执其一戮之，余悉遁还。俄导大队来格斗，移时，杀伤狼藉，贼却走，团勇乘势逐；北阵稍动，贼突出数千人，四面云合，围三匝。彼骑我步，力不支，众歼焉！二公大呼驰入阵，挥槊横冲，手刃十余人，各负重创以殁。李凌霄及团勇从死一百二十有一人，伤残八十余人，李锐、李灿与焉，逸出者保沙阜以免。

时同治二年癸亥三月十一日也，余适来权县事，设坛于战地祭之，急列上殉难惨烈状，并胪在事者于籍，为之吁请制府据以入告，天子嘉其忠烈，毕公照知府例，锁公照守备例，均从优恤。毕公有保全疆土之功，加太仆卿衔，县境、原籍同得建祠，以锁公及绅勇人等附祀。朝廷悯忠褒节之典可谓渥矣！于是邑人醵钱立庙以申尸祝，度地县署之阳，东向起正室三楹，当阶设门，室中肖毕公像，配以锁公预难者，版书姓名列两序，咸得祔食。经始于甲子孟夏，至乙丑仲春而土木功讫。告成之日，四境编氓，载牲酌醴，击鼓吹籥，如墙而进，蒲伏座下，肩相摩趾相蹑也，广文刘公以记为属。

慨自西粤构难以来，锋镝所被，千里为墟。封疆大吏总徒旅据要隘，往往闻风窜匿，苟延躯命。蕞尔弹丸，力不能相抗，势不克自全，惟有匍匐草间求活须臾已耳。一二强干牧令，效死勿去，大都郛郭完巩，戈楯精良，则闭门以待，登陴以守，鲜有敌未压境，誓师先出，不计存亡利害，挺身以犯虎口者也。若毕公者，持固圉之谋，建背城之策，墉不堪乘，乃出师境；不宜扰，乃遥拒前茅摧坚；后劲力竭，乃跃马仗戈，荡决搏撠以死。卒使铁胫青犊之俦，疑出偏师，虑隳重伏，相率苍黄宵遁，旄倪无所惊，庐舍无所毁，上足以报国，下足以庇民，夫岂拼命一掷，罔恤后艰者哉！

舆尸之日，万口哀号，自堂皇达燕寝，哭声经月不绝。楮灰积巨盎中，两器皆满，盖善政善教，沦浃素深，而一时捍患，御灾捐縻，顶踵无所悔，故激发感孚，有如是之殷且笃耳。

迩者吴楚群丑，次第剪屠。白莲一支，诛除殆尽。又况恩纶稠叠，异数频邀，晋爵秩录子孙。黍稷馨香之报，与带砺同永，毅魄未沫，庶其稍慰矣乎！

毕公讳世榕，字仲容，世为文，登甲族，由附贡生援例为大令。先以从戎津门，积功得知州衔，并晋府同知，直隶州知州。两途升阶，旋摄丰润县事。为治和易简静，抚蚩氓若子弟；然闾阎戴之亦如慈父母，非刀笔筐箧才也。

锁公讳慎言，定州人，系出花门族，由行伍洊升今官。余不识其人，闻亦倜傥不群，刚果有为者。先是，执殳赴豫省，加六品衔；又赴徐、宿设防，归泛未匝月，竟匆匆遏寇以殉。

如二公者，倘得从容展布，各抒其才，为良吏，为名将，颉颃古人无难焉！孰谓仓猝临敌，奋不顾身，仅以忠烈传也，惜哉！

总司土木之役者，署训导大城刘公毓珊，省植巡功则某某也，例得备书。

定州大道补种杨柳记代

周行之种柳也，循国家令甲也。中山之种柳也，自郭公守璞始也。郭公，山左之潍县人，于余为乡先达，治中山多善政，种柳乃其末节。

余牧是州，窃欲效公，施措于万一，而人往风微，遵守末由其存者。老柳婆娑，荫暍人于道左，而已屈指七十年。中剪者剪，伐者伐，风摧雨剥消蚀殆尽。召伯安往？甘棠几何？抚柯攀条，可胜今昔之慨哉！

先是，州司马为闲曹，司牧以种树委之，谓其权无旁挠，专意栽培也。夫何积岁蠹生，隶之猾黠者，目以利薮矣，官亦藉之售材供爨矣。守堠之卒，传柝之夫，悬鹑号寒之丐，群焉仰为薪槱矣。盖隶以枯朽入告，朱符四出，里胥狂走，斧斤之役民任之，车牛之役民任之，购栽之役民任之，培植灌溉巡守之役皆民任之。补种届期，肩条枚入公府，号曰“验栽”，枵腹候时计株，索贿资入辄报可，其株之良楛，植之浅深，灌之勤惰，率置不问。何怪乎岁岁督种而增者不加增，损者日益损哉？彼隶之假名伐枯并生者，而潜鬻之又何责焉？嗟嗟良法美意，徒为厉民之具，能勿慨然！

余莅中山，察其弊窦丛出也，加意剔除之。首罢购栽、验栽之役，每岁春仲，出俸钱取稚柳之可活者，并青杨白杨杂收之，为其易生而难腐也，躬履郊甸，督举锸抱瓮之劳。一枝一干不复仰给闾左，惟沃灌防守则附近居氓是赖，种树扰民之秕政庶几永除云。

迩年且槁且补，杨柳丛生，接叶交柯，次第浓密，计绵亘六十余里，成拱成握者得一万几千几百株。其种而未荣，荣而复悴者盖数倍是。气佳哉郁郁葱葱，州境四达之衢，蔚然改观矣。

夫图终实难逾于谋始，继自今戕伐者，申禁约；衰萎者，勤挹注；朽腐残缺者，亟补莳。勿病民，勿靳费，勿轻故事，勿毁旧章。此郭公刻石以贻后贤之旨也。先得我心，吾无以易之，而慎简柳长，择人乃授为种树第一筹，当事者请勿忘斯语。

关帝庙移建正殿记

关帝祠宇，比栉照海埏。京畿行省，雄郡边邑，设官莅民之区，咸得立庙为春秋祼荐地，循令甲也。

迩者，悖逆狂徒，蜂起楚粤皖豫间，盗弄戈铤，流毒方夏。癸甲之际，诸帅申讨，天戈所指，揃刈殆尽。方肤功之奏也，非特师武臣力也，鬼神助顺之说往往出于其中。言河神者，言城隍神者，言前代名臣者，独圣帝灵迹显著。

狎见习闻大都于围城，垂陷，交锋将溃之顷，潜邀拯援，收功呼吸间。史称其威震华夏，号万人敌。曹公欲徙许都以避锐，不图一千六百五十余年，昭昭如在。白马解围之雄风，恍惚其犹存乎！

洪维我圣清重熙，累洽阊泽旁流馨香之治，上契昊綍，景祚绍延，百神效职，圣帝监观不爽，实默佑之。跳梁负嵎之俦，期于草薙禽猕为快，盖生时戮力戎行，经营未毕，爰假手以抒忠愤，亦张睢阳为厉击贼之志也。

宸翰频挥，祠额高揭，夕郎[①]以六佾请升诸中，祀俎豆羽籥，骎骎与尼山分席于铄懿哉！

考往代禋祀，唐以前无闻。宋徽宗始封“崇宁真君”，继有“忠惠公”之称，旋晋“武安王”。高宗加“壮缪”，沿旧谥也。孝宗加“英济”。元文宗加“显灵威勇”。明太祖复故侯，世宗朝以“三界伏魔大帝神威远镇天尊关圣帝君”封之，并封夫人曰“九灵懿德武肃英皇后”，子平曰“竭忠王”，子兴曰“显忠王”，裨将周仓曰“威灵惠勇公”。赐左右丞相二，则张世杰、陆秀夫也。

国朝推奉尤至，顺治中封“忠义神武关圣大帝”，乾隆中加“灵佑”，嘉庆中加“仁勇”，道光中加“威显”，咸丰中加“护国保民”，再加“精诚”。

追崇盛典，历久弥光，良以殄扫凶氛，泽被氓庶，酬德报功，故如是稠叠耳。

赵州倚郭旧有祠，控引市廛，据午道之冲，门内屏外栅双植刹竿，旁起二楼寓钟鼓，三殿毗连。前具秉圭像，中曰“三义”，后则追祀三代也，规制湫隘，阶戺不容拜席。咸丰三年秋，粤逆犯境，前中两殿毁于火，荒弃不治者十稔。摄赵州营守备刘君国清，谋缮葺，州之耆老十人出应之，丏助于乡鄙素封者。同治元年壬戌春，役遂兴。

予谓三义殿不当复，《蜀书》云，先主与之恩若兄弟，寝则同床；而稠人广坐侍立终日。《山阳公载记》马超初降，欲示以礼，大会日，与桓侯并杖刀立直，超顾不见坐席，始大惊。当是时，昭烈未践大位，君臣之名未正也，而分地悬殊若此。今顾使南面比肩坐，揆诸情义，安乎众韪？予言爰徙前殿踞中殿遗址，翼以皇筑，阶修广与堂，倴中唐甃以甓，豁如也。塑像设几，缋门屏，俄以费绌中辍。甲子暮春，更有八人承之，乃毕役。栌楶危拱，楹阙恢闳，涂藻髹，彤四隅，炫灼洵足以示尊崇壮观瞻已。继自今守土之长，分曹之佐，洁躬图政，对越无忝，牲醴告虔，不疏不数必以时。吾知肸蠁达诚，英灵昭格，御灾捍患，有覆帱于冥漠而不觉者，芸芸黔黎，庶几受福不那哉！

若夫建置修复，考辨岁月，中庭石阙林立，过客自能读之不赘，维时官斯地者某官某某，例得附书。

［校注］

①黄门侍郎的别称。

刘公治赵德政记

汉诏谓二千石与小民共安危，诚哉是言也！比岁，军旅杂遝，征繇绎骚，畿南土田塉埆，户鲜盖藏，频罹焚劫屠戮之祸，故雕瘵尤甚；用是屡烦明诏，推择循良。呜呼！馈馕孔亟，司农攒麋，迩日所称干济才，但使催科及格，或促期先应，便登上考，遑言抚字哉！

虽然，莫谓无人也！如前摄赵州之刘公，非深察民隐，轸恤疾苦者乎？其莅赵也，在同治丙寅仲秋，丁鬻棉之期。赵土宜棉，莳棉者半焉。花甫放，辇以入市易钱，酬亚旅之佣急需也。晋商列肆居积，资颇丰。前官某遭母丧候代，索晋商重贿，弗应。恚其靳也，冒嫌树厉禁，鬻棉者束手，有泣下者。公受篆之诘朝，命晋商成贾征價如故，市人欢呼橐垂垂归矣。

赵据九达之馗，负眊带铃者出没其间，攻剽椎埋岁或三四见；乡又多盗，挟刃然炬，掠财取货者，夺灌田之车及马牛者，类输价求赎。公知赵多故，携数十拳勇士以来，分布午道司游徼。无何，南郭有五人遮某参军车，胠其箧，告者张皇迫欲求盗以难公。公曰，少须当致之。越日，缚一盗，至参军辨之信；越三日，又缚两盗至，兼旬甫浃，五盗均就逮。有名和尚者，讯之为孔和尚，非前盗；然杀人亡命在宁晋刊章中，遂归狱伏辜。公用军兴法立诛四人，悬首道左。东乡盗魁曰陈四，倚范庄李四荣为巢窟；西乡盗魁曰刘四，浮寓六市庄，白日横刀坐酒肆，居人目摄之，莫敢谁何。公出重金追捕，皆成禽，置诸法，毙李四荣于杖，毁其室，鼠窃狗偷皆跳免。盖自是闭户安枕，行旅释戈云。

兖、豫之交，俗顽犷怙乱，屡作不靖，深、冀伏莽亦伺衅待发。公铸巨炮十有二，购鸟铳刀矛数百，旗帜称是，籍诸少年为兵，日都肄之，亲授坐作进退之法。又召乡遂勇士联骑为队，属櫜鞬，扬戈戟，若临敌然。周巡四履，以播威声，皆乘农隙举之。人授餐钱，勇士酬值以月计，勇队饩粟以日计，岁耗千金不惜也。先是，壬戌春，教匪之变，南鄙七村结团御贼，乌合失律，伏尸战地者四百八十余人，团长宋某抚恤乖方，伤亡家累累诉讼，五年未息；且恩俞建祠，胥吏中格，久不下。由是忠义气沮，人心瓦解。公申请台司，恤典遂颁；筑祠于沙河店，出俸金为倡，不足以赎锾济之。中奉僧忠亲王，诸死事者版书列庑下。升香展禋之日，万口环泣，群情乃大慰，积讼亦解。后之联村兴团，闻呼辄应，职是故也。

旧设庆阳书院，皋比久虚，庭宇化坎窞矣。公度地明伦堂东偏，起讲室三楹，缭以黉舍，门垣庖湢咸具，巡功省植，凌晨冒寒弗愆期；延名宿主训迪，月召青衿扃鐍三试之。手校甲乙示响方，暇则口授指画如课子弟；丁卯秋闱果有中隽者。

赵之垣墉辽旷而倾陊，跛羊可越也。警问狎至，老羸奔避倚为命，官吏守御，无障可登。然资需浩博，版筑实未易兴。询之士流，佥曰：计亩率钱，月赋其二，寒暑再更当集事。公曲意从之。涉冬，鸠工缮治，肇自南郛，谨授程式，间日周视良楛而董戒之，罔敢偷惰者。惜瓜期已及，未遑毕务，率作之人靡不同声兴嗟，谓公不去赵，匪特崇堞深隍克期告蒇，将见校宫州廨次第鼎新。

盖公莅事之勤，兴事之勇，襄事之毅，为四民所素谙匪伊朝夕矣！昧爽求衣盥漱，已呼问就质几何人，即趋堂皇，剖判如流水。及高舂，问如之；禺中日昃抵晡，问如之；夜漏下，问如前。出郭肃宾，腹枵体倦矣，归辄有问。冱寒炎暑，谳决若平时。胥隶咋舌旁睨，莫能上下其手，士庶呼为刘八堂，谓一日八登厅事也。

矜宥蚩氓，宵人怙恶痛绳之，故陈明亮死于捶楚，贾彰之子锢于狱，详定爰书，惧株连，故邸筐子等接踵破械归，录属邑囚徒尤加谨焉。古之吏箴，曰慎曰勤，洵无愧已。若穷檐阴受其赐于冥漠中者，又有节财、澹灾两事。三辅力役之征，自昔倍遐方。粤西蠢动以来，过师转饷，往复若践更，任辇车牛无月无之。既而发捻交讧，教徒继煽，恶氛近逼郊垧，供亿之繁，无日无之。州故蓄驿骑，兼蓄役车，常繇所入，备乘传者也。军旅则责之蔀屋。吏人握朱符，叫嚣隳突，猛于诟租。公谂其厉民也，卒伍数百人，辎軿数百乘，攒集邮舍，乃取给于编户，又甄综而省穑之。无旷时，无腾价，无溢额，急则檄属邑为助。吏或篡薄笨车来，立挞之。其牵挽参差者，行队畸零者，惟以驿骑役车应，二百四十村岁可省力庸数千缗。戊辰初春，捻逆掠东境而过，老湘、卓胜两营尾缀之，后军万人迟留不进，盘踞近郭墟落间。初至，势张甚，什百为群，四出括刍豆，间攘资蓄，斩宰木为薪，入城市鸡豚醯酱，睚眦横索弗予值，闾左不堪其扰。公患之，厚馈主帅及军咨祭酒与结欢，材官亦啖以利，相约所需皆应时给，独令严束部曲，不得剽夺，带甲由是敛迹。他将校率师至，先期治馆舍，储粻粮，具薪刍，命商贾列肆以待。或逋负，按籍代偿。致饩必丰必洁，宾有如归之乐，民鲜逼处之警矣。

慨自道光、咸丰间，朝廷崇宽政，大法小廉之制弛，吏治荒秽不渫，闾阎脂膏竭矣。枭桀之徒，乘机鼓煽，遂致中华边徼，喋血暴骨二十年。艾刈未尽。脱令诸行省得公等数十人，落落分布，绥辑而化导之，宁忧贼哉！公累守紧望举最，迁刺史，擢太守，跻三品阶，不可谓非通显，旁观所嗛嗛者，未膺真除耳。恭逢两宫勤求民隐，深识安危之机，博征良吏，俾恤亿兆疾苦。吾知台省长官必有胪公治状上塞诏旨者，畿甸之民庶有豸乎？公勿自画，累基而崇之，拓域而恢之，斯善矣！

公名锡谷，字子玉，山东安丘籍。甲午举乡试，选为令，历署安平、清丰、南和知县，祁州知州。所至多惠政，兹不备述。

定州西关河柳记代

环州治之西北，浮沙无垠，当春夏风作，尘埃坌涌，漫天蔽日，通隍易致壅塞，缘堤种树借以障风沙也。

嘉庆辛酉，岁大水，濠渎填淤，有缘以渔利者，河犁为平田，州同知征其租入，岁为常如正供焉。比年水潦时至，无所蓄泄，汪洋泛滥，横阻冲衢，分溜入城，屋倾墙圮，患有不仅在一隅者。

前长白宝梦莲先生莅兹土，政成民和，百废俱修。时出西门，见水势横溢，心焉恻之，捐廉为倡，谕西郭绅耆，寻河旧迹，醵金疏浚，计长凡六百五十丈有奇，深六尺，广五之，并以余力治桥之倾汹者，门轨甃以石，修广与桥侔，西郭水患由是顿息。又虑其日久难固也，复令关民缘堤种柳三百六十余株，以复旧观，既御风沙，亦防颓岸，俟成材出售，可备修葺之资，为计至深远矣。是时管理水利同知者，会稽劳公佩荪，儒吏也，弗靳租入之利，躬督浚治，公而忘私，以襄盛举。

余视事来州，时出西郭，两岸柳阴密布，依依动人，是宝公之甘棠也！善政未远，遗爱故存，视苏文忠之治临安缘湖植柳，不啻过之。夫前人有志未逮之事，后人犹踵而作之，况已成之盛举，顾忍令隳废乎！爰出示严禁岸土毋得铲削，柳株毋得剪伐，谆谆谕戒，小民当知奉守。惟是，利厚弊生，其或指官地为名，或假胥吏攫取，或摊种河堤而食租石，或伐卖树株而饱私囊，世风浸下，有不能不预防其患者。

会西关绅耆王棨华、狄杰等，重修石桥，改治水道，工竣，请严定条规为善后计，余深嘉之，爰记诸石以诏来兹。庶宝公之盛绩不没，而河可以常浚，城可以永固，亦保障畿辅之一助也。并将呈词判语暨一切规条，刊之碑阴，俾勿忘勿坠。

赵州济道寺赵氏家祠记

当州治乾维十里而近为济道寺，赵氏之族聚焉，中有隐君子曰赵翁锦堂茂才也，行端而学醇，古心古貌，终日把卷伊吾，闭户不接俗流，独以文字因缘与余交颇密；闲尝造谒其庐，子侄辈耕者、读者被服朴素，趋承长者前甚恭，望而知为守礼之族已。

居室东偏有堂三楹，岿然高出林表，周以缭垣，设门当离位，秩如焕如者，其先祠也。余问之，乃愀然曰，祠之兴筑忽忽十有七年矣，先兄馨堂公，庀材木、治瓴甓，经画方殷，遘疾遽殂。明年丁未，某乃鸠工督匠，用毕土功，既而灾祲迭告，烽燧频惊，抢攘之余无力备物，坐是几筵未设，俎豆未陈，春露秋霜，明禋斯缺。早夜以思，未尝不抚衷滋愧。兹者谋于来岁，黾勉卒业，肇举祀事，非敢曰致孝享也，亦惟告讫功于祖父之前而已矣。盖大父耀德公位居支子，礼不得奉匕鬯，而又痛主器之式微也，议洁治一室，妥侑祖祢，工未集，旋捐馆舍。越岁，先考方远公相继弃养，伯考旋吉公先时无禄，伯兄甫九龄，某生未周晬也，赖先妣陈太君髽而当户，拮据抚孤讫于成立。今日筑祠，乃先人未竟之志，某兄弟踵而成之，敢曰创始哉？顷与侄辈约，分划墓田一区，并割近田合四十余亩有奇，岁征其租，益以城中旷宅一区，以时敛其僦值，命公廉者司之储，为缮葺祠宇，购备祭器之需，豚鱼果蓏诸品，咸仰给焉。日月既积，资蓄稍充，其有丧葬不举者，婚嫁失时者，治生偶缺邻于饥冻者，秀异少年力不能负笈者，凡耀德公之裔，皆得沾溉其余以赡不足。犹是席先世遗业，推先世遗恩云尔。

余闻而嗟叹者久之，噫近世士大夫禄糈丰腆，居第崇闳，宦游四方，既不获以奠献庋置，栗主之所大都置焉弗讲，子若孙惟摴蒱冶游衣裘狗马是务，更不问入庙荐餉为何如仪文，今隐君继志，述事竭蹶代终，吾知岁时伏腊，率诸子姓骏奔将事，有践有恪记，所谓洞洞属属忾见僾闻之诚，胥于祠中见之矣。倘非守礼之族，前有以启其绪，后有以永其传，其能雍雍肃肃克致孝享如是哉！余故乐闻其事而为之记。

赵州移建庆阳书院记代

庠序，育才之区，书院其辅也，昉于南唐庐山之白鹿洞，宋初赐额曰石鼓，曰岳麓，曰应天府，曰嵩阳，曰茅山，厥后建置浸广。我国家敦崇儒术，嘉惠艺林，雄郡鄙邑例设书院，修脯膏火之需，或出金纳息，或给田征租，树人之计至优至渥已。

赵州庆阳书院介官廨东偏，残碣剥蚀，权舆莫考，志亦失载。道光甲辰、乙巳间，犹延师举课不衰。嗣是栋宇倾颓，垣墉败阙，居民撤材取土，星纪未周，故墟化坎窞矣。同治甲子，段晏洲观察摄州篆，力图兴复，而旧贯不可仍，爰谋移置州学，明伦堂之阳有斋东响，曰“修业”，废已久，踞其址筑室三楹，为山长燕息地，聘丁化南先生来主讲席，衡校详慎，士类翕服。

丙寅秋，余承乏兹土，招青衿角艺，喜其争自濯磨，蒸蒸日上也。越岁大比，中隽一人，登荐数人，佥曰非书院教育之力不及此。然兴筑未备也，乃出俸钱为倡，郡人闻风饮之，度地明伦堂左侧，首起讲堂，面离负坎，斋舍连缭，翼之门峙于西，益以庖进德斋之南，复增一舍，经始丁卯季秋，中更戎事，阅七晦朔乃毕役。规模粗具，美善未尽。培植训迪之术，赖继任高公承焉。

余受代濒行，属诸生告之曰，多士朝诵夕维，挟艺干时者也。科目尚帖括，文章小道，纵专精名家，遂称佳士乎？课士之法，体用咸备，华实兼资。胡安定教授湖州经义斋，择疏通有器局者，居之治事斋，人治一事又兼一事，如边防水利之类，及为政多适于用，讲习有素也。当时颁行其法以为程式，今建书院，夫岂发策决科专事揣摩哉？惟是，烝我誉髦蔚为桢干，上助菁莪棫朴雅化耳。且夫文艺末也，德行本也，古昔章缝之彦，类能饬伦纪励廉隅，处为孝子悌弟，出为循吏名臣，德谊勋业，一以贯之者也。勖哉多士端品殖学，储材待时，耻冒虚声，勉求实用，庶副余殷望也夫！

定州定武书院刊定院规记

世言学校废而书院兴，所以涵育儒林，辅庠序之不逮也。

古昔盛时，士务敦品，人知励学，主讲之师类当代耆宿，其不厌物，望者席虽设，弗敢居也。羔雁到门，自度身无他营，然后起而应聘，以春至，以腊归，穷年矻矻讲授无虚晷，是以著录青衿，昕夕淬励，罔敢舍业以嬉者。人文蔚起，科目连翩，遑待问哉。

降及今日则异是，儇薄少年，幸弋科名，即持为猎食之具；主讲一席，目以利薮修脯丰腆之区，则耽耽虎视，攘臂恐后。暮夜匍匐显者之门，丐取尺一书，辄盱睢自张，如捧丹诏。守土吏压于权贵，奉命惟谨其人。自审篋皮之莫可倾倒也，出东食西，宿之谋以覆其弇陋，岁一至焉，月一至焉，或邮进所业，稍稍点笔，终岁不一至焉。其甚者，别寻途径若奉祠，然故有名号院长，而生徒未窥半面者，皋比蒙尘，经舍茂草，以造育人材之术为振恤若辈之资，是直卑田院而已矣。书院云乎哉，揆厥所由，亦承司之人非也。牧令势有所制，安能杜请托之门？监司情有难却，安能绝推荐之路？是非归其权于邑人，则积习终不除，文教亦终不兴。

定州旧有定武书院，权舆于乾隆己卯，州牧姚公立德实经营之。踵其事者沈公鸣皋，郭公守璞。嘉庆初载，袁公俊更其名曰“奎文”。道光戊申宝公琳重葺之，复名“定武”。其间隆替盛衰之故，都人士尝为予太息，言之初置学田数顷，修薪饘粥咸仰给焉，厥数亦寥寥矣。斯时督课精严，多士奋起，登贤书、捷礼闱者项背相望。历任贤牧悯其资之廉也，推俸钱为助，深泽曲阳均出力佽之，将恢而张之也。而书院浸废盖积岁，师长率挟大力而来经生术业，罔复措意讲室之限，渺未一涉，履綦嗟嗟，营逐风行，波及文教，多金贻害，名存实亡，良足慨已！

咸丰丙辰冬，杪州人合词陈乞，授其任于众绅，官府弗预，而以严定院规为首务，延聘院长却官荐，避同籍、杜觊觎也。询谋佥同，乃具聘币惩偏私也。迎送克期，课程勿爽，戒玩旷也。约束诸生之法，视此尤加密焉。山左荫堂王公方守是州，嘉其更始之善，而藉手得人也。亟允所请，俾刊新章于石，而倾廉囊以济之。维时比部郎孙胜非先生，以文章宗匠首登讲座，期月之间，士风丕变。继自今，师耻倦诲，士懔辍学，名实相副，日进蒸蒸，科第蝉联。胥于是举基之矣，故乐观厥成而记之。

卷九

定州知州荫堂王公寿序

《豳风》一什所陈，皆耕耘蚕织之业，而终以跻堂称兕，介无疆之寿，何哉？草野不善贡谀，意必有仁恩厚泽，沾浃蔀屋，夫而后善颂善祷，致寿考之祝也。

古之循吏，来暮有歌，去思有咏。读史者流连企慕，恨不同时。兹何幸见于荫堂王公。公，古之循吏也。非吾侪之私言也，问诸四境之民可知已。公以名进士牵丝百里，试摄延庆篆。首宰望都，次雄县，次天津清苑，今为定州牧。诸邑繁简不侔，为治亦张弛互具，而口碑啧啧，万室同声则一也。

延庆近郭乏水，公浚隍导山泉注之，州人称便，绘图献焉。望都南有九龙泉，久淤塞，公凿而疏之，筑堤建闸，时其蓄泄，溉粳稻千亩，民用以饶。

其兴文教也，月进诸青衿，训以敦品励行，手衡所业，而甲乙之督课如严师。出俸金助饘粥，损益造士之术，期收实效。

然后安畿辅，轻赋而重徭，车牛转运取供，下里公所，莅丁孔道，望都尤硗埆，节损役车之半。清苑号为赤紧，平时悉索倍于他邑。癸丑、甲寅间，战士乘传至者以数万计，使者冠盖相望，舆骑日不暇给。公征于闾阎者如平时，无加额，独先时厚酬其值，故事集而民弗扰。

外蕃来庭，筐篚杂沓，牵挽负戴，募市人应之，村氓不知远夷过也。

令天津日，南漕泛海而来，例设舣艄不足供流转，时招商舶应役，胥隶假威索贿，公烛其奸，掩至泊次自遴中程者，以待余麾去之，一时欢声腾河干。下至鸡鹜、盐米、薪炭之属，月给官膳有成格，亦啬缩不轻用，盖恤民力甚于惜私财矣。

折狱之道，尚柔导，两造使达情，而委曲譬解之，往往化争为让，涕泣求罢讼。督逋赋亦然，或加杖于股而不举，以愧辱之，未浃旬输且倍焉。桀黠群不逞之徒，鱼肉良懦，津门为甚，公捕治逮系搒掠加严，非复曩时暖暖姝姝，已至于闾阎疾苦，令甲壅阏，他人畏缩，莫敢言者。

为人请命不惮至再至三，即触怒当路无所回挠，而镇静以定急变，恢宏以持大局，比户阴受其赐于不识不知之中，己不忍明言，人亦乌能条举，若衢歌巷讴，乃善政之嚆矢也。

至于今量移他任者，且十年或五六年，望都之民语人，必曰我王公；清苑之民语人，必曰我王公；延庆、雄县、天津皆然。

黄童白叟延颈企踵，日以跻方岳[①]，荷帡幪为祝，或讹传迁擢，辄欣欣动色相告。当时之献衣、献履、献堂额又无论已。盖公之于民也，如老妪之护爱雏，而民之戴公也，亦如稚子之依慈母。夫子于父母鲜有不祝其康强期颐者，而彼苍视听自卑，鲜有不俯从民欲者，故公之陟台鼎登耄耋，彼荛夫牧儿日夜讴思久矣！

吾侪复何益焉，若夫奉亲之孝，事兄之恭，律己之严，待友之诚，且厚沈毅，足以任重干济，足以救时宗党，交游习知之草野，或不尽知虑其涉阿好也，故不备陈。

今仲春二日，逢揽揆之辰，吾乡从宦燕赵者，制锦为祝，某谬当称觞，曷敢以泛词进！惟是，参部民之列，前于后喁赓无疆之什焉，公尚嗤其贡谀否？

［校注］

①指州郡。

定州知州荫堂王公寿序代

咸丰己未仲春朔后一日，为荫堂观察五旬悬弧之期。

盖公莅我定武凡六寒暑矣，厚泽深仁，比闾沾濡。前日制盖、制堂额者，率峻拒不纳。至是，而庠序之彦，阛阓之贾，圭窦绳枢之农，罔不持羔豜，献醪糒，跻堂效介寿之祝，公仍力却之，而麕集者弗去也，推予一言以佐觞。

窃谓，循良之吏，两汉称最。盖治术，近古二千石以下，得自展布手足，故政绩异等者，列郡时时上闻。又行久任法 ，虽秩满待迁，仍必下徇舆情，如借寇君故事。而一时贤吏，多登寿考，或以黄发在三公之列，或长子孙不去如黄霸召信臣是已。公今之黄召也，勋充夹袋，名列御屏，行当膺显。擢以去，州民且千人守阙，有河内之请。盖善政累累，媲隆汉吏，系人讴思也久矣！

州有定武书院，岁延主讲，州主莅其事。上游目以利薮，引荐私人坐皋比者，遥饩厚粟，履綦曾不一至，讲舍为墟。公授权于邑人，聘名宿，严课程，时进所业，而甲乙之文教遂兴。

俗举葬事，椁周于棺，坎地就瘗，公悯其朽之速也，教民穿圹闳且深，环甃砖石，间以灰塈筑之丰啬，视其力土葬者，树厉禁焉。

州丁午道，西达秦陇，南控巴滇，车师罽宾乌孙、月支诸属国，述职献琛之使络绎于路。比者诸方不靖，甲士乘传往来，岁以万计，任辇车牛率取给闾左，供亿之烦有难言者。公资募应役，事办而民弗扰。下至公膳所需薪刍几何，鸡鹜几何，粳稻几何，可汰汰之，可损损之，不轻下尺一符，虑胥徒之绎骚也。

癸丑甲寅间，逆氛内逼，州人谋捍御，召少健者肄戈矛，富室醵钱饩之，岁久势且不继，又患其中辍激变也。公甫至，婉词谕导，众情翕服辞，授糈而伍，不解至今。农隙讲武，声威壮盛，远近称之其治庶狱也。

推鞫详慎至忘寝馈，笞杖具陈未尝轻下，任愚戆者喧呶于庭，徐徐谕导之，俾各厌其意而后已，株连讼系者尤加意焉。

迩岁，蝗蝻蠕生，蚩氓指为神物，畏疑不敢捕驯，至成灾。公周驰阡陌，苦口劝督，躬执捕具，为袯襫倡，仆仆炎风歊日中，腹馁颜黧，兼旬不稍衰，是以邻壤嗟无年，而州获薄收。越岁蝗复见，民知捕之益也，不烦驱迫，倍勤于前，亩且收一钟矣。

严弭盗之法，衢巷起露舍，计户佥丁，置钲柝以警之。公丙夜历村落省其成，萑苻窃发，率丁壮飞驰穷追，不避艰危，不逾晷刻，是以有越境擒渠之事。今则里党自奋，桴鼓不鸣乃成效之易见者。

他若葺城垣，治津梁，造舟以利涉，树柳以荫暍行，部则减驺从近，驿则护宵征，缕述条举，美不胜书。州人目睹之，躬被之，而亲切言之者也。

州人何幸哉，往者公治庆都，善政累累，犬牙咫尺，饱闻循声。四境之民延颈企踵有日矣，福星移曜有脚春来。

州人何幸哉！昨岁谏垣常以久任之法入告矣，州人祷祀而求者惟是，遥领三公，黄发在位，使黄霸召信臣，胜事复见。今兹使颁白之叟，龆龀之童，优游仁宇不自知，化国之日舒以长也。

州人何幸哉！若夫日月升恒之文，鸳鸯福禄之句，惧其涉于肤也，曷敢渎陈至神君之号？慈母之称，久为阳鱎之流所借口。某不佞，岂甘以谄词媚我公者！谨撮实政数则，用代舆人之诵；我公闻之，当不斥为浮辞而欢然一举爵也。

大京兆荫堂王公六旬寿序代

大京兆王公治辇下之三年，政通民和，百职厘举。已巳仲春二日，值岳降嘉辰，国门内外，黄童白叟跻堂喁喁而祝者，肩相摩踵相蹑也。梓里诸君子闻风翕应，属出一言佐洗斝，某何知哉？公仁人也，秉仁心，施仁政，播仁闻，辅翼在国家，培养在民物，而不居施济之名者也。《鲁论》曰“仁者寿”，谓敦厚之人必登大耋，征之于公犹信。

公五旬时曾均文申祝德泽被一隅者，已详前序。计自庚申以来，迁郡守，晋观察，擢廉访，陟方伯，摄抚军。世睹其回翔幽、并，骎骎通显，将毋逞志愉快乎！抑知履危蹈险，丛谤蒙讥，抢攘戈铤之场，焦劳筦算之地，勤求庶政，经纬万端，爵秩益崇，担荷益重，时势益艰，筹策益亟，精神耗而迭奋，念虑竭而环生，筋力衰疲，疾病交侵，而不敢告瘁。弹指十年，盖无日不在忧勤惕厉中。然叩其内蕴，只一盎然之仁而已矣！

试观由河朔入晋，则遗烬复燃。由晋阳入都，则完区顿破。以一身去就，系两地安危，仁人之利溥矣哉。辛酉莲花教匪起，威县受困，垂陷矣，公驰往一战解围，三战寇退，不以非属漠视也。逆党逼大名，主者塞重闉，刍粟不给，且内讧，麦熟未刈，农骇而逃，公兼程来援，首辟郭门，通馈运，诘朝师出，迭进迭胜，贼宵遁，民登麦矣。嗣是，冒霖犯歊，越境罙入，雷轰电掣于馆、冠、濮、范，观朝之间，扶病蹈险，大小数十战，累以捷闻。所部新募，寥寥千人耳，又绌于饷，号召绅士结团为助，置腹推心，款洽如戚友；众感其诚，乐尽力。内黄、浚县外境也，亦执殳前驱。旌麾所莅，壶箪交错于道，仁声威望震爆一时，比屋绘像以祀，迄于今不衰。

方氛之炽也，两界居民互指为贼，相攻剽，公刊示千纸，譬晓之，屠掠遂熄，羽翼亦瓦解。孤窎墟落，恒迫制从逆，公联多村为团，劝令筑堡，凭依相抗，贼苦无所胁，势衰乞降，职是故也。越岁，妖徒复叛，公奉命随制军进讨，遣间谍散党与筹战筹饷，襄赞功多，而杀降一事争至再三不能从，枭匪之乱，讫无投戈拜马首者，人服其先见。是役也，前后保全生灵数十万，诘戎之仁类此。

军兴，徭役烦重，公体量冲僻，可弛弛之，不可弛酌损之。并州多素封自大，农仰给其地，而杼轴空矣，别有损免盐商一款，尾逋十余万金，官吏视为利薮，追呼无已时。公陈疾苦吁于朝，岁输获减，商捐亦除。既而滨河置戍索饷，不啻过之，公节缩浮羡，雕劻稍苏。俗嗜阿芙蓉，农莳莺粟以射利，公谕诫剀至树厉禁焉，恤民之仁类此。

澄叙官方，兼惜人才，惩诫奖勖，三令五申，振奋者擢之，举其治绩为程，稔恶怙终，乃登白简。创杜新亏法，刊书下之，俾触目警心如瓜代，无累亟简畀一善地，励廉谨即以慎储偫也，察吏之仁类此。

慎重爰书，反复沈思，若置身其旁，情境毕符，然后裁之以法，除苛解娆，常恐一夫罹非辜。五听并用，剖判如流无久淹请室者，持法之仁类此。

诱迪青衿，尤垂意书院，或创建或增葺，必置重金收子钱为经久计。又累捐俸饷军，藉广本邑学额文武各二名，嘉惠儒林，千载弗坠之业也，爱士之仁类此。

至若顾恤周亲，敦睦族姓，分田颁粟，开塾授经，拯缓急于同官，济疏逖于故友，皆仁人本量，不烦撮举者。

其严绝苞苴，屏却供顿以俭约，愧豪侈，以精勤风荒怠，又仁之绪余也。

夫公为忧勤中人，国计民生，日廑怀抱初，非饵术餐芝，导引吐纳，习延年之术者。然而磨厉之筋骨，视纵弛者倍坚；兢惕之神明，经研炼者弥固。期颐坐致，亦户枢不蠹之道也。何况天寿平格保乂，熙朝番番，黄发元老壮猷，实关一代气运哉！他日者，礼隆馈酳位备老更世，徒艳其奇福，试胪诸仁政告之，而证以《鲁论》，当不河汉。吾言谨序。

大京兆荫堂王公六旬寿序

《宋史》谓，国家当隆盛之时，其大臣必有耆艾之福。推其有余，足以芘当世，若富郑公、文潞公者。公忠直亮，临事果断，德望风采，朝野倚重，又皆享高寿于承平之秋。读史至此，未尝不企慕钦仰，慨然愿见其人，今何幸于大京兆王公遇之。公扬历中外二十余年，其抚民如龚黄，其治兵如韩范，其综理庶政如司马温公。今岁己巳仲春二日，适逢周甲，乃膂力方刚，经营四方之时也。将来登大耋，享遐福于富、文二公，庶几近之，盖公仁人也。

《鲁论》曰，仁者寿。欲征其寿，征之治绩可矣。

威县受困，孤城垂陷，公驰往一战解围，三战寇退，不以非属漠视也。教匪逼大名，主者塞重闉，刍粟不给且内讧，麦熟未刈，农骇而逃。公兼程来援，首辟南郭，通馈运，诘朝师出，迭进迭胜，贼宵遁。民嗣是冒霖犯歊，越境罙入，雷轰电掣于馆、冠、濮、范之间，扶病蹈险，大小数十战，累以捷闻。所部新募，寥寥千人耳，不当敌之十一，又绌于饷，爰号召绅士结团为助，置腹推心，款洽如戚友，众感其诚，乐尽力。黄、濬、隶、中州，亦执殳前驱。旌麾所莅，壶箪交错于道，一时名噪河朔间。比屋肖像以祀，迄于今不衰。

方氛之炽也，东境妖徒蜂起，两界之民互指为贼，相攻剽。公刊示千纸譬晓之，读者挥涕，屠掠遂熄，党与亦瓦解。孤骞墟落，恒迫制从逆，公联多村为团，劝令筑堡，凭依相抗。贼苦无所胁，势衰乞降，职是故也。

癸亥入制府幕，运筹草檄，襄赞功多，而杀降一事，争至再三不能从，枭匪之乱，讫无投戈拜马首者，人服其先见。是役也，保全生灵数十万，仁德亦溥矣哉！军兴，徭役烦重，三辅尤疲，公体量轻重冲僻，可弛弛之，不可弛酌损之。赋税则请蠲请缓，若营私财。

并州多素封，自大农仰给其地，而杼轴空矣。公陈疾苦吁于朝，岁输获减，勒捐亦停。既而滨河置戍供馈不啻过之，公节缩浮羡，雕玏稍苏。俗嗜阿芙蓉，农莳莺粟以射利，公谕诫剀至树厉禁焉。

敝俗浸革，勤思庶政，经纬万端，宵分有得，披衣篝灯作条教，缅缅千百言，比晓呼吏下所属，送客登舆，养疴伏枕，晷刻不敢暇逸，盖绸缪于国计民生者深也。筹策边防，匹马崎岖，鸟道中周回二千里，坚冰在须，眠餐失所，独能相度要害，布画屹然。近畿饥淖，糜以哺饿者，公审视亲尝，不恃傔从，喷声流菜色变矣。

澄叙官方，尤惜人才，惩诫奖勖，三令五申，振奋者擢之，举其治绩为程，稔恶怙终，乃登白简。创杜新亏法，划别款目，刊书颁牧令，俾触目警心如瓜代，无累亟简畀一善地，励廉谨即以愧豪纵也。慎重爰书，反复沈思，若置身其旁，情境毕符，然后裁之。以法除苛解娆，常恐一夫罹非辜。五听并用，剖判如流，无久淹请室者。

其他待人之厚，奉己之薄，钳束胥吏之严，奖课文士之殷，谢绝苞苴，屏却供顿，捐金创书院，筹重资为经久计。两建刘公祠，皆仁政绪余也。所可异者，尝列阵观城之巽隅，贼挟忿倾巢而来，彼众我寡，将不支，比战，盗魁忽指大纛，语其曹曰，是为王道宪良吏也，吾辈不宜犯，谨识之。是日民团大挫，公独全师而归。又逐寇隟伏中，孤军狭路，进退非策，骄阳亭午，人马暍甚，贼竟瑟缩不敢发。抵晡，援师至乃解。嘻危矣，识者于此觇公之德，征公之福。卜公之寿，实则天佑，贤辅翊赞，圣代郅隆尔。他日者，跻台鼎，参钧衡，黄发番番，元老壮猷，有羡其长年，谓史不多见者，即举富、文二公告之，而证以《鲁论》，当不河汉。吾言谨序。

兵部尚书桂燕山公寿序

咸丰癸丑夏五，中州不靖，扰及覃怀，维时制军讷公仗钺督师出境声讨。直隶为神京股肱郡，保障是资，圣天子轸念畿甸，特遴重臣俾来镇抚，于是大司马燕山公恭膺简命，驻守保阳。旌节甫临，首饬武备，缉匪徒，谨扃镉，密巡徼，部署秩如，人心大定。

先是，滇南民回交哄，几成滋蔓。公时总制其地，剿抚互用，操纵协宜，六诏编氓怀德畏威，胥庆安堵，终任无蠢动事。今上廉公勋望，为世长城，三辅需人，爰有是举。

仲秋六日，遇公揽揆吉期，庶司百职欢愉鼓舞，群议制锦以代放鸽，公正色拒之曰，勿尔也，跳梁小丑负嵎逋诛，我皇上赫然震怒，聿申挞伐，欃枪未扫，宵旰靡安，吾曹当砺矛敹胄，迅荡么麿，是岂雍容暇豫樽酒燕衎时耶？迩者垣墉未崇欤？隍池未疏欤？戈鋋未铦利，储偫未充溢欤？计惟兢兢，夙夜日讨军，实上以副一人之委寄，下以镇百姓之惊扰而已。诞辰称觞之礼，居恒犹屏之，慎勿贸然相慁也。言未既，有出于列者曰，公言良，然抑别有说焉，君奭之篇曰，天寿平格，夫平格之臣寿，自寿耳，必归本于天，何哉？天翊赞一朝景运，斯笃生贤辅，贤辅矍铄康强，年跻大耋，乃克扬历。台省旬宣圻疆，奠宗社于苞桑，登苍赤于衽席耳。古昔勋贵重臣，连城坐拥，威望远播，萑苻肃清，比户衣冠祝之，天亦福禄绥之，如郭汾阳宣力唐室，而《二十四考》中书，文潞国留守洛阳而作耆英会，是也，遇也，数也，皆天也！

粤自楚匪窜突，湖湘、江淮咸罹兵燹，锋镝所被，里巷为墟，我公幨帷莅止，千里晏然，白叟黄童各循本业，熙熙穰穰鼓腹嬉游，曾不识兵革转徙之苦，亦思谁实帡幪而贻以安者。是燕赵群黎受福，惟我公造之，而燕赵群黎蒙福，各思有以酬之，彼蚩氓亦何术能酬？惟苍苍者视听自卑，固将以纯嘏繁祉归萃于我公。洪范五福一曰寿，俾耆而艾，永锡难老，天寿平格之旨也。

公曩者入总百僚，出镇连圻，纬武经文，历树伟绩，识者谓仁风遐扇，造福靡涯，闽粤黔蜀楚豫之众，爇香设位顶礼生佛久矣，寿世寿人还以自寿，乌得以勋承累叶，缔姻帝室，棣萼竞爽，簪绂传家，徒艳其得天独厚哉！

异日者，纶扉襄赞，黄发番番，元老壮猷，直与方叔召虎媲烈，有非汾阳、潞国所颉颃者，于铄懿哉，天道也，人事承之矣。公冲怀若谷，硕肤自逊，然人可却，天亦可谢耶，如谓四郊多垒，颂祷非时，则松柏冈陵之赉词，台莱龙光之剩义，安敢泛胪以进，比维缮修甲矛，申严警备，静俟我公之指麾耳。洗斝酌醴跻堂介眉，岂今日事乎？公颔之曰善，乃书于壁，以为天人左券云。

史默伸先生寿序

盖闻书称五福，端纪、遐期、诗赋、九如，惟推洪算，指南山以献颂，挹北海以开樽。羡灵椿之挺干，山中自驻春秋；仿仙李之蟠根，世外定饶岁月。逢吉则康强预兆，洪范演畴；多男则福寿偕征，华封借祝。

如武略骑尉默伸史先生者，溧阳华胄，岱北名宗。溯汉室之连姻，金张比迹；仰唐廷之著绩，褒鄂随肩。自头玉之初呈，已口碑之远播。奉慈帏者，再世动无愆仪；居子舍者，廿年大有愉色。情殷爱日，橘同陆绩之怀；谊切陟冈，梨说孔融之让。课菑畬于古训，络绎铜盘；勤培护于贤昆，峥嵘玉树。市原能隐且归，带阛通阓；户自宜当不避，栉风沐雨。别操胜策，徙移亦识；陶朱久著，豪名慷慨。如逢赵壹继乏，屡经夫指囷馈；贫时藉乎泛舟，客衣范叔之袍。

邑焚孟尝之券，是以休称藉甚，侪伍则遥思景从，懿行卓然乡闾，则佥获矜式。世羡孟公之置驿，侠气为多；我言陈实之画城，纯修难觏。至其内征和粹，外抱渊冲，不顿不廉，胸中雪亮，亦谐亦雅，眼底风流。神恬者气必敛，非读黄庭内景之经；德备者算自长，可夺紫府大丹之术。膺上天之纯嘏，称东国之达尊。人间之乐事罕逢，伦类之德标有寄。已兹者重光纪岁，夷则迎秋岳神。降而生申斗，杓旋而指酉；鹤龄初度年，尚逊于磻溪。燕喜适符数，已超乎绛县。南极注长生之籍，北堂开介福之筵。玉液琼浆，捧觞迭晋；灵璈宝瑟，隔座遥听。集珠履于华门，驰朱轓于珂里。良朋助洛社群英之会，佳士绘香山九老之图。鸽放金笼，傍画檐而翔舞鸠雕，玉杖随步屧以逍遥。

值悬弧设矢之辰，为捧土附山之祝，伏愿绯衫拜赐，朱绂偕来。谢益寿执爵而登，颜延年濡毫以进。擢芝兰之秀，著鞭则去撞烟楼；挺松柏之姿，计筹则累盈海屋。

某等情亲桑梓，谊属葭莩，雅范夙承共识，清神矍铄，芜词塞责，敢赓佳什升恒，愧非墨妙笔精，捃摭则豹斑仅见，窃附称觞，制锦颂祷，惟鹤算无疆云尔，谨序。

明经赵斡亭先生寿序

明经赵斡亭先生，予之执友也。长于予者岁星一周，成童日，蒙拔识于稠人中，谓为可教，拂拭之，提携之。每弟畜予，予则敬若师长，不敢侪雁行也。既而交契日笃，踪迹亦日密。规过失恤，患难通缓，急有无。

先生之母李太孺人，与先母康太恭人谊尤款洽。每过访，握手道情愫，日迫曛暮，依依不忍别，两家往来盖亲昵若骨肉焉。

予来判赵州，同襟期者既乏，人又素病狂，喜论天下大势及古今成败，有触于中，辄拍案绝叫，作不平之鸣，环顾知交，无一人赏其奇者，亦无一人摘其谬者。独念先生知我深，且素居诤友，爰假授经名，招之来署，共晨夕者。四年中逼寇警，仓皇归，烽燧已熄，再延先生来。

今岁耆寿七十有八，仲秋廿六日逢悬弧令辰，我两人交谊如此，何忍无一言侑觞?

先生夙禀纯孝，无方就养，婉容愉色达于至诚。母登大耋，膝下依恋犹作孺子。慕友爱诸弟，怡怡翕如，终身无间言。仲弟乏嗣，命爱子承厥祀，从嫠妇志也。性坦易真率，力斥佻薄之行。重然诺，有约必践。共财贿者或干没相负，一笑置之；而称贷则破产以偿。坐是家中落世，但号为长者而已。

幼聪敏嗜学，季父在东公，期以远，到督之严，自经籍外，凡周秦汉魏诸丛书与经传表里者，日课数十翻，读之滚滚如瓶泻水，不熟不休。使为文，雷轰电掣，云卷风驰，读者舌挢不能下。弱冠应童子试，或问在东公合售否？公辴然曰，场中遇合诚难知，若据文艺论，但设二额，合占其一，况二十额耶，果以第一人为博士弟子员。旋宅厥考，忧服阕，试高等饩于庠。又丁王父母大故，读礼废业，不预乡举几十载。少壮精锐之气顿减，然名噪黉序觥觥如故也。

道光癸巳甲午间，先生携吾辈肄业省门之泺源书院。书院才薮也，其人类由学使者，简拔而来，课期抽秘骋妍，争尺寸进退为荣辱。先生信笔挥洒，无心角胜，而诣力精到，往往名列诸生先。厥弟海门，澜亭张铁珊，家其相、月南及予，亦复砺刃淬锋，张旗鼓角逐其间，互为雄长。尔时咸谓先生掇巍科登上第，摘颔下髭耳，万无青衫终老一第困人之理。夫何同学诸誉髦，连翩鹊起，内而馆阁曹郎侍从九列，外而方面岳牧绾郡县符者比比皆是，即下任广文冗吏，均得丐升斗禄酬半生。佔毕之勤，独先生命途乖舛。文章憎达出入矮屋中，前后阅二十科登荐矣，忽以微疵摈中选矣。旋因满额遗蹭蹬蹉跎，佹得佹失，景迫桑榆，仅循例贡成均，羁栖异乡，仍恃舌耕赡八口，才丰遇啬可胜慨哉？

比来先生年渐衰，名渐损，生计渐蹙，三、五后起少俊，不务讲诵，但购新贵人墨艺二三册，割裂补缀，幸弋科目，辄盱睢自张。倘遇先生，不免目为村夫子老学究，谁复知其硕学宿儒者，然予独推服无异辞。古人云得一知己可以无憾，幸有予在，先生庶几稍慰矣乎？或疑先生少壮时家资丰腆，门户鼎盛，食指之繁播于遐迩；中岁，业忽陵替，再失良偶，诸男诸妇相继夭折，众孙亦无禄。抚今追昔，得无侘傺抑郁乎？然而先生神明强固，筋力矍铄，饮食衎衎，行不恃杖，群指为“地行仙”，则何也？吾谓先生“达人”也！通塞殊遇，欣戚异情，君子处之，安其素位，乐天知命，顺受而已，乌得以境地迍邅撄我中怀哉！

虽然，先生非终困者也，否泰循环，理数之常。古人晚遇，史策复见不胜举，若汉之桓春卿，亦说经硁硁，中遭饥厄人耳，后征入拜官，赐以辎车乘马；自诧稽古之力，年逾八十，乞身未允，又拜五更，封关内侯，备儒生之殊荣矣！先生沈酣经籍，媲美桓氏，安必逊其宠遇者。

隔岁辛未为杖朝之期，恭逢我皇上躬揽大政，敦崇经术，一旦大臣循乾隆辛未故事，博求通儒，上应诏旨，吾知有名实允孚，不辱盛典。因年老，特恩即家授司业，如陈祖范、顾栋高两公者，非他人必先生也。是为序。

熙庭黄公六旬寿序代

尝谓吏治修举莫先于畿辅，盖近郊甸服王化，肇基治术之良楛，民生之戚愉，群情之向背，国势之安危系焉，信非遐陬荒徼、阘茸惰窳，不职之吏可以滥厕其间也。

我朝定鼎燕都，渔阳、上谷郡列股肱，治具张弛，观听綦切。台省诸司纠察最严，州有守，邑有长，宣化承流，朝夕惴惴，惟不协于令甲是惧。三五循良司牧，蔀屋咏仁，颛蒙戴德，召父杜母之声，亦隆隆易达。故考政绩于封圻，燕赵其首称也，而吾乡熙庭黄公为尤著。

公任邑宰者且十年，始博野，继卢龙，今任邱。所莅率名繁剧，他人居之患丛脞，公则游刃恢恢绰有余裕矣，不诡节以逢世，不枉道以干誉，讼简徭轻，与民休息，清静宽厚。为治类曹平阳之师，盖公古所谓悃愊无华之吏，日计不足，月计有余，在官无赫赫名，去后令人思者芳徽未远，于公仿佛遇之。

公东海甲族也，朱丹其毂者，项背相望。大父宰南邦，勤抚字，缓催科，颂声啧啧，至今碑在民口。人言公聪听彝训，亲承治谱，故能超越俗吏，如是抑知黄氏之宗代有闻人，历朝勋伐炳若日星，固未可一二数哉。

西汉循吏首推建成侯霸丞，守河南时处议当于法，合人心。为扬州刺史三岁，迁颍川太守，赡鳏寡贫穷，为条教颁行之，劝以为善防奸之意。及务耕桑，节用殖财，种树畜养，力行教化，而后诛罚。户口岁增，治为天下第一。前后八年，郡中愈治。天子下诏称扬，赐爵关内侯，征为丞相，封列侯。子孙为吏二千石者五六人。嗣霸之孅有曰辙者，令安仁率民垦田畴，治沟洫，进子弟之秀者于学。改知新昌，发奸摘伏而抚摩善良，人不忍欺。有曰揆者，知龙溪勤敏，济以仁厚，理财恤民，不为表暴，家给人足，田里相安，所部为立福星堂以祀之。有曰藻者，知清流，修学养士，兴利除害，邻寇相戒勿犯，去任时老幼攀辕。有曰彦者，知浦江，清直明恕，民画像祀焉。有曰焕国者，宰长汀，政协民心，有戡乱之功，秩满民卧辙留之，如婴儿之失慈母。有曰昀者，知台州，先劝后禁，讼牒消缩，郡称平治。有曰定者，知潮州，划弊苏瘵，州人建贤守祠。至如昌之令宛，时称神明，国镇之尉，福清号为孤介。其他若伯固，若彦臣，若颖，若子游，若孝先，若德裕、汝楫、应南等，皆宋代卓卓者。明则有懋之守嘉兴，信中之守温州，仲芳之治东阳，惠政四溢，史不胜书。

而良吏之后，子孙蕃衍则无如旦焉。旦知黎州，镇以清静，黎人思其德为立庙以祀；旦子铸官至银青光禄大夫，开府仪同三司；铸子敏用朝散大夫，敏颐中散大夫；孙敦书中奉大夫，敦彦朝议大夫。仁者有后良然。

公惠慈为怀，利周闾阎，匪特后先济美，无愧家法。吾知膺懋赏登膴仕，郡伯方面不次迁擢，庶几霸之入为丞相，封列侯焉。而子姓昌炽，簪缨继世，庶几旦之累代尊显，比肩朝列，印累累绶若若焉。公之令嗣宝三君，英爽俊茂磊落，负干济才，方以效职薇省即真除矣。鹏翮初展，扶摇而上九万里，未易测其所至。天之报施善人，殆如操券哉！

公之事亲也至孝性成，晨昏定省无愆仪。一香之夏月扇枕，冬月温被也。亲或不豫，则勤祷祀，乞刀圭一芮之割股馈羹，概之倾资求医也。

至于交友以诚，持躬以谨，治家以俭，处事以和，而雅量汪汪如千顷波，澄之不清，淆之不浊，叔度风规，何意复见于司牧中哉！

今岁孟夏，为公周甲悬弧令辰，部之民布衣韦带者拜于前，茅蒲袯襫者拜于后。执艺之工，懋迁之贾，持羔献豜，跻堂称兕者，肩相摩踵相蹑也。吾乡宦游诸同人，亦参部民之列，叠奉一觞，顾以祝词见属。某何言哉？惟知黄氏之宗世生良吏，自汉迄明勋业烂如。公之治绩岳岳，为畿辅最，先烈后贤若出一辙，维桑与梓有荣施焉，故详述之以侑斝。若夫松柏冈陵之浮词，台莱龙光之剩义，安敢泛举以渎清听哉！同人曰善，遂书而揭诸壁。谨序。

临城知县伯枢叶公寿序

国家子惠黎元，慎选牧令，为其近民也。用是召父杜母，接迹骈肩，循良治绩。上追西京，《汉书》谓，吏有治理效，玺书勉励，增秩赐金。如黄霸守颍州，前后八年，郡中愈治；赐爵关内侯，征为御史大夫，旋跻丞相，猗欤盛哉！良吏食报固如是丰乎，然莫谓今不古若也。以余所睹记，守职八年，境中愈治，政绩卓卓，与黄霸相辉映者，伯枢明府即其人矣。明府具文武材，达世务，习文法，而慈祥恺恻，廉平不苛，以儒术润饰吏事者也。

自髫龄崭然见头角，枕经葄史，劬学弗倦，未冠补博士弟子员，小试居高等，癸卯遂登贤书，声望藉甚，担簦请业。户外之屦恒满，主讲玉华书院者五年，殚心训迪，高足相继中隽。

当是时，粤逆扰闽疆，闾左结团备盗，推明府为长，部署联络，大播威声，狂徒詟栗远遁，桑梓获安。制军乞加通守衔，酬庸也；随牒来畿甸，上游廉其能，令襄津门漕粟事，又简料粮艘戎器，皆应手办。诸夷犯顺，赴沪渎侦敌，只身穿戈铤丛，涉鲸涛不测之险，卒得领要而归。晋盐运同知阶，抑何壮也。

出宰临城，力崇文教。旧有尧峰书院，师长修脯生徒，餐钱阙焉不备，乃迭出俸金奖励之。月集多士于廨，手校所业，字梳句栉不厌详，士亦争自濯磨，艺术日进。秋试入都佽以资斧，丁卯解额，遂有中亚榜者，盖数十年天荒顿破矣。

义学十二所，散处山陬，弃置已久。明府遍加庀治，延老儒授经其中，荛夫牧竖俾咸识诗书云。

《圣谕广训》一书，觉世牖民善术也，顾废格已久，乃简高才生九人，厚饩之，分布城乡，克期讲诵，听者感悟，陋俗为之一变。

勤理庶狱，案无留牍，慎施棰楚，不恃击断立威。戒饬吏役，邑无虎冠飞而食人者。

军兴，租税急，山田登谷多后时，则酌民力宽予课程，然亦鲜逋赋。老湘、卓胜两军屯平棘，责近地供馈。迫于星火，明府悉索挽运，期程无爽，战士鱼贯过赵，邮传告乏，出车马佐之。师赖遄征，寇警频仍，震邻虢虢，爰选丁壮，鸠村疃，丰储衣食，使扼要隘犬牙。疆率罹灾，临城独脱于难，远道避寇者襁属而来，衢巷为溢，明府区画周至，禁约严明，雁户有如归之乐，故献堂额及盖焉。

丙寅夏旱，步祷乌龙潭，距城三舍而遥。鸟道蟠天，人迹罕至，明府冒暑往返，重趼乃达。精诚所格，甘澍立霈，四野欢呼，制“勤廉节爱”之额以颂。

山陵之役，两任除道，躬督畚锸，仆仆风日中。缮筑独中格，台司激赏焉。崇墉就圮，重闉半缺，倾橐帅众，完治之纂严，恃以无恐。余力兼葺先农、乌龙两庙。至于却苞苴，甘朴素，推诚僚佐，优礼士流，重馈济里党之穷，弃瑕收膂御之用，皆小德也。

昔黄霸治颍川八年，登丞相，封彻侯；明府治临城，实与之同。前岁计群吏己课，最注上考矣。朝廷方褒宠循良，行汉世久任法，一旦舍人治装入陟台省，黄霸盛事傥再觏于今兹哉！

己巳孟夏四日，值明府五旬诞辰，士庶致祝，丐一言为樽爵之助。

夫寿者，造物司其权在不可必之数，然伊古贤宰，膺显秩，登大耋，若操左券者，何哉？慈惠之吏，德洋恩溥，委巷穷檐，旦暮颂祷，彼苍故丰其报以彰治绩，民欲天从之谓也。然则明府受祉，乌能测其涯涘乎！

正定府知府秋浦王公寿序

戊辰冬杪，三辅肃清，文武群吏甄叙勋伐，均叨特恩，加爵秩。

常山大守秋浦王公，策保境登陴之劳，擢观察使。越岁春，使相曾侯至首，严举劾风百僚，公列荐剡中。于是缙绅耆老欣欣动色相告，谓贤明太守志安闾阎；而中沮旁挠，孤立疑谤之间。不图今日公道，大彰循良显著，乃如此慈父，孔迩閭泽旁流，所虑舍人治行，难留寇君耳。

今耆寿七十有五矣，浴佛节前二日为揽揆令辰。跻堂称兕之举，公虽坚拒，吾侪忍后时乎？闻者翕然应，以予知公深，来乞一言佐洗斝，其安敢辞！

公具异禀，幼负文誉，逾弱冠登戊寅解额，屡上春官不遇，携砚走四方，丙申成进士，雅擅临池，廷对日，群以鼎足相期待，有尼之者，抑置二甲，入白云司[①]善书而失词馆，命耶数耶？比部为刑名绾毂地，公练习法令，剖判精确，手定爰书务持平，谢绝请托，不避权贵，长官稔其能，诸曹疑狱皆依办，匪独总持秋审也，回翔司寇署者廿年。考资久中格，屡为大力者夺去，弗与校。最后恩授知府，需次来畿甸，历摄冀州、广平、深州诸郡，试守正定，旋即真天津海运，保定团练，河间剿匪，皆身预其列，著声绩。

福山、烟台为互市地，初与洋夷平当事，虑启边衅，择贤能往莅之。公在任二载，内持国体，外惬夷情，刚柔适中，阛阓辑睦。所以折服其心者，在不受赇耳！盖清介有素，虽处脂膏，讵忍变节，自润瓜代还。长官请加盐运使衔，酬庸也，亦以励诸使也。

冀州垒头村，斥卤产盐，比户贩鬻为生计。吏人鱼肉之，民弗堪命，结队持械与吏抗，势浸横。公至，单车入村，反复开譬，怵以祸福，群环跪号泣，乞改图后。有推鹿车贩茶河间者，或疑其徙业，则曰，吾奉王公命舍旧谋新矣。逾年，清河盐匪肆扰，党与无垒头一人永年，西鄙俗犷悍，不供徭役租税有年矣，公思革正之非时，校艺于场，召团勇大言曰，吾奉檄剿洗某某村，若速归精治火器及攻具，某日昧爽集此，听指挥。西鄙闻之汹惧，介士流乞恩，愿尽三日完宿逋，且倍输。公可之，及期蒇事，厥后纳课执役如平时。

郡城绕溪流，鱼蟹蒲藕之利颇丰，岁赋千余缗，太守私财也。公归赋于书院，佽生徒薪粟。或言沟池通塞系科名盛衰，顾濠之淤闭久矣，适岁凶，饿夫麇聚，公仿以工代赈法，筹万金浚治之。疏凿既中程，群请罢役，公不许，加浚焉，时未喻其旨，既而凶徒犯顺，潜规逼城，测隍深灭顶，乃逡巡遁，人始悟公之先几也。

比年春秋两试，中隽者亦倍前，四民感戴之，共制长生牌奉入书院，岁时展谒，用抒去思云。

邯郸李自有，干役也，数数抵法，会缧绁来府庭，公察其可任，破械纵之，去不半载，擒剧盗五六人，乃立授为团长，俾招团丁，类骁果敢战，捍御攻击屡有功，竟以恃勇轻进没于阵。

广平附郭有三害，一讼师，一名妓，一劣生也。劣生豢无赖多人，夜挟利刃入人家，劫少妇裸淫之，横行里巷，莫敢谁何；讼师恃名宦裔，造构大狱，居间索贿，家暴富；妓则幕宾阍奴，所昵干请案牍，关节通灵。公矢志除之，讼师闻风先飏；钩致劣生至摘其一二事，窜之远方，置诸淫迹不问，虑牵闺阈耳；妓辗转就逮，痛挞之，飞递故里始罢。

深州城垣圮，亟谋兴筑，而近郭绅士不可倚，乡有老孝廉，物望所归，公屡召不至，盖耻与浮诞者伍。徐俟数月，政声隆隆起，孝廉翩然上谒，请趋功为倡，编户亦效子来。乃划界程功，又集资起四敌楼，逾十旬，崇墉仡仡矣。戊辰春，捻逆北犯，入城避寇者数万人，均免于难。绅士邮书以告，盖铭公之惠也。

正定丁用兵孔道，带甲往还者颇骄恣，公先时治舍馆储糗糒，又礼遇其长，宾至如归，遂敛戢。

夷人传耶稣教，开邸于郡治之东，奉教者倚师势与乡邻忤，屡构狱陷人。公平心折之，无所畏顾，夷党服其廉平，不敢干以私。

闾阎则蒙赐多矣，城阴积沙如冈阜，攀堞可上，集夫袪除之。又缮城垣，冒风雪往省勤惰，日二三至不为疲。既而清保甲，募练勇警备，不虞贼至，民恃无恐，境内乂安。岁旱祷雨，昼则旅进旅退，入丙夜彳亍走，群望长跪中庭。搏颡千百，达曙乃返，故当时有甘霖之应。扑蝗于冀州之野，犯炎歊不舆不盖，竟日仆仆畦畛间。虔祷田祖，入夜风大作，明日村人告蝗尽，验之信然。

善调护下僚，诸县上讼牒，往往违成格，小失则手自削牍，大失则递归改议，未尝径达台府，俾受镌责。长官询群吏贤否，先举所长以对，摘及瑕疵必推原眚愆之由，而掩覆之规过。私室娓娓不倦，虽素与龃龉者皆然。盖公宽仁平恕，不忍借势排陷自张威力也。

省门设谳局，以公法曹。老吏俾主出入，摘发奸伏如悬秦镜，大府依为左右手，阅实必待公乃定，平反不可偻指数。昔于公治狱多阴德，子孙昌大，然度于公之力，所全活不及公远甚。公以一身为生民造福，亦必萃诸福于一身。

今兹神明开朗，筋力强固，天殆使之宣力封疆耳。行见陈臬开藩，简畀重寄。蕃祉纯嘏，延及后人，门容驷马，岂得专美于前哉！谨序。

［校注］

①刑部别称。

北峤朱封翁寿序

朱幼峤大令，干济才也，比年积戎幕功，擢郡司马，爰叩台门，乞推恩两世，获褒扬如格。于是，尊甫北峤先生跻古稀矣，恭膺宠命，阶列五品。今岁季夏廿六日，逢悬弧嘉辰，同官为称兕之举。夫祝釐之道，世俗类援神仙为比，羡门安期浮丘洪崖之俦，巨胜黄独丹砂空青之供，剩义肤词，淋漓满幅，藻采虽工，无当实际，余分当扬觯，安敢胪列以进。

繄考先生平生，资禀颖异，耽研典坟，弱冠充博士弟子，虽荆璞三刖，文章憎命而蔚为黉俊，觥觥饮香名者有年。是端士也，中岁营微禄，随牒北来，累守辇下散曹，授新乐尉，迁元城簿，浮沈下僚，仕宦不达，识者惜之。然莅职三十余载，不侵官，不病民，不附贵。游不蕲多积，独班班善政，腾播燕赵编户之口，是良吏也。

至于内行修饬，闺门辑睦，律已以严，接物以和，淡泊廉洁之操，冲抑谦退之风，吾党钦迟久矣。

惟抚育孤侄一节，自龆龀至授室，讫于从仕，恩纪周浃，始终弗替，史称范迁推田宅，徐苗鞠孤幼，不谓盛德，追美前贤，是诚笃行君子也。

今者鹤发童颜，康强矍铄，动履饮啖，殆半百以前人，大耋期颐，可左券操之。然非熊经鸟伸，恃导引异术以蕲永年者。推其致寿之由，于从政行己各得一焉。任犍牛巡司，日丁岁俭，饥氓载途，桀骜不逞之辈争出，椎埋胠箧，游徼弗能禁。乃成格无施赈事，地居荒服故也。先生悯恤时艰，谒藩邸，力请遍历虎落，劝富室巨贾出粟以哺饿夫，萦回二百里，困复苏者可万人，边邮遂安。

尤有难能者，元配无禄，甫及壮年，遽引曾子王骏为法，终身不再娶，并不置篷室，孑然寂处如退院僧，而诸郎脱衣芦抱柰之厄，洵过人之行也。

昔东海于公，自谓治狱多阴德，子孙必有兴者。厥后定国为丞相，永为御史大夫，封侯传世。度所全活极之数百人而止耳，而善报彰彰若是。先生煮糜振饥，起沟中之瘠，为数岂治狱比哉？若云食报，宜出于公之右，天道无亲常与善人，彼苍苍者降鉴不爽，庇其身，复及子孙，今长君幼峤初膺雷封，累登荐剡，典州郡，陟台司，指顾事耳；次君益轩任容城少尉，谨奉庭训，卓著循声；三君为克家令器；诸孙亦头角崭然。象贤竞爽之盛，如决洪涛汩汩，正未可量。且夫端士良吏，笃行君子，胥协寿征者也，益以拯济万命之阴德，而又居鳏守寂，颐神养和，二者交至，有必臻上寿之理，不待习导引饵丹药，可称地行仙，远参天道，近验一身。

然则松柏冈陵之喻，吾乌能测所至哉！《大雅·南山》之三章曰，“乐只君子，遐不眉寿；乐只君子，德音是茂”。其卒章曰，“乐只君子，遐不黄耇；乐只君子，保艾尔后”。余无文朗诵筵前以代放鸽，先生听之当不嗤为剩意肤词，浮白引满而开眉以轩渠也！谨序。

叶翁寿序代

咸丰癸丑，礼闱蒇事，恭逢挑典于是，延平叶君伯枢中选，授邑令，某亦俪名班末。都门握手，欢然若旧识。后随牒来畿辅，交益深，情益洽。趋公之余，道家世颇详。偶谈文艺，则导流分派，泾渭划然。徐叩渊源所自，承过庭之训为多。盖封翁甸英先生，士林巨擘也。具俊迈之姿，早游黉序，觥觥饮香名，为诸生祭酒者三十年，穿穴典坟，枕葄图史，蕴积泄于文，步武先民，醇而后肆，汩汩如也。岁科小试，往往跆藉侪偶，省闱辄被摈，论者以遗珠惜之。抑知诗书食报，冥漠难测，不在其身，在其子孙。

伯枢弱冠登贤书，出尹赤紧，循声四达。台司上计簿，两居群吏之最。铨曹察举才能，除边徼方州，典郡佐藩克期事耳。初宰临城，换县得南乐，三月未周，舆人之颂顿起。

某适摄守大明，喜其生光桑梓也。就询治谱，伯枢瞿然曰，新榆何知哉？守土八九年，昕宵懔懔若践春冰以待白日，诚虞一有蹉跌，匪特上无以对朝廷，下无以对闾阎，实内无以对严亲。盖筮仕之始，曾以治术屡承提命矣。尝申诫之曰，汝起自田间，穷檐疾苦，目睹而心识之，一旦躬任司牧，当思为民父母之名，视蚩氓如子孙，则寓抚字于催科，蔀屋且阴受其赐。愿汝休息驯扰为悃愊无华之吏，不愿汝饰智惊愚为逞才自炫之吏也。

癸亥春，吾父轻远道犯洪涛税，驾临城官舍，匪曰就养，将以察吏事耳。新榆坐堂皇谳狱，每于屏后谛听之，判而当则輾然喜，偶涉差诬必愀然，多拂郁之色，自是尝仰观眉睫以征得失。又谓，山氓椎鲁，谕导为先，不宜轻施笞杖。书院月课及试童子科，新榆评骘后必覆阅至再，虑草率遗佳文也。且命传谕多士熟诵六经为根柢，不可徒事剽窃妄觊弋获。

甲子仲春，缘水土不服，匆匆南返。然平安一纸，类举清慎，勤为发端。比岁秉诸家训者如此，新榆何知哉，于戏，封翁之身未离胶庠也，足未出里闬也，乃其义方之教如此，可谓识体要矣。

纶音稠叠，章服增荣，种德降祥，谁曰非宜？抑又闻之封翁孝友人也，亦笃行君子也。丱角之初，大宗失绪，伦序所迫，入主匕鬯，斯时同气乏人，高堂每形抑郁，封翁仰窥意旨，昼则当户服劳，夜则横经习业，传家学，亦以慰亲怀也。既而介弟贤郎接踵诞降，稍长，率之入塾。身为都讲，满室伊吾，高堂之欣愉可知已！

家非素封，间出舌耕，藉束脩羊佐甘膬，终不令暮年人觉生计之艰。抚弱弟多恩纪。里巷冠婚大故，奋袂往助，部署井井，惫不言劳。或雀角鼠牙争出，片言立释，是以延平百里间，无识不识同声称善人。语曰天道无亲，常与善人若封翁者，俾昌而炽，俾耆而艾，不可操左券致乎！

壬申仲春十有七日，逢封翁古稀悬弧之辰，畿辅同官制锦为祝，以侑斝之词见委，某敢贡谀哉？谨即闻诸伯枢者，陈之当筵。封翁聆之，谅不嗤为谰语而轩然开眉也！谨序。

赵州刺史墨缘高公寿序

墨缘高公，畿甸诸吏翘楚也。综核庶政，务挈洪纲，持大体。莅赵初载，缮葺城垣，追摄寇盗，勾稽讼牒，节损力役。甫逾年，治声隆隆起。比屋服习其教，未知所以报也。

己巳嘉平廿三日为悬弧令辰，横经俊彦，负耒蚩氓，靡不前喁后于效称兕之祝，诸僚吏闻之亦载醪醴随其后。以予习公，征一言以佐洗斝。

予谓公仁人也，秉仁厚之质，施仁惠之术者也。

古之仁术，其一曰科律，邃初设罚赭衣墨幪而已，刑期无刑，辟以止辟，先圣本旨也。近世武健吏，矜毛鸷搏击之能，残民以逞动，援周官用重典为口实。当代法令，弁髦弃之其阘冗愦愦者，委爰书于幕宾胥徒之手，畸轻畸重漫不措意，无辜之冤陷不知几何矣！

其一曰方书，伊耆磨唇，鞭茇有熊，灵兰玉版。凡以闵愚愁，俾尽年也。俗士庸流，未究处方盄饵湔浣刺治之成规，辄携药囊走四方，病夫之陨生又不知几何矣！公专攻二术矻矻三十年，穷探深造，析及牛毛茧丝，神明所注，能通法外意。尝谓平反大狱可拯数人，挽回沈痾可拯一人。民命所关可轻心掉乎？比年，公堂判牍，病室治药，所全活更仆不能数。省垣谳局疑狱，专待一言取决；踵门乞刀圭者，户限将穿已。

他如部民饥则煮粥以哺饿夫，时疫作则合剂以苏患者。贷衡水王氏之党与以安反侧，释河干发逆之俘囚以宽胁从，皆仁德见端也。

然公雄才伟略，包孕万有，非可以数端测者。聪察强干，精力绝人，加以代守大郡，治谱家传，故抚莅之区，卓卓著声绩。天津犷悍，号难治，时又粮艘坌集，星使频经，公三襄海运，两摄县篆，挥斥而肆应之，色色立办。

元城东鄙介山左，俗桀骜输将不时，公周履谕导，比户帖服纳赋，无违期者。守冀州日，戎马纵横，更番纂严力劝，四境筑坞壁捍贼，避寇者均免于难。客秋士民有越境候起居者，去思未泯，可征矣。正定为畿南午道，师旅绎骚，索糇粮车骑者急于星火，公先事筹措，事集而民不知役至。如编保甲，兴团练，募壮勇，捕盗魁，防盐枭，清河氓，庶犹啧啧称道弗衰，皆仁之绪余也。

上游雅重鸿才，招入幕府。椒云张公，竹崖谭公，星岩文公，荫渠刘公，率皆左右手倚之，一时有绿水芙蓉之誉。枕戈磨盾，追逐戎旃前后且十年，累膺异数，非幸也夫。

公年方及艾，康强倍于少壮时，奚待吾辈祝延？然秉仁厚之质，施仁惠之术，期颐大耋，可以坐致天道福善不刊之论也。今朝廷敦崇治道，简拔循良，公之显擢指顾间耳！他年黄发元老，扬历台省，辰告讦谟，固将纳斯世于仁寿之寓，宁独造福一郡，为赵人幸哉！

峄训[1]孟公寿序代

尝谓末俗矜异，节瑰奇诡激之行，交口艳称之庭帏，庸德乃辍焉弗讲，伦纪所以日隳，风尚所以日偷也。明发有怀，秉赋靡贰，甘旨瀡瀡之供，温凊定省之文，中人犹可勉为。至于笃埙篪，念常棣，贤士大夫或不能无遗憾焉，何者？同怀不侔于离里，依膝终殊于随肩，甚至妻孥浸润，谗间易生，金帛资须衅隙时伏，不操同室之戈，亦云幸矣。

管氏谓，为人兄者，宽裕以诲；为人弟者，比顺以敬。荀氏谓，为人兄，慈爱而见友；为人弟，敬诎而不苟求之。晚近殆不数数觏若峄训孟公者，可不谓之加人一等乎？方其冲龄舞象，怙恃遽失，依兄健菴公以居，兄友爱笃至，然性刚方，督课诸弟綦严，一起居一酬酢，胥礼法绳之。诸弟年及艾，儿孙在列，犹谯诃若童孺，独才视公故，遇之加峻。然至一堂，会食让胾分羹，寒暑问作，推衣授带，又靡不怡怡雍雍欣愉宴衎也。

公在伯中间齿最稚，奉兄如严亲。出告反面，晨昏参省。侍侧移时，非命之坐不敢坐。兄或抱痾，则称药量水，兼旬罢栉沐，体貌为之悴毁。时鲜嘉味购自远方，必洁治以进，未尝不先入口。一钱寸帛归之兄，所无径储私室者。事必咨而后行。奉丘嫂如母，听命唯唯终其身。公三娶，皆名家女，感公行谊，均善事长姒，任劳均役，缓急相周，帏闼之内不闻勃豀诟谇声，友恭令闻腾于里闬。

按《北史》，扬播家世纯厚，并敦义让，昆季相事有如父子。自公兄弟视之，殆可颉颃，安见古今人不相及哉！或曰，考公懿行，未可一二举也，其器宇光明磊落，其德量渊涵泓演，其胸次坦率无荆棘畦畛，其持论侃侃无嗫嚅朒缩态；遇人喜伉爽，龌龊之流恒鄙夷之不与齿。尤任侠好施，族鄙交游，以乏匮告，必倾囊相济。子姓姻娅，有待以举火者。

然琐琐细行，乌足以颂公，惟是闺门雍睦式好，无犹有合于管氏比，顺以敬荀氏敬诎不苟之旨，挹其风徽，洵足以矜式薄俗矣！

今嘉平望后一日为公揽揆之辰，朋好制锦称祝，某不敏，谨胪庭帏庸德，用代放鸽云。

[校注]

①孟毓宗，原名振宗，字峄训，号海门。候选守御所千总。

孟母李太淑人寿序代

司马氏称，东海严妪生延年兄弟五人，并至大官，号万石。严妪，《后汉书》冯勤母，年八十，每会见诏，敕勿拜，令御者扶上殿。而《晋书》虞潭母，年九十五，立养堂于家，潭拜义昌太守，丞相以下皆拜之。《宋史》张齐贤母孙氏，年八十余，封晋国太夫人，每入谒禁中，上叹其福寿，手诏存问。其他若顾雍，若陶侃，若殷不害，及唐之赵隐、崔邠，宋之蔡襄，类皆躬膺显秩，亲登大耋，宠荣烜赫，史不绝书。

而江夏孟恭武，仕至吴相，其还鲊勖廉一事尤脍炙人口。义方之训，令名之贻，两者若合券焉。兹何幸于孟母李太淑人遇之。太淑人，陇西甲族也，自髫龄，以婉顺闻。及笄，归滋圃孟公[①]，时称嘉偶。奉巾栉执箕帚惟谨，佐理家秉井如秩如。逮事两世君姑，承志先意，视听于形声。外瀡瀡滑甘烹饪，手进甙膳常珍，供具罔敢缺。君姑怡然安之，融泄忘老。与姒氏接待以礼，梱内无勃谿声。下至臧获，均其劳逸，恤其饥寒。凡供役者，戴之若慈母。戚族或以缓急告，胥副所愿而去。性习勤，穿针压线至老不释手。或劝沮之，则曰乐此不疲也。教子以立身扬名为期。视郑善果母崔，李景让母郑，不啻过之。

是以仲子[②]由南城指挥晋阶刺史，需次畿辅；叔子[③]授职邑令，惜皆未竟厥施，假获绾墨绶佩铜符，自可造福闾阎，为时霖雨；季子[④]以材武宣力戎行，初任千夫长，晋职守备，亦复觥觥特出，不侔恒流。诸孙则瑶环瑜珥秀发冠时于铄懿哉！太淑人训迪启导之功，洵足嗣徽。

曩代巳乃者寿届七旬，鹤发朱颜若在壮岁，天固将锡以纯嘏，俾极人世之荣，使与汉之严氏、冯氏，晋之虞氏，宋之张氏，后先颉颃。茀禄尔康，永锡难老，修德食报，乌可量哉！

兹逢设帨之辰，同人制锦为祝，爰摭史策贤母数则，俾书屏障，用征古今之不相远云。

［校注］

①原名孟云湄，字滋圃，孟兴泰次子；李太淑人指孟云湄妻。

②承训堂孟传珙。

③乐余堂孟传玘。

④世泽堂孟传璪。

孟母盖太夫人寿序代

世目贤媛之才且智者，曰巾帼丈夫，谓其通时务，持大体也。然妇人之礼，言不出梱；妇人之职，酒浆是议。即曰才智，脯修枣栗针管枲麻而外，度不过弋雁相夫熊丸教子而已。若殷阜巨室，则朝持筹，暮握算，专务封殖以厚实贻子孙。未闻蒿目时艰，倾累世积储上济国家之急者，若盖太夫人①则异是。

方粤匪之炽也，闽粤吴楚蹂躏几遍。羽书星下，介士宵驰。而泉府告匮，糗糒弗继，大农诸曹郎惟束手仰屋焉！太夫人愸焉忧之，谓喆嗣湘浦②曰，吾家自高、曾③以迄今日，席丰履厚，何者？非天家之赐？今疆圉孔亟矣，资粮扉屦之不供，其能责带甲之夫枵腹冒锋镝乎？于是，湘浦承命，倾橐中金巨万有奇充军饷。当路闻于朝，晋观察阶以褒异之。闻其风者相率，输重资不稍靳。一时士饱马腾，太夫人倡始之力为多。

按《史记》，巴寡妇清，得丹穴，擅利用财自卫，人不敢犯。秦皇为筑"怀清台"以旌之。夫清特自卫耳，非毁家纾难者比。当时犹荷殊宠若太夫人者，通时务，持大体，其才且智，迥出巴妇之上。视彼专务封殖者相去为何如？石窌之褒不可计日俟哉！

他若承禋祀，则采蘩采蘋昭其虔也，事尊嫜则奉盘奉匜将其顺也。致如宾之敬，有德耀举案家风；示义方之训，有欧阳画荻遗则。懿范阃型，啧啧在宗党之口者，不可偻指数。而济饷一节，慷慨急公，倾囊不吝，是巾帼而有丈夫之行。为善获福，天道昭昭。他年鹤发童颜，神明强固，胥于是举基之矣！

今逢周甲诞辰，群效跻堂之祝，乃以陈词见委，某不敢以神仙荒幻之说进，爰摭近事之显著者，胪以侑觞。

[校注]

①盖太夫人者，孟毓翀妻。

②孟传玙，字湘浦，学恕堂堂主。

③孟传玙父毓翀，毓翀父兴智，兴智父衍昇，衍昇父尚宷；湘浦高、曾，指尚宷及衍昇。

孟母盖太夫人寿序代

道光辛卯，予谬膺山左衡文之役。榜发，得阳丘孟生松野佳士也，屡上春官，浮湛京邸，间进所业，问可否。谈艺之暇，详询家世。壬寅冬，携从弟湘浦来讲孔李之谊，时湘浦以尚书郎待次铨曹，年方壮，而恂恂温雅，无世俗儇薄态，望而知为名家子。窃意翩翩少俊，胡抑然自下跬步，必谨若此？徐叩之，则曰，小子何知？惟是恪奉慈帏之训，罔敢陨越而已矣。

盖母氏盖太夫人，固以义方垂教播于遐迩者也。方赠公之易箦也，湘浦方龆龀，堂构之贻深惧，弗克负荷，太夫人毅然自任，故自孤露之日，督课加严，举凡持身涉世之大端，周规折矩之细节，耳提面命，谆谆无倦脱。纤微差谬，非鞭朴立下，即长跽移时，尝愀然曰，吾曩受托孤之重，傥弱息不材，何面目见泉下人哉？是以湘浦奉命惟谨，居闾左谦退敛抑，伛偻益恭，不敢恃富贵骄人。非礼横干，恬受不校，里党交誉其贤，吾意他日入赞剧曹，出典大郡，必将兢兢业业，期勿负折萲之诲。太夫人时以清、慎、勤三言相勗，是犹有恭武还鲊遗意，盖征母教于孟氏百祀弗替云。

或曰，太夫人内范修举，未可一端竟也。奉舅姑婉顺，祗承能博堂上懽，巾栉箕帚之节，敬戒无违。世称赠公嘉耦，御下严而有礼，帘帏内外，秩如肃如。虽春秋渐高，犹操家秉，而躬织纴练，裙皂绨浣，至再三褕翟在笥，非大事弗御也。诸姑伯姊，馈遗务丰腆。拯济乏匮，不惮烦数。宗党姻娅，待以举火。然吾谓妇德母仪，洵足增辉彤管，必以抚孤成立为大节，至寡鹄离鸾，饮冰茹檗，中人犹可勉至，无烦为太夫人颂也。湘浦行登膴仕矣，政成报最叠邀，酡恩宠荣所被，必推本于慈亲，将见轡文骈蕃，礼数优异，太夫人朝规夕警之勤，其亦稍酬矣乎？

今孟夏望后三日，值六旬设帨之辰，乡士大夫争制锦称祝，以侑斝之词见委，爰即闻诸松野者胪于篇，俾湘浦诵之寿筵，太夫人当不嗤为无当，而輾然色喜也！

卷十

高母孟太宜人寿序代[1]

遐稽往牒，备登贤媛，惟孟氏壸则裒然为举，首择邻三徙。

道统继绳彰矣！有吴江夏孟恭武，从学南阳，母作厚褥大被，俾接同学；后除监鱼池司马，作鲊寄母，母戒以避嫌，封鲊还之。作配高士者，又有扶风孟德曜，椎髻布衣，操作偕隐，赁舂吴地，举案齐眉。

遍检中垒之书，若斯淑德，指不二三屈意者。内职修谨，代有授述耶。越二千余载，乃复于高母孟太宜人遇之。夫其毓名阀，娴姆训，女箴内则服习弗谖。迨归中翰梦岩公也，嘉耦匹德，婉顺相庄，巾栉箕帚之间，敬慎无疏节。佐理阃政事畜裕如，用是内顾无忧，铅椠终业，识者谓德曜懿行。庶几媲美特时，际清晏未裁，隐居服耳。其奉舅姑也，笄总之仪，滫瀡之供，窥意旨，承色笑，一家融泄，勃谿弗闻。舅姑弃养之日，诸姑在室者二人，拊循谕导，珍佯弱息，结缡华族，并推贤妇。其他遗甥男女，无弗赖以成立。宗姻婚冠，或乏匮佽助，无倦色，有待以举火者。教喆嗣指挥君即霞昆季，严明有法，不煦煦为姑息爱，指挥君恪秉慈训，罔敢失坠。

比岁，缮葺书院，兴筑城垣及学舍，慷慨倾囊金为士绅倡，昕夕督工役，土木纷纭，不辞劳瘁，同邑翕然，号善士。佥曰，是非母教不及此，一旦奉檄入仕籍，勤吏职，励廉隅，安知恭武之风不可再觏耶！

太宜人春秋七十矣，精神强固若履盛年，犹操家秉，而勤蚕织。食指之费几何，盐米之入几何，量圭握筹，不爽铢黍，六珈褕翟在箧笥，非大事弗御也。练裙皂绨至再三浣尚被服之，其详慎约素又如此。某预葭莩之末，居址相违不里许，徽音洋溢耳熟积时。窃叹孟氏壸则，接武未替，而闺阁多贤，幸获亲睹其盛也！

今首冬望后三日，欣逢太宜人设帨嘉辰，自官斯土者，下逮士庶，羔豜壶浆，骈阗衢路，咸登堂鞠曆，而上介寿之觞。予叨陪旅进，爰执爵作歌以代鸽，祝歌曰：

女郎兀兀回崇冈，襟带近郭修以长；
富媪孕育饶淑良，祥钟寿母山之阳；
柔嘉令范垂珩璜，钟礼郝法相颉颃；
肇悦仪节何精详，婉容愉色承姑嫜；
熊丸荻笔教诸郎，妇德母道标闺房；
南极宝婺腾光芒，登堂献斝来冠裳；

编珠缉贝盈缥湘，重碧美酒流兕觥；
拜祝舞蹈声洋洋，齐愿三锡颂鸾章；
起居八座争辉煌，莱衣璀璨花满堂；
列戟联笏罗成行，期颐黄发占康强；
曾元绕膝争扶将，含饴嬉笑欢无央；
一歌再歌歌声扬，余音岁岁留画梁！

[校注]

①原文有删节。

高母孟太淑人寿序

阳丘西郭之隅，有园曰“灌蔬”，高隐君即霞所筑。取潘安仁赋语，名之养寿母地也。

寿母孟太淑人，育自华门，嫔于甲族。禔躬恪慎，遇物慈和，矜式房闼久矣。今岁孟冬望后三日为设帨佳辰，月逢置闰节候，舒迟园中，莳菊千本，奇葩异种莫可名状，同时烂漫篱栅间，流芬吐艳若助绮筵酒趣者。

隐君奉寿母临之，有爵有斝，有牖有腒，馥郁杂遝，充溢庭除。隐君绣雁垂鱼，率迁邑令之孙，登乡荐之孙，入横舍通群经之孙，冠裳肃穆拜于前。曾孙、外孙、离孙、归孙，总角参差，荷衣楚楚拜于后。壶榼递进，宫商协鸣。寿母苍颜敷愉，徐命加一匕箸，望者指为神仙中人。

谅哉斯时也，隐君车笠之交，葭莩之戚，连衡比屋之宗党，相与接踵联臂，桊鞲鞠曆，竞捧一卮。多文而善笔札者，则作为诗歌以咏之。编珠缉玉璀璨，璘瑞悬诸庑壁皆满，大要指阶下菊为颂，取《西溪丛话》寿友之旨也。

夫菊名治蘠，又曰日精，曰周盈，曰更生，而延年之名特著，或呼傅延年，方书谓久服令人长生，和为变白增年之剂，抱朴子丹汁用之。因而登仙者，朱孺子、康风子外，文宾之妻年已九十，服菊更壮复百余岁。郦县有谷，内乡有潭，饮者多寿，皆延年之明征也。

虽然，寿母之寿不恃乎服食也，而在隐君之养志，使隐君萦情簪绂，名注仕籍，出其干济鸿才，无难立跻通显。吾意尔时就养官舍，翟茀在躬非不华也，雉膏在鼎非不旨也，然而王事靡监，不遑将母倚门倚闾之情，必有拂郁不释于怀者。今隐君馨膳，洁羞亹亹，忘劬莱子斑衣承欢左右，寿母版舆轻轩之乐，安仁赋曾畅言之，所谓：

长杨映沼，芳枳树篱；游鳞瀺灂，菡萏敷披；
竹木蓊蔼，灵果参差。

非今献寿之地乎？所谓绿葵含露，白薤负霜；

凛秋暑退，六合清朗。

非今献寿之期乎？所谓浮杯乐饮，丝竹骈罗；顿足起舞，抗音高歌。

非今献寿之乐乎？所谓长筵列孙，儿童稚齿；常膳再加，称觞一喜。

非今献寿之境乎？隐君修膝下色养，不屑屑斗筲之役。

视安仁之言，清行浊品谊悬殊，孰谓古今人不相及哉！

某居晋爵之列，愧乏长物以献，亦惟取材畦塍，团菊糕，楦菊枕，祝寿母永安眠食，年年此日共泛菊酝而已。谨序。

高母孟太淑人寿序代

妇人之职，织纴酒浆而外，奉尊嫜、修禋祀已尔。其著者，鸡鸣相夫，熊丸教子，壶则端严，内言不出已尔。至于警报狎至，戎马在郊，彼恇怯丈夫，大都卷舌束手，仰视屋梁无一策；求其布画几先，决策俄顷，非足智善断之杰士，往往难之，况闺闼中人哉。然晋朱序之母，曾筑斜城却敌，号夫人城。明山右霍夫人里居，众议避寇，夫人譬以祸福，筑堡守之，数被围攻，讫无恙。此二夫人者，谙戎机，授方略，虽韬钤家无以过，不图今日乃再见于阳丘高母。

高母者，姓孟氏，出于甲族，有子即霞，慷慨明大义。性至孝，事必禀母命以行。

咸丰庚申，逆氛渐逼，即霞倡议筑围，倾箧倒庋为率，闻者四应。由是邑之外郛皆有堡，势成犄角，城守益坚。南山之趾，古长城在焉，鸠众亟治之，葺关隘及垝垣万余丈，屹若严城。

辛酉秋，贼果来犯，团丁往御，凭关为险。太淑人日走急足，糗糒壶浆交错逵路，登陴者果腹有固志，贼仰攻不克而退。西行绕省垣东下，邑人拒贼于龙山失利，群情汹汹。即霞欲奉母入城，太淑人谕之曰，坞壁之兴正为今日，贼至而弃之，版筑奚为？今比近墟落，扶老絜幼而来，汝为母计，谁不为母计？倘纷纷效尤，携眷属改徙，谁与共守者？况汝为团长，无舍此他适理。母子两地心必两分，方寸已乱，焉能任事？吾志决矣，坞壁之完毁听之，一身之安危亦听之。汝出筹守御，无为老人过虑也！即霞唯唯受命，闻者感奋。

僧忠亲王追骑至，居民多闭户，太淑人独命即霞出迎，奉饩牵糇粮犒师。王喜甚，优礼有加。留毛勇之孥数百，令抚育之。鸮音鹰眼，里巷望而憎畏，太淑人悯其冻馁，多方赒给之，久亦知感，故去之日喃喃颂德如宣梵呗云僧。

邸围淄川久不下，带甲常苦饥，即霞纠诸团馈军，月二三至，兼制什器供急需，卒告成功，太淑人之教也。

洎群丑荡平，长吏甄叙筹防之绩，即霞首登荐牍。固辞未允，获晋四品阶，长君亦由司训擢大令。即霞喜荣亲有藉也，援例加级为两世乞请，于是纶綍再颁，太淑人累易象服矣。遐迩闻之，靡不异声同叹，谓彼苍报施善人若鼓应桴，盖以兴围堡修关隘先时足智也！却移徙，助饷需，当几善断也！视昔朱、霍二母曾何多让，要其维持大局，实为千万人造福者也！为人造福者天必酬以厚福，然则期颐寿考，后昆竞爽，可坐而致之，夫何待放鸽为祝哉？

兹逢设帨良辰，某等属当侑觞，不敢繁称博引，谨举近事数则陈之当筵，太淑人应解颜而颔之曰信，谨序。

刘母赵太宜人寿序

尝谓闺闼之情莫难于继室，前室之子爱之护之，抚摩而噢咻之，虽根至性，旁观有疑其矫且伪者。鞭朴夏楚之属，日加诸所生而不之怪，施之异腹儿则物议嚣然矣。故懦者畏缩缄默，坐视不一钳束，黠者博呴沫宽慈之名，实阴纵焉不至，荡资产隳名检不止，若其训迪剀至，宽严适中，使子若孙咸奉约束，立身显名于当时，而乡之耆宿，津津乐道其懿行，孅言为闺帏法，求诸今世殆不乏人，惟赵太宜人则卓卓者也。

太宜人东武名家女，奉政大夫刘乐思先生之继配也。逮事君姑高太安人，温恭淑慎，恪执妇道，能博堂上欢。高太安人青年矢节，持内政尚严，以勤俭著称。寿登八秩，荷纶音褒嘉焉。

乐思先生同怀五人，居中列。幼嗜读，蜚声黉序，敦饬内行，孝友达于里闬，则太宜人翊赞之力为多。居娣姒间，齿最稚，井臼织纴，劳居人先，逸居人后，未闻告瘁。事必启白乃行，故帘帏内数十年无勃谿音。操家秉一循君姑成规，朝齑暮盐，男钱女布，部署秩如。而门屏谨肃，僮仆婢媪不敢交私语。岁时伏腊承祀事，治牲醴酒浆，必诚必洁。尤好施与，助婚嫁，振困乏，不可偻指计。诸姑伯姊，岁序馈遗必丰腆。性勤女红，针管麻枲无一日去手。年既耄，犹时时篝灯纺织休哉。太宜人之内范亦云备已，然常节也，非至行也。

有丈夫子四人，女子三人，产自前室者半自太宜人，视之不知其非同母也。自子若女视之，不知其非同母也。

即宗党姻娅知其故者，亦并忘其为异母矣。是不特衣履之华朴，饮膳之精粗，寸丝尺布之俵散，必周必均也。资有高卑，成有迟速，太宜人因材异施，时而奖借，时而诃责，要范于中正而后安，是以升九诸昆季，闾左同声号端士。长女、次女亦同声号贤妇。长孙觐堂登甲科，令中州，有循吏称。次孙子玉以名孝廉，需次畿辅，初摄篆，已登荐牍。他孙曾森森玉立，兰茁其芽。谓非太宜人义方之教，宽严适中，能如是哉？谓非视前室之子如己子，使之咸守约束，能如是哉？

今季冬廿四日，值悬帨之辰，族党制锦为祝，某分当称觥，爰述曩年折虁之诲，成效如斯世之为继室者，庶知所观法云。

蒯母陈太恭人寿序

《汉书·岁星》曰，东方春木于人，五常仁也，所在国不可伐。而天官家言，岁星躔分野，其国有福，其人有寿，春主生仁者，寿宜也。

比者小丑跳梁波及山左，临清、高唐之间，蛇豕盘踞，几成滋蔓。元戎奋威，克日荡平。说者谓岁星方躔齐鲁，故能迅奏肤功。国不可伐之说彰彰已，意必有身萃繁祉，年登大耋之人出于其间。多寿之言始可征信，维时委巷蔀屋岂无三五黄发儿齿精神矍铄者流？然德不固，无以建寿之基；行不纯，无以握寿之符；声闻不著，无以畅寿之旨。彼之获享长年，亦犹穹谷柽柘幸延春秋耳！殆非松柏有心，经冬弥茂者也。夫惟植德饬行，声闻播于遐迩者，其和蔼笃厚纯固敦庞之气，足以贯百年而不敝，则久眎长生惟仁乃寿，斯理不灼然乎？

若而人者，不尽在冠裳中也，虽闺闼亦有之。以予所闻，蒯母陈太恭人殆所谓上应岁星者欤！

辛亥冬杪，识同谱蒯君眉卿于樊舆，醇笃君子也。癸丑冬，蒯君摄篆赤城，不数月，政成民和，四境洋洋起颂声。上游稔其才，俾再莅藁城。藁蹂躏区也，俗尤桀黠，眉卿张弛交施，惩其悖悍者，比闾翕服，口碑一如赤城时。予钦其治术之良，而叩厥师承也。眉卿曰，遐龄何知哉？亦惟兢兢自持，恪奉大母之训，罔敢失坠焉耳。盖筮仕伊始，太恭人尝进而教之矣，曰若青年博一官，努力奉公，前途正远，亦知县令职守诚未易举乎？彼鲸吞虎饱肥私橐而媚长吏，其人诚不足齿，乃或蝮蛇，其性日以敲朴为乐者，残与贪一间耳，若纵无似当不流堕至此。夫蔀檰疾苦，控诉无地，差如黄口思乳呱呱，难达专侯。慈母爱怜之，强者抑弱者，扶绥辑噢咻，良有司责也，若年少任守土，更事未深，吾虑其乘喜怒而操纵乱矣，任爱憎而刑赏乖矣。至于阍奴窃柄，舆隶假威，皆习见而深忌之，乌得蹈覆辙哉。今者疆圉多故，储偫告匮，徭役租庸，尺符交下为令者，竭蹶趋事，洁己报国，抚字催科，两期无负，所谓具一分心力，竭一分心力也。吾家衣食粗足，无虑冻馁，禄糈之入济尔，公需贰膳常珍，门内能办之，不得以官物相饷也。若往矣勉循吾教，勿贻老人忧。

予闻之喟然曰，世之膺翟茀称太君者比比矣，服轻丽，餍粱肉，摴蒱顾曲之外，含饴弄孙，优游余年。间有崇布，素勤织纴，约束婢媪，内言不出，斯亦善已。子若孙之事上若何，御下若何，国计民生之本，敷政驭法之要，鲜有撄心过问者。如太恭人之谆谆示戒，可谓识大体者矣！是具和蔼笃厚之怀，贯以纯固敦庞之气，信有历百年而不敝者。予非祝史，恶知天道，然如是之德行，声闻其身萃繁祉，年登大耋，与多寿之旨若合符焉，岁星之应非太恭人将谁与归？

乙卯春，眉卿权知藁城，援例吁请于朝，两世均阶四品，于是太恭人膺鸾绋矣。

明年秋值八旬设帨之辰，闾党亲串羡其殊荣，升堂介寿者踵相蹑也，有爵有觚有膴有腒，诸男诸孙曾孙拜于前，外孙归孙离孙拜于后，眉卿乃以祝嘏之词见委，予何知哉？但仰睇乾象轩渠，遥指曰老人星见矣，盖以秋分候之次于丁位方，与岁星争煜耀云。

刘母耿太安人寿序

同治乙丑季秋既望越十有四日，朝廷肇称殷礼，宏霈闿泽，山陬海澨，罔弗沾浃。中外臣工被一命之荣者，类得上邀纶绋，褒扬周亲。

赵州司训刘文佩，先以守陴劳，进秩阶六品，至是走伻省闼，陈辞乞吁若王考王妣，若考若前妣，均膺赠典。母氏耿，同日拜恩命，封太安人，耆寿七十有六矣。丙寅夏杪，天书下贲，闾左腾欢，白叟黄童靡不儮儮奔走，举手加额曰，太安人壶型内范，湮郁未彰，赖生贤子，今庶几稍酬矣乎！于是，里党亲串，奉纁帛，载醴醪，冠裳车骑，骈阗逵巷，争升堂罗拜，喁喁以期颐致祝。

赵州诸寅好，闻斯举之盛也，亦相率当筵称兕，而以侑爵之语见属。某何知哉，惟与司训同官八载，情谊款洽，习其门规有素，不揣弇陋，敬献一言。

夫内职之修，继室为难，自伯奇采楟、子骞衣芦以来，薛包、冯豹、王祥、王延、刘沨诸人，遭逢非幸，以孝名显，举世援为口实；然独不见翟方进母之织屦，郭少卿母之鬻装乎？至芒卯秦闰夫后妻，卓绝过人之行，尤千载罕觏者；今以太安人，絜古名媛，何多让焉！

太安人幼称淑女，晚号贤母，而实某赠公之继室也。父明经懿训先生，绳趋矩步，为诸生祭酒。太安人毓质名闺，仰承庭诲，贞慎静专之德，婉嫕严敬之度，在象笄，甫加固纯，备无憾已。其归赠公也，君姑春秋已高，左右趋奉逾于贤女，而婉容愉色发乎至性，故藉藉孝声达于里闬。介娣姒间任劳均逸，梱内翕然。相夫子敬戒无违，鸡鸣交警，躬操内秉，辛劳黾勉以代，终有成。闺闼谨肃，仆婢皆蹀缩奉法度。赠公女兄一，亲洽若同气，视犹子及甥辈，恩纪尤笃。性嗜勤，鹤发毵毵矣，绩筐刀尺昕宵不去手。

所难能者，膝前丈夫子四，已出者三，曰文佩，聪颖秀拔，延师授经史，由高才生官司训；曰余庆，饶智计，使之懋迁，废著所居，辄倍蓰获；曰览辉，豪迈英武，则令挽强命中，注籍于庠，近且从戎，官千夫长矣。而冢男景盛者，乃前室产也，方在髫龀时，鞠育顾复恩勤倍恒情，及壮，察其有治剧才，遂以当户，授之财贿，出纳资蓄赢缩，奚听裁制无所问，迄于今。督耕课读，门庭肃穆，素业隆隆，日起景盛之力为多，倘非太安人推慈均爱，委畀无贰，安能展布手足，内外井井如是？倘诸子用违其才，亦安能众业皆兴如是？人知颂景盛昆弟之贤，而忘其所出各异，惟太安人不自知其异出也！惟诸子皆不知其异出也！世之论继室者，顾谓慈孝两隔，动援伯奇、子骞为口实，岂笃论哉？即谓翟方进、郭少卿之母，今日再见可矣！

前岁文佩尝以其官貤封景盛，为修职佐郎，仰体太安人笃爱冢男之隐衷也，他日者文佩览辉宣力国家，崇阶叠晋，一旦陈情归养，交捧丹诏，率孙曾罗拜堂下，吾知象服翟袆之荣，版舆轻轩之乐，邻里歆羡，必有十倍今日者。某不敏，又将莃韝鞠跽，随众宾后，洗斝迭进，且载笔重赓寿母之章矣！谨序。

高母孟太宜人七旬荣寿序

盖闻莲开华井，峰头留玉女之盆；桃熟层城，海上筑瑶姬之馆。降夫人于南岳，嵰山之青雪皑皑；拜王母于西池，阆苑之碧霞滟滟。琐轩制锦铺张，琳宇珠宫珂里。称觞杂遝，琼浆玉醴。词不堪其偻指，义奚当于介眉。岂道证修真仙能拔地，惟庆余积善，福乃降天禔。躬握感应之符，介寿延期颐之筭，纯嘏斯届，南雅并陈。

恭惟高母孟太宜人者，平昌[①]华胄，邹峄名门。断机启道统之传，坠甑识高贤之节。屈末僚而射鸭词坛，早播诗名；择隐士而事鸿绣阁，聿垂令范。是以功娴麻枲，德懋珩璜。慈惠温恭，长不烦乎姆教；塞渊淑慎，幼已奉为女师。裁香茗之篇，共识工吟柳絮；纫幽蓝之佩，何妨解颂菊花。洎乎礼重牵羊，归来奠雁，习奉帚加箕之度，协栉縰笄总之仪。洗手入厨即作羹，而早称佳妇；齐眉举案非致馌，而常见如宾。揽苹藻于筥筐，诗歌南国；洁盘匜之滫瀡，乐治北堂。聆婉顺之柔声，梱内未闻叱狗；腾肃邕之和气，林间讵恶鸣鸠。祇奉尊嫜，泯勃谿而清温无缺；追随长姒，俨当户而劳怨弗辞。怜食蓼兮自甘，知蒸藜之弥谨。瓢浆壶醢，手任搌挡；厕牏中群，躬亲浣濯。念薪槱瓦觞其惫甚，处芦帘纸阁而怡然。

尤可异者，相厥良人称为嘉耦，警申弋雁乐羊之学，斯宏卧戒泣牛，射雉之场宁入。用是棘闱获隽登贤，则什咏鹿苹薇省；缀班崇望，则誉流鸡树[②]。遂四方之壮志，落落琴书，伴五夜之长吟，萧萧络纬，杂佩副知来之赠。争夸献纻，慨慷布衣。叶偕隐之踪谁识，挽车节概。仰行修于夫子，卜助德于内君，已至于健能持户，惠自宜家，伯姊诸姑贶馈，务期饶裕，小郎群娣镇长，示以和平。悯饿客于翳桑，分将升斗；任邻家之扑枣，不计锱铢。臧获咸戴仁恩，乡邻胥钦厚德。春筐秋杼，操作必亲，朝齑暮盐，斟量不爽。乃若仿丸参之迹，勤画荻之劳，课业则灯下授经，董威则堂前呼杖。是以熠耀凤毛峥嵘，麟角呈峣峣之头。玉贯累累之掌，珠砌茁孙枝定。食含饴之报，门承累叶。伫看列戟之联，舞莱衣而班出，鹓行欢腾，象服拜梓阙，而书邀凤诏，庆溢鸾章升堂。萃豫顺之休搮，蓍叶康强之吉。矍铄奚烦乎鲠祝，期颐已过乎鲐文。洵闺阁之地仙，亦里闾之人瑞也。

某等心切受祺，情殷介景，泛霞觞于吉日，愧乏瑰裁，随珠履于华轩，幸叨嘉会，此际鸽笼频放，酡颜饫北海之樽，他年鹤算叠增，拜手上南山之颂！谨序。

[校注]

①西汉置平昌县，属平原郡，治所在山东临邑德平镇。

②指中书省。

定州移建八蜡庙碑代

古者大蜡八祭百种以报啬，肇于伊耆，举为禋祀，重农功也。

定州之八蜡庙，旧在东郭外，毗邻岳帝庙，去州署三里许，朔望瞻拜，率惮其远不一至。岁月邈绵，圮败不治，鞠为茂草。春秋称祀事，州牧责之学博，学博责之弟子员，草草望墟拜伏，牲醴不具，奠献缺失。予惄焉伤之，夙谋兴复，未逮也。

咸丰丁巳，蝗蝻生，三辅殆遍州境，亦多栖泊。俄而遗孽萌动，蠕蠕疆亩间，邦人震恐，行无年矣。予斋祓为文，肃祷于神以禳之。躬莅郊甸，率丁男掩捕，昕宵不敢怠，聚族歼焉。是岁乃告有秋，爰感我神之庇佑，思以隆报赛致申祈也。

度地于州治艮隅，居刘猛将军庙前，亦谓秉畀威灵，明神同功，庶相与以有成耳。筑正室三楹，门称是，周以缭垣。神则奉先啬、司啬、先农、邮表畷、猫、虎、坊、水庸、昆虫，循礼经也。肖像于位，崇庙貌也。经始于戊午仲春，落成于季春之廿四日。告功之旦，车骑骈阗，士民坌集，罔不爇香，匍匐啧啧，言蝗不害稼，非神之力不及此。是岁蝗又大作，邻壤或以灾告，州境独免。议者谓众诚感召，受福不那比岁。

其嚆矢云，继自今，以三月廿四日为赛神，常期非乖。十二月索饷之制，易秋报为春祈也。唐县清虚山相距百余里，恒以是日举社事，州民结队而往，络绎衢路，巷无居人，损财失业敝俗殆不可救。自州城同时举社，比屋翕然，辐辏无复远蹑。清虚者越境祈祷之风不禁自戢，是亦挽陋习之一助也。至若灌献必亲，伏谒罔缺，缮葺粪除，踵行不废，是所望于守斯土者。

定州重修城隍庙碑代

古圣王神道设教，非得已也，明有刑章，幽有冥诛，相辅而行，亦相需而治。鬼神之说所以济政教之穷耳。

夫巨奸大憝凶狡不逞之徒，舞其智力，足以幸逃宪典，然而中夜惕息，扪心难安，亦谓刑章可逭，冥诛不可逭也。故日处鼎镬锒铛之侧，漠然不一动念，一遇夫刀山剑树之森列，未尝不面赪舌挢，汗流浃背，避去惟恐不速。然则砭愚订顽，统黔首而偕之大道，舍冥司地狱之说将奚恃哉！

都郡州邑之祀城隍也，爵崇五等，明禋时修，愚夫愚妇之祇，承视守土诸长吏，懔懔尤加谨焉。积畏生敬，积敬生媚，是以城隍祠宇间，举土木之役靡不踊跃，输财争先恐后。克日告成者，盖赫声濯灵，其震叠斯人也久矣。

定州城隍庙，岁久不治，风雨摧剥，顿失旧观，戏楼就颓，寝殿穿漏，缭垣亦毁缺不完。比年来频以修葺为言，乃相率畏难，迟之又久，几无人焉。起而任之历数年，而二三绅耆，鉴余愚诚，始议兴修。呜呼，响之民钦如天帝，畏如雷霆，悚然于祸福不爽者，今亦悠忽视之在若有若无，冥漠不可知之数。而人心之敬肆，风俗之醇漓，江河日下于斯见一端已。

是役也，经始于己未九月，讫工于庚申四月，圮者兴，缺者补，缮葺黝垩，中外一新。余喜州之人艰于图始，而易于图终也，虽谓鬼神启牖之力可也。未及落成，余适奉檄移守顺郡，董事诸君乞余文以纪其事。

念自甲寅承乏是邦，仰荷神庥于今六载，雨泽偶愆祷于神，灾祲偶作祷于神，神之惠我多矣。每逢朔望展谒，春秋灌荐无不斋肃，身心敬严对越，今兹迁去，如失师保，然则依依不忍决舍者，宁独父老子弟乎哉！呜呼，仔肩虽弛，寸衷尚萦，亿万家疾痛疴痒，父母斯民之责，惟神明实付托之，以妥以侑，讵足酬答神功于万一耶！是为记。

去思碑文[1]

前襄国太守、内擢廷尉、荫堂王公，今之名臣，昔之循吏也。起家进士甲科，任畿辅牧令者十年，实心实政，若老妪之哺孺婴，闾左戴之如依慈父母，比岁，望都、清苑、定州间颂声犹喁喁也。

咸丰庚申来守顺德，手治讼牒，殚精毕虑。属邑谳决未孚者，力反之，期达民隐乃止。暇则招青衿校课文艺，字梳句栉，旰食不倦。他如训令长，束胥隶，锄豪猾，扶懦良，善政累累，数烦更仆。其厚泽深仁入邢民瘠瘵者，举一端言之，则有南郭筑堡一事。

当是时，大名东鄙，曹、濮、莘、冠之间，为群丑渊薮，乘夷人肆扰津门，伏机窃发。公先命九邑都肄千人备征调，郡城南郭比屋错处千余家，带阓通阛，百货充牣，雄资所积，易启戎心。公昕宵忧之，召绅士耆老，切切以坞壁为言。周履近郛，经营审度，规广袤，测崇庳，量材物，程功候，桑土绸缪，诚上策也。然俗畏谋始，醵金良艰。正尔聚议，张悉诛起矣，陷曲周，围威县，羽书狎至，风鹤频惊。公谓先发制人，待入境而歼之，吾民伤残已多，乃率勇越境迎击，直趋威县。三战三捷，贼重创而遁，重围立解。

适有分巡大顺广道恩命，专意平寇，不计履任也。闻警伊始，群情惶惶，视入城为生路，徙财贿者，迁器具者，尽室偕行者，肩摩毂击，阛阓若塞。非公身出扞敌，凶徒远避，遂能庐舍无所毁，资蓄无所失，骨肉妇女无所污辱迫胁哉！惟是提倡无人，筑堡之论犹然未决。

越明年，公荷特简，陈臬西晋，道出顺德，集众举前议，谆复逾曩时，出行橐三百金为倡。郡守藻舟李公❷捐百金，邑侯凤楼荣公[3]、小笠夏公[4]，共捐三百金应之。士民商贾闻风相佽，得制钱二万贯有奇，命寿维孔大令[5]巡功省植，佐以诸绅。同治癸亥夏日役遂兴，甲子仲春乃毕务。廓周七里，辟门六，覆以楼，崇墉二丈二尺，基倅于墉，上削而杀加堞焉，颠阔一丈二尺，捎沟萦其外，北达城垣，材必量庀，工不旷縻，登登冯冯，言言仡仡，伟观哉！邢、襄巨镇，势成犄角矣。

无何，狂寇纷扰，郊墟村落之间横罹焚劫，官军尾缀而至，剽夺时闻。戊辰孟春，皖逆张总愚北犯，匪党十余万人，畿南疆土蹂躏殆遍，独顺德南郭闭关拒守，鸡犬不惊，四境奔迸来者，咸指为福地。斯时也，虽父兄不能庇子弟，虽友朋不能托知交，恃有此堡，捍御之，完聚之，出水火而衽席之。伊谁创斯谋者？以恩归公，公之恩綦渥；以力报公，民之力亦鲜。

迄今岁星将周，贤名藉藉，胶庠之口惟王公，田野之口惟王公，市廛之口惟王公，下至樵夫牧竖妇人孺子之口同此王公而已；报云乎哉！他日简畀节钺，扬历封圻，为翰为屏，旬宣是赖，纳斯世于仁寿之域，春台登矣，化宇游矣，舆人兴歌，百倍邢民矣，筑堡一节，特嚆矢耳，乌足以尽公，乌足以颂公！兹者南郭士民将刊贞石，书公遗泽而来述者，惟堡事特详，故备著于篇。

［原注］

❶王公榕吉，字荫堂，山东长山人。甲辰进士，历任望都、雄县、天津清苑知县，定州知州，顺德知府，大顺广兵备道，直隶、山西按察使、布政使，署山西巡抚，顺天府尹，现任大理寺卿。

❷朝仪，贵州贵筑人，进士。

❸诰，满洲内务府人，进士。

❹献烈，江西新建人，进士。

❺宪祺，山东曲阜人，举人。

定州青龙山重修药王庙碑代

州境故无山，然青龙山之名属于耳久矣。

咸丰乙卯春，按部适北鄙，欻见穹台巍然，拔出林表，殿宇崇巄，朱甍碧瓦隐映丛薄间。询诸父老，乃以青龙山药王庙对。拾级而登高，览遐瞩心神旷怡。大河萦其前，晴波潋滟，蜿蜒东走者滱水也；层峦叠巘，苍翠万状者恒山之支径也；当户矗立，亭亭若卓笔者州治之料敌塔也。榆柳铺菜，墟里错互，郁郁然，葱葱然，不下堂阶，四境形胜揽诸掌握已。庙颓败日久，村人方葺治，瓴甋榱桷，鳞次纷糅，工匠千指奔走，执役恐后。予游之后不匝月，土木告毕，董其事者丐文以记之。

考近代天医之祀，首崇三皇，曰太昊伏羲氏，曰炎帝神农氏，曰黄帝轩辕氏。配以句芒、祝融、风后、力牧，居庑者；僦贷季、鬼臾区而下；终于李杲、朱彦修；东西列位凡二十有八。

伏羲氏是为春皇，亦号天皇，苍精之君也，察六气，审阴阳，以赉之身，于是尝草治砭以制民疾，而人滋信，《世纪》所谓制九针以拯天柱是也。

神农氏是为后帝皇君炎精之君也，悯后世浇泊愚惑，不究天年，而有殂落之咎，乃稽太始说玉册，磨唇鞭茇察色嗅尝草木而正名之，一日而七十毒极含气也。始立方书，命僦贷季理色脉对察，和齐摩踵，訰告以利天下，而人得缮其生。

轩辕氏少典之子，黄精之君也，作《内经》著之玉版，藏诸灵兰之室，命俞跗、岐伯、雷公察明堂，究息脉；命巫彭、桐君处方盄饵湔浣刺治，而人得以尽年。

呜呼，神圣不作，夭昏凶札，黔首之祸宁有极哉？俎豆百祀尸而祝之宜也！

兹庙之兴犹是，御灾捍患则祀之旨也，故嘉其趣功而为之记。

赵州新建忠义祠碑代

宋初，乡兵之制河北，设义勇，邢冀守臣分领之，重边备也。时有神锐忠勇强壮诸号在瀛、莫、雄、霸者，曰忠顺，尔日肇锡嘉名，岂徒饰观听哉。

建炎元年，河北巡社[①]乡民，结集御金，诏以忠义，命之滕甫，谓北人劲悍，缓急可用，良然，不谓英风豪气奕祀未泯七百五十载，后复有赵州义勇结团御寇之役。

赵为股肱郡，今治之阳二十里曰沙河店，三辅绾毂也。咸丰庚申辛酉间，萑苻蜂起，游徼不能治，毗连十七村兴团备之结，约于沙河店，号曰义勇，宋抡元总团练，张锡九主教演，宋廷彦司出纳。行之再期，比闾安枕，穿窬匿迹，诚善举也。

既而白莲莠民起于山东，波及畿南。治兵者寡术，受降再叛。同治癸亥春日，叠犯赵境，隳突剽轻一再至，不及防。其三至也为三月十一日，谍者侦知之，鸠集同团决抵御之策，且乞城兵为援，而迤北墟落半爽约，独七村趋赴耳。爰议比户竭作，成童以上无免者，结阵河南南冯村之阴。贼初以羸尝我，群殪之步，贼攒槊继进，游骑张两甄飞驰，环攻其外，屡前屡挫，伤亡枕藉。相持至晡，北路声援绝，群丑麇集番休迭战，我军腹枵，力不支将退，据村巷自保。后队动，贼大呼，乘之众，遂溃。

同时授命者，沙河店七十二人，河南南冯一百七十二人，河北南冯四十五人，北冯四十九人，中冯三十人，大诰铺五人，谢家湾七人，章丘铁匠五人，重创而苏不可偻指计。予时督师穷追，诘朝经战地，骼胔纵横，惄焉，蠹伤者久之。

丙寅秋，受摄来赵，首以前事为询，则申达已久，奉旨建祠设祭，特为掾吏所抑耳。予陈乞上官，恤典乃下，逮卜地于沙河店金山寺侧，筑忠义祠。正室三楹，翼以庑，大门南向，周垣缭之庑。祀殉难团丁，登名于版，酬其舍生取义也。室祀僧忠亲王，张遗像于龛。王未莅赵而崇奉之，酬其驱除凶悖，畿甸蒙福也。团丁名位等夷莫堪，首列奉贤王以临之，示有所统也。忠臣义民合而祭之，为国殇相从以类也。

土木诸费，予与寮佐及诸令为倡，好义士民倾橐继其后。经始于丁卯孟春，是岁孟冬落成。既毕役，村氓乞纪诸石。

呜呼，赵之民何民哉？凶徒满万，飙驰涛涌而来，不计彼众我寡，不恃坚甲利兵，制梃而出，同仇敌忾，可谓有勇矣！保卫里闾，扞蔽疆土，忘陷胸决脰之危，而赴父兄长上之急，可谓知方矣！号曰义勇，名实相副。假使修武备者，深察忠义之性，什伍其族党，锻砺其锋刃，以时阅习，置诸行间，亦足收建炎巡社之效，无愧古昔神锐忠勇之称，何至挠败覆亡若斯惨烈哉！书之所以志愤也。

［校注］

①南宋初期的抗金民团之称。

敕建高邑县毕公专祠碑

咸丰辛酉，山东莘、冠、濮、范之间，白莲妖徒煽乱，握兵者不力讨，专主抚。壬戌冬，妖党复起，侵扰三辅，紧望诸县咸罹其殃。

逆氛逼高邑，邑令毕公，泛官锁公，率团勇御诸东鄙。廪生郝步瀛，附生李锐，武生李灿，文童李凌霄，武童李焕为，伍长文生王天锡、任希天，武生刘培宗，各以所部至柏乡；武举常清和，文生刘宝书，监生刘法孔亦相邀来助，依破塔村成列，前驱至，戮其一，余遁还。俄导大队来酣斗移时，杀伤过当。贼却退，诱我团勇乘胜逐，北伏贼斜出要遮之，突骑蹑其后，围三匝，众昏瞀歼焉。毕、锁二公挥槊横驰，各手格数人，刃攒马蹶没于阵。李凌霄、李焕、王天锡、任希天、刘培宗、常清和、刘法孔，从死者一百二十一人。李锐、李灿、刘宝书负重创者八十二人。漏刃者保沙阜以免。

时同治二年癸亥三月十一日也，余来摄县事，设坛战地祭之，急上殉难惨烈状，并胪诸死事于籍，为之请制府入告天子，嘉其忠节。毕公从知府例，锁公从守备例，均予优恤。毕公晋太仆寺卿，子孙承袭云骑尉，三世恩骑尉罔替，县境、原籍同建祠，以锁公及团勇附祀。朝廷褒悯之典可谓渥矣，于是，邑人率钱立庙以申尸祝，卜地县署之阳，起裸室三楹，当阶设门，皆东响，室肖毕公像，配以锁公，书与难诸人于版，列两序得祔食。鸠工于甲子孟冬，洎乙丑仲春，而土木告讫。署训导大城刘公毓珊任巡省之役，属予为文记之。

慨自粤西构难以来，锋镝所被，闾井榛莽专阃，大吏总徒旅据要隘，往往闻风避匿，弃封疆若敝屣，蕞尔弹丸力不能相抗，势不克自全，惟有匍匐草间苟延躯命已耳。一二强干牧令，效死勿去，大都郛郭完巩，干楯精良则塞阓以待，登陴以守，鲜有敌未压境，誓师先出，不计存亡利害，挺身以犯虎口者也！若毕公者，忠勇奋发，凌厉无前。持固圉之谋，建背城之策，败墉不堪乘，乃出御；近郊不宜扰，乃远迎；前茅摧坚，后劲陷围，乃瞋呼荡决以死，卒使赤眉青犊之俦，疑出偏师，虑陷重伏，未敢长驱。薄城相率，仓皇宵遁，室宇无所毁，委积无所失。虽膏血涂洒原野，而编户阴受其赐，夫岂猛拼一掷，罔恤后艰者哉！世谓文吏缩朒，临戎敛手，得公此举足以刷耻矣！

舆尸之日，万口哀号，村氓巷妪奉醪糒蒲伏几筵者，肩摩踵接。輀车东返，攀泣若葬私亲，良以善政善教，沦浃素深，而一时捍患御灾，陷胸决脰无所悔，故感孚激发，有如是之殷且笃耳！

迩者，中土群丑次第剪屠，白莲一支诛除已尽，又况俎豆荐馨，爵秩延世，酬报异数，带砺同永，毅魄未沫，庶其稍慰矣乎！

毕公讳世榕，字仲容，世称文登甲族，附贡生，援例为知县，积功得直隶州知州，升阶前摄丰润，隆隆有治声，非刀笔筐箧才也！锁公讳慎言，定州人，由行伍授高邑汛外委[①]，军功加六品衔，其人亦刚果有为者，自符离防所归，甫浃旬及于难。呜呼，以毕公之贤傥，得从容展布，扬历中外，絜古名臣奚逊焉！不谓遇蹇数奇，见危授命，徒以忠烈传也，惜哉！

[校注]

①外委是清代武官名，初为额外委派，后成定制。

高邑县东郭重修关帝庙碑

出高邑迎旭门，觚棱丹碧峨峨上矗林表者，为关帝庙精蓝也。

曩予摄治斯土，集丁夫浚隍，巡工省度，曾憩游其地。庭乏丽牲之石，权舆莫考。初制颇湫隘，赵忠毅公芳茹园，枕濠蠉为比邻，其孙悦学仕河南武安令，方鲠忤俗，罢官归，割园一隅，拓建殿宇，翼以皇右起楼，寓洪钟道室缭其侧。身充祝史，甘肥遁也。岁序绵邈，上雨旁风，栾栌蠹败，瓴甋啮穿，骎骎就圮矣！忠毅裔孙瑜者，高才生也，先人手营之业，目击废坠，忧闵不释于怀，时谋修复。茂才李锐起应之，乃属耆老，告以故，佥曰，比年蛇豕纵横，俶扰邻疆，吾鄙独免于难，矧夫年谷屡登，氓鲜菜色，休祥狎至闾左，乂安度非圣帝庇佑之力不及此。

祠宇浸颓，葺而新之，报功之义也，愿速兴役，某等操畚锸以从。于是四境士庶响风翕附，输力助财若营其私，经始于丁卯季春，戊辰季夏告成。正殿北徙，前荣从焉，如旧贯之数。廓中唐也，恢门阑而张之。架楹三列，闳外闉也，左右夹峙，为精舍，为庖，为钟楼，隊者植之，庳者崇之，黲者垩之，剥泐者缮完之。流丹耸翠，亏景绚霞，巍乎焕乎，观瞻用壮已。庀材木，督工匠，赵、李二生任其劳，断手之日，丐予文纪诸石。

昔人谓忠臣名将，没而为神，大都初没数百年，灵异煊赫，世远渐即衰替。若城阳景王刘章，秣陵尉蒋子文，显烁于魏晋六朝，今则无称是也。予谓不然，果其御大灾，捍大患，上足以卫国，下足以庇民，将使家尸户祝历久弥光如圣帝者，自梦豬啮足以逮今兹，遥遥一千六百五十余载，例以刘蒋诸神，澌泯无闻久矣，不谓炎荒绝徼，海澨山陬，凡国家声教所被，戴发含齿之伦，罔弗尊礼，推崇若事严亲，而隋唐五季以前，初未肇举禋祀，是则显晦盛衰之故，似不可以常理测者。抑知英威浩气弥纶两间，灵异之迹日伙，即尊奉之典日增，道隆则从而隆也。宋崇宁时，破蚩尤复盐池；明永乐时车驾北征，乘白马为前驱，胜代显应如此；沿及国朝，道光而上无论已，咸丰辛亥之后，区夏边陲殆无宁宇，然而挞伐所加，群就剪屠，剧郡名城，类邀呵护，匪特弹丸高邑阴受其赐也。崇饰祠庙遂谓足报神功哉，亦蕲有举毋废而已！

东茔碑文

吾孟氏导源邹峄。明室初造，由棘津[①]改隶阳丘，聚族邑北[②]之旧军镇，历今十七叶矣！

镇同氏三百户有奇，歧为南北东西四支，流分派别秩然不紊，而宗祠则合祀，先祖犹是敦睦遗意也。

讳子位、子伦者，是为南支始迁祖。南支云者，以室庐居离方耳。位祖似续不属，今之螽羽诜诜，率伦祖之裔。继伦祖者曰铎祖，再继者曰富祖，三世幽窆[③]，旅附宗祀之阴[④]，向缺贞珉[⑤]，位次难详。四传祖讳科，五传祖讳熊，六传祖讳九憑，咸卜兆于兹[⑥]。

憑祖举丈夫子三。长孔谦祖徙葬[⑦]镇之兑方[⑧]；次孔让祖墓地与谦祖毗连；又次孔诰祖，封域居兹阡东北三里而遥[⑨]。

厥后椒衍瓞绵，子姓益纷。窆石分依诸墓，均无隙隅。即此兆域之内，累累马鬣，荒秽丛残，昭穆莫辨。且地逼村墟，樵苏不禁，宰树髡斩浸绝，族之人痛焉！

爰议修治，询谋佥同。道光己酉，裔孙苍溪知县鹤林[⑩]，出廉金二百为倡，安徽盱眙知县传峄、候补员外郎蕙林[⑪]继之，族众欣跃趋事。醵资鸠工，厘定基址，以封以树，筑室五楹，构厦一门一缭，垣周其外，庀冢户居也。余资购祭田若干亩，储春秋奠献之需。复以闲田授冢户，资八口生计。更议兹阡之内，永止附葬，而别度地一区为本支公茔，将以待无力营佳城者。

呜呼，岁序迁流，人事移易，继自今享祀其无疏缺欤？

封树其无戕毁欤？祭田其无侵废，守墓之丁与所居室其无失职而倾圮欤？天俾昌炽，奕世多贤，庶能乘时修举，黾勉图终，抑凭旧贯而恢张之，弗替成迹，弗坏始基，是所望于继起之贤且才者！

［校注］

①古代黄河津渡名，地在今河南延津县东北。

②是时县治在回村镇。

③指坟墓。

④家庙之北。

⑤碑铭。

⑥选择墓地在此。

⑦先曾葬于家庙之北，后迁葬。

⑧当在旧军西门外。

⑨旧军镇东北方三里许。

⑩三恕堂传璐。

⑪学恕堂传玙。

卷十一

先考鹤田公传

公讳毓蕙，字树轩。原讳毓庄，字莅轩。号鹤田。邑庠生，累赠朝议大夫。

天性和易，推诚接物，胸次不设畦畛。事二亲肫笃，孺慕色养綦隆。居昆季间，挚爱谦退，翕和终其身。仲弟艰于嗣，公倾橐为置篷室；季弟抱伯道忧，慨然以爱子畀之。姊适范室，业中落，归养于家，公供给周详。诸甥孤露，抚之皆成立。外兄上舍张衍谦弃世，无子，虎而冠者涎其产，百端沮抑，宗祏将坠，公集其族众，择贤且长者立为后，群小谋遂息。

比邻某，窭人也，将贷金为懋迁计，里党莫肯应，公署己名于券，假重金予之某，物故鬻田代偿，妻若孥无知者。又为某某输逋，亦如之。宗人某，贫且病，公首继之粟，并劝彊近咸给焉；其死，不具衾榇者，则身任之。或睚眦致雀鼠争，得片言立释。间阴出资，弥人骨肉衅隙云。

幼颖异，经籍寓目不忘。喜为诗词骈体，不端攻举子业。弱冠游庠，数入秋闱，亲殁辄弃去。博涉简帙为娱乐，兼通卜筮壬遁之术。晚岁率作诗余，填南北乐府，惟不自爱护，多散失，其存者有“亭亭亭”诗、词各一卷。尝汇古昔攻苦积学之士，成《劝学录》一编。复辑海右历朝词人若干家，曰《山左词钞》十二卷。

配史恭人、李恭人，名家女，皆早世，康恭人乃来，嫔淑慎柔嘉善，秉内政，布衣操作，有德耀遗风。公治典坟，弗问生业赢缩，康恭人课耕督织，宵旦勤劬，家不中人产，而仰事俯畜，饔飧克继者，恭人酌盈剂虚之力也。逮事姑能博堂上欢，遇娣姒婉顺有礼，阃以内泯勃谿声。待诸侄女如己出，岁时馈饷丰腆，征其乏匮务赒之。教诸子严，微眚谴诃立加，子当中年，犹斥辱若童稚。命铸负笈远游，束脩羊及馆餐费颇不訾，恭人减薪米之需供之，暮齿就养官舍，惟以廉慎为勖。褕翟瀡瀡不一御，而疏布粗粝若素焉。

思州府知府莲波孟公家传代

黔有被谗失职之贤太守曰莲波孟公，归道山者廿年矣！彼地士大夫犹能举其善政一二端，奉为圭臬，相与嗟惜之。部民尸祝，如庚桑在畏垒，喁喁至今不少衰。

予不识公，获交公弟剑农司马，为道其行谊，颇详嗣君继颓，介司马以传见属，其安敢辞。

公讳怀川，字莲波，原讳传珠，姓孟氏，邹国亚圣公苗裔也。有明初叶徙居章丘之清平军，世多潜德，以敦诗说礼闻。

太高祖锡弼，郡庠生；高祖国宲，候选州同；曾祖可成，祖有泰，皆国学生；父云溪，邑庠生，候选州同。

公具瑰奇恢闳之才，聪察强干，而孤行己意，赴义如骛，不屑墨守绳尺，博庸流虚誉也。

髫龄孤露，逮事两世慈帏，有孝声。

初仕县丞，需次皖江，曹进曹退，碌碌未有建树。笃念亲老，乃丐归，夕膳晨羞，承欢十余载。洎丁大故，柴瘠尽礼，诚信无悔。

服阕，改官贵州知府。其始至也，大吏疑以资郎进，不谙治体，故庸人遇之。会有大狱囚，富而黠，挟贿匿情，冀免脱鞫者。染指，顾望持两端，附会爰书科坐，不蔽辜，深乖大吏旨，试使公独听之摘伏发，奸谲计毕露已。复剖晰律文，持平定谳，遐迩交口，颂神明，大吏乃心折焉。

楚南盗魁某，倚苗峒，为三窟，亡命窜踞其中。长官虞其煽乱也，命踪迹之。苗所居，深箐邃谷，蛇虎出没。时方溽暑，上毒雾下淫潦，行旅十人九病，公捧檄毅然就道，微服深入，重趼千里，匝月得要领而归。

旋摄贵阳，地当省垣首郡，政务殷剧。公四出其才以应之，指挥酬酓，沛然有余力，非仅案无留牍也。

无何，试守思州，居民与犵狫、猺、獞，杂俗顽犷难治。莅兹土者，往往鄙夷之，不施化导，惟多方朘削，充官橐而已。质成，先纳钧金，然后受词讯，决则任情抑扬，无虚衷听。察者官庖所需及器具刍豆之属，日取盈于里甲，市侩不酬以资，胥徒又苛索之；太守纳牧令之馈，克期进奉，偶一疏缺，危法中之矣！公素介，又饶于财，乃矫俗自励，颁条教，与属吏四民约，案牍上下考课殿最[①]，一秉大公，苞苴不得至门，瘠苦之区且贷私财为助，食用诸物准市价给值不少淹，又戒傔从毋得中饱，除陌禄糈之外无所取，度支不足，发家藏济之，缘是，先业大损。蚩氓入城对簿，应时剖判，不使羁滞旅邸废农事也。终日坐堂皇，引二三花面铁脚蛮，反覆示皂白，吻燥舌僵无倦色，有感悟泣下者，悍俗为之一变。厉民成法，悉力蠲除之，虽中沮旁挠弗顾也。催科不施棰笞，但慰勉数语，则输将恐后，一时廉声仁闻，横溢牂牁罗施间。上游察公治行，将俟考绩之期首列荐剡。顾命途舛午，伏蜮含沙，猝以蜚语落职，惜哉！

盖有素识某躐谏垣，屡假多金，未餍奢，愿爰吹索空影诡词入告，非关簿领阙失，有瑕可指也，奉旨夺官。抚军贺公欲辨其诬，有尼之者忽中辍。去思州日，属吏越境走送，把袂雪涕不忍别，部民嗅靴捧舆，号泣载路，公亦依依有余恋焉。

性伉爽，豪于用财，凡襄义举，倾囊倒庋无所靳。镇远起巨桥，贵筑建尚节堂，率出数千金为倡。里中筑真武庙，独力成之。其他周困拯急不可偻指数。戚族里党婚丧待助者，若而人。

公殁后楚粤告警，扰及齐疆，车徒征发，司农仰屋而筹；元配何夫人，禀公遗训，不俟敦劝，慷慨献万金备刍茭之需。朝廷嘉其纾难，还公原官。副室冯恭人继起，捐助藏镪积缗，蝉联入邸阁，前后皆巨万计。殊恩异数，亦纷纭相袭而降。公晋四阶，曾王父及祖祢胥赠通奉大夫，曾王母以下及元配何胥为夫人，副室冯亦为恭人，嗣君继猼授官主事加道衔，戴花翎，旷典也！邑之黉序藉是增额，惠及士林矣，余不赘纪。

论曰，公抱龚黄召杜之略，膂力方刚，仅一试于蛮，徼未克罄厥底蕴，谣诼横生，中道颠蹶，幸赖闺阃中深明大义，倒庋饷师，遂令马腾士饱，戡定区夏，厥功信伟矣哉！观夫温纶褒宠峻秩迭迁，生前未录之劳，犹食报于身后，黄垆有灵，庶几长瞑无憾，彼何人斯挟乞贷，微隙辄伏，青蒲修怨，见晛雪消，恩仇安在？其人今日又安在耶噫！

[校注]

①古代考核政绩、军功，下等称“殿”，上等称“最”，遂用泛指等级高下。

再从堂兄东岩公传

公讳传峄，字东岩，一字罣山，初由府经历需次安徽，历署宣城县丞，泗州州判，补宁国府经历，又署霍邱县、凤阳县知县，除盱眙县知县，捐助兵米加六品衔。

公开爽多智，胆略过人，勇于任事，少日不修小节。及服官，有能名，所至多奇绩，上官争倚任之。

淮南故盗薮，公奉檄逮治，往往禽其渠魁。剧盗某，戕兵役四十七人，跧踞险窟，众莫敢撄。大吏议用兵，公自请往说之，单骑至其家，谕以祸福，三宿而归，其人遂诣公庭伏辜。河南巨盗陈天位兄弟三人，聚党于两界间，椎埋淫掠无所不为，当路患其滋蔓，令公摄霍邱图之。公莅任之，明日凌晨往捕，天位侦知之，率徒持炮列阵以待，公瞋目大呼曰，我霍邱令也，尔曹敢拒我，可速燃炮！贼相顾愕眙，弃械走。公驰追之，立缚十余人。中州抚军特疏荐于朝，获陟县令凤阳，处南北孔道，负眊带铃之辈，为害行旅，公巡徼綦严，遇风雪沍寒，匹马櫜鞬，宵驰不休，犯者抵重法，攘劫之风乃息。

治术刚柔互济，谳狱尤明决，陈辞未终黑白先判，犷悍者畏之，良懦者爱之。由是献伞者，献衣履者，献堂额对牌者，堂皇之下趾相错也！

方诸夷犯顺时，舟师驶入大江，直抵金陵。公时督饷在吴，陈书制府，谓夷人恃强深入，孤军无援，是自蹈死地也。敌人利水战，我军利陆战，宜以重兵扼海口，阻其归路。别选精锐，屯金焦梁山及采石、燕子诸矶，能战则战，不战则守，彼食尽力穷，不两月必成禽矣。又请自帅一队，当敌要冲，制府奇其策，不能用，会当事者主和议，疆事益坏云。

族叔越千公传

公讳毓俊，字越千，太学生。深沈矜重，寡言笑。少日读书有异才，可期远到。

顾以生计乏匮，遂弃儒事懋迁，孝养二人。远方珍味，异地时鲜，不惜重价邮寄，以进岁节。归省依依，弗忍别。其抚两弟也，友爱倍常情，而督课则从严。两弟相继游庠，使之负笈远出，谒名师，寻益友，修脯资给虽侈，费不靳也。是以卓卓成立，同时称士林翘楚。仲弟中嘉庆己卯科亚榜，叔弟以优等为增广生。其教子亦如之，嗣君传汝掇芹食饩，道光乙未登贤书。

呜呼，公未竟读书之业，终身引以为憾，至此亦少酬已。待诸侄多恩纪，堂侄家有穷嫠，公为储资善地，俾岁食其息，以全苦节。厥后诸弟析炊，室庐田畴部署井井，皆公之心力也。以子贵赠修职郎、费县教谕。

族叔曾祖南溟公传

公讳衍鹏，字南溟[1]，晚号白云湖主人，邑庠生。

旷达不修边幅，衣冠褛裂污秽，夏裘冬葛，安之若素。舆台走卒杂坐，博饮恬如也。

天姿聪颖，作文有宿慧，日不移晷，千言立就。警策峭拔，为同侪所弗及。然时时轶出绳尺，或訾之不以屑意，两试秋闱未售，遂弃去。人呼为狂，呼为痴，笑应之。

工书法，初师徐季海、米元章，晚窥晋人之室。性嗜酒，半居醉乡。求书者，但载一鸱来，辄颜解涎流，不问何如人，辄应之。饮酣濡毫，飒飒若有神助，纸尽乃罢。

俄顷，玉山颓矣，一时碑版联额，照耀遐迩，不独屏障生光辉云。

[校注]

①又说“云亭”。

胞伯祖殿传公传

公讳廷状，字殿传，廪膳生，乾隆甲子科举人。

生具夙智而天性至笃，幼入塾，授以诗书，辄解大意。及为制艺，闳中肆外，大言炎炎，寻行数墨者，望而却步。尤勃窣理窟于宋五子，别有会心。年十七，应小试，自邑郡至督学使者，前三试皆冠其曹。科岁校艺，复居诸青衿先。得食饩，才名藉藉，文出纸贵。藻思敏速，尝一日成二十余艺，同列惊为神。

乾隆甲子大比，遂中隽焉。由是力图显扬，每忘寝馈，劳瘁成疾，年未三十遽卒，闻者惜之。

胞伯旭谷公传

公讳毓蔼，字旭谷，附监生。

姿禀颖异，丱角入塾，第一日读《三字经》一册，经籍上口即成诵。甫十龄，遍诵群经史鉴，典坟寓目终身不忘。顾艰于遇，二十六岁始掇一芹。

父鲁疆公春秋已高，伯兄随季父宦游滇南，当户乏人，乃辍诸生业，督课耕耘，井井有条。

烟蓑雨笠，时杂亚旅间，人不知其为青衿也。或举经史疑义相质，辄趺坐浓阴下，滚滚畅谈，若泻瓶水覆，按之一字不误，人始服公之善记云。

族伯毓馥公传

公讳毓馥，不知其字，吾族所称孝子也。母衰耄多疾，终岁卧床蓐，公自中年丧偶，虑新妇奉亲疏缺，或忤旨，遂不再娶。无子，一女已适人。

家计萧条，力不能蓄婢媪，母转侧起居食饮浣濯，皆身任之。菽水之供仰给舌耕，朝晡具两餐，视晷影为度，兢兢惟恐后期。通医术，疗痘疹尤精。有延之者，度道远未能遽返，必备食品罗母榻前始敢出。间招女代己，未尝竟夜不归，归闻呻吟，或察有拂郁之色，辄惕息若负重咎，俟母颜霁始就安。

嗜杯中物，入唇便醉，然近母前，或遥闻謦欬，则应时醒，往往长跪自挞。母卒，号痛力竭，嘤嘤作孺子泣，几致毁，闻者恻然。

族弟中和传

君讳传潆，字中和，太学生。谦退敛抑人也，饬躬端谨，弗喜口舌争，而临机处变，确有定力不可摇。

弱冠，服贾远游，为主计者所引重。庚戌、辛亥间，携资赴金陵设织局。咸丰癸丑春，粤逆北犯陷金陵，同业者乘隙跳免，或约君偕逃，君曰，身受重寄，闻难掉臂而行，他日纵不我责，能勿内愧于心乎？遂留不去。然抑郁无聊，坐卧一小楼，每于枕衾中挥涕哽咽，念老亲不置也。

一日，作家书，痛诋逆党凶悖状，稿未脱，贼裨将以编查户口至，急藏稿于蓐下，仆人挟小怨故泄之，贼搜得书稿，君夺取其半吞于口，其半犹在贼手也，立缚君去白其酋，置畚中，鸣钲舁以徇，君双眦怒裂，大声毒詈，竟刳肤断舌寸磔以死。

甲子六月，大兵破城，凶徒殄灭。顾事隔十稔，知者盖鲜，故未蒙采录旌恤云。

族侄继勖传

继勖字勉之，血性男子也。躯干丰硕，面黧微麻，任事猛而戆。幼习角觝击技，刀剑矛戟之属，精强兼人，初不怙力忿争。尝从松野观察赴察木多督饷，跋涉荒徼，万里犹一室也。

咸丰十一年秋，豫、皖捻党十余万犯境，族叔幼冯公任团长，帅众御贼于韩家庄。以勖素勇，且从孙也，命为前驱，导里巷之入团者。至则据岸列防，当桥置炮三，幼冯公自守之。勖独仗戈登桥遏要冲。贼至，炮闭不燃，贼规夺桥，勖瞋目荡决三却之。顷，大队墙进，芒刃织交于胸，未伤寸肤。搏战移时，贼不得逞。觱栗呜呜呜，万口狂噪震屋瓦，同列气慑退走。贼伺隙突过，前后环攻，众遂北，幼冯公负重创而呻，勖闻声反顾，度不暇救，自雁齿跃入河，水浅及腹，可不死，时以揭厉获免者若而人，勖则疾趋盘涡，伏身濡首没于水。岸上人招之，但瞑目摇手而已。盖以幼冯公罹难，己为周亲，义不忍独生。呜呼烈哉！

族叔幼冯公传

公讳毓份，字幼冯，增贡生。

咸丰辛酉之秋，皖、豫捻匪鸠数十万人北犯，掠省垣而过。大吏敛兵闭城，不以一矢加遗，贼势益张。

先是，镇人集众议团练，推公为之长，联络遐迩，互为应援。警报至，公号召附近，赴历城境之韩家庄设防，应声至者万余人。凭河为险，布置周慎。以桥口居要隘，公选精壮自守之。贼涛涌而来，众奋力格斗，贼稍却。旋出敢死军数队，更番迭进，众不支，遂溃。公负重创，殁于桥侧，仆夫歼焉，从死者数百人，时咸丰十一年八月十七日也。

乱定，绅耆列状，乞邑宰上之大府，积六载，始邀恩恤。

镇人为建一祠，奉栗主其中。同里预难者皆配食，春秋俎豆之报，所以抒哀思也！

公强毅多智，敢为敢言，明于料事，洞若观火。少壮力学，游庠序，旋以试高等为增广生，有文誉。省试屡不利，后贡入国学。

晚岁居乡，多善举，修治祖墓，树柏植碑，购祭田，备享祀，主管宗祠，营缮出纳，丝毫不苟。亲族忿争，得片言立释，质成者趾错于庭。或助人葬事，不以烦瘁辞，遇疑难者，咸取决焉，故闾左以公为归云。

呜呼！方凶焰之炽也，恇怯将士率避锋潜匿，公义勇激发，不计危险，慷慨出御，一旦搏战失利，碎首糜躯，无所悔。迹其捍卫乡井，厥功甚伟，事之不成则天也。九原有灵，将毋没而犹视哉！恤赠按察司知事，入祀本邑忠义祠，孙继锐荫主簿。

湘浦孟公家传代

夫怀瑾握瑜之士，遭际昌期，驯致通显，秉钧轴，领方岳，名垂竹帛，功勒鼎彝，勋业之会炳焉，烂焉！考诸庭帏内行定省之仪，或瀡滫瀡之供不具，无他，萦情膴仕，明发靡怀，子职旷隳，有非鸿猷伟绩所能掩者。彼温太真，晋室名臣，绝裾一节，史策不无遗憾，盖本实先拨矣，若予所闻湘浦孟公则异是。

公和煦恬退，高蹈不仕，晦迹匿耀，莫测津涯。素缄默不轻议是非，然酒酣以往，纵谈世局废兴，治术得失，探源溯流，滚滚如悬河泻，卓识伟略足见一斑已。

比岁，宦途纷纭，登进日广，贩夫庸竖，类邀一命之荣。公果圭组，撄心逡巡，至方面不难，顾杜门养母，肥遁终身，盖天性。

笃孝，龆龀孤露，事节母左右就养，弗忍晷刻离。游踪百里而近，淹留无浃旬月者。壮日，母命谒选人，授职员外郎，羁栖都下，时时念亲不置，仓皇乞假归，遂誓墓焉。或敦劝之，卒不应。母遘宿疾，终岁半淹床蓐，公重趼延巫医，遍走群灵，哀祈身代，称药量水，扶掖抑搔，未尝假婢媪手。母悯其劳，令归寝，辄徬徨中庭，仰天饮泣，宵不安枕，发不栉，沐如常。然母教素严，小失节诃责鞭挞，窘辱百端。已逾强仕，子妇盈前，犹斥使长跪入丙夜不释。公怡然顺受，无几微怨怼，容愉色盖由衷也。

倜傥明大义，癸丑甲寅间，蚁贼躏畿辅，蔓延山左之西鄙。虽应时剪屠，而带甲络绎，资粮告匮，公蒿目时艰，偕诸弟诣省门，吁陈助饷，各出白金巨万有奇。畺吏闻于朝，渥承恩谕加道衔，赏戴花翎，旷典也！

邑人议葺黉宫，患不胜，公与从兄观察公，独力建明伦堂及门二重，官舍三楹，工遂举。缮城垣，治书院，率解囊先之。是以累邀甄叙，周赡戚族及里党之困顿者，假贷至，再三不厌。或以质剂进，则力却之，不待他日，焚券也。

先世尚恂谨，公恪守家范，谦退敛抑，无贵贱少长均接以礼，饶有西汉奋庆遗风。

戊午初夏，为母举六旬寿觞，一时冠裳骈迹，羔雁盈庭，论者谓至德感孚，故遐迩倾慕若此。夫何爱日方长，遽膺沈疴，易箦之夕，喃喃以事亲未终为憾，没而犹视，闻者哀之。呜呼，古之言孝者，不以三公易一日之养，谓能急菽水淡簪绂也。今世椎牛而祭者，吾不知逮存之日甘旨之奉何如？然自公衡之，亦加于人一等矣！

公讳蕙林[1]，字湘浦，系出邹国亚圣公，明洪武中徙籍章丘，代有闻人。曾祖可昇儒林郎；祖有智茂才，候铨州丞，多善行，里人推为长者；父毓翀上舍生，具俊才，弱冠弃世，母氏盖以节著。

曾王父以下，以从兄观察公贵，晋赠中宪大夫；以公贵累赠通奉大夫，母亦荣膺象服。令甲非真除，吏褒封不得逾三品，公援新格获邀异数。焚黄之日，故悲喜交萦云。

生于嘉庆丁丑四月初七日，卒于咸丰戊午七月朔，享年四十有二。配韩氏，候选同知之蕡公女。子二，继鑫，娶马氏，贵州独山州知州纯熙公女；继森，聘高氏，詹事府主簿意城公女。女二，一适候选训导曰恕耿公之子贡生士芸，夭；一适江西广饶九南兵备道曰恂耿公之子廪生士伟。孙一，广安，鑫出。

予与公族伯叔昆季交最多，习闻公懿行，故不辞谫陋而为之传，付鑫等藏诸家，备志乘采择焉。

[校注]

①学恕堂传玙。

族叔连楹、健也二公合传

吾宗之人以孝著闻不可偻指数，其克敦友于者，诸父行中独得矫矫之二人焉，曰连楹公讳毓柱，曰健也公讳振乾。连楹公之事兄，健也公之抚弟，一时并称罕觏。二公少日皆逆境也，皆乏困之日也；又非出于士大夫家，讲明内行者也难矣。

连楹公之兄，相待寡恩俗情，所藏怒宿怨者也，尤难之难者，使其业本素封，推解有力，稍知念显之人皆勉为之，安得曰矫矫者，盖天性肫笃，谊重手足，有发于中而不能自已者，敻乎尚矣，加于人一等矣。

连楹公之考曰克绪公，商于吴，中年丧偶，娶李氏以归，生公不数载即弃世。维时公之异母兄曰体仁，已逾壮，兄子传魁亦长公数年；兄湎于酒不事生业，家渐落，饘粥恒不足，母氏遂大困。兄及侄虐遇公诟谇，捶楚时时不免，母氏心怜之，不敢阻，公怡然顺受，无几微怨怼。容兄鬻室庐，敛其资挥斥之，而令公他徙，谓为析箸，实无可析也，公奉母借邻舍以居。

已冠，初学服贾，岁获赢余，数无多，供菽水外，先为兄抵酒，逋寓钱垆头，备不时之需。或倩人代市甘旨，用佐浮白。是以兄虽居贫，殊无屡空之嗟，朝夕沈酣如故也。若是者十余年弗替，兄与侄相继没，侄遗一嫠二女，公招至其家，饮食抚育加厚焉，女之婿及甥仰给终其身。

健也公同怀四人，失怙时叔季两弟方童稚，仲弟经商于外，橐稍充，自请别居。公谕止之，弗听，亦无如何也。岁荐饥，塉埆数亩不足赡多口，拮据衣食，心力俱瘁，乃弃农为贾。两弟子姓繁衍，婚嫁频仍，公昕宵经营，尺布寸丝下至琐屑之物，色色周备。诲诸侄及孙严而法，别材异使，俾各成立，嗣是生计稍充。为两弟起宅门轩，堂寝庖湢井厩罔弗具坚，致华洁倍他家，园圃膏腴称是，厥后分炊，左宜右有不烦劈画者，公之力也。

至于操履端严，衷怀坦直，处己以谦，接物以和，居业以勤，任事以勇，二公大率相同。尤异者，栉风沐雨以逐锥刀之末，又复少历艰苦，驯至丰腆，宜视囊底物为性命矣。然能轻财好施，凡有义举必居倡首。排难解纷，重金脱手无所吝。丐贷者负而不偿亦笑置之。此其居心敦厚，固大异于儇薄锲削者之所为。懿哉，二公夫何间然。

先师族叔星一公小传

呜呼，公归道山六阅寒暑矣！梁木之咏，同门衔悲，况铸之笃承诲导稍知向方者乎？铸年已六旬，往往五夜梦回，瞿然思寻衣急起，或濡毫作书，点画波磔，犹兢兢不敢参入俗体，即此一二端，则公教泽入人之深大可思已。

公立教矜严，课程精密，眠餐讲诵皆克定期。丙夜夙兴，终岁勤劬，曾不晷刻差。举止容仪，肃如秩如。旅进环侍，罔敢跛倚涕唾者，盖范身作则也。指示津梁务规远大，不效速化之术。校定文艺，标甲乙明。赏罚丝毫无所假借，资之捷钝，诣之高下，因材异施，故著录者，人人自奋，或携业就质，必悉心订正，不以情疏歧视也。试于有司，岁必有售者，故门人益进其自力学也。静专凝一，至废寝馈。研寻奥义，反复求通。诸经皆手录成帙，几于编绝。

弱冠入邑庠，旋以高等食饩。顾艰于遇，嘉庆己卯，仅一中亚榜而已。循成格官教谕，历摄馆陶、肥城、荣成、泗水、乐陵校官，皆不逾时而归。嗣铨昌乐县教谕，除目方下，公以居忧闻；服阕，仍授昌乐缺。地瘠苦不足赡八口，只身赴任。与诸青衿谈艺外，余日兀坐披吟无他营也。咸丰戊午，同列以非礼侵侮，公与辩于上官前，事未白，会抱疴，遂归，终于家。士林闻之，同声嗟惜焉。

事二人色养綦隆，毕生如孺子慕。奉兄教令惟谨；授兄子经，督课最严，迄于成立，盖借是以报兄也。

性肫悫，不善挟诈术自文，故为黠者所龋龁，恒多牵染云。

公讳毓健，字星一，号春荄，学者称星一先生。

获鹿县教谕树百张公传[1]

张蕙田，字树百，号兰友，乐田季弟也。生质颖异，为文独出机杼，不拾人牙慧。嘉庆戊寅举于乡，屡入礼闱，傥得傥失。授校官，历摄广昌、东明、西宁、蔚州篆。董率诸生，文行并举，故黉序多成材，然皆不淹时去。独居获鹿任最久，教泽亦最深，一时科目联翩，训迪之力也。

获鹿宰以重役累民，村氓数千人麇集官舍，势汹汹，祸几不测。公闻变，往谕，围立解。

尤邃于学，诠释经传，寻绎精义，多出先儒常解之外。里居日以课生徒为乐，讲四子书，领取章句，神理自得，真解不参语类诸书。每角艺，人授一纸，口占，使书不相沿袭，而矩矱森然。著有《尚志斋课草》。

州守重其人，询以利弊，直陈无隐饰。值歉岁，议浚河代赈，首率部民趋功。有以水道构讼者，力排解之。官建考院，属总司土木事；与众和衷经画，功蒇而规制甲畿辅。州牧万公卒于官，贫不能归榇，公倡义集赙送诸里。与人交推心置腹，拯危难不避艰险，亲族多赖以存活者。性笃孝友，居丧哀毁几不起。从伯兄受学终身，尊奉如严师，课诸侄及孙辈皆成名。

[原注]

❶入《定州续志》。

清园王公家传

鸣呼，士君子圭璧束躬，砺行砥节，孝足媲曾闵，廉不愧夷齐，嘉言懿范，宜表宜坊，倘使之策名王廷，扬历中外，本纯修为化导，厉浇挽颓无难焉。不幸屈伏里巷，韦布终老，伟节卓行，间留一二端，挂荛夫牧儿之口，而姓字寂寥，其不随荒烟蔓草沈沦澌灭者，盖亦寡矣。惟赖彼苍降鉴，福善有常，不在其身，在其子孙后之人，济美竞爽，簪绂联翩。二三父老，熟睹强识，则相与赞叹咨嗟，申溯源追始之论，是知幽光潜德，燕翼贻谋，蓄诸前人者，厚斯达诸奕世者昌也，是说也。

吾征之于清园王赠公，公讳肇淏，字清园，世称长山甲族。公生未周晬而孤，母氏赵，饮冰茹檗，苦节抚之。大父某，隐君子也，多阴德，性方鲠，律身治家胥秉古训，督公严切，一颦笑一起居，准诸少仪，不以失怙故从宽假。公善窥意旨，宛转趋迎，侍左右廿余年，未闻触怒。而一生规行矩步，口不出游词嫚语，身不作惰容伪貌，盖秉承祖训为多。云事母以孝闻，母晚岁膺羸疾，沈绵床蓐且十载，公遍走群医，手和汤药，不栉沐解带以为常，扶掖抑搔，供役无倦。虽中裙厕牏，时亲浣濯，未尝假之妇女婢媪也。母弃，杯棬柴毁逾情，含敛衾椁及诸营葬具一一从丰，人或议其过费，不知襁褓孤露孝思未伸，用是尽哀尽礼，诚有隐痛于中而不能自已者。春秋展墓，虔奉匕鬯，暮齿拜跪渐艰，不以人代，犹时时孺子泣焉。事季父如父，出告反面，耄期弗衰，门内外事纤巨必启白然后行。厚礼诸姊，囊橐筐篚交于路。

宗祠苦湫隘，公改作而恢张之，轮奂巍峨突过旧制。处里党间和而介，不为苟异苟同。胸次坦白无篱棘，然温煦中时露圭角，与子言孝，与父言慈，过误则法语规之，嫌怨弗避也。而村氓野妪积敬生爱，男子之盛服亲迎者，新妇之甫庙见者，其家率之踵门叩谒，冀识公面，聆公教辞以为幸。

傥荡少年侧弁弛服而来，瞥公在必整冠敛襟，然后过与之语，正容以对，罔敢泄泄沓沓者。

为人代筹曲折，详尽无遗策。或以缓急告，倾箧济之，副所望而去，凶岁仰给者尤伙。闾左雀鼠争，闻公片辞立释，故排解无虚日，赴诉质成者，户外之屦满焉。待宗人尤笃，遇疏逖若骨肉然。某贫不能娶，公割田产畀之，遂授室嗣续，赖以不坠。生不滥交，交必致敬。推诚忧患，共之姻娅，往还始末，一视不缘盛衰判冷暖也。戚好到门，炊粱剪韭，款洽周至。于落魄者有加礼。治内崇节俭，教妇孺辈谆谆以奢靡为戒。刻苦自励，食却兼味，丝帛不挂诸体，严冬惟一老羊裘而已。属以门丁，寥落终鲜。兄弟大父春秋高，当户乏人，遂辍弦诵业佐理家政。季父倚畀若左右手，迨季父弃养，厥嗣甸南中翰键户读书，登甲科，通朝籍，远近游，率不忧内顾，赖公代操家秉，故超然无累焉。

特是，幼嗜典坟，中抛铅椠，夙志未酬，毕生引以为憾。命诸子习儒术，督责期望无间。初终常诲之曰，吾先人诗书传家，历宋元明以迄于今，绵绵翼翼六百载不绝，皆先世厚德所留遗也，汝曹其善承之，譬如木之有本，本一也，而枝干有菀有枯，惟善承先泽者，斯祖宗之气脉与为贯注，修短衰旺任自为也，公之垂教如此。

今少子廉访君由县令起家，荐擢秉臬，众母之誉溢于畿甸，而揆文奋武为世长城，上官亦交章荐之，开藩仗钺指顾事耳。要非勉循庭训，兢兢以勿坠家声为念，其能为良吏，为名臣，烜耀如今日哉！公恭膺赠典，阶跻二品，松楸泉垆之荣亦云茂矣。是则圭璧束躬，砺行砥节，虽未表著于生前，犹有继起之彦展布而光大之，遂令姓字赫赫，不随寒烟蔓草以俱湮，天道福善谅哉！

德平县知县任堂张公传

公讳乐田，字志莘，号任堂，一号莲波，定州人。

先世家曲阳，十一世祖宗元始迁定州，曾大父以下三世为诸生，皆有学行至。公兄弟三人，友恭而益笃于学。公为长，性聪颖，行文矩守先正，尤肆力于左氏，同时知名士咸归附之。嘉庆十三年举于乡，二十五年成进士。道光元年授宣化府学教授，十四年部选云南禄劝县知县。母老告近，改授山东德平县，十五年之官，明年以母忧归，居五年而卒。

公方严砺廉隅，尺寸不苟，为时流后进所畏惮。然遇戚族，煦煦有恩礼，未尝立崖岸呈圭角也。善训诲生徒，在宣化日被指授者，率掇巍科，一时文风丕变，负笈担簦之士几遍他邑。德平地僻，三十年无登贤书者，公严立课程，口宣而掌示之。自是举业始兴，科目接踵，里居则门人日进著录难举数焉。

宣化孔子庙、学使试院及郡城书院，率荒圮不治，公倡议缮葺，承命督土木，费省而工坚。

盖上官察其廉且材也，故倚之如左右手，寻命以勘灾施赈诸务佐牧令，咨询筹度不避嫌怨，不恤劳勚，期于尽善而后快，如请改煮粥为散米乃其一节。

然平时于守土吏不通干请也，德平故多盗，且悍犷健讼，公莅任三日，廉得司仓吏奸滑，状黜治之。悬重金购索匪徒，四境肃然。治狱平恕而详慎，青衿某罹法，悯其为名臣后裔，曲贷之，卒为良士。

岁旱，大吏欲行平粜法，公稔其扰民，亟请罢令，惟斋祓露祷，甘澍立沛。蝗蝻伤稼，公冒炎暑，履亩捕治，岁乃有秋。

事亲以孝闻，居父忧，依椓三年不离跬步。洎丧母，遂绝意仕进。

处宦途寮友间，孑然无所依附，佥目为迂。久之滃訾噂沓者胥败，向尝摈公者乃叹服公为正人，盖颓波一砥柱也。

著有《敬义堂诗文稿》四卷本。官封文林郎，后以子朴官晋通奉大夫。

箴西江公家传

江公讳铭，字箴西，即墨南鄙之仲村人，世为甲族，自七世以降，朱丹其毂者，项背相望也。

先德某举丈夫子四，公居其季，天性端谨和厚，见儇薄子弟竞尚诈谖锲削之行，辄厌鄙之。而精勤刻励，善茹苦任治生。年十七，先德令弃儒生业，佐理家秉，值食指日繁，埆田二十亩，岁入不足供饘粥，公钠张拮据，男钱女布以时畀焉，罔弗具自伤甘旨之啬也。假资权子母，驰驱四方，栉风沐雨者二十年。诚款所格曹偶，胥乐为助阛阓，以长者目之。至于测赢缩，卜流滞，决胜千里之外，曾无累黍差。故居积辄倍，蓰逾十稔，累资巨万称素封矣。

初学贾，远出羁留岁时，不得返家计日替。先德命析箸，而与公室唐宜人同炊，硗埆四亩有奇耳，菽水之奉，半恃宜人纺绩，君舅君姑乐其承意旨，忘其处乏匮也。乾隆丙午大饥，公驰归，喜高堂无恙，询知分爨则大戚，先德谕譬之曰，若妇善事我若行矣，无复以晨昏为念，公牵车异乡，毕生无内顾忧者，唐宜人之力为多。

公笃念本支尤敦，骨肉甫弱冠，首议起草庐奉高曾俎豆尔，日力犹绵薄也。嗣是，修筑先墓，增置祭田，缮葺家祠，刊订宗谱，率倾资为倡，或踵前规式廓之事。诸昆怡怡随肩至，老若童稚。居虽异财，至于佐度支，通缓急，不啻外府。诸侄及孙，使耕使读使贸迁，因材授事无弃人设。姊氏祭田教甥辈纳粟成业，戚族隳陷阱，不惜濡首褰裳赴之贿解计脱，必其人免于难而后已。

盖公善理财亦善用财，尝曰烈士任侠，脱手千金，破家徇名，鄙愿所不敢存，苟于物有济，区区箧中物，颇不以性命视之，指囷麦舟之举，乌知不见于今哉。是以收恤宗族，振施厄穷，待以举火者，且千家垂白之叟，髫龀之孤，青灯之嫠，三者尤加意焉。嘉庆辛未岁凶，佐先德出粟六百石，计口分授闾左，赖以全活。后遇荒歉，施助如前时若。

独力建云衢坊，重修黉宫两庑戟门及邑北大桥，皆出重金兼督工作。施城隍庙香火田二十亩，其藉藉人口者乃细节也。佃丁私刈麦十余亩，家人欲绳以法，公曰，若迫枵腹耳，情大可悯，吾岂爱惜升斗而使人困棰楚哉？姑置之。其人卒悔罪自投。尝购一婢，病股不良于行，公多方乞刀圭，医疗半载始就瘥，询知为宦戚女，毁质剂还诸其家。

海滋有赴诉县门者，贸贸过里门，非素识也，公察其貌，挽之坐，叩厥主名，宛转排解之，其人感泣，遂罢讼。闾党或雀鼠争，丐公一言曲直立判，不复再蹋公庭。公之厚德感人多类此。

居恒慨祖祢以来，科目中衰，奋然为兴，复计开讲舍，延明师，择族子之有材者，使就学，赡其衣食，严其课程，精进者优奖之，怠弛者诃责无稍假。其牵率家事不克来学者，助其脩脯赴试之费。历数载，子若侄及诸孙接踵游庠序，饩廪糈蒸蒸称。高材生仲子恭先甲午捷，京兆试，公之愿少酬，公之心亦良苦矣！

曩者先德寿百有二岁，慈氏寿亦九十四岁，曾元济济环萃一堂，邑之人诧为瑞事，合词陈乞赐六品衔，赉予金帛。有差公之寿亦七十七岁，恭先援例请于朝，晋阶奉直大夫，识者谓种德食报，公家独丰。后昆头角峥嵘蝉联鹊起，天之酬贶，殆未可量云。

子五人，孚先廪贡生，候选训导；恭先甲午举人，大挑知县，需次直隶，历摄临城、柏乡、安州，所至有声；翰先翰林院待诏；从先州同衔；俊先布政司理问衔。孙某某俱业儒。

论曰，废著之流比比也，持筹握算析及锥刀，乃复机诈，相高竞日，喋喋不出一由衷语，饮羊之术工矣，何患籝金不溢哉。然靳财贿如膏血，侔骨肉于陌路，脱有叩门丐分文者，辄诡词饰说，亟避去之如遇强寇。彼窖底藏镪，徒供浮荡少年儿歌馆酒垆之一掷。呜呼，淫人富谓之殃，天道亏盈，彼守钱虏，持此安归乎？《洪范》五福二曰富，继之曰攸好德，古训昭垂盖有微旨，如公之积而能散，殆合于好德之说已！

李节妇传代

吾乡风俗淳美，户诵家弦，闺闼之媛咸知守礼，是以青年居嫠励志坚贞者，十室之邑率不乏人。而华胄鼎族则视柏舟矢节，固分中事也。夫就养庭帏，髾髽代子，推恩嗣续，折躨兼师，妇职也，母仪也，犹常情也。至若侍沈疴之病姑八年床蓐，抚承统之稚子两世蚩蒙，命也何奇天乎？独酷如吾邑李节妇，洵卓卓可传者也！

节妇姓张氏，处士张可顺之女，而李公光辉嗣子恒祥元配也。温惠淑慎，姆教素娴。十七岁于归，婉顺将承，能博堂上欢，族党以孝妇称之。结缡甫半载，恒祥暴亡，节妇痛不欲生，殆以身殉。舅姑慰谕至再，谓两老人膝前寥落，鞠育犹子，为百祀宗祊计耳！死者已矣，脱新妇相从地下，是使两老人重罹丧明之痛也，可若何勉之，勉之其终若所天事；节妇茹哀回念，祇奉舅姑如初。

姑病痿半体不仁，委顿枕席者十载，节妇勤扶掖，谨药饵，中裙厕牏，手自浣濯，始终无倦容。姑没，哀毁尽礼，附身附棺之具，咸诚慎将之。

无子，立兄公仲男敬诰为夫后，方四龄，耳恩勤顾，复有逾所生。比长，延师授经，寒暑督课无宽假，而因地逐时，谆诲若慈父焉。敬诰循谨修饬，文行并进，论者谓得之母教云。授室后援例入成均，旋不禄。节妇哭之痛，而悯其乏嗣也，乃以族侄之子莱基继之。饮食教诲不异抚敬诰时，故莱基恪守世范，罔坠家声。

今节妇年六十有八矣，舅氏方在堂，耄期九十有三，矍铄精神，优游忘老，节妇养志之善概可知矣。

比者闾左青衿习闻节妇懿行，群胪贞孝诸迹上之学使者，吁请获旌如例，谋伐石植楔棹于门，以彰坤德。

敝庐去节妇之居十里而近，姻娅中往往道节妇贤行，予耳其名，钦其德久矣。窃思古人以不出为人后为幸，虑夫慈孝两隔，盖仰事俯育，诚哉其难也。节妇所奉者，承嗣之舅姑难矣，值其老且病焉，则难之难者。所抚者入继之幼子难矣，不幸甫成人而夭；再抚入继之幼孙，则难之尤难者。节妇饮冰茹檗，称未亡人者五十年以孱焉，藐躬撍拄四世之间，言乎仰事，则妇职克举，言乎俯育，则母仪堪师。求之史牒，殆不数数，觏又岂寻常青年居嫠，励志坚贞者所可方驾哉？爰不辞谫陋而为之传。

卷十二

鲁疆孟公墓表代

今上御极初载，闿泽覃敷中外臣工，率得仰邀纶绋，褒扬先世，于时公孙赵州判官传铸，积戎幕功，由县令荐擢府同知，再加盐运同知衔，藉两途升阶，为公陈乞获貤赠如其官，合前冀州州判之请，盖三膺恩命矣。用再砻石表公幽宅，昭天贶也，而以载笔见属。某与传铸同砚席又同宦畿甸，夙闻公之文望懿德，其安敢辞！

公讳兴麟，字仲绂，一字鲁疆，号蕉轩，士林耆宿也。同怀三人，少日并负才名，世有珠树之目。兄殿传公早登贤书，旋弃世；弟秋崖公，中进士科，出为大尹。公浮沈诸生中，十荐不售，郁郁赍志以没。学丰遇啬，文章憎命，可胜慨哉！

公湛深经术，上自服贾马郑之笺疏，下逮濂洛关闽之传注，钻研穿穴至废寝馈，折衷于国朝官书，以求一是。门下士携疑难质，必确指某说精粹，某说偏驳。不专主汉亦不专主宋也，或劝著书自见，则曰诸儒纷纭门户，角胜今时，谈经学者，大都拾唾余耳，吾心窃鄙之，其忍效鹦鹉舌哉！所为文，胚胎先正，沈雄浩博，一变拘挛骫骳之习。

尝游武林赵鹿泉先生之门，赵为当代宗匠，著录至数百人，一经指授，类掇巍科以去。公称高足弟子，乃独坎壈场屋，论者叹为今世刘蕡云。其制艺，诗古文杂体甚伙，多散佚，今箧中惟《蕉轩课艺》五卷、《偶然录》二卷，皆诸郎裒辑者。平生不喜言著述，故所存仅此。

厥考书升先生，刚方而侠，家人小不适意谴责立至。公委婉顺承，终身无忤旨。

酒客登筵通宵，伺应弗倦也。倾箧周急，则取给不移时，书升先生顾而喜之，怡然忘老。公训子特严，别墅筑号舍十楹，课期键户授简一，仿试院式，评骘后，揭甲乙于通衢。晚进就正者字梳句栉不厌，一时积学之彦扶植奖成为多焉。

曾祖名捷，候选县丞；祖国津，庠生，任管勾厅；父可举，即书升先生也，庠生，赠文林郎，丰润县知县。

配张太恭人，名家女，事舅姑克孝，治内有法度，公之贤助也。

呜呼，一第慁人，蜂腰遗诮，毕生抑塞甚矣。然而贻谋象贤，龙章叠贲，潜德所积，郁极必光，英灵未泯，庶几心慰也夫！

连楹孟公墓表代

公讳毓柱，字连楹，姓孟氏，邹国亚圣公苗裔，明初叶始徙居章丘之旧军镇，世为大宗。

考振声公，举丈夫子二，公其仲也。从父克绪公，弱冠无禄，承考命往奉厥祧。

公生之日，振声公春秋已高，未周晬而孤。异母兄及侄虐遇，公履蜂握虿者二十年，恬受无怨色。母失明，馈馔进衣转侧需人，公善伺应，昕夕无倦。中裙厕牏，躬自浣濯，不啻以身代杖也。

洎刘宜人来归，内助有藉，乃出营菽水，服贾四方。旋奉母赁屋别居，先世遗业尺土寸椽置弗问。兄耽饮日入醉乡，田产挥斥殆尽，侄亦夭逝。公岁入无多，奉甘旨外，强半归兄。或储钱酒家垆，待不时之需，故兄暮齿食贫，资用未闻告匮也。侄遗一嫠三女，皆倚公以居，衣食婚嫁不异已出，婿若甥。

有待以温饱者，处丑夷和而恕，不为洗垢剔瘢之行。性尤坦直，闻人施机阱，辄心薄之。任事勇决而勤，质明求衣，旦暮矻矻，至没齿不衰。拯困济厄必解囊为众倡，丐贷者或相负，怡然不与校，义方之训以溪刻险诐为首诫焉。

刘宜人柔嘉淑慎，事君姑婉承意旨，能得欢心。抚侄妇及其女，解衣推食毕生如一日。教幼息惟严，御下则恩恤为多。操家柄励勤戒奢，粗粝布素终身不易节。有告缓急者，如所请以偿，弗稍靳。

鸣呼，公少丁家难，而性笃天显，曲尽祗恭。又赖刘宜人同志相佽，事成绝行，迄今闾左言弟道者，必举公夫妇为法，不亦加于人一等哉！公及宜人同登大耋，子若孙济美竞爽，天之笃报，其未有艾欤！

皇清敕赠儒林郎太学生東轩孟公墓表代

公讳传约，字東轩，姓孟氏，乃上舍华菴先生之冢嗣也。谨厚质悫，无矜情饰貌。奉二亲左右就养，罔有缺疏。年已及艾，犹肫肫孺子慕焉。与弟友爱，终身无违言。稍壮，随父贾四方，所至倾其豪俊。中岁，业渐裕，每与弟举述少日乏困事，谆谆戒家人，虞其流于骄侈也。

母纪太孺人，年登八旬，闾里为举寿觞，一时冠裳溢巷，醪币充庭。公酬酢纷纭，必丰必备。盖啬于自奉，不敢薄于待人。如此，期功彊近，仰事俯畜，婚丧礼仪，率待给于。公其他拯厄济危不可偻指数。堂弟传准夭逝，遗妻沈氏；传绳亦壮年无禄，遗妻柴氏，绳稍有囊蓄，公代权，子母积至多金，备两嫠身后绞衾楄柎之需。厥后沈、柴皆以苦节获旌于朝，公保卫之力也。

女兄适董室，孀而屡空，公扶植两甥皆成立，光大旧业，女兄得赠恭人。顾年甫周甲，慈亲在堂，以中道丧弟，伤悼过甚，遂致不起，闻者惜之。

配姜安人，庠生道源公之女，事舅姑以婉顺称；待其娣尤有恩礼，亲操井臼不辞况瘁，贤媛也。

公由太学生赠儒林郎，厥配亦赠安人。子继丰监生，候选州同。孙广焯，乃族侄继晟之子，继丰立为嗣。女五皆适名阀，诸婿有登显仕者。

公卜窀穸数十年矣，兆域失宜，今春乃徙葬于兹，某与孟氏交最洽，习公之懿行，继丰以表墓为请，故书其崖略以诏来许。

玉含孟公墓表代

敝庐距阳丘百里而近地，故多甲族，以善良闻遐迩者，清平军孟氏为最著。

孟氏宗法，崇逊让，尚和厚，胶庠之英大都砥砺廉隅，笃修内行二三。素封家则，急公纾难，济困扶厄，仿佛古昔睦姻任恤之风。初不敢以豪侈耀闾左，如予所闻席丰腆，而修士君子之行者，不可更仆数，玉含公其翘楚也 。

公讳云溪，玉含其字，为上舍舒长先生之冢嗣。稚齿失恃，事继母李太夫人，承志先意，色养綦隆，旨甘滫瀡之奉，温凊定省之仪，毕生无疏缺，太夫人亦爱之不异所生。公敦友于与弟滋圃公，怡怡翕和，凡田庐财贿，逊腴推美，各行其志。

幼嗜学，临文有奇气，试于郡，拔冠曹偶，遂为博士弟子，众方以巍科相期待。既而上舍弃养，当户乏人，乃辍业。然每至学使按临及省试之秋，辄抑郁怅触者累日，盖深悔中岁废学为失计云。

世父[①]睿斋公尝为宵人所构，几陷罪罟，公亦罗织其中，牵累经年冤始白。公本畏谨修饬，至是益慎密，跬步片语必懔懔焉。年未及艾以时疫终，戚族咸悼惜之。

配董夫人，育自名阀，备妇德，事君舅君姑以孝称。佐公司内柄，洪纤毕举，恩能逮下。接篷室如其娣，故房闼泯勃豀声，当时号嘉耦，洵无愧矣！

公年四十有八，董夫人年六十有一。子怀川，本名传珠，历任贵州、思州府知府。孙继颙，议叙主事加道衔，戴花翎，公侄华林之子也，入为怀川君嗣。怀川君殁，厥室何夫人及侧室冯恭人迭助军糈，累累数万，由是德音屡邀，公之祖若父，下及其子，四世均阶通奉大夫，祖母以下皆为夫人。怀川君获晋观察衔，旷典也！非公积行种德久而弥光，安能烜赫焜耀如是哉！

兹者继蘋谋伐石表公幽宅，以文为请，予以居址密迩，传闻有素，爰撮书之俾揭诸阡。

［校注］

①伯父。

岚亭孟公墓表代

农部郎岚亭孟公既殁四十有四年，嗣君传璲谋伐石表公幽宅，以文见属，某忝戚属犹子行，知公行谊最确，其安敢辞。

公讳云峰，字岚亭，乡贡进士有恒公之仲子也，世守诗书业。高祖锡弼庠生；曾祖国寀候选州同；祖可相入国学，里左有端士称。

公天性笃孝，生未匝月即失恃，成童复孤露，哀毁柴瘠逾恒流。痛母以蓐疾终，遇讳日及己降辰，必阖户饮泣，竟日不接宾客，家人罔敢以餐进。盖毕生孺子慕焉。事继母董太宜人，探意旨，承色笑，依依膝下，虽婢媪亦忘其非所出者。而温清定省之仪，必周必慎。中岁病剧，犹仆仆视寝膳。太宜人屡遣之，弗懈也。

居伯仲间，让梨推枣，翕和无违言，花晨月夕，怡怡如也。

幼嗜读，资禀稍钝，然勤劬百倍他氏，有沃面淬掌之风，故术业日进，耆宿皆以远到期之。

弱冠应童子试，学使者爱其文，把玩不释手，将列首选，夜分就寝置幕上，旋忘之，明旦大索不得，竟被遗。来岁乃入彀，告以前事，文先付梓矣。嗣是，校艺辄前列，获食饩。仪征阮太傅刊其诗文入试牍，一时纸贵。

乾隆庚戌翠华东巡，齐鲁俊彦一百五十余人应召试于行在，校阅大臣拔四卷进呈，咸邀睿赏。将造榜，会有尼之者，忽黜落三卷，公预焉！士林嗟惜之，目为沧海遗珠云。厥后秋闱亦多不利。

年逼强，仕谋沾禄糈娱衰亲，出为昌乐县教谕，训青衿。以敦行为先，张白鹿洞学规于壁为程式，士风为变。

已而入官户部，任广东清吏司主事。公通算术，善勾稽，岭表金谷之籍累累若山积，昕宵衡校曾不铢黍差，老吏猾胥咋舌旁睨，不敢出一语。兴平康大司徒廉公才，曹事一以委办，得主稿。会三载察举贤能，上官将以名应，而公望云念殷乘款段出国门矣。先是，迎养之使趾错于道，太宜人惮远行，未允所请，公遂决计弃官归，夕膳晨羞终其身，不复出。

宗故有祠，稍湫隘，众议拓而新之，公引为己责。庀木石，督丁匠，部署内外，两岁乃毕役，焕如也！增置祭田若干亩，备牲牢之需。手订族谱，以确以详。

尤笃内行，重彝伦，常悯时俗浇漓莫可挽救也。摭采史传丛说关五伦法戒者，州居部次为书五十三卷，题曰《人镜集》。嗣君已授剞劂，读书者寻绎叹赏，兢兢奉为圭臬，其维世之心亦良殷。

己体清羸，晚抱疴，乃习长桑君术。或以疾楚告，授之刀圭，辄立瘳。虽当剧戒，阍人不得阻，由是乞请日盛，户外之屦满焉！

居乡谦逊，未尝以贤智名位自矜。年逾五旬，居尊宿前犹辟咡罄折若童稚；遇鄙夫庸竖，亦降颜温语接之；横逆外侮之来，返躬引咎，其人率愧悔谢过去。

嘉庆庚辰新政，下举乡饮酒之礼，盖数十年旷典也；邑令采舆论，将延公为大宾，而公竟以沉痼先期不起。

呜呼，嘉言懿行更仆难数，田父野老至今犹啧啧言之。没而祭社宜也，如某谫陋无文，安足阐发幽光哉！

元配张宜人，有妇德，中年卒；继配魏宜人，亦善主馈，教子若孙修士行，勉循公业，毋坠世守云。

睿斋孟公墓表代

古阳丘之北有隐君子焉，曰睿斋孟公，其行宜表著闾左，距其殁，岁星逾两周矣，口碑啧啧至今不衰。家孙鹤林[①]，予辛卯分校所得士也，公余接见，藉询先世颇详，癸卯孟春，鹤林将勒贞珉于公幽堂之次，丐予一言以诏来兹，谊忝通家，不获以无文辞，爰撮数言俾揭诸阡。

公讳有智，字睿斋，怀楼其号也。髫龀失怙，母氏袁太恭人以节闻，传载邑乘。

公资性端谨，纯孝天成，事母依依孺慕，备极色养。洎母弃世，公尽哀竭情，一符礼经。公叔父圣化公[②]抚公，恩勤教诲不异所生，公事之出入禀承犹严君焉。爱弟尤笃，自童稚洎老耄，埙篪倡和式好无犹。有别墅轩曰“爱饮”，相偕读书其中。下帷攻苦，昕夕切劘，虽严寒盛暑无稍间。试于郡，冠其曹，举茂才，益自淬励。作为文外质内，腴寝馈曩哲不懈而及于古。

既乏知遇，爰授职州司马，为先世邀褒扬云。自是，之燕、之吴、之越，求天下奇闻壮观，登涉游览，以陶写性灵。遇名胜，辄蜡屐买舟，流连凭吊，有龙门子长、洞庭禹穴之思焉。

公之举长嗣也，年届知命，又数载，始举仲嗣。公教之，宽严互济，延名师择益友，训督殷勤，时以勿替青箱相责。遇试期，辄为师友推毂，一时论培植士类者，率以公为首称。与人交冲，挹肫挚中无畦畛。喜博涉诸艺事，诗余词余而外，尤精丝桐，每当花前月下，爇名香，瀹佳茗，张弦抚轸，听者移情。

家素饶裕，公善用财而不尚挥霍，戚里族党以缓急告者，各偿所愿去。他如筑学舍、建祠宇、兴舆梁，计工所需辄殿其成。族有先祠，素湫隘，公倡义修葺，拓基址，树垣墉，缮堂庑，规模巍然。

胞姊适平陵李公绪洛，中岁不禄，遗孤齿最稚，公延师教之读，备家计，成人始遣归，犹时时馈问不绝。堂姊适同邑成凤郝公，家中落，公为置产以图善后。外家袁氏，名阀也，后浸衰茔田多迷失，公为请诸当路得拓地如故，且勒石焉。

业师新城王余人先生，以名宿官学博。殁后，公裒辑遗文付剞劂，氏以传噫。

士君子为政于家，天伦自笃，井里之内，薰为善良，如古所称，王彦方其人者，曾不数数觏今，乃于公得之则其燕翼贻谋为何如？其济美象贤又宜何如耶？

配纪恭人，为同邑望族上舍含光公曰刚宏之次女，柔嘉温惠，雅号贤媛。迨归公，坤道纯备，内职修举，事姑愉惋和顺，动循礼法。公素修刑于恭人，执如宾之容，虔谨严恪，毕生无愆仪。率诸妇躬操井臼，力崇节俭，御婢妪不尚姑息，而务恤所苦。顾艰于嗣，蒲恭人乃来助箎，恭人待之情文周挚不异同怀。蒲恭人之事内外主也，亦复恭顺婉从，无几微缺失，闺门之内蔼如秩如，论者谓其孙曾林立兰茁椒繁，而检束身名恂恂礼度，是公义方之教，有流衍于奕叶者，万石家风今兹未替矣。

[校注]

①孟传璐。

②孟衍成。

中城兵马司正指挥候补知州小圃孟公墓表代

余自通藉后，厕词馆、躐谏垣、浮湛京辇者二十载，于是齐鲁在朝诸显达率得以时造谒，亲其议论丰采，而攀结其贤豪，投缟献纻，翕如也。维时，阳丘小圃孟公，至稍后余甫握手，便心倾。盖其英姿隽语，爽朗超迈，望而知非尘壒中人矣。嗣是，迹益密，知益深，遇疑难纠纷事，辄旦夕过从相商确。公兄事余，余则弟畜之，情谊款洽无间，彼我后遂联姻娅云。

初，公之入都也，官兵马司指挥于国门，内画区分，理其受讼牒，定爰书，权与京兆赤县埒，而实门下省属吏也。都下五方错趾，奸宄杂糅，诸贵游比栉其间，往往挟崇班勋阀相恐吓，偶与龃龉，显祸且立至。富商巨室恃赇玩法，一通结纳，亦妄持短长，横掣有司之肘，桀黠群不逞之徒，夤缘上官胥吏为护身符，一旦触网，刊章追逋无所得。诸乘骢者尤骄，倨视指挥，殆簿尉然，小不惬意旨，则呵斥谴责随之，故居是官，恒以不称失职去。公莅任伊始，尝告余曰，指挥虽号难治，顾视其人何如耳。自问无他长，而硁硁不名一钱，则素志也。簿书填委惟虚，公其心以应之，苟无疵瑕可吹索，即权贵势要何能为？余徐察其治术良然，由是政声隆隆起，遐迩闻公清德，罔敢载苞苴至门者。儇狡之流亦无以谳，决未孚奔诉上台者，台中多器重公，相倚如左右手。

将以考绩，届期课最荐诸朝，公乃中有所忌，未周三稔，改官刺史，赴保阳需次矣。无何，奉赠翁讳归里，服既阕，以母氏春秋高，不复作捧檄想。余每遗书敦促之，辄复曰，古人不以三公易一日之养，循陔采兰，正目前事也。薄产足供饘粥，其敢绝裾以行乎？余深为叹服。孰意萱堂无恙，而公先捐宾客，天夺英俊，未竟设施，惜哉！

公轻财贿，重然诺，知交有急需，出多资周之，无难色。京邸朋辈大都仰给焉。曩岁，山左有寇警，绌于饷，公出六千金为倡，一时闻者响风，军储赖以济。平生义举甚伙，此其嚆矢也。

今嗣君将伐石表公之阡，寓书岭南以文为请。余夙托交契，重以葭莩，不敢辞，爰撮举睹记之确者书以畀之，其他懿行概不赘。

魏象堂先生墓表

赵州西郭有魏氏，阀阅相望，绰楔云连，郡人所称乔木世家也。当乾隆、嘉庆间，门材鼎盛，济美竞爽，其群从最著者曰廷魁、廷寅，同以武力登甲科，同扈卫禁闼，同任南服偏裨，廷魁则兵部解额之第一人也。

维时湛深经术，弁冕黉序，为诸生祭酒者曰象堂公，独崛起以文学显。公讳闾，字西极，号象堂，廷魁犹子，曾祖之藩增广生，祖润潜曜不仕，均以廷魁贵赠昭武都尉。父廷彦，岁贡生，候选训导，耆儒宿德，闾左推重州大夫，举乡饮礼，延居大宾位。

公生而诚笃，寡言笑，初入塾，钝滞若不能读，年迨舞勺，忽聪慧绝伦，简素过目辄了了。甫冠，选为博士弟子，旋饩廪粟，自是学益邃，文益进，词翰之美，名宿谢弗及。

嘉庆癸酉，吴学使按试，激赏诸艺，擢应拔萃科。是年入都谒吴，适聂编修铣敏在座，湘南才士也，负重望。少许，可叩公所学，嗟异之，遂与订交，逢人揄扬，一时名噪京辇。既而秋试，屡黜。双亲垂白，乃归里授徒，接引后进，孳孳弗倦。执经髦士，门下常数十人，盖藉束脩羊供甘旨，亦以晨昏子舍趋奉杖履为便也。

父没，毁瘠过情，季父戒以节哀。事母黾勉受命，友爱同怀出于至诚，姜氏长枕大被不啻过之也。弟无禄，遗子女各一，抚之如己出。持家柄公而允，斗粟尺帛不入私箧。尝自粤东归，为母及弟之妇女制衣一袭，而诸郎只授一砚，无余财也。

矩步方行，危言正论，为闾里矜式，儇薄少年咸畏之。侄荡轶不自修饬，公检束以礼，既改行，遂命主管资蓄，委任不疑，悯其早岁失怙，故恩纪有加焉。

义方启后，先品行，次文艺诸子。禀承彝训，靡不端谨谦抑，名重胶庠。

孙曾亦恂恂有祖父风。赵人谈家法者，群奉公为圭臬云。

元配于孺人，岁贡生昕女，早逝。继配李孺人，辛酉拔贡锦女，孝而慈，严而有法。公制行之贤得力内助为多。

余闻公德谊有素，兹以文为请，铸不敢以弇鄙辞，谨述所知胪于贞珉，以诏来许。

董处士墓表

绣江西畈，董氏之族萃焉，中有隐士曰豫亭公讳某，吾戚也，其先出自广川，明初徙于章，负耒横经，代有显者，世素封。

及公，身业已替，埆埆数亩不足供菽水。成童，废铅椠，奔驰四方，囊获余资，则购甘旨制衣履归奉二人，堂上欣欣然色喜，己与妻孥仍安粗粝敝垢也。事尊长肃，处昆弟和，接朋友信，宗党称为端人，甫壮而卒。

配孟宜人，族伯上舍华菴公之女，备妇德，号贤内助，奉舅姑有孝声。青年居嫠，生计益窘，遗孤二，方髫龀，一女未脱襁褓。朝虀暮盐、冬絮夏葛以及；授读、学织、经营、婚嫁、有无，黾勉劬劳况瘁者二十年。厥后诸子成立，资蓄渐充，则周给困乏，振恤戚族，惟日孜孜如恐不及。盖自冰檗中来，深识艰苦况味也。寿跻耋期，微疾而终。

清故增广生柱石赵公墓表

赞皇踞太行之麓，其阴十里曰坛山，有故茂才赵公讳擎字柱石者，笃行君子也。性孝谨，事亲能博欢心。同怀五人，居仲次，怡怡翕和，没齿无违言。

岁荐，饥食指日繁，奉命析炊，受瘠田四亩耳，养生之策专赖舌耕，束脩羊所入寥寥，妻若女饘粥恒不给；而堂上进甘，旨昆季通有无，竭蹶从事，未尝以囊啬告也。考妣相继弃世，哀毁骨立，丧葬诚信倍庸情。叔弟青应武童子科，中道资匮，将徙业，公力佽之，遂登黉宇。

居乡尚敦睦，少、长皆接以礼，色温词蔼如坐春风生。不信二氏之说，然与荛夫牧竖谈因果报应，必详必确，盖阴寓劝惩也。

教授生徒，倾箧倒庋出之，昕宵弗倦，故辍讲之日，门下士依恋不忍别，若失慈母云。

资秉颖异，妙于缀文。弱冠为博士弟子，学使按临累置前列，补增广生，顾八口待哺，无力赴京兆试，芸窗埋首，竟碌碌以诸生终。

兼精诸艺，能举百斤巨刃舞于庭，且善射，遇武弁，率诸少年习射废圃，或请献技，公三发破的，观者骇然。

尤工书法，遒劲逼颜柳，其圆润苍坚，得王氏父子之神。穷年临池，鲜晷刻暇逸，求书者户限几穿。

兄之孙梦旟，负隽才，公笃爱之，而课督不稍宽假，每以艺之进退、功之勤惰为喜愠。甫握管即示以作字拨镫法，又时校其工拙，遂接踵以善书名。考取优贡入试大廷，列一等，授县令，公训迪之力也。尝曰余颓龄乏嗣，无奢望，他时荒冈一抔土，得此子为植片石，私愿足矣！梦旟谨识之不敢忘，兹将需次入仕矣，谋勒贞珉表公幽宅成先志也，持状来谒，以文为请。铸忝晚进，世好谊，不容辞，又乐述前辈典型，爰据实书之，以诏来许。异日者荣邀纶绋光贲松楸，九泉有灵，当益慰已！

滋圃孟公墓碑铭代

道光戊申己酉间，孟小圃[①]刺史需次来畿辅省垣听鼓，昕夕过从。旋丁大故，星驰东归不数岁，化去音问，阔绝者久之。

同治壬戌秋，小圃季弟华林[②]，千里致书，以先陇表幽之文请，耳熟家世有年，其安得辞。

公讳云湄，字滋圃，亚圣公之苗裔也。明初叶徙居于章，历传至可成，是为大父。可成生有泰，举丈夫子二，公其仲也。两世以公贵赠武翼都尉。

公沈毅刚果倜傥，饶权略，遇事敢为敢言，他人敛手缩朒者，奋然自承无难色。

弱冠失怙，奉母以孝闻。家丰于财，戚党咸待润，公周急拯厄，有指囷焚券之风焉。

绣江书院，诸生弦诵地也，薪膏不给，讲舍荒颓，公出多资为倡，执经者复获安业。

宗人有先祠，风雨剥蚀，浸至穿漏。公首议缮葺，督工匠，治瓴甓，曾不三月，轮奂顿还旧观。

居邻真武庙，行就圮矣，公革故鼎，新榱桷，棖阑之，美突过前制；则专力仔肩，非借助他氏者也。

伯兄中年捐宾客，公事丘嫂加谨，抚遗孤如所生。诸子具文武材，公因人异教，俾底于成。今孙辈英英玉立，茁秀竞爽，他时联翩簪笏，光大门闾，皆公燕翼诒谋有以启之也。

配李淑人，历下方雅族，有妇德，尤习勤劬，组紃烹饪之事皆躬亲之。处娣姒中无违言，承享祀必丰必洁，馈遗诸姑使者错于道，训子女及妇协礼法。而性好施济，一时称公贤助云。

公以候铨游击授武翼都尉。

公生乾隆五十三年二月二十六日丑时，卒道光二十九年二月初八日子时。淑人生乾隆五十三年十二月初八日亥时，卒咸丰十年闰三月二十四日卯时。子四人，传瑃太学生；传琠即小圃也，中城兵马司指挥，直隶候补知州；传玘候选知县；华林，鱼台泛沙沟营千总，候选守备，戴蓝翎。孙六人，继颙、继觊、继頨、继濒、继頥华林出，继颢出嗣传瑃，继颖，武庠生，传玘出。铭曰：

郁郁高原，丸丸松柏，达人栖真于焉；卜宅豹隐，鸿冥德音，克貊千载邈绵。眎兹贞石。

[校注]

①传琠，承训堂主。

②传璟，世泽堂主。

赠武翼都尉圣化孟公墓碑铭代

孟公讳可成，字圣化，邹国亚圣裔也，由邹徙晋、徙冀，明初再徙阳丘治北之旧军镇。家焉敦诗说礼，代有闻人，考为州司马寅孚先生，举丈夫子四，公其季也。性严毅伉爽，遇事刚果，无纤微龌龊嗫嚅态；或持谲谋进，辄鄙夷之不与齿。其接物则肫恳笃挚，掇皮皆真，乡闾有雀鼠争，得片词即释。尤乐施予，偵戚族乏匮，立振之，至再三不倦。后进负美材，多方汲引俾成器；脱有违行，亦诃责弗少贷。在父兄前克孝克恭，执丧柴瘠过情，哀慕终其身。

仲兄[①]、叔兄[②]相继早世，伯兄[③]闭户养疴，公肩家政数十年，男钱女布，备历勤劬。兄有遗孤二[④]，督课严切。筑别墅，延名师，穷年伊吾，故皆蜚英，胶序称时誉髦。事寡嫂[⑤]袁恭人惟谨，梱内张弛悉归之，外事艰巨必咨而后行，当代拟之马援、第五伦云。

德配凡五，咸出名阀，备妇德，顾乏嗣，遂以兄子有泰[⑥]奉匕鬯焉。

某宦辙所至，去公居颇迩，饫闻懿行，公孙等[⑦]将伐石表幽窾，以状来请，谨述崖略，用告来哲。铭曰：

于铄潜德渊且纯兮，内行修举型让仁兮，宜尔子孙振振麟兮，印累绶若朱丹轮兮，百祀象贤福无垠兮！

[校注]

①衍教。

②衍昇。

③衍相。

④兴智、兴泰。

⑤衍昇妻。

⑥兴泰。

⑦指毓溪、毓湄。

赠武翼都尉舒长孟公墓碑铭代

孟公讳有泰，字舒长，朝议大夫方白先生次子也。

少孤，偕兄睿斋公事母以孝，谨闻季父圣化先生训迪，綦勤察公器识迥拔，爰立为后；公奉之婉容愉色，孺慕肫然。嗣父有人伦，鉴门多长者车辙，谯谈常申旦，公彻宵伺应无倦容。洎代操家柄，田庐井灶部署秩如，嗣父顾而喜之，优游忘老。

公沈毅严恪，丰骨崚嶒，而缜密详慎，举措弗苟。事关彝伦风教，则力持之，不为毁誉动。尤慎交游，纵投分有素，未尝以金兰谱授人。然拯危恤灾，倾舟指囷，不可更仆数也。

邑巨猾某，险健好讼，闾巷所惮，适与构衅至对簿，公凭理为與抗辩不屈，某焰顿戢。乡有小儿路毙，工匠某误罹株累，讼系岁余，公代剖解获破械归。戚党贫闾乏恒业者，多方为谋生计，俾勿困。或以缓急告，如所请周给之，无德色。

子弟负异质，则委曲奖掖，咸令成材。故公归道山数十年，口碑犹啧啧不置云。

元配马淑人，继配李淑人，并育华胄，内职纯备，论者称为嘉耦。今公孙等[①]将勒石表阡而以载笔相属，乃缀述所闻，俾垂不朽。铭曰：

维公器宇，骨重神寒；植躬聿肃，视履罔愆；直谅翼翼，忠信拳拳；明德启后，簪绂联翩；丹诏叠沛，泽逮九泉。

[校注]

①指传璿、传琠、传玘、传璪。

岁贡生族人鑑涵墓碣

公讳膺慧，字鑑涵，姓孟氏，别号澄江，系昉邹峄。考曰令闻公，以纯孝著，公其仲子也。

为人坦易温良，言语侃直，而孝友出天性。令闻公晚岁抱疴，公侍饮食汤药，历十寒暑不衰。逮令闻公殁，母氏董太孺人在堂，公愉婉就养，能得欢心。授读必在近，方数日辄一归省，入门呼母如孺子。太孺人春秋高，公不忍离侧，昧爽起，俟寝门外，启则入问安否，终身无间。

事伯氏惟谨，兄嫂不禄，遗孤方稚齿，公抚若己出，婚嫁皆优异之。

训诸卑幼，严而有则，闲以礼度，课以诗书。遇愆眚，毫发无宽贷故。冢嗣上舍君精明醇挚，克致孝养。次君以名孝廉，秉铎皂绎有贤声。孙曾济美竞爽，实公有以启之也。

夙负文望，为当代儒宗，尤耽经术，荟萃群说而折衷指归。少日为文，洸洋恣肆，浩浩如长澜巨壑。

中岁，敛戢才华，步武先正，直登作者之堂。甫冠，游庠序，学使刘公金门赏其文，拔置弁首，梓入试牍，操觚之士翕然宗之。教授生徒一遵鹿洞成规，先伦纪，次坟籍，故知名士多出其门。

德配李孺人，名家女也，赋质婉淑，娴内则，事亲至孝，凡事曲承意旨。抚姑侄及诸侄女，殷恳无倦。综理内政，张弛协宜，迄今家庭雍睦，孺人之力为多。

咸丰壬子，恭逢湛恩，下逮次君钰，援例吁请公及孺人均邀赠典，佥谓公服古之效云。

费县教谕族弟月南墓碣

呜呼，流光电逝，溯君徂谢之期，荏苒十有八载，人琴深悲，阅时浸歇，今兹临文，顿触旧痛，不知涕泗之何从也！

君之太高祖，余之太高祖，为同父昆弟，吾二人服属已尽疏矣！然自总角至壮齿，负笈四出，共砚联榻者数十年，过失相规，患难相恤，疾病相扶，持肫挚之情有如同胞。至于论文角艺，抉瑕疵，絜短长，一字龂龂不肯假借，攻错之益则为诤友。其后余官畿辅，聚首渐稀，君亦出任费县教谕，不及五稔没矣！云山修阻，未获一言永诀，痛何如哉！

君资禀稍钝，而专精力学帖括一途，盖周历险阻，穷探奥窔者。少日受经于叔父星一先生，督策严峻。体素羸，遇暑辄抱疴，日仅一餐，然爇香构文，画晷催诗，黾勉应格，未尝告惫也。

道光己丑，年二十有四①，游于庠。壬辰岁试，居前列，得食饩。乙未读书泺源书院，春初，校艺累被摈，乃大恚，昼忘馎歠，宵却衾枕，兀坐默诵若病痴；入夏，复课七试，七冠其曹，主讲激赏之，揭文于堂，示程式，传抄殆遍，是科遂登乡荐。丙申，计偕入都，不录。乐辇下多名师也，滞留两载，僦寓市楼中，终朝不履外阈，周期成文二百缗，元日谒师归，犹课一艺，简练揣摩，业乃大进。刘春台、高南渠诸先生决其必售。戊戌二月，文思忽窒，礼闱竟报罢。

己亥赴博山，从沈宾谷先生游。是秋居厥考忧，废业三载。壬寅，沈先生设皋比于禹城，复往从之，年迫四十矣。盖南宫一战，矢志获隽，不啻项籍之破釜甑，镇恶之解舟舰也。孰谓数奇命蹇，宿愿终虚，七上春官，有献必刖寿，悭半百奄忽，顿归泉下。况堂有垂白之亲，室有少艾之妇，褓褓有呱呱之子，孑身官舍，枯寂类苦行头陀，不审属纩之际，双目瞑耶？否耶？呜呼！

君讳传汝，字月南，号菊仆。吾孟氏远出邹国，明初徙章丘之旧军镇。曾祖璥，太学生；祖克编，增广生，赠修职郎，昌乐县教谕；父毓俊，太学生，赠如君官。

君事亲孝，交友信，居族党睦和易宽，平胸无篱棘。中岁微伤卞急，识者虑降年不永，既而信然。

凡四娶，皆名家女，有妇德。初曰董，次曰辛，次曰明，次曰张。子一继录，张出，既冠而夭。孙一广汉，幼录，妻马氏，青年居嫠抚孤，当户有贤声。录亡，甫小祥，衰麻未释，远道寓书丐余文，表君之墓，诚孝妇也，谊不忍辞，爰和泪濡毫，述梗概如右。

[校注]

①道光己丑，即道光九年，公元一八二九年。时墓主月南年二十四岁，推其生年为一八零五年，嘉庆十年乙丑。

冠英董君墓碣

余宦游畿辅，驱车瀛、鄚、雄、涿诸州间，识阛阓三五耆老，语及同侪豪俊，必举巨擘曰董老冠，及莅津门、保阳，众口同声，而董老冠之名，辇下尤噪一时，勋戚达官争慕其风，折节与游，盖门外多长者车辙云。

董老冠者，讳连元，字冠英，吾族伯华菴公外孙也。倜傥伉爽，卓荦不群，治盘错，理轇轕，挥斥梳剔，肆应恢恢，干练精勤之才殆天授焉。

母氏早嫠，家计萧索，君乃出而服贾，主计者察其可倚，弱冠即以重寄畀之。君审时变，相地宜，权衡赢缩，与物消息，是以有算必胜，倍蓰之获甲于丑夷者四十年。然谦抑善下，人有一技一长推奖恐后。夙敦气谊，轻财贿，济困扶厄，助婚举丧，不可偻指计。重金脱手若忘，无质剂，亦无德色。尤好排难解纷，角抵方殷，出片言顿释。倾囊阴弭衅隙，全骨肉者若而人。平生客箧所入，使悭啬者守之足，号素封家，而室无余蓄，捐馆之日妻孥仅免冻馁，讣音所传，列肆往往有掩泣者。呜呼，如君者洵不愧古侠士矣！

事母以孝闻，归省时依依膝下，年及艾若在童稚。母好施，君佐之施，别储钱帛待需，不徒滫瀡纨绮养口体也。

奉兄如严亲，事必咨禀乃行，兄亦笃爱之，白首肩随，翕和无间。晚岁援例授获守御所千总衔，父兄均膺赠典如厥职。

余谊托葭莩，相知素深，嗣君锡龄将勒贞珉，以文为请，故摭其梗概，书以应之。

卷十三

莲波孟公墓志铭代

呜呼，士之遇不遇讵非天哉！彼庸庸者，拥高爵，享修龄，优游华膴，泰然终老；而瑰奇之材，顾坎壈颠踬不获大，竟厥施卒，抑郁赍志以死，茫茫苍穹，可呵壁问乎？

莲波孟公固瑰奇之士也！初以邑丞宣力皖江，性方鲠，不善媚长官，丐养归诵，循陔之什服阕，改官州牧，再授郡守，需次黔中。始至，大吏以资郎轻之。会有疑狱，俾覆鞫，公擿发如神，大吏乃倚重焉。

贵阳为抚军建牙地，剧郡也，非肆应才，患丛脞不治。公试摄之，昕宵精励，洪纤毕张，群僚折服。

旋守思州，民苗错处之区，朴僿犷悍，昧于礼教。公委曲譬晓之，徐俟开悟，不骤施棰楚也。湖南有逋寇匿近境，公虑煽惑峒猺，微服踪迹之。重趼冒暑，周历岩谷，往返千里无瘁容。上游稔公能，行超擢矣，夫何青蝇白璧，谣诼横生，猝中蜚语落职，惜哉！

先是，有夫己氏居言路，丐贷无节，公出重金周之，卒以溪壑未餍，持白简相轧，大府方辨其诬，忽奉命削籍。公挟干济略，未竟厥施，而一蹶弗振，天乎？数乎？

黔俗尚通赂，凡构讼对簿，仿古束矢之制，纳币而后听之。官府日需鸡鹜、薪米、刍豆、材木之属，率取供。闾左不给，值公峻拒苞苴，牧令馈贽，首却之办。公竭蹶者，出私财助其力，服食所需，平价购索，一时颂声腾里巷。去任之日，四民制衣盖为贶，属吏祖道多雪涕者。思州故瘠土，禄俸不足供度支，公破囊济之，室蓄几耗其半，是以廉名甲南鄙云。

幼孤，事祖母及母以孝著。庶母生一弟，未婚而夭。公失恃后，奉庶母如母，毕生无愆仪。

推诚交友，尤敦任恤戚族，多仰给以生者。

里居十余年，抑郁以终。

配何夫人，名阀也，淑慎备妇德，恩能逮下，媵姬依之若慈妪。兼明大义，比岁，师旅烦兴，储偫告匮，何夫人目击时艰，倡输白金万两佐军糈，闻者响慕，争应之。上嘉其济饷，还公原官。何夫人没，簉室冯恭人继之，捐助白镪青蚨累累数万计，由是恩命稠叠，公增观察衔，晋三阶，赠通奉大夫。曾祖可成、祖有泰、父云溪，褒赠与公同。曾祖妣以下及元配何，均赠夫人，簉室冯封恭人。嗣君继甡授主事加道衔，戴花翎。旷典也！

呜呼，毁家纾难，事出帏闼，脱非急公忘私刑于化洽，乌能慷慨解橐如是哉！

公生无高爵修龄，身后乃累膺纶綍，是不遇而遇矣，夙志将毋稍伸乎！

公讳怀川，字莲波，原讳传珠，嘉庆某年某月某日某时生，道光二十九年正月初八日某时卒。咸丰己未季冬，继甡将葬公于绣江东堧，以何夫人祔属为瘗，幽之文不获辞，铭曰：

莫邪干将，时虞缺折；贝锦萋斐，畴则湔雪。

抚恨骨于一抔兮，空缅埋羹之亮节！

候选员外郎加道衔湘浦孟公墓志铭代

公讳某，姓孟氏，系出邹峄，明初叶始卜居章丘之清平军。世有隐德，曾祖可昇，儒林郎；祖有智，举茂才，敦任恤之行，里以善人目之，授职州司马；父毓翀，上舍生，弱冠不禄，三世以公贵，累赠通奉大夫。

公风仪峻整，局度恢闳，殊简重不妄臧否人。至决机宜，审成败，发语多奇中，聪颖殆天授也。

未成童而孤，母盖氏虞涉骄惰，督绳维严，虽微眚，诃责立至，故毕生修饬造次必依于礼，无訾其贵倨者。性笃孝，痛父早世，讳日辄饮泣不食。母抱宿疴，不时作，罗致良医，手和药以进，宵不脱冠以为常故，屡濒于殆危而复安。

方公之孤露也，从兄观察持门户，受上舍遗命，训课无宽假，公事如严师，动必启白乃行；及观察宦巴蜀，付以家柄，诸弟奉约束亦惟谨，翕睦之声腾于遐迩。

公负干济才，明达治体，或劝筮仕，则以侍养辞，母迫令谒铨曹，授员外郎，需次京邸者半载，眷念庭闱，遂驰归，不复出。

忼爽乐赒施，拯人匮乏，无德色。

其购祭田，起墓舍，葺书院，建明伦堂，率解囊为众倡。

岁甲寅，省之西鄙宿师，转输告罄，公首助白金万有六千，一时闻风响应；当路入告，温旨褒嘉，晋道衔兼荷花翎之赐。公輾然曰，生未宣力中外，藉是荣施先代，私愿副矣。盖引新令，曾王父母以下均跻二品阶，洵异数也。

今岁孟夏，逢母氏周甲，设帨之期，制锦称觥者，舆盖骈阗逵路，公率子若孙肃进，加笾服章服，婆娑舞筵下，乡之人艳称曰，太夫人青年矢节抚孤之力酬矣！

何意天不福善，遽夺其算耶，咸丰八年七月朔，以疾终；距生嘉庆二十二年四月初七日，享年四十有二。

配韩氏，名家女，具妇德。子二，继鑫、继森。女二，一适耿士峨，夭；一适廪生耿士伟。孙一，广安，鑫出。戊午季冬，鑫、森葬公于村居北原，持状以瘗石之文为请，某忝世好，不获辞。铭曰：

咏循陔思维则，圭璧躬屏雕饰；郁平冈卜幽宅，垂令誉视贞石！

族弟雨帆墓志铭

咸丰甲寅之春，粤逆北犯，屯踞高唐临清间，警报踵至，村人震恐，汹汹议迁避，族弟雨帆起而争之曰，左计也！吾辈车马仆从东西朔南，惟其所适如彼乏匮之家，老弱孤寡，何庐舍比栉，器具鳞次，其忍付之一炬耶？况我能往，寇亦往耶，今日惟有筑堡一法，既足捍卫乡闾，身家亦蒙其福。事急，登陴固守耳！奔避奚为者，或谓大役烦兴，需费不资，且奈何？君毅然曰，我独任之！累诸长者巡功省植俾无冗食足矣。

基址所被，酬以美价，庶其首肯乎！于是进耆老而谋之，佥曰善。乃召群工，具畚锸，审程式，辨方位，度门涂。白之邑宰，克期兴作。会有不便所为者，横腾谰言，君虑府怨，遂中辍。然而设念之仁，察机之智，嗜义之勇，用财之侠，里党交口传颂。其后八年，复逼寇氛，村人筑堡，历三载讫工，需钱数万贯有奇。而桀黠者莫敢枝梧，循君成算也。惜君不及见矣！

又尝与余议置公塾，收同族子弟之无力授读者，赴试策名之资咸给焉。嗣余远游不果行。

其他缮城垣，葺黉宫，建明伦堂，捐田入书院，筑绣江河堤，皆怂恿诸兄先众为倡。若癸丑助饷之举，金逾巨万析注，数人甄叙，均宜晋阶，顾归诸已登仕版之哲昆，尤征门内雍睦云。

君同怀四人，齿最稚，孤露之日，生未周晬。家世尚谦逊，祖父皆胶庠之英，绳趋矩步，恂恂守礼，不敢以豪奢耀乡邻。

母氏成太恭人，治内有贤声，虞诸郎习骄侈隳家法也，命冢男观察君戒敕群弟，维正维严，手鞭扑授之。观察受命懔懔，性复卞急，小违法度，诃责立加。君在孩提，敬兄如师，稍长，约饬修谨，无片语跬步之愆致忤兄旨。兄转爱怜之，相对怡然。兄有疑谋未决，君从末座献一策必中窾，兄激赏之，倚若左右手。观察应礼部试，肄业滞京邸，远宦巴蜀，携孥就道，不忧内顾者，赖君翊赞当户之力也。君神识洞彻，布画周洽，艰巨自承，不屑作畏缩态。傥天假之年，则余义田、义仓、义学诸议，君必有以处之。不谓早掩黄垆，徒以筑堡一节传也，惜哉！

君讳传珊，字海林，号雨帆。素清羸多病，雅善调摄，自知寿必不永，然能排遣作达观，未尝戚戚也！

吾宗远胄出于邹，明初编籍章丘。君之高祖国宩，候选州同；曾祖可昇，太学生，早卒。曾祖母袁，以节著。祖有智，庠生，候选州同。父毓瀚，庠生，即选同知加一级。自曾祖下，以毓瀚公贵，赠朝议大夫，以伯兄鹤林观察及堂兄蕙林观察贵，加三级，赠通奉大夫，曾祖母以下累赠夫人。

配高安人，孝廉内阁中书汝梅之女，备妇德。子四人，继符，庠生，继箴，继笙，其一夭。

君井椁之日，风鹤频惊，不暇作志。今闾左安堵矣，继符来乞铭，故撮书数端，以应其请，时同治三年，甲子孟陬也。铭曰：

> 抑抑者躬也，蔼蔼者衷也；汲汲赴义，曾不馁于中也。仁人寿登大耋胡卒？卒以考终也。勒质言于贞石，俾来者仰亹亹之清风也！

苍溪县知县加道衔族弟松野墓志铭

呜呼，松野墓有宿草，忽忽已十年矣！方其入藏也，余在成都，祖道武侯祠下，劝以及早挂冠为耦耕故山计，不谓长亭挥袂遂成永诀。归榇之日，逼楚氛，苍黄下窆石，不及铭。

念君屏斥荒裔，赍恨沦亡，佗傺幽忧之怀，度非余无有知其深者！兹从乃弟撍玉之请，特补书之。怏怏抽毫，不觉积愤填膺已！

君负肆应才，善理棼剧，而刚劲伉直，不屑承人涕唾，仰人眉睫，则天性也！

甫冠，举道光辛卯科乡试，累上春官不利；甲辰大挑二等，除夏津县教谕，未赴改官大令；戊申选授四川苍溪县知县。邑处万山中，其民朴野易驯，然多昧于礼教。君为治，煦煦若慈妪，而革正敝俗则从严。蚩氓赴诉，委折譬晓之，不轻施棰楚；儇狡舞智，独擿发若神。有同怀争田者，书其父名于壁，令长跪；其人愧悔，遂罢讼。俗夫死，妇踞其产，别赘婿生子冒前姓，则出遗蓄瓜分焉；男女趁墟相携入酒肆，杂遝环坐，拇战轰饮，缘是多越礼，君恶之，犯者必重笞，且树厉禁，风为一变。慎定爰书于阅僵尸尤加详，虽盛暑，蛆蠕蠕败胔间，必手抚之，辗转审睇，不避秽恶。太守稔其能，檄适他邑治疑狱，平反务得情招，忌同官弗恤也。夙以廉介自矢，抵任严绝苞苴，阍奴傔从，月受值，不敢私名一钱。钳治胥役若驯犬，无或轻噬良懦。未半载，颂声大起，四境争以堂额进，盖清慎聪察，实巴蜀牧令所仅见云。

无何，忽有察木多之役。察木多者，乌斯藏之康部也，乾隆中叶置戍守，设同知一员司储偫。魑魅异域，水土毒淫不可居，类以获眚者往摄。君方鲠不谐俗，当路属以私人，面却之，遂宿怨，颠倒案牍，中以危法，黠者乘势索重贿，弗应，乃希旨挤焉。君挟正议与当路抗辩，罔少挫触盛怒，将登白简，君顾断断执益坚，或劝谢过，卒不往。部民乞留者，守台门讼冤，挥去之，赖他大吏持公道始脱祸。然犹不免绝徼之，行首涂之日，部民饮饯，多掩泣，君慷慨揽辔无凄楚懊恨色。然而堁风菌露，伏沴交侵，只影孤踪，结轖莫诉，瓜代将及，竟郁郁终矣！

君孝友纯笃，事祖母及母，善承色笑，伺意旨；事季父如父，事姑母如母。从舅氏受经，事之如伯叔。而训饬诸弟则如严师，虽授室抱子，不少宽假。季父早逝，代操家秉，严而法，寸丝一文不入私橐，故家之人循循奉令惟谨。善用财，拯厄周急无所吝。远祖墓在东郊，冢木槁矣，君纠宗人，出重资修治之，封且树焉。邑葺书院，倾囊为倡，并输膏腴百二十亩有奇，士林德之；又独力建明伦堂及门二重。

甲寅，西鄙有寇警，诸弟出万金佐军糈。值君已没，犹奉恩纶授道员，异数也，亦诸弟成君之志也！

君讳鹤林，字松野。吾孟氏系出邹国，明初始徙章丘，居旧军镇。世业儒，君之太高祖锡弼，庠生。高祖国寀，候选州同。曾祖可昇，太学生，早卒；曾祖母袁，以节闻，传载邑乘。祖有智，庠生，候选州同。父毓瀚，庠生，即选同知加一级。自曾祖下，以毓瀚公贵，赠朝议大夫，以君及堂弟蕙林贵，加三级，累赠通奉大夫，曾祖母以下皆赠夫人。

配张恭人，青城世家女，备壶德，称嘉耦，尤善抚孤。

君于嘉庆某年某月某日生，于咸丰某年某月某日卒，享年四十有几。越明年四月，葬村北祖兆之侧。子一，继筠。铭曰：

太阿出匣兮，吐煜煜之寒芒；不逢薛雷兮，惨中道其折伤！长饮恨于黄壤兮，谁阐良吏百祀之幽光！

族兄西槎公墓志铭

呜呼，自公云亡，吾宗修饬端谨之彦盖偻指无多人矣！即声律一途亦寥寥乎，广陵散矣！

公之考曰岚亭先生，官农部郎，富著述；致政后为善于乡，有长者誉。

先大夫鹤田府君，亦耽雅骚称邑中，耆宿同时并负高名。迨公与铸继起，率以诗赋邀学，使者赏拔居前列，有声黉序间，论者遂谓两家接武有人。夫何门祚衰薄，中蹶难振。铸浮沈冗散厄塞终老，而公蹭蹬未掇一第，竟奄忽就没吁，悲哉！

公具俊爽超逸之才，嗜诗及词，而时寓情于饮酒度曲，临池又余技也。其诗，胚胎昔贤，抉髓吸精，尤于姜白石四种高妙之说，心摹力追，故䜣合处亦复神韵天然，直接新城衣钵，然其中冲澹豪放，超诣洗炼，境随年进，兼擅众长，非拘守一格者；词则老健苍古，间出峭茜流丽语，一空罗绮香泽之习。

公于诸艺事皆援铸为同心，铸钝根未除，不中服襄骖驾也。当是时，垆边赌句，花底分笺，觚爵交腾，竹肉竞发，其酣嬉淋漓，飞扬跋扈情状，觉太白宴桃李园后一千余年复有此乐。流光奔驰，斯境忽忽若在昨梦，而公墓木拱矣。

今所刻《赠云山馆诗》三卷，《红藕花榭诗余》一卷，乃从徂谢之后，铸为选定者。是集出，赏鉴家争相奖借。历下余秋门大令收入《山左诗钞》者三十七篇，同邑吴菊农明经采入《绣水诗钞》者略同。其为一代传人无疑已。

然公岂以文士自命哉。束脩自好，内行特纯。事继母，左右就养，晨昏罔间；抚两弱弟，寓严于宽，范身作则，诸弟服习其教，恂恂守礼，无跅弛败检者。接物谦退，不轻启臧否之口；非意横干谢，遣之曹偶。推其雅量，然外和内介，意所鄙夷，虽由由与偕，弗洽也。喜岑寂，门无杂宾，座中时有一、二诗酒侣，余日闭户微哦，把卷拈毫而已。著作臓臓若束笋，未尝轻出示人，其制行纯粹谨密多类此。将冠试于邑，关中窦公赏其文，拔居第一为学官弟子。既而屡赴秋闱，倏得倏失。癸卯省试，初场以越幅不合格被摈，纳卷时堂上诸公争回环雒诵，太息失一魁文；方觅公改补，公竟踉跄出矣。由廪贡生授训导，试摄寿光县广文，不欲往，众迫之，浃旬而归，遂绝意仕进。

昧于治生业，渐替泊然，无所关怀 。盖淡于荣利，其天性也！独是，笃嗜登览，闻宇内名山大川，灵区胜概，辄欣然神往。顾杜门养母，戢影闾巷不获。携楖栗，裹行幐，如向禽故事。以摅其浩气逸情，则平生所嗛嗛者。

公讳传璿，字在星，号西槎。于嘉庆某年某月某日生，于道光二十三年十二月某日卒，年四十有几。太高祖锡弼，庠生；高祖国宷，候选州同；曾祖可，某监生；祖有恒，岁贡生；父云峰，昌乐县教谕，户部广东清吏司主事，即岚亭先生也。

配何孺人，泗水县教谕维絜公之女，壸职修举，有贤声。无子，以弟传琛冢男继润为嗣，武庠生；女五，皆归士流。

甲辰九月，葬公所居北原上；窀穸之期，匆匆襄事，幽石缺如。铸老矣，若终默不一言，惧负泉下相知之雅，爰撮书梗概，邮寄继润，锲而瘗之。时同治二年癸亥残腊也。铭曰：

长吉呕心，劬学损年；希踪盖寡，吾宗有贤；词倾三峡，珠唾九天；才丰数厄，早闷黄泉；豹皮故在，篇什流传。屹诗名而不沫，庶来者其考焉！

岚亭孟公墓志铭代

公讳云峰，字岚亭。其先本邹峄分支，由亳邑流寓棘津；明洪武间，又南徙山左之阳丘，遂家焉。世业农桑，而尤勤读书，历传至公。

曾祖考寅孚公，候选州同。祖考仪修公，入太学。考月弦公，蚤年肆力诗古文词，旋入庠，成乡进士，卓卓有声，例赠承德郎，娶郝太宜人。公兄汉文公，由诸生贡入成均，汉文公甫数岁，郝太宜人早卒；继娶焦太宜人，生公不数月，焦太宜人又卒；董太宜人来归，抚公襁褓中。

公天性纯挚，自髫龄即知痛失恃，而又幸董太宜人之鞠育。视弟晋升公无少异。

赠公年未五旬又卒，哀慕如成人。总角入塾，不好嬉戏，自塾归，必依依太宜人膝下。

娶张宜人，历下名家女，事姑以孝闻，每勖公以诗书。

弱冠后，补博士弟子员，寻食饩，攻举业，意图显扬，不少懈也。既而屡蹶棘，闱志未遂。必欲得一官以为禄养，出司铎青郡之营陵[①]，后又授农部主政，力请董太宜人入都。公勤于王事劳役成疾，太宜人促令告归，问寝视膳常先兄弟焉，而花晨月夕怡怡聚乐数十年如一日。

养疴之顷，张宜人卒，继室魏宜人亦善主中馈。

公尤笃于族谊，因族旧有祠稍湫隘，公鸠族众出资，廓其址，经营栋宇，续谱系，且置田数亩供享祀。

朝夕以本源为急急，其接人和颜悦色，人言非义，便作色厉禁之，人悔念，即亦不复置怀。与人言，曾不一语臧否人物。而于史册中贤奸是非，则侃侃不少假；人询以事，亦必犁陈可否。

晚嗜岐黄，问病者踵接于门，虽事或烦剧，每戒阍者勿使辞，必细询病原，授以方剂，病者愈，无德色。

日偶暇，即汇集古今伦常事，为一书。病虽困卷，未尝释手。颜曰人镜，所以维世，亦以训子课。

诸子读书甚严，其长君已游庠，余虽幼，亦各峥嵘头角。

奈素禀羸弱，不善饭，辗转岁余，竟至不起，悲夫！

余与公交最久，知公最悉。公生于乾隆三十一年五月二十日寅时，卒于嘉庆二十五年十一月二十日午时，寿五十五岁。有丈夫子三，长传璇，次传琛，又次传璲；女三人，长及次皆适士族，其一尚幼。兹卜于仲春归窀穸，遂铭曰：

慕周君陈，令德孝恭；友于兄弟，发厥深衷；缠绵悱恻，有古人风。猗欤休哉，传诸百世而无穷！

[校注]

①昌乐县。

处士靖菴赵公墓志铭

赞皇赵大令梦旗从予游久矣，绩学善属文，且工书，以高才生充同治甲子科优贡，廷试中格授知县，待铨吏曹者三载，例得随牒需次外省，顾绌于资不能入仕途。

方其膺选之初，予以习治术图显扬相勖，梦旗愀然曰，荣亲犹后也，生计薄劣，舌耕未足赡八口，老父年逾五旬方披袯襫，把耰锄，晨夕仆仆畦畛间，赖胼胝之勤，登谷倍同井，妻孥始免饥冻。苟能乞升斗禄，俾老父晏坐官舍享一日清净福，私愿慰矣。言毕泣数行下，予悲之。

同人哀其志将画出山之策，丁卯冬，梦旗忽以父病告，戊辰八月二十九日遂不起，盖沈绵再周寒暑矣，年五十有九，卜以孟冬朔旦，窀穸所居西原上，遣伻状请文其幽隧之石。通家世好，其安忍辞？

按状，公讳勋臣，字靖菴，世聚族治北之西坛山，世多隐德。祖德功，武庠生。父丰，学官弟子，耆儒也。公濡染家学，又善强识，授《左氏传》一过辄上口，试为经艺，多奇气。顾以家蹇不克终业，去而学贾。然母钱弗充，所获锥刀末，未能供甘旨，旋弃之，专力农功焉。嗣是，频罹若妣、若继妣、若考大故，毁不灭性，俭不违礼，附身与棺。信诚交至，其间妻亦无禄。前后廿年中连举四丧。

山田二十余亩，瓯窭垸堉，岁入几何？仰事俯蓄而外拮据，殡葬竭情备物。继以男女婚嫁，戚党酬酢亦皆不丰不杀，虽橐无余财，而突烟不至断绝者，盖公勤劬艰辛，节缩服食之所得，筋力精神于兹况瘁极矣。孝事二人，尤敦友于弟，遘疾冒雪入城市食品，坚冰断须，衣履结冻簌簌有声，丙夜踉跄归，口不言疲。每夕坐床头，手调药饵，劝加匕箸，依依弗忍去。方公之丧偶也，遗子女各一，皆髫龀。厥考时以伯奇采楟、子骞衣芦为言，公承志终身不再娶，时以为难。

配谷太孺人，同邑进明公女，恪恭妇职，奉舅姑尽欢，与娣姒均劳，阃内翕和也。穷年纺织，日课布一匹，忍饿操作，目眩不能掷梭，凭机小憩，复织如初。公素严，小拂意辄施棰楚，太孺人恬然受责无愠色。子适外家，坚命讳其事，惧贻父母戚也。

道光二十四年七月十七日告，终年三十有六。子一，即梦旟。女一，适元氏李玉常。孙二，伯栾、叔优。女孙一，未字。

呜呼，蹈素履洁，抱璞含贞，矫矫如公者，处士中曾不概见。家有象贤，行莅雷封①，彼苍报施善人，信有征矣。倘假之遐龄，俾其子荣，分诏糈伸五鼎一日之养，庶几尽美无憾。夫何年不配德，遇蹇道穷，甲子将周，奄忽殂谢，此风树取喻，所以下皋鱼之泣也，惜哉！铭曰：

潜德未耀耽轴薖兮，孝弟力田叶汉科兮，禄不逮存薤露歌兮，全受全归安乐窝兮，云仍接武洵贻谋之多兮！

[校注]

①古代县令的代称。

直隶大顺广兵备道筱北刘公墓志铭代[①]

公姓刘氏，讳煦，字和菴，号筱北，山西霍州赵城人，余同年友也。服官畿辅，没于王事。将葬矣，嗣君元莀等乞文志其墓。余辱公交，谊最深，又共事一隅，亲见其忠荩勤劳，有不宜湮没者，奚忍辞！

谨按，曾祖翱翼，潜德不仕；祖诚，恩贡生，候选训导；两世皆以方伯公贵，赠通奉大夫。父体重，乾隆己酉拔贡，本科举人，起家湖南石门知县，荐升湖北布政使，循声随地流布，去官六十年，今岁楚人犹历述德政，请列史编，遗爱沦浃可知已！没祀名宦祠，治绩载《湖北通志》。前母卫、母张，均封夫人。公同怀四人，居伯位，幼聪慧，落笔挟奇气，咄咄逼人。登道光丁酉拔萃科，入试大廷居优等，授知县。随牒来直隶，权获鹿、丰润，补盐山，襄办天津海运海防。丁忧归，服阕。历摄东明、天津、静海、清苑，晋州，易州，补武邑，擢开州，三荐“卓异”，并录团防功，以知府用，戴花翎，异数也!

公器宇恢闳，识略通敏，生负治剧才，遇盘根错节，谈笑徐徐理之，如置物平地然。为治不矜严苛，宽猛交济，折狱有神明之目。静海土豪鸠部党械斗，片语息兵；易州徐文兴就逮，剖释株连。其他课士弭盗，轻徭减赋诸善政，未易枚举。故所至民爱，所去民思；而在开独久，开人戴公亦独亲。

咸丰五年七月，河决铜瓦厢，东鄙沦为泽国。公连牍请赈，躬行村落，察户口，面给银粮，不假胥吏，全活数万人。尝乘舴艋掀簸风浪中，督筑堤防，田庐大半获全。

州居三省犬牙地，萑苻出没阻兵，公诛渠魁，赦胁从，自七年冬捕东寇廉搭拉后，桴鼓不鸣者数载。十年冬，颍、亳、归陈之间盗贼蜂起，大名为畿南屏蔽，上游命公权府篆，长城倚之也。十一年正月，皖贼掠东明，规渡河。时泽腹方坚，公扼要置伏，凿冰连坎。贼乘雾宵济，伏四起，惊溃反走，溺者无算，生者狼奔出境去。三月，东捻麇至，绕郡城三匝。公登陴固守，间出奇兵击之，却而复进，围不解。余守顺德，出防东界，适有分巡大名之役，未暇之任也。威县被寇垂陷，急赴之，三战寇退，而公乞师书狎至，乃戴星驰援，重阓方昼扃，避难老幼十万口，薪米告罄，群情皇皇，公踉跄睥睨间，不交睫者廿日矣！余与公议，先启郭门，整军以出，贼望尘避舍，连击之于金滩镇、万家堤，遂败遁，民庆更生。嗣余东向声讨，居守事公独承之。迨由冠县班师，将乘胜南下为扫穴之举。公怜余冒暑兴师，劳惫已甚，坚请代行，召号诸县团勇，捣濮州老巢，身先士卒，不避危险，火燎须弗为动。会暴霖倾泻，火器淋漉，贼复导河潴隍，深倍灭顶，公气益励，攻益急，百方迭进，狂徒汹惧，泥首乞降。

九月，捻匪又至，公力疾视师，横遏北犯之路，诸郡晏如。所捍蔽者多矣。同治元年正月，河套余孽复萌乱，引洪流，倚沮洳为兔窟。公锐意廓清，元夕驰抵保安集，四境丁男不约而会者万人，异省亦裹粮助战。逆党多开民，闻公来，皆憬然曰，刘使君我慈母，曾施赈活我，忍相抗耶？投刃归服者数千计。余贼奔甘露集，疾追之。马旋于泞，贼反攻。公鞭马突而前，挥兵张两甄环之，十荡十决，尸枕藉如栉。逆酋李怪毛惶悚伏地，祈贷死，乃贳之，收戈矛鞍马而还。

公豁达大度，缟纻如云，与余投契独在寻常声气外。及同莅戎旃，和衷共济，更迭率师，争以鞭弭櫜鞬先出为快。惟是，寝干枕戈，累触炎冻，又时焦思敝虑，回旋泥淖中，诸淫乘之，直攻腠理，而疾滋深矣。季夏，余将入晋陈臬，窃以河朔反侧未安，懔懔惟受代乏才为忧。俄而特简在公，吏民同声称庆，谓坐镇得人。孰意绶不一佩，遽属纩[②]于保阳客邸，呜呼惜哉！

迹其事亲孝，植品端，临政达，体国忠。彼苍假年，扬历中外，建树讵可量耶？制府胪上以死勤事之迹，旋邀谕旨，大名、赵城均得建祠。寿阳祁相国以公治术进，得入史宬编传，饰终之典周矣。九原其瞑目无憾哉！铭曰：

霍镇降灵，华阀相承；哲人踵起，赫赫垂称。

慈父神君，亲民之吏；还定安集，遑恤劳勚。

黄流横溃，雁户阽厄；哺之障之，登诸衽席。

惟公桓桓，万夫之雄；奋武致果，以奏肤功。

妖鸟垂尽，骑箕高翔；汗青炳若，典型云亡。

佳城郁郁，俎豆莘莘；明德贻谋，式启后人。

［校注］

①代王榕吉所作。

②谓用新绵置于临死者鼻前，指临终。

直隶顺德府知府候补道少汀宋公墓志铭代

癸亥孟冬，余在河朔戎行，闻公染疡疾，怦怦不释于怀。岁杪，抵省往视，则清羸瘦削衰孱已甚，心窃忧之。甲子四月，有量移山右之行，病榻握手絮语，挥涕而别。越月，讣音至矣。

呜呼，忆公自中州改官畿辅，初见遂如旧识。余任首邑，公分廨以居，情益浃，谊益亲。政有不通，事有可疑，出一言商榷，大都隐合若契符。或意见稍殊，持论断断，不移晷，欢颜接席，洒然已忘脱，非投分莫逆，其能款洽若是哉？

迩年，桑梓诸老友宦游燕赵者晨星寥落，每一念及，辄枨触累日，今公又骑箕尾寝门之恸，乌容已耶？

己丑季春，其孤振绪将归楄柎葬先陇，不远千里具状走急，递请文其幽宫之石，白首故交，其何忍辞？

按状，公讳嵩庆，字少汀，山东胶州人，世称海右甲族。曾祖钧、祖汝綍守诗书业，父慧龙中嘉庆癸酉拔萃科，充八旗教习，任满擢大令，需次河南，累权紧望，有颂声。

公精神渊著，表里莹彻，遇物镜烛犀剖，识解超超。凡纠纷盘错事，他人缩手噤龂不敢前，公徐徐爬剔如发就梳。尤谙习令甲，六曹诸例中丛出歧见，比引易误者，独能会通律意片言扼要。在直十余年，适值海疆不靖，四郊多垒。其间办海运、捐京米、铸铁钱、行钞票、举团练、设巡防、办粮台、助军饷、筹灾赈，每开局、立厂、兴役，出令，大府监司必先询于公乃行，公亦殚竭精思，筹策万全，抉摘利孔，杜塞弊窦，无隐无遗。

迹其视国如家，昼夜额额，罔弗恪勤，故咸有成绩。历岁台司，官非一任，政非一端，好尚各殊，张弛互异，而其重公、信公、任公，前后若循辙焉！缘是，由府经历，而知县，而知州，而同知，而知府，而戴花翎加盐运使衔，十稔未周超擢方面，忌者观其隆隆日起，蜚语横腾冀相倾轧，当路察其妄，倚任如故。公则坦衷处之若弗闻者，谰言亦顿息，洵得古人止谤不辨之旨云。惟长官付托太重，相使如左右手，不忍顷刻离，自壬子至己卯，率在津门，丙辰以后，率居省垣。即真之地若宣化，经历仅一受印，往返匝月耳。安平知县、广平知县虽经除授，未一入境。其后摄守大名、宣化、正定三府，旋补顺德，继而援例迁观察，匆匆以去莅官，佩符所至皆不逾半载，措施大端莫由表著，然其教督牧令，惟以筑陴浚隍、锻矛砺刃、征租庸、治萑苻为兢兢急先务也。牧令守公之教多署上考者，尤敦气谊，汲引后进如恐弗及转，不免太丘道广之累。

姿禀颖异，弱冠列于庠，父仕豫州佐理需人，公乃弃举子业随父扑蝗散赈，枵肠冒暑，周历畦畛墟落间，躯颜焦瘠，不以困疲告。南征师过，供张糗糒刍豆庐舍舆马，色色丰备，无恃众而哗者。分浚贾鲁河，同列以不中程，闻公独课最。

呜呼，公之器识经济，倘久于其位，从容展布，勋名正未可量。彼苍苍者忽夺之年，悬车未届，精力方强，一旦溘然先朝露[1]，余顾以菲才谬膺重寄。政有不通，事有可疑，欲求识解超超如公者，一相商确而竟不可得也，悲夫！铭曰：

骏足絷矣，胡弗骋康馗之驰；肤寸生矣，胡然靳优渥之施；锥末见矣，俛焉日有孳孳。呜呼！数欤命欤，乃厄塞止于兹；彼君子兮，如之何勿思！

［校注］

①喻生命短暂。

貤赠奉政大夫增贡生雅堂王公墓志铭

道光壬辰，余与荫堂王刺史共砚席，获识哲昆雅堂公于里塾，缔交伊始，渊然端谨一修饬书生耳！廿余年来，风雨联床，乐数晨夕，因得窥测底蕴，遂心折焉。

咸丰己卯夏五，道出中山，适公抱疴刺史官廨病榻，执手留连不忍别，无何公捐宾客，刺史抱痛不释，自缵行状而以瘗幽之役见属。呜呼，款洽如公知交中曾复几人？其敢以弇鄙谢哉！

公讳彬吉，字雅堂，姓王氏，山左之长山人，醇笃君子也。坦平和易，胸次泯城府。其涉世尚退逊，不校长短，粥粥若无能者。矩步方行，严绝俗好，终身礼法自持，不为跅弛险诐之行。世多目为迂，狡黠者龁龁焉，若弗省横逆猝至，笑置之。

居室昧于赢缩，不务封殖，惟克减自奉以俭率下而已。家仅中人产，独喜赒施有告乏匮者，如愿以偿，无德色，妻若孥或不及知也。野逢残櫘荒冢之暴露者，必坎地瘗之。雅重交游，慎然诺，顾礼节，恒疏略。对客懒整衣冠，无寒暄语，或忘宾主位次，其真率又类此。

性嗜读，龆龄即自奋励。弱冠丁大故，隐痛禄不逮亲。益图显扬，下帷攻苦，足不履外阈。制艺出帖括，家争相传写，耆师宿儒亦激赏焉。顾艰于遇，十应童子试方售。名场困踬，辛苦备尝，坐是，精力耗匮，志亦浸灰，甫逾四旬即辞棘闱，惟拳拳以成立期后进。

云其事二人也，不恃口舌，博欢趋承，恂恂若愚懦，堂上倍怜之。同怀七人，公居其六。奉诸兄惟谨。而于季弟刺史，年相次，情相洽，故友爱尤挚。刺史官畿辅，迎公来署，公牍私箧一，未询及。易箦前一日，力疾具衣冠拜伏先世位下，自告生无愧怍，从容含笑而逝。

呜呼如公者，品端诣粹，度越恒流，假使登大耋，食厚报，殆未为过。彼苍者天胡为丰其德而啬其遇耶?

公享年五十岁，以子贵封修职佐郎，以刺史贵封奉政大夫。

祖考戴极公，考清源公，均上舍生，累赠朝议大夫。祖妣及妣均赠恭人。配孟宜人，吾宗之女，有妇德。子四，熙祥廪贡生，戊午科举人，任兖州府训导；玉成直隶候补典史；承祥监生；煃祥幼。孙一本端，熙祥出。

今岁孟冬将归葬公于陵东郭之原，爰缀辑行实而系以铭，铭曰：

肃然之趾，泷溪之口；菰芦哲人，昔者吾友。圭璧其修，绳墨其守；慎如括囊，肫如盈缶。胡甫及艾，顿栖陇亩；岫挺峣峣，澜回浏浏。俯仰高深，名同不朽！

貤赠通议大夫表东王公墓志铭代

长山郭门东里许，王氏之族萃焉，名阀也。去敝庐不三舍，姻娅交游，代称款洽。其间耆年宿德，卓为世范，若表东公者，属于耳久矣。

甲子春，谒荫堂方伯于保阳，适公就养琴泉明府客邸，因得亲炙言论丰采，盖恂恂长者也。謦咳[①]步履矍铄具寿者相，方谓进登期颐，坐享三釜，匪特王氏家庆，抑亦升平人瑞也。

夏日讣至，则公以微疴遽捐宾客，泰山梁木之悲乌能已哉？琴泉明府将舆丧东还，谋窀穸于孟冬之吉，走伻持状请文其幽宫之石，某托葭莩晚进，其安敢辞！

王氏之先曰宣者，在元官忠显校尉，始徙今籍。历传至处州推官化远，业益昌大。化远生廪生雯，雯生昌邑县训导孙枝，孙枝生庠生积，积生庠生景亮，以方伯贵赠光禄大夫，直隶布政使；景亮生岁贡生候选训导毓嵇，以中翰公贵赠文林郎，内阁中书，即公父也。

公讳肇洋，字天如，号表东。同怀三人，居仲位。天禀贞悫，饬躬端慎，造次必依于礼，闾左矜式之。胸无篱棘，闻儇薄少年机牙相角，辄远避之，弗与狎。跅弛不谨之士亦畏惮公，望影遥匿。然接纳庸流和颜软语，未尝高立崖岸也。成童失怙，哀毁逾恒情。奉母善承意旨，滫瀡之供，抑搔之役，身任之不假婢媪之手，是以里闬有孝声。

幼嗜学，枕经葄史，几废寝馈。甫冠，兄甸南公射策登上第，官中书舍人，供职辇下，弟亦随往受读。当户乏人，乃辍业，顾以半途废学，饮恨不自得，故课子孙披吟为独严。

中翰公病废养疴归里，公趋承调摄，朝夕护视惟谨，迨即世以爱，息琴泉奉宗祏成中翰素志也。中翰之配继没，拮据丧葬皆公经纪之。暇日则以举行善事为乐，赈恤宗族，赒施乡党。家故中人产，倾橐拯援皆节缩衣食应之，无吝容，亦无德色。尝曰，吾侪处草泽，安所操利济权，然此念不可不存，量财鼓力焉可也。重价购上药赠人若自营，馇粥丐刀圭者，遝迩麇至，户限几穿。贫妪某疡发左股，不良于行，公为延医市药，历两月疾顿瘳。嫦孀某忽丧明经年，公付药饵之不半载，目炯如初。

壬戌畿辅疫大作，祷神求异方，施药数千裹，获苏无算。辛酉避捻寇浮寓新城，老弱奔迸，填溢衢巷，有竟日枵腹者，公出糗糒饷之。城闭浃旬，逐时授餐，全活者皆呼公为佛云。

同治元年恭逢覃恩，方伯方任山西按察使，援例为请公得晋阶通议大夫如方伯前官。呜呼，履洁行芳，寿登大耋，荣邀纶綍，全受全归，公可瞑目无憾矣！铭曰：

为丰年玉，为荒年谷；哲人往矣，其曷能淑？

郁郁佳城，若覆夏屋；宜尔子孙，永绥福禄！

［校注］

①谈笑。

武德佐骑尉冠英董公墓志

公讳连元，字冠英，号捷三，姓董氏，系出汉江都，明代由棘郡徙居阳丘，遂隶籍焉。历世耕且读，先德[1]不禄，母青年矢柏舟节丁，家中落，茹檗饮冰，力瘁生计。

公资秉颖异，披咏过人，顾痛孤露，无术供堂上甘旨，乃置儒生业去而服贾。干练精勤，劳勚弗避。其权赢缩审居积，洞若观火，毕生无差失，主计者稔公才。弱冠，以重任畀之。公南适吴越，北游燕齐，所至倾其豪俊，赠纻投缟，门外多长者车辙。性伉爽，遇事敢言善任，不作瑟缩嗫嚅态，尤乐赒施赡戚族，援侪偶，量其乏困，倒庋助之，不待以缓急告也。出重资脱手若忘，不质剂，亦鲜德色。他如排难解纷，弭衅隙，全骨肉，莫可偻指数，故义声藉藉，名满江湖者四十年。计客橐所入，使吝啬者守之足，号素封家；而公室无余财，妻孥仅免冻馁。捐馆之日，凶问所达，罔不扼腕欷歔也。

事母以孝称，婉愉孺慕，色养无间。奉兄如严亲，事必咨禀乃行。白首肩随，翕和不殊稚齿晚岁。

援例获守御所千总衔。考豫亭公，兄完璞公，由公吁请均膺赠典如厥职。

配孟宜人，有妇德。子四，锡龄直隶候补典史；延龄候选营千总，孟宜人出；寿龄、长龄侧室杨氏出。女二，一适士族，一幼未字。孙子金，锡龄出。

公享年六十有三，咸丰丁巳，锡龄兄弟葬公于村南绣江西涯。

[校注]

①称及别人父亲。

王室郭恭人墓志铭

畿甸有良吏曰香圃王公，同年执友也，修武高才。生以选贡入大学，廷试中格，授知县，久之，迁知州，再擢知府加道衔，所至赫赫著勋绩。

同治戊辰冬，厥配郭恭人终于里第，公方需次保定，凶问至，为位哭，甚哀营斋，营奠唁者车骑填衢巷。

明年春，携其孤归治窀穸，道出赵州，手恭人行状，揖予而言曰，兰广宦游三十年，莅繁剧之区八，其间执扑督役于河干，櫜笔入戈铤队，驾舴艋犯洪涛，散钱哺饿夫，驰驱王事，闻命就道，不斯须迟留者，实赖恭人翊赞之力。今暮景骎骎矣，亟思投劾南返，毕婚嫁，课耕耘，两老人含饴弄孙，坐享田园之乐，庶酬半世艰劬。夫何天不假年，夺吾恭人之速耶？元微之云，贫贱夫妻百事哀，兹日情事差复相同，幽宫之石其忍默无一词乎？子知我者，幸为我纪之，言讫涕下如绠縻。

公故善文者，不自操觚，而以责予再三，辞不获已。

谨按行略，恭人姓郭氏，邑处士龙章公女，幼婉嫕，有志节，尤娴女红。于归日，资产衰薄，给生匪赡。君姑孱羸多疾，公就傅于外寻，出授经，恭人昼操井臼，暇辄抚弄小姑小郎，为制衾裯涤秽恶，夜漏三下，机绞刀尺声犹琅琅。然更储绩筐余资，待饘酏药饵之需。小姑适人乏奁具，推己榫榹钗珥与之。小郎授室而夭，娣居嫠，多戚容。公感时疫卧床蓐，少子又殇，方货庭树供爨，复为居间者攫去，恭人上侍病姑及夫子，中慰嫠孀，下理生计，疲形焦虑，拮据万端，不告瘁，嫁衣尽付质库矣。公或忧贫辍读，则曰儒生托业典坟，当壹志钻研以应科目，米盐琐屑，新妇自任之，不烦下帷人廑念也。公自是术艺日进，卒致通显。性恬淡，恶华侈，屡至官舍，力却纨绮甘脆，而君姑之衣履服脩必美备焉。尝谓公作吏，克俭为第一义，奢汰无度侵及公储，行为子孙累，况时势艰虞，民生凋攰，忍为朘削乎?公韪其言，箴铭佩之。君姑病股，弗良于行，拥卫左右以身代杖，吁神觅药，昕夕皇皇。亲没栾瘠，逾情上膳，縿幕如事生者。且星驰先归，扫敝庐，庀丧具，以待辆车。窆石甫毕，邻境群不逞煽动结约抗官，公虞牵染，乃出游。恭人独操家秉，内外兼营。首治先世兆域，次及衡宇疆亩，早作夜思，勇倍健男。亚旅徒庸之食几何？布缕麻枲之耗几何？场入廪出，钩考不爽圭撮。然慈惠，喜赒施诸姑伯姊，筐篚相错于道，视犹子之妇有加。礼宗党，婚丧佽之无倦色。厩奴灶妪，恤其饥寒，均其劳逸。群婢及年，必备装遣嫁。冬杪散仓粟，济不能卒岁者。尝盛夏曝麦，雨骤至，一呼而比闾麇集，厚施之普可知。

己育四子，皆不举。广置篷室，期必得雄为快。后举两男，拊摩顾复爱侔所生，独课读不稍宽假。逮下有恩纪，暖暖姝姝，诸姬倚之若慈母，已则忘其为女君也。又劝其娣为夫置后，代养代教迄于成立，今游庠矣。

丁卯，公摄清苑，时方过师，供亿浩繁，遂多逋。俄移定州，凶徒薄城，警问狎至，恭人闻之，寝馈不适。又叠逢寇乱，庐舍焦毁，率眷属匿岩洞，山趾山脊积尸如麻。而恭人一家独脱于难，时谓孝慈之报。

然外劳内忧，驯至不起，时同治七年十月初四日也。其生在嘉庆五年闰四月二十六日，享寿六十有九。初封孺人，再封宜人，三封恭人。

子二，长访畴；次叙畴，出嗣公弟兰皋，李硕人出。女四，长适南昌府通判吴世享，次适贡生段继贤；恭人出次适徐廷祚，次字郭溶，郭硕人出。

将以某年月日妥葬于某原，铭曰：

沁河之南，黄流之北；有丘巍然，丸丸松柏。

女宗邈矣，徽音翕赩；巾帼垂型，珩璜表德。

为彤管光，为帘帏式；书之贞珉，其永无泐！

自撰生圹志

大清同治建元之次年，岁在癸亥，余盖更六十寒暑[①]，云维时东郡莲花教徒生乱，王方伯治兵河朔，招入军幕参计画。七月杪，以养疴返赵署。入冬，臂患增剧，筋力疲薾，衰病交侵，谋于近岁投劾归，依先世兆域，筑容棺之墟为收瘗遗蜕计，而幽窽片石不可无一言，病稍间，信手为之，仿傅奕、王绩、白居易故事也，我我周旋托知较深，不胜于丐文他氏之隐且诬哉！

余迂夫也，识迂，论迂，植躬迂，读古迂，从宦迂，硁硁抱一迂与为没齿而已！

世修儒术，高曾以下皆登黉宇，大父诸父行举省试、礼部试者三人。

幼钝鲁顽劣，又病忘，负笈二十年，枵然一没字碑，泚笔乏隽语，羼杂若百衲衣也。习经生家言，志不笃，力不奋，十践秋闱卒摈落。道光丁酉滥厕拔萃科，幸已！

顾嗜浏览，穷日伊吾陈编，双眸眵昏，犹不息声。律骈俪古文词率喜为之。先大夫夙号赅博，诸体皆工，著有诗文各集。余生也晚，方督治举子业，不敢以杂著请，虽请亦不授也。坐是昧于门径，迷惘踳驳终其身，浮沉诸生明经中者二十有四年。

逾强仕，思邀禄釜供慈亲。乙巳随牒来畿辅，丙午、丁未间，三任易州、冀州、遵化州判官。戊申，母氏弃养，奉讳归，将以耕稼老矣。暂墓不坚，饥驱再出，咸丰己未，任赵州判官。地瘠苦，饘粥恒不充。先是以积劳例得迁，县令知交为谋，即真哀其困也，余急谢焉。从戎三载，侪伍多膺显擢，独守本官如故。非矫也葸也，亦迂也！

幼耽为诗，与族兄在星相倡和，露蛩风蝉啾唧，自喜不敢轻出示人，有《剑农诗存》二卷。在星既亡，意兴顿尽。嗣有雍、益之行，得《纪程》二卷、《西征集》一卷。及莅赵郡，手筑中隐坞，起秋根书室三楹，读书其中。莳花种竹之暇，间一抽毫，舌涩肠枯，非复曩昔挥洒淋漓时矣！

嗟嗟春蚕已老，络绎残丝；秋燕将归，徘徊故垒。彼苍假年，留二三卷剩稿，供人家酱瓿之需。迂叟迂叟，何关人世轩轾耶！铭曰：

不龙而蛇，不鹏而鸠；昏昏耶镜，泛泛耶舟；乐荣公乐，忧杞人忧；名乎寂寂，岁乎悠悠。生犹恋夫官舍之一坞，死且归我故山之一抔！

[校注]

①公生于嘉庆八年（1804）。

祭高邑知县毕公、外委锁公文

呜呼，二公今日可谓得死所矣！自古人孰无死？或死于水，或死于火，或死于凶年疠疫，或死于仇敌刑章，均之死也，而有泰山鸿毛之分，何如轰轰烈烈成一惊天骇地事业，闻之者曰奇男子，传之者曰伟丈夫。古云沙场战死是男儿，二公今日果然马革裹尸矣，呜呼烈哉！

窃以庸俗之见度之二公，皆无死法也，彼平日漫不设备望风逃避者，无论已当贼氛逼近之时，招集团勇护守城池，贼未至城下也，可以不死；即城不可守，统众东行，屯住村落，用壮声势，贼亦未至也，可以不死；即至，破塔与贼接战，前队已奔溃矣，后队犹未至也，不为穷追，不为静待，亦可以不死。不谓忠义激发，势不可遏，鏖战既久，恃锐轻进，逆徒拼命抵拒，二公遂至殒身。呜呼，可以不死而甘心赴死，与理应就死，而宛转偷生者，相去何啻霄壤！

易曰，君子以致命遂志，其二公之谓乎？烈哉，烈哉！

予与毕公生同里闬，有通家之好。政绩循声高邑，妇孺皆能言之，何待赘述？

独是，前月初吉，曾过留饭，不谓分手兼旬，遂成千古追念，故友柔肠为摧。锁公文武殊途，素未谋面相随，尽节亦足并传。

兹予奉檄代理，心仪双忠，招集僧道设坛追荐，凭法王之愿，力慰烈士之英魂，伏愿早拔沈沦，永离幽滞。吾知生为正人，死为明神，真灵位业中定当增置两座，抑或早入轮回往生乐土，则公辅之器，干城之选，宿灵不昧，再世为国宣劳，于二公有厚望焉！酒醴既陈，脯脩粗具，或当鉴予寸诚不至吐弃也，尚飨！

祭高邑殉难绅士团勇文

呜呼，烈士义民何高邑如是之多也！世之论者皆谓亲上死长之风，三代民俗朴厚事多有之，后世人心浇漓，此风不可再见，噫嘻岂其然哉？

方十一日，逆氛之逼也，毕明府号召团勇慷慨出御，诸位闻声趋赴，奔走恐后，如手足之捍头目，若子弟之卫父兄，甘冒锋镝，义不返踵，此固由毕公功德在民，舆情爱戴，而一种奋勇直前之气，则风俗朴厚，忠义根于性生然也。卒之众寡不敌，毕公殉节，诸位亦随同授命，不忍独生，呜呼烈哉！

予奉檄代理，前来景仰忠义，惄焉心伤，用特设坛建醮，追荐英魂，庶几永离幽途，早升仙界，垂芳名于百世，抒义愤于九泉！兹者敬罗酒浆，兼陈肴核，惟灵有知，当来歆来格也，尚餉！

祭王蔚堂文

呜呼，祸福难测，孰叩穹苍；憯不慭遗，哲人云亡；凶问突至，老泪浪浪；追维畴昔，中怀蠹伤；客秋聚首，滹沱之旁；驾言出游，佛屋僧廊；我疲登陟，公藉扶将；苔石趺坐，一笑相羊；公归长白，我逾太行；揖别几日，倏易星霜；方期重会，剪韭炊粱；不谓永诀，幽明乖张。

呜呼哀哉！

缅公之德，矢直隅方；缅公之品，玉质金相；体无媚骨，胸有刚肠；古心古貌，昔贤颉颃；公有介弟，宣力畿畺；德政洋溢，赖公胥匡；予居幕下，风雨联床；承公款洽，情谊周详；与公同齿，我弱公强；自揣蒲柳，逊公算长；公忽染疴，日寻药囊；步履疲曳，肢体羸尪；元气幸固，期颐可望；矧公种德，门祚必昌；文孙驹齿，连袂序庠；贻谋竞美，皇路腾骧；优游蔗境，邦国之光；阶晋二品，叠贲鸾章；公胡不待，遽召巫阳；易箦之夕，泥金登墙；介弟抱痛，戎幄沾裳；我悲老友，五夜徬徨；赵云黯黯，齐树茫茫；音徽永隔，渺矣仙乡；遥企素帏，敬酹一觞。

尚飨！

公祭张海柯军门文[1]

呜呼，眷楚云之黪黮兮，欻将星之匿曜；矢裹革之夙怀兮，终结缨而自效；蕲巨人之慭遗兮，胡穹苍之不吊；三军缟素以沾膺兮，四民插竹而怆悼；惊凶问之遥传兮，爰奏楚些大招之哀！

调缅义旗之初建兮，偕投笔于哲昆；储韬钤于胸次兮，征虏雅歌而恂恂；方群丑之播虐兮，肆狼噬与豯吞；连城纷其破碎兮，势岌岌乎震邻；乃慷慨以奋袂兮，誓灭此而朝飧；毛葫芦之结寨兮，包疙瘩之兴屯；精锐四出而荡涤兮，靖淮壖之恶氛；当长城于万里兮，匪特覆露乎闾门。

旋从戎于沪上兮，随西平之旌节；张铦锋于三吴兮，腾威声于两浙；收名都与岩邑兮，羌风驰而电掣；出鸦军以捣巢兮，探虎子而犁穴；蹈绝地以求生兮，惨吮疮而裹血；洎转战于兖豫兮，逐北日苦其飘瞥；应呼救于德安兮，薄险罙入而勇决。

日曛暮兮戈铤，集地阻深兮声援。

绝捶大鼓兮鼓音衰，挥宝刀兮刀芒折；望帝阍兮天遥，臣负疢兮力竭。

呜呼哀哉生存兮，栋梁没世兮旂常；邀易名与禋祀兮，颁天语之煌煌；证真灵之位业兮，备饰终于翣墙；惟余孽之蔓延兮，犹剽突而披猖；奋冥威以助讨兮，庶追先世啮齿之睢阳；灵之来兮洋洋，御蛟虬兮翳凤凰；树龙旂兮佩鱼肠，飒英飙兮翩然而高翔；企灵爽之昭格兮，歆兹几筵不腆之膻芗。

呜呼哀哉！尚饷！

［原注］

❶公讳树珊，合肥人，官总兵，同治丙寅十二月在德安御寇战没，事闻恩恤加提督衔，谥勇烈，建祠。

赵州祷城隍神文代

维同治六年十月既望，署赵州、直隶州知州刘锡谷，敢昭告于赵州城隍尊神之前曰，幽明异路，执法维均。生死殊科，蔽辜贵当[①]。讼庭多诡对，深惭摘发之非才；冥府少遁情，聿赖鉴观之不爽。虽谳决咸依于法，讵敢信嘉石能平；惟输孚求助于神，始不虞黎邱善眩。

本年七月初三日，州境大寺庄有张某，被人戳伤掷入井中一案，现经访获邸三旦、邸筐子诸人，迭经讯诘，狡展未承。堂上之研穷，劳应敝舌；阶前之强辩，率不由衷。倘全恃传闻，恐风胪讹成市虎，若遽加捶楚，虑波及灾等。邑牛情事未符，沈海之冤讵雪。主名不立，移山之判难。书曰杀，曰宥，咨以三勘丹黄，而徘徊莫定。其色其辞听有五淆黑白，则辗转皆穷抱留牍而焦思。对系囚以束手，仰维尊神察幽，理滞福善祸淫，烛暗可见渊鱼，剔奸亦搜窟兔。

彼张某之丧生，设来地府陈词，岂徒唯唯否否？而邸三旦等之就逮，如在幽司对簿，自必是是非非。阴阳之责任既同，邪正之彰瘅宜亟。伏愿法力宏施，冥威潜助，制其欺天之诈，启其清夜之良，俾群丑输诚如行手，实恶魁引慝自觉心甘。或波底走惊鱼，驱之归网；或林间匿封豕，导之执牢。无枉无纵，而爰书成不扑不敲，而囚徒具将见覆盆昭揭。群颂畿甸讼狱之平良，资明镜高悬，益征冥曹。声灵之赫无任屏营，待命之至。谨牒。

［校注］

①抵罪适宜允当。

临城城隍庙祷雨文

维同治元年七月壬午朔，越十日辛卯，代理临城县事，孟传铸恭率僚佐，虔申步祷，敢昭告于城隍尊神之前曰：越自降霖之后，迄今已十日矣，先时五、六月中骄阳腾耀，膏泽愆期，甫田龟拆，嘉禾就萎，前令徐某斋沐虔祈，仰赖明神鉴察灵澍，时应优渥沾足，人心遂定，从兹雨旸时若西成可卜，虽难上侔于丰岁，犹将进比于中年。此铸入境之始，目睹心慰者也。谓非明神之力而谁之力哉！

乃自入月以来，同云未展，甘泽未施，旦夕翘首，时切殷盼。呜呼，此十日者何如时乎？非良苗怀新，含苞吐秀之日乎？前此十日甘雨立沛不为早，后此一日甘雨立沛则已迟。节逼立秋，势难再缓。歊阳炎酷，度日如岁。况地皆墒埆，户鲜盖藏，小民东作殊劳，可令西成失望乎？明神先时布泽，岂遂后时屯膏乎？成绩宜图，前功难弃。垂成致败，为德不终。

聪明如吾神，悲悯如吾神，度必有不忍出此者，即曰官吏无状，治术乖违，自应罚及余身，胡为灾延万室，用是抚躬循省，悚仄难安。设坛申祈，斋洁步祷，宁袭暴身之故迹，略仿桑林之成规。伏望垂察赤诚，哀吁苍昊，灵膏速沛，多稼立苏，颖栗告登仓箱。兆庆非明神为力，其孰能为力哉！匍匐坛侧，屏息待命。监观在上，当不负所请也！不胜悚惶，激切之至。谨牒。

卷十四

迂叟解

齐鄙野叟，阅世滋深，孑孑然，依依然，举踵颠趾，张吻棘喉。返衷内疚，职迂之故。爰从征实，引咎省愆，改署贱称，乃以“迂叟”自号云。

客有进规者曰：“有是哉！子之以“迂”称也，性迂者愿，行迂者介，论迂者固，貌迂者朴。持此涉世，龃龉百端，流俗所深讳也。”彼方却避不暇，叟顾嚣嚣自命焉。

乌乎！可叟敛裾正容而对曰：“士各有志，乌容相强信如子言？愿非耶，否则黠；介非耶，否则通；固非耶，否则谰；朴非耶，否则华。吾乌知夫黠之不为险诐乎？通之不为脂韦乎？谰之不为诳惑乎？华之不为矫饰乎？愿可也，险诐可乎？介可也，脂韦可乎？固可也，诳惑可乎？朴可也，矫饰可乎？彼黠者、通者、谰者、华者，日携其术以游，翘然自鸣得意，则亦曰‘巧’而已矣。”

迂则粥粥无能，硁硁自信，见弃于世宜也。然而椎鲁进道，木讷近仁，以无用为用者也，乌乎其不可。客曰“迂叟”，迂叟固未睹，夫巧之效耳，列位于朝，巧者登，迂者黜矣。营利于市，巧者丰，迂者啬矣。艰巨纷投，巧则诿之；祸乱互乘，巧则避之；瑕疵宣暴，巧则文之。以巧弋名，名必归以巧，怙权权必固，巧亦何负于人者。

叟曰："子之言'巧'，特小小者耳。殆未究'迂'之大用也。天地一迂器也，圣贤一迂流也。天不迂，日月胡驰？雨露胡坠？地不迂，川岳胡奠？卉木胡荣？圣贤不迂，大禹胡随刊[①]？后稷胡耕稼？周公胡制作？仲尼胡删述？舞智逞谲之徒，蒙迂之庇，食迂之利，兼容并包。于大迂之中，梦梦不自觉矣。用'巧'云乎哉，且夫金巧则铄，石巧则泐，宫室巧则倾，轮辕巧则折，瓴甋巧则窳，不迂故也。试以迂与巧角，迂必败；小巧与大巧角，小巧必败；大巧与大巧角，机械相蒙，威力相轧，两巧必有一败。其终也势衰智穷钟鸣漏尽，天灾人祸纷至沓来，以巧败人者还而自败，彼迂者见败于一时，而有不败者千载。"

古今来忠臣孝子，烈士奇人，迹著简编，名留霄壤，皆迂之属也。巧者逐逐华膴，取快目前，不斯须而身灭遗臭，有妇孺所羞称者，果孰工而孰拙耶？世风日下，浑噩难期，吾方思凿雕存觚，率愚智而偕之大道。子用"黠"，吾守吾"愿"；子用"通"，吾守吾"介"；子用"谰"，吾守吾"固"；子用"华"，吾守吾"朴"。持此迂以医浇漓。澜虽倒，犹可回也，夫岂以坎壈颠踬顿尔变节矣乎！客曰：

嘻！叟以迂士设迂说，吾亦眩于迂，溺于迂，浸假而入迂途矣！世有以“迂”呼叟者吾从众。

[校注]

①随山刊木。

庸庸子说

宇内贤豪几何？人降此，皆庸流也。有阶级焉，有族类焉，有濡染移易焉。若人长于庸，锢于庸，优游老死于庸，亟思推排屏祛遁出乎其外，而才索力穷，无术可以脱免。于是群流渠魁，起而訾謷之，鄙夷之。划区分疆，不甘侪耦。噫嘻，是固庸中附赘，黜置下等者也。

爰呼之曰“庸庸子”，庸庸子有知乎？曰无知也。有能乎？曰无能也。无知、无能，一愚人而已矣！奚自附于庸哉。虽然峻秩崇班，非不觊也；多金足谷，非不歆也；曳绮纨，餍甘膬，燠室凉馆，骏马华舆，非不知其安且适也。摴蒱六博，斗鸡走狗，弯弧沈网，渔猎山泽。征歌童，挟舞女，掷千金作狭邪游，非不欲遨嬉流荡，取快目前也。

庸庸子等，庸人耳，夫岂诡激戾俗者。然而生长儒家，诗书托业，礼义廉耻之教，稍识向方。失身隳足，丧名败检，则畏忌有所不敢；谀媚趋攀，澳涊卑污，则憎恶有所不屑；貌朴衷塞，膝挺舌僵，则迂拗有所不能；习胶庠术，操穿窬行，则背驰有所不可。究之荣悴菀枯，命数使然。彼逐逐名利场者，疲精神，瘁筋力，终身迷惘其中，迨至钟鸣漏尽，得失恒在意料之外，则又憬然悟，废然返，而信其有所不必夫。

然庸庸子不几知道乎？非也。禽之翔于空也，鱼之游于渊也，各适其适不相谋也。必驱禽以游渊，而导鱼以翔空。匪特性有不适也，才力知能用，违其方必有隔阂，龃龉不相入之势，而迄于两穷。庸庸子，性异禽鱼，而自适其适。与飞潜相类，足于中不愿乎外，葆其天不丧所守而已。人趋吾亦趋之，蹶矣，盍裹足？人攀吾亦攀之，隳矣，盍缩手？知止安命，委心任运。无他，审已明，阅世深耳。不见夫操舟而涉江湖者乎？一人扬帆鼓枻，倏登彼岸；一人摧桅折舵，覆溺中流。所遇悬殊若此，然其权听之风伯波臣，两人无所施其力，不得谓登者智有余，而溺者技不足也。庸庸子深察此旨，举庸人所昼夜营谋，不得，则形神惭沮；得，则扬扬骄人者。皆逊谢而不肯为。不肯为，固庸人之等而下者也，呼为“庸庸子”，其何辞以解！

中山王氏世德颂并序代

同治三年甲子春，畿辅肃清，遐迩安谧，服畴食德，同享升平。

维时，定州西郭之氓青衿黄耇，相与举手加额曰：“比者，大难削平，桴鼓偃息，室庐无恙，资蓄犹存。吾侪耆艾髫龀，得欢聚若平时，不可谓非天幸；然亦思御灾捍患，保卫乡井，伊谁氏之大德哉？”念自逆氛不靖，扰及三辅，戈铤所被，闾巷萧条。吾乡丁南北孔道，恒有岌岌不终日之势。西郭巨室王达亭先生及弟调阳、初芳二公，先众出资，命子弟倡兴团练。癸丑季秋，粤匪北犯，逆锋甚锐，骎骎入州境。赖团勇声威，凶徒纡道遁去。岁癸亥，山左教匪啸聚，云三、润斋两先生复举团练，赵、冀以南蹂躏殆遍，而定州四履独脱兵燹。呜呼！非王氏诸公筹备捍御之力，乌能安堵如此？

盖王氏，世有隐德。敦任恤之行，仁声藉藉族党间，至于今弗衰。某等生较晚，前代善举觍叙不能详，仅就耳目所睹记者，如乾隆五十九年大水，出千缗济穷乏；嘉庆六年又大水，出千金设局赈饥，请于州牧遣官莅其事；二十二年旱，出五百缗以周贫民；道光三年大水，又出六百余缗分畀失业者，望衡对宇之地，先后全活颇众。其他，老弱孤寡加意矜怜，婚嫁丧葬咸资周给，与者视为恒例，受者取如己财。今兹设防兴团，星逾一纪，始终靡资计若干贯有奇，而覆庇安全不下十万户，此其德何如厚？功何如宏？非特晌日所称毁三千缗质剂，返四百亩田券已也？

盖我朝二百年来，乐施不倦，源源如一日焉。迩者师旅烦兴，储偫孔亟，助饷佐军，至再至三，是以累邀旷典，晋秩迁阶，褒及三代，乡党荣之。

嘻！世之席丰腆者，持筹握算，厚自封殖，剥削骨肉，仇视井里。拯恤推解之，为平生梦寐所不及。豪华自喜之流，惟宫室裘马服御，玩好是娱，招博徒，游狭斜，沈醉酒家垆，顷刻掷千金弗少靳。遇戚族无告嗷嗷垂毙，掉臂去，不一引手救者，比比是也。

王氏家承素封，好行其德。而俭约自持，未尝以华侈耀乡闾。训子弟尤严，率恂恂奉诗书业，以故列黉序，登贤书，群彦项背相望，岂非历世厚德所感召欤？夫积善者，余庆源远者流长。子若孙继继绳绳，恪守仁厚家法，吾知象贤竞爽，骞腾未有艾已！颂曰：

> 中山郁郁，滱水汤汤，山川灵淑，毓秀钟祥；
> 琅琊华胄，门祚繁昌，代宣令德，邦家之光。
> 多财善施，世济其美，如越鸱夷，千金散里；
> 如汉卜式，巨万给徙，有舟可泛，有囷可指。

欃枪未扫，铁骑纵横，倾囊募士，教练乡兵；
砺我戈矛，扬我旆旌，捍卫州里，众志成城。
尸保障功，不自满假，义方垂训，胶庠儒雅；
于公高门，鲍氏骢马，永吉永贞，受兹纯嘏。

论　俭

易州外郛，有乞儿，颜黧而肌削，足跣而肘露，裈不掩尻，发毵毵如蓬葆。又病股，弗良于行，瓢杖蹩躠傫然也。一日过市，有识之者曰：“嘻游冶儿，高资安在？”乃吹箫入市耶。余问之，则曰：“其父某，善积财者也，以纤啬起家，仰掇俯拾，胸无遗策，登龙顾望，怵他人先。甫逾十年，家累巨万矣！问守财之道若何？曰：崇俭。冬不炉裘，夏不衫笠，居处饮啖下窭人数等，祭享庆吊馈遗之礼，终身未闻也。姊死乏殓衣，甥哭以告，漫不应。妇潜赠一裙，徐知之，鞭妻见血。残冬大雪，侄乞斗米度岁，怒詈曰：吾买田三十亩，偿价大费周章，尚亏牙人钱一贯，谁助乃叔耶？坚不与，侄挥涕去。里有僵丐，怨家移诸畛间，里正吓以鸣官，勉出数金就私瘗，自计平生倒橐惟此一端耳。妻若孥不免饥冻，乞儿弗能堪？尝指藏镪曰：‘此物累累，服食顾窘乏如是，一旦落吾手，不挥斥立尽，非夫也！’”

无何，其父死。乞儿乃大纵淫于赌群，无藉钩致之一夜，掷千金不少惜。又喜狭邪，游意扬扬，竟日作豪举。跳脱步摇之属，有索必应。夜合，资则倍酬之。曰：“傥葛如吾，岂与勾栏人较多寡者？”未五年，巨万之资立罄。

呜呼！其父固以俭率家者也，积小高大，心血呕出数斗。彼苍胡不怜其苦，倾败乃如是速耶？余曰：“否，否。”俭为美德，传自大禹，然非悭奴所得托名。《易》著恶盈，《书》戒满损，悖入悖出，天之道也。方其专务封殖，一介不与。宗族闾巷间，翘足拭目以幸其败久矣！谚云：“过俭之家必生骄奢，循环起伏理数常然。”乞儿之父，乃为富不仁之鄙夫耳。俭云乎哉，然则俭不可以训乎？曰：“奚不可者，正术以殖财，酌时以制用。节服食以厉己，丰羞膳以奉亲。恤物力而贵适中，省繁费而期周急。毋杀礼，毋违俗，毋苛夺邻里，毋酷抑子孙。义方训之积善贻之守富之道也，乌足为俭病。”

《寂寂居》跋

余习儒术者也，奚贵守寂。顾资性蹇劣，驰骛营竞雅非所喜，况年迫衰迟，退屏为宜。惟有闭关却扫，效蟫鱼生活而已。

唐人句云："著书在南窗，门馆常寂寂。"冗曹冷署，情事相符。适筑斗室，爰取以名之。忍为此态，将毋邓禹笑人。若以居比子云，则吾岂敢！

哀陈大令

陈君登汉，字仙苑，粤东寒儒也。举道光乙未孝廉，以中选格为令，需次来畿辅。其人敦厚朴讷，非悍吏才，又拙于趋奉上游，缘是厌弃之。淹滞省垣，供爨易衣赁舆僦屋之需，倍极窘张。

咸丰癸丑秋七月，试摄任县，知交皆为色喜。盖输纳期近，觊沾余润，用抵宿逋也。

是岁，粤逆踞金陵。其党北犯怀庆，制府某，帅万人往讨。屯留五月，锋不一交，贼遁入山右，遂以大捷闻。诸隶戎行者，率迁显秩，已缓缓归矣。

贼大扰晋疆，八月杪，由间道折趋临洺关。制府方宿驿舍，漏未尽，厮卒大呼曰："贼来！贼来！"制府酣齁中矍然起，足不袜，马不鞍，狼狈奔广平任。距临洺三舍而近，地僻无逻卒。贼队将薄城，居民大骇，鸟兽散，官尚梦梦也。前驱入阛阓，阍奴徐言，闾左多讹传，贼至不足信，遣役往侦，皆望尘而逃。陈君徘徊中庭待反命，然后议设备贼。忽汹汹排合入，嚄唶曰："尔是妖！尔是妖！"未及枝梧，刀矛四集。凡七创，颀一，左肱一，左胁二，左股二，腰膂一，晕绝，仆前荣檐溜下，惟喉未殊耳。

越宿贼去，秋霖晓夜不止，悬溜飞注，直射创口，血淫淫四溢衣履，阶砌尽赤。历二日，气息微属，三日渐苏，呻吟泥淖中。然肢体如缚，无力转侧。隶役有归者，见之，扶入室。稍稍饮以粥，匝月乃能举步。

时制府替人为某相国，闻任郭门有贼踪，疑陈君避匿也。不待勘察，遽牵入失守城池狱，劾罢，逮系之。予过邸慰问，脱冠解襟相示，瘢痕鲜赤，犹缕缕未合。

云王荫堂方伯，时令清苑，力白丛刃状。相国虑承前误干吏议，抑置不为理。比部乃当以远戍律，改赴军台，犹谓末减也。职橐馆者乏人，卧病旅店中，户无门，床无荐，覆无衾，亵衣上下穿漏，严冬不得一缊袍。并日啖半瓯粥，辗转破榻，遂大困如是二载，濒危者屡矣。兵曹檄促就道，急于星火，台司疑其诈，舁入公府，面质乃信。又半载，大吏敦迫，扶病踉跄北行。自是音问梗阻，在途在戍，衰强存亡之况，概不得闻。

嗟乎！陈君命数亦厄穷极矣，使其埋头窗下，终老青衫，安处故乡，砚田乞活，未必如是落魄也！即或蹭蹬颠踬，末路舛午，尚有戚族为之顾恤妻孥，为之经纪，未必吁天呼地无人过问也。当夫揭榜挂名，一喜谒选授官，一喜拮据束装，称贷入仕，虽劳神焦虑，亦一喜；孰谓墨绶甫绾，遽蹈危机，黑狱沈冤，荷戈出塞，饥冻交迫，骸骨难归！此时欲求生入玉门，舌耕故山以老，依稀若在天上。文人命薄竟如斯乎？

比见失守诸牧令，有蹑踪潜逃者，有夤缘脱罪者，有滥厕戎幕、假途复官者。即拥兵自卫，豢寇殃民之某帅，初议惩谴，不旋踵而骎骎起用。陈君仓猝遇变，守御难施，候骑未归，利刃剥肤。较之弃城抛印，昧义贪生者，何啻倍蓰？平情，蔽狱非特罪不宜科，抑且职无庸夺乃捷巧善谋者，如彼而钝拙寡营者。如此，人不援乎，法不允乎，命不犹乎？彼苍者天，吾将叩九关而问之！

城隍盛会疏

咸丰癸丑，赵罹粤逆之厄，城隍、殿寝皆毁，燎延西庑九楹，头踏付一炬矣。羽流[①]愍其凌替也，筑堑为龛，覆以茨，法相荡风日中，摧剥不免。春秋举祭厉之典，隶人舁缺足几奉神牌其上，导以前呵二散曹代主鬯，灌献草草，坛壝间三耦未具，遑论队仗哉！

己未，铸来判赵。辛酉秋旱，祷于庙，甘澍载零，爰怂恿陈息帆州牧兴复前殿，竭蹶告功，而仪卫则缺焉未备。铸亟思购置，呼吁同人，无应者。

同治丁卯，芸生徐君❶来为州参军，好善君子也，志与余合，且引为己责。子玉刘公方守赵，慷慨解橐，绅商士庶闻风翕应，得资二百七十缗有奇。于是冠服舆盖，旂纛镫垆几幔，色色毕具。出有导，入有卫，秩如肃如，示尊崇也。详登于籍，备参稽也。徐君又出己资葺治厉坛，甃以甓，缭以垣，廓如坦如，重禋祀也。神舆岁凡三出游鸠，诸绅耆更迭趋承，祇祇肃肃，有临上质旁之容矣。异日者恪恭将事，毋怠毋忘，阙焉思补，敝焉谋新，是所望于同志君子及乘吾二人之乏者。

[原注]

❶名璜，江西金谷人。

[校注]

①指道士。

赵州重修玉皇庙募疏

赵郡东郭之内，横舍之旁，巍然高出林樾者，玉皇宫也。庭乏丽牲石，建置权舆，姑第弗深考。惟是岁月邈绵，缮葺久废，风雨浸淫，鸟鼠穿詈，上而榱桷瓴甋，下而户牖阶戺，缺漏颓败日甚一日矣。即仪卫侍从冠裳剑佩之容，向称肃肃穆穆者，大都摧残剥损顿失旧观，居民过客罔弗惄焉伤之。

今兹四、五月中，骄阳为虐，灵澍愆期，甫田焦枯，行将无岁。遍走群望，呼吁莫闻。予率僚吏及城关士庶，躬诣殿庭，虔申祈祷。仰蒙苍昊降鉴，悯我烝黎。浃旬之间，甘霖再沛，优渥沾足，禾稼立苏！凡我官民，同深寅感，绥丰既告帝，力敢忘拟于秋成之后，鸠工庀材，聿新庙貌。所需财物由本州捐廉为倡，第资用浩博，独力难任，尚望绅士耆老、巨贾富商，共效倾囊，襄兹盛举。庶几精诚昭格，灵贶迭臻，大有岁书，自今伊始矣。勉输多资，副予厚望。

募修赵州城隍疏

曩时赵州城隍，尊神设有行像，冠裳肃穆，仪卫都赫，洵盛典也。自咸丰三年兵燹之后，毁废日久，无人修举。

去岁，附近商民复设行像，殊堪嘉奖，但暖舆行盖均用黄色，既属违制，而袍服幨帏布质加绘，复失之朴野，非所以示尊崇壮观瞻也。

兹与同寅诸君子谋加修，改袍服用妆缎彩绣，肩舆用绿色毡帏，舁夫用八仪仗旗导，照侯爵品级，龛加障幔，案加炉檠，殿厦及内外门，加悬灯，约计资费在数百贯以上，除由本州及同寅分俸倡捐外，仍恃在城士民客商，量力佽助，共襄盛举。

久叨神庇，报赛同殷，立候解囊，即登芳衔。

赵州重修城隍庙后殿西庑募疏

古称金汤之固，崇堞深池，设险所以守国也。城隍之文肇自羲经，若以神明奉之，征诸往牒，始见于《北史》之慕容俨，再见于《隋书》武陵王纪。

说者谓，天子大蜡八，其七曰水庸，水则隍也，庸则城也，是为祭城隍之权舆。唐宋以来，代肃明禋，其神典秩幽冥，总摄鬼彪，画疆受理，分曹布刑，制与秋官及守土之吏等。国家功令，所在立庙，春秋两举祀事。故在都下者视比部，在行省者视台司，在郡者视刺史，在邑者视令长。明初崇封，虽有王公侯伯诸号，其四境黎庶，畏威而尊奉者。仰瞻栋宇巍然，一柏台，一宪府，一州廨，一县庭也。

赵州城隍庙，建置多历年所。咸丰癸丑，粤逆北犯，遽罹燹灾，正殿、后殿皆为灰烬，西庑亦毁其半，金容暴露，侍从剥残。凡我官吏士民展谒拜伏者，靡不触目怆怀，惄焉如捣！

辛酉壬戌间，前州守息帆陈公，移取州署旧材，重建正殿，灌献有地，群情稍慰矣。然后殿西庑，亦灵爽所式凭，乃竟荒弃廿载，瓦砾满目，诚憾事也。

本州下车伊始，时时以修举为念，但赵境频经戎马，元气未复，去岁仅称下熟，东鄙人多艰食，是以濡忍徘徊，不敢轻议兴作。今兹仲夏，农田苦旱，仰赖神明昭格，嘉澍连番，从此雨旸应时，有秋可卜。既邀灵贶酬报，宜申况缮葺垣墉。告蒇伊迩，典司之神顾不思推崇，而妥佑之俾安栖托可乎？爰命董事，庀治室材，修筑后殿三楹、西庑九楹，期于季秋经始，仲冬毕务，仿古人入执宫功之义也。惟是工匠木石，资需纷挐，本州量捐廉金，势虽独任，凡尔绅士农商注籍赵土者，夙荷帱覆，谅有同心，早解橐囊，共襄力役，勿吝勿怠，勉旃勉旃。

剀切晓谕事

为剀切劝谕以固人心而保民命事。

照得粤匪滋扰以来，蹂躏疆土已五千余里矣，屠戮生灵更不知几千万人矣，凡有血气无不志切同仇。

我皇上轸念苍赤，调集四方劲旅，不惜数千万帑金为拯救生民之计，祗以越时既久，靡费滋多，库藏之支绌，渐形宵旰之忧劳倍甚，故自王公以下，内外文武大小官员，罔不情殷报效捐助俸廉，即各省士庶亦一律捐资助饷，争先恐后。良由我朝二百余年深仁厚泽，沦肌浃肤，虽至愚至顽，无不感激图报也。

数月以来，叠奉谕旨，谆谆以修补城池，团练乡勇，屯积仓谷为急务。直隶拱卫神京，省城重地，实畿南第一保障，尤宜未雨绸缪，乃为有备无患。现在防守诸务均宜次第举行，惟是经费浩繁，全赖同心共济。九重诞告至再至三，凡兹食毛践土，应如何激发天良？夫城池所以保卫也，试思保卫者谁之身家壮勇所以抵御也？试思抵御者谁之寇盗仓粮所以赡养也？试思赡养者谁之躯命？守备之资急公实所以济私，财力之输保家即所以报国，矧捐数较多者，立即准予详明奏请，从优奖励，或晋头衔，或膺封典，或为本身邀顶戴，或为子弟叙官阶，不惟泽被梓桑，抑且光增闾里，以视夫坐拥厚资恝视时艰，顿忘焚身之灾，甘列不齿之数者，孰得孰失？孰辱孰荣？孰智孰愚乎？

又闻湖广江皖之间，往往有贼匪未至，挈眷远逃，产业轻抛，骨肉相失。资财既遭劫夺，妇女亦被淫污，是其摇惑人心，自取颠苦。设有此种愚民，定行严拏惩治。

为此示仰城乡绅士商贾居民人等知悉，务各共怀永图，誓伸义愤。勿畏难偷安，勿避嫌取巧，勿怀利以树怨，勿多藏而厚亡。辗转劝导，踊跃输将。志同即期其成城，道谋不等于筑室。上慰朝廷之廑念，下卜黎庶之奠安。本县实有厚望焉！特示。

为长孙订婚李氏启

伏以虎须并蒂，伴乌扇以流芬；凤首交柯，映鸾书而送喜。调琯则春回黍谷曲应，房中绣纹则景验兰闺。丝牵幔外奉一双之贽，五两聊充备九十其仪。

三周有待，恭维[1]姻世兄，华宗陇右，峻望畿南。缥湘腾弈叶之光，阀阅溯盘根之古。簪缨接踵，呈才免诮；蜂腰圭璧，饬躬勖学。几忘马足，森森谢树；擢秀庭阶，簇簇宋英。嗣徽帏阃，令仪既侪于钟郝芳轨。爰慕乎朱陈，筮吉日而致冰言；冰乘未泮，企下风而希金诺金信。

可盟若弟者，先世监鱼闲曹，射鸭高门，近接攀援，已遂龙登，冷署久栖。

婚嫁犹牵禽，向笑驽骀衰钝，殊乏燕翼之贻谋；看豚犬迭生，敢冀象贤以济美。

小孙弱方骑竹，差比石顽，敏逊对梅，实惭玉润。承相攸谬云，韩乐忘非偶，竟许齐联缔系臂之缘，赤绳借引，展俪皮之礼，元帛初将。伏愿飞凤叶爻，浸昌浸炽，鸣鸡咏什，交儆交修，宜家宜室，而妇职勤，肯构肯堂。而夫道立此日媒通结好，提孔公辕下之壶。他年宾敬倡随，举德耀庑间之案。谨启。

[原注]

❶馥平，嵩峰。

为绍典张明府告贷归葬启

敬启者，前署南和县事，绍典张明府，饬躬端悫，莅治勤能，畿辅宦游四十余载，辙迹所至，必著循声。匪特为闾阎造福，亦足为桑梓生光也。至于济人之急，拯人之厄，倾橐不惜，如在周亲。用是鹤俸羡余，随手辄罄。所尤难者，家世素充，中岁渐落，垸埆薄田不及十亩，老妻幼子仰给于斯。布素粗粝，过于寒门，乃竟不务封殖，施与如故，此其轻财好义，恤孤怜贫亦天性然耳！方谓广种福田，身食厚报；丰实可待，期颐可登。何意变起，中途仓皇殒命。

去腊十七日，在曲周县之侯村，突遇贼骑，露刃相胁，痛骂激怒，百刃攒胸。如此正人，如此奇祸，天道安在？人心难平！悼哉，惜哉！幸赖贤地主王秋卿明府，笃念同里，经纪周详，衾椑含敛费及百金，独力任之。此种高谊，古今罕觏，凡我同人，莫不钦仰。

迩来寄榇萧寺，归籍无资，稚齿遗孤，安所控诉？伏望仁人君子垂悯，良吏蒙难，魂滞异乡，速解廉囊，共襄义举。效原涉之削牍，侔纯仁之泛舟。岂徒九泉有知，潜铭盛德，即缙绅同列，罔弗感佩高谊矣！谨启。

上藩宪禀

敬禀者，顷奉钧谕，以黄流逐渐北趋，亟宜筑堤拦护。值此经费支绌，势在束手。今近河郡县官员，将如何筹捐？修办之处绘具图说，详定章程，汇总妥议等，因仰见大人公忠体国集思广益之盛心，卑职愚昧谫陋，乌足以知大计？但承垂询，殷恳不遗刍荛用，敢略抒蠡管之见，以冀上裨高深于万一。

伏读钧谕，有按亩集夫认修堤埝，及劝谕绅民认捐经费二条。窃谓，按亩集夫似不若按银集夫，凡距黄河一百五十里或二百里以内各州县，按地粮银三两出夫一名，挑选丁壮，各带腰牌，自备畚锸糇粮釜甑芦棚一切需用之物，由地方官点齐，亲身带赴工次，划段兴筑。以到工后委员点验之日为始，统限三十日告竣。每三十名择一晓事者为长，使之督催约束。夫役均由本籍押往，不准在附近雇觅。通力合作，绅士及寄庄一体出夫，不准邀免。州县督工，自备薪水麸料，收工之后，优者给予加衔，次者给予加级，纪录经历，三泛无事，准予升阶。倘派夫不公，或藉差苛敛，或增多减少，均宜白简从事。所有修堤派夫境内，同治六年地粮似宜奏请全数豁免，本年差徭亦宜酌减，以纾民力，所谓用其一缓其二也。其堤身厚薄，地势高下，段落长短，需工多寡，均先由明习河工之员逐段划清，插签注记，以便分认。

至按段计工之后，倘堤埝辽长，夫役不敷，当于堤埝不甚冲要之处雇工修筑，所有应需工价扫料，委员薪水各项，非借资开捐，不可似宜即照省城现今收捐炮位章程办理，不必再议加增致干部驳，可否派令顺德赵冀以北各州县，竭力劝谕所捐银数多寡，按上中下治，以三千两、二千两、一千两为断。各处劝捐汇齐之后，开列捐生姓名，所捐何项，造册报局备查。捐生自行赴局上兑，不准州县自行收银汇总报解，以免侵蚀之弊。并宜先时详请咨部预颁执照，以备一面收银一面发照，则捐生闻风踊跃矣。

查军兴以来，捐输频仍，家资稍裕者均有顶戴，而军营功牌为最滥，其五品翎札、六品翎札，由幕宾奴仆私售者，所得不过二三十金，尤为冒滥亵越之甚。比岁捐项不能踊跃，固由民穷财尽，而功牌翎札鱼目混珠，尤足贻害大局。可否谕令州县出示禁止，凡亲在军营得有功牌翎札者，准其照旧戴用外，其由捐资而得者，均令量力改捐，方准身有顶戴。各富民从前已捐职衔，劝令加级捐请封典，并请饬局将现在核减银数，京外官五六品以下及从九监生各项实职虚衔，加级分发，各条开列，简明数目，刊刻成书，发交州县，庶劝者据以为词，捐者照数筹措，亦疏通捐项之一法也。

惟今秋收成歉薄，入冬雪泽稀少，粮价日增，明春自必翔贵，小民糊口惟艰。能否有力捐输，此事之不可知者也。卑职昼夜思维，他无良策，惟有即钧谕所及者，引伸推演之而已。至于工段盈缩冲僻，需款缓急多寡，卑职于河务素非练习，且匏系一隅，不获与任事诸员面质可否，仅就鄙见冒昧渎陈，是否可用，伏乞钧裁。肃此具禀，恭请勋安！伏惟垂鉴。

代隆平绅士乞恩恤禀

为团众御贼阵亡，恳乞奏请恩准建祠，以安毅魄而慰群情事。

窃以同治六年夏秋间，枭匪王五等，倡乱蹂躏畿南一带，往复驰骤如入无人之境。隆平地居要冲，被祸尤烈。

莲子坑村距隆平城东南十八里，居民一千余家，多肄武备，娴骑射，登武榜游武庠者同时五十余人，惧焚掠之惨，又痛敌忾无人也，倡兴团练，日习击技阵法，惟农事方兴，术未精醇耳。

六月二十四日，逆氛已逼，团长鸠众出御，结方阵于村西，澧河之岸列行间者一千四百余人。晡时贼风驰而来，狂呼犯阵者四，众坚立如壁，跬步不移。但军械乏，火器不能及远，是以丑徒无畏心。徘徊窥伺，相持炊许之久，突有悍贼数人，绕出阵后，急攻东北隅，冒刃绝叫，十荡十决而入，群贼鼓角欢噪从之。我军披靡骈首陨命者，团长增生张玉清，武举张廷恺，增生陈际昌、张宏昌，武生张起孝、陈宏昌，附生刁学书、刁俊德、张廷杰，监生张宏勋、张宏纲等，及团丁二百三十六名，受伤者二百数十名。然阵之东南、西南、西北三隅仍未溃也，势且不支，乃改结圆阵迭战迭退，徐徐移步，曛暮至三里外小憩，俄顷官军踵至，帅师者为王将军，骁果绝伦，乘夜谋劫营，众感奋，愿为前驱。是夜贼宿莲子坑，憾村氓之设拒也，毁庐舍八百余间，杀妇女三口，坏什器农具无算。漏四下，团勇导官军入村，分巷搜杀，贼在浓睡中，仓皇矍起，夺路狂奔，众鼓勇挥刃如刈草菅，逐北十五里，向晨乃止。伏空室者，匿深禾者，匍匐沟浍者，均搜斩之，共歼贼七百余人。王将军恃勇穷追，又远出三里许，单骑隳重围，贼攒槊刺之，遍体负创，后骑突围翼之乃出，是晚没于城中。

当经村众赴县陈诉，迄今五期将周，恤典犹未逮也。伏念该团众奋不顾身，义无旋踵，上为朝廷保疆土，下为里闬卫身家，有勇进以知方，如赓同泽，舍生真能取义，共效结缨，偶挫偏师。驱市人而事非失律，求援别队，随裨将而情切复仇。今兹人人茹痛，户户衔哀，爰绎勤事之文，欲申报功之义，莫由释厥冤愤计，惟答以馨香。伏乞大人据实奏请，恩施于本村，建立专祠，俾王将军及团长、团丁、被难妇女一并入祀，庶几俎豆明禋继春秋而肇礼疆场，并命偕日月以争光荣，名可等于留皮，毅魄应甘乎裹革为厉，期歼逆贼已征畿甸之清，来生定作奇男，再报朝纶之渥！谨禀。

代高邑绅士为毕公请建专祠呈

为县主殉难，阖邑衔哀，恳恩详请建立专祠，以妥英魂而慰众思事。

窃查原任高邑令毕县主，饬躬廉洁，莅治精勤，抚宇情殷，时轸闾阎之疾苦，平反力瘁，不惮案牍之纷纭。由仁德以播仁声，本实心而行实政，又以欃枪未扫，奔突堪虞，城郭不完，筹防独亟，爰抽丁于乡，遂都鄙亲授法，以步伐止齐。凡此先几绸缪，冀免全境蹂躏也。

不意本年三月十一日，贼踪渐逼，人情惶惶，县主号召团众，慷慨誓师，并谕以待贼迫城，必遭焚掠，会同外委锁公，带领乡勇驰赴东界之破塔村，扼要防堵。一时忠愤所激，闻声趋赴者不下三千余人。盖平时功德在民，故感召如是之捷耳！

旋见贼至，挥众直前，枪炮齐开，刀矛并举，轰毙贼匪四五十人。马队回环来攻，我军冲为三段，县主与外委鼓勇前进，又杀贼三二十人，亲刺死贼目二人。团勇受伤纷纷藉藉，县主与锁公锐不稍挫，犹复瞋目疾呼，手刃数贼。匪徒愈聚愈多，四面合围，众寡不敌，鏖战未、申、酉三时之久，县主与锁公各负重伤，同时殒命；绅士兵勇从死者一百二十余人，受伤不下百人。贼向东北窜去，未经进逼城垣，盖恐县主别有伏兵抄其后路也。

伏念县主奋不顾身，义无旋踵，上为朝廷保疆土，下为黎庶庇室家，生等夙怀沦肌浃髓之深恩，又睹决脰陷胸之惨祸，人人茹痛，户户衔哀。绎古勤事之文，欲申尸祝之义，莫由释厥冤愤，计惟报以馨香。伏乞俯采舆情，详请入奏于死事地方及本官原籍，建立专祠，以外委锁公配食，阵亡人等一并附祀。庶几生为良吏，没作明神，名垂惇史，并日月以争光。典祀功宗，继春秋而肇礼用，妥毅魄，用慰众思，实为公便。谨呈。

为原任高邑县毕公暨外委锁公乞请恩恤禀[1]

敬禀者，窃查原任赵州高邑县毕令，持躬廉谨，莅治勤明，任事两月颂声四起。时值诸方不靖，力筹防御，抽选丁勇，轮日练习，以其曾历戎行步伐止齐之法，无不亲为指授。

同治二年三月十一日，探知逆匪由赵州南丰村逼近县境，毕令飞召乡团齐集公堂，谕以大义，情词慷慨；又以株守破城，待贼入境，四乡必遭蹂躏，不如防守东界可以保卫全邑。一时忠义所激，人人思奋，闻声趋赴者，绅士军民不下三千余人。锁外委久在军营，天性义烈，自愿随同出御。当令卑职某某守护城池，即时驰赴王村迤北、破塔村迤西旷野之中，列阵以待。其临近柏乡县属之正元寺村，武举常清和、监生刘法孔亦闻风兴起，率村民百余人前来助战。先捕斩边马一人，余贼相率遁去。午未之间，贼人大队由东南蜂拥而来，马贼约二三百人，步贼约五六百人。毕令与锁外委挥众直前，枪炮齐开，击毙三四十人。贼马愈聚愈众，不下二三千匹，回环来攻。我军冲为三段，毕令鼓勇向前，又杀步贼二三十人，马贼二人，执旗贼目一人。团勇受伤，纷纷倒地。毕令、锁外委锐不稍挫，犹复瞋目大呼，手刃数贼。自未历酉，鏖战三时之久。贼众我寡，四面合围，无路突出。毕令身受八伤，锁外委身受七十余伤，同时坠马殒命。十三日寻获遗骸，血污狼藉，毕令面色如生，尚带怒容。舆尸入城，万口哀号。比来耆老妇女爇香焚楮，哭拜堂下者肩摩踵接，无不呼为好父母，足征毕令功德在民，舆情爱戴，此种情形十二日汤游击、张令、杜令带兵继至，郝把总在高多日，同经目睹，非卑职等之私言也。

伏念逆踪逼近之时，若毕令畏葸退缩，顾惜性命，不复以护卫全境为念，号召民团专防城垣，亦可塞守土之责。贼人未至城下则形体可全，功名可保，乃其忠义激发，一往直前奋不顾身，誓无旋踵，现在人人茹痛，户户衔哀，绅士耆老联名禀请，于死事地方并原籍，建立专祠，除另行具文详请外，理合将原任高邑县知县军功候补同知直隶州知州毕世榕，原任高邑汛经制外委军功六品顶戴锁慎言，御贼阵亡，死事惨烈，缘由先行据实通禀，伏乞察核，俯准奏请，恩施从优，议恤以慰忠魂而彰臣节。再，绅士团长随同阵亡，可否一体请恤之处，伏候钧裁。

[原注]

❶同城公禀。

请抚恤高邑被难士民家口禀

敬禀者，窃查被灾之区，优加赈恤，成例具在，所以拯穷黎，广皇仁也。

自降众复叛以来，畿辅南境惨遭蹂躏不下二三十处。迩来贼踪飘忽，窜突靡定，各属州县正筹防御，赈恤之方未暇议及，而广袤将及千里，亦觉赈不胜赈，恤不胜恤，况值军需浩繁，库款支绌，但可从缓，何敢冒昧渎请？惟其间情事不同，则办理亦当有所区别。

伏查，高邑蕞尔弹丸，民贫地瘠，然风俗朴厚，尚知好义急公。即如本月十一日，逆匪突至，毕故令号召绅民慷慨誓师，复以城垣残缺，势不可守，谕令防堵东界，庶免焚掠全境。该绅士军民地保差役人等，投袂竞起，闻声趋赴，如报宿憾，如卫私亲，一时执械同往者不下三千余人。无如凶徒谲诈异常，忽冲忽退，乍合乍离，自未历酉，互有杀伤。傍晚，马队云集，四面围攻。乡勇鏖战既久，力竭势孤，遂致毕令、锁外委同时遇害，乡勇相随授命者一百二十余人，残伤肢体呻吟床蓐者不下百余人。

十九日，卑职赴破塔村，设坛建醮，追荐忠魂。伤亡之家妇孺老病环泣求口食者纷至沓来，卑职目睹心摧，婉词谢遣。

窃念该团勇等，前时拥卫县主，义不旋踵，亦颇知亲上死长之方。今日伤亡狼籍，孤寡无依，何以慰同仇敌忾之志？当此风鹤频惊流离失所之后，青黄不接更形拮据，计非加之抚恤，无以安集哀鸿。但高邑素无巨商富室，历届劝助赈、劝功牌、劝团练、劝修城，均不能办，且乏存储闲款。书院地租除纳粮役食外，每岁仅得大钱一百吊，秋末方能征收，缓不济急。发商生息各项，上关国帑，安敢轻议提用。钱粮乃维正之供，更宜尽征尽解。辗转思维，无术可施，惟查有社仓存谷一千零七十五石六斗，义仓存谷一千一百零二石九斗五升，此外尚有常平仓及前令买补各项，为数寥寥，均系杨令未交，毕令未收之物。卑职代理短局挪移岂可易言？惟是，目击民艰，不得不力为请命，可否由社、义两仓项下挪借七八百石，备目前抚恤伤亡之用？

又破塔、磨房二村，房舍被焚者约有三百余间，贫民露处堪怜，亦应酌加赒给。此次挪借之款，或由秋后劝捐归补，抑或作正开销。

又正元寺一村，系柏乡县地面，与破塔相连。当时随同打仗阵亡十七名，内有武举一名，监生一名，其受伤之丁尚未清查。虽属隔县，似应一律查办，庶免向隅。

是否可行，统候宪裁。现在一面周历勘验，通俟查明之后再行造册申报。窃计奉批允准支放之日，自必接替有人，卑职当不至涉侵蚀之嫌也。所有放谷章程，妄拟数条另行开具清折，恭呈钧览。

事关民瘼，用敢沥陈。待哺嗷嗷，刻不容缓。伏乞迅速批示，实为公便。

为侄妇恳请节孝禀

为穷嫠苦节，年例久逾，公议建立石门，伏乞恩准兴筑，以昭贞节而维风化事。

窃查，旧军镇北孟寨孟继通之妻孀妇冯氏，现年六十五岁，乃武生冯开泰之女也。幼娴姆教，长叶女仪。育秀质于名门，缔良姻于右族。年十七岁，归孟继通为妻，亲承色笑，善事高堂，用儆非仪，克襄中馈，作羹洗手，起每候夫。鸣鸡举案齐眉，勖常征于弋雁，献莀之贤早布，蒸藜之失无闻。

里中群许为淑媛，梱内佥呼曰佳妇。洎二十五岁连举二男，孟继通感时疾没。方冀天长地久并蒂为荣，何图海泣山崩同心忽拆！曲奏而音传寡，鹄意之死以靡他。巢倾而翼覆将雏，人未亡其有待藐。诸可托弱始扶床，遗孑尚存，儽然负襁。

无何，次子殇，长子瞽。逾十年，长子又殇。

风饕雪虐，生也何乖？舞地播天命兮，独酷禋祀。则庙中已坠潜灵，则泉下难安。爰求似续，螋逐蝶飞，载闵恩勤，蛉还裸负。

乃以夫弟之子广徕为嗣，已受室抱孙矣。义方备著于折爨廿年，鬻子美报定收于梦粟，再世添丁。幸哉，黄口得依，庶宗功之克振。惜也白头待养，值家道之中衰，手自捋茶，黾勉春筐秋杼，口常含檗，拮据朝虀暮盐。能服力于老亲，珍羞迭进；讵分劳于伯姊，井臼独操。侍疾兼旬，奉来汤药，毁容半世，洗尽铅华。事舅姑能博欢心，处妯娌亦多下气。胪兹懿美，早垂模范于帘帏。录厥坚贞，洵流芬芳于闺闼。

九重天上，紫纶之盛典未膺，十室邑中，彤管之大书已备。伊古传旌闾之礼于今，效表宅之方现在。族众醵资，拟于冯氏所居道侧，特建石门一座，以昭苦节，而彰风化。

是否可行，伏候批示祇遵。实为德便，并望恩准存案，俟后再有保举节烈之案，一并汇详具题请旨，列入总坊。顶礼无既，伏乞恩准施行。

西行纪程

宣統庚戌孟秋

西行紀程

綠野堂壹刊

《西行纪程》宣统二年（1910）绿野堂刻印本原书名页

《西行纪程》序

岁乙卯，余守常山，剑农以州倅来郡襄吏事，余见其敦朴醇粹，辄心仪之。公余燕闲，相与谈当世务及古今载籍，益服其胸怀之浩落，经术之湛深，鄙吝顿销，相知恨晚。偶出所撰《西行纪程》及《西征集》相质，其由齐之豫之秦之蜀，风土物情，山川厄塞，信笔登录，藻采纷披。而其缅溯前徽，凭吊陈迹，或微言以见意，挈要提纲，或比事而属辞，穷源竟委，间以胜概遥情，形诸歌咏，皆于坡老舆中，欧公马上，据鞍瞑写，倚襆微吟，其才思之富，闻见之博，胥足以达其意之所欲言。

因念癸卯甲辰间，余自京师遄征山左，匹马扁舟，遨游吴越以及岭峤东西湖湘，南北足迹所至几遍东南，惟于秦洛名都、陇蜀粤壤未得一游为憾。今读是编，觉太行终南之秀，蚕丛鸟道之奇，聚米画障，了然如在目前。焚香把卷，足快卧游。爰代付梓，氏俾我征徂西者，以是为行秘书也，遂蘸毫而濡其简端。

咸丰六年夏五月吟舟史策先拜撰。

自　叙

曩时读《入蜀记》《使蜀日记》《蜀道驿程记》诸书，叙述梁益山川，俶诡荒幻，惝恍难名。辄尔勃勃兴发，亟思束行幐，控黑卫，蹀躞栈云陇树间，亲一领略，盖神驰西土有年矣。

岁己酉，族弟松野令苍溪，贻书招予入其幕，欣然愿往，借以畅游历也。仲秋命驾抵长安，闻其去官寓省邸，有督饷西藏之役。予涉惶惑，径赴成都，至则松野方办装，欢然聚首者匝月。仲冬既望，送之西行，祖道武侯祠下。越日，偕潘鲁桥上舍及族人，勉亭刍献，携松野之孥以归，庚戌元夕抵里。

是行也，往返栈路数千里，江山云物，诡态异状，流览不给。晋人谓千岩竞秀，万壑争流，不啻过之。其发皇耳目，开拓心胸，为平生第一快事。视前读诸记闻、闻见，见境界顿新。

计得诗一百九十章，《纪程》二卷，藏之箧，衍暇时翻阅一过，便如屐齿重经。独惭笔墨庸劣，名区胜概奇险错出力不能达。然林峦景色满贮胸次，倘前身是老画师，仿吴道子大同殿故事，则矾头渲染，庶几形似耳！犹有悔者，去逢残秋，归适严冬，草木凋枯，山川惨栗，既不睹茏葱蓊郁之盛；而洛下、关中为汉唐京辇，蜀都自季汉而外，公孙、谯、李、王、孟诸氏窃据相承，残垒遗墟湮埋不尽，乃行踪草草，未遍芒鞋。且两过华阴，不到落雁峰头，借骑酒妪茅狗一游太清，难免山灵笑面尘三斗已！

道光庚戌仲春剑农孟传铸自叙于秋根书室

《西行纪程》卷上

道光己酉

八月十八日，有西蜀苍溪之行，赴族弟松野幕也。昧爽首途，雨帆弟同车相送，食鸭儿王口历城境。晡抵省垣，行一百里。

十九日，在省垣赁舆办装，蓉千弟踵至。

二十日，偕雨帆游千佛山，缓步而登，殿宇新葺，金碧炫目，山腰石径坦夷，引人入胜，无复往时磊砢矣！薄暮始归，宿省垣。

二十一日，早发。雨帆、蓉千送西郭外，午食北店，齐河境。渡大清河，古济水也；桓温伐燕，舟师自清水入河，即此。上游大清桥跨其上，制颇巨。明羽士张演昇筑。时秉一真人陶仲文，方以斋醮，得君出资助之，不就，仲文为请于朝，发帑金巨万乃卒功，嘉靖三十二年也。演昇墓在桥侧，高出民居，水啮其址卒不损，土人以神仙呼之。康熙间，吾乡穆居士遇春，踵修是桥，几破家。桥尽为齐河治，汉祝阿也，耿弇伐张步，渡河先拔祝阿，即此。暮宿潘家店，长清境。行百一十里。

二十二日，微风，旋息。食茌平唐中书令马周故里，墓在城东，祠在城之乾隅。石勒微时被掠，卖为茌平人师懽奴，耕于野，时闻空中鼓角声，懽奇其状貌，免之，懽邻马牧勒与牧帅汲桑为盗，后赵霸业肇基于此。暮宿聊城东郭，渡会通河，访族人继栋于市肆。行百一十里。

二十三日，早食继栋处。午刻，冒雨就道，雨旋止。过鲁仲连台，在聊城东郭射燕将书处。宿沙城镇，聊城境。行四十里。夜雨三寸。

二十四日，大雾，行三十里天方曙。冥蒙中见危塔高矗云表，乃莘县也。午食朝城，宿观城。行百三十里。

二十五日，入直隶界，食双庙，清丰境。宿开州，晋李存审于德胜渡南北夹河，筑两城，谓之夹寨。晋王复发徒数万广北城，其南城宋为澶州治，寇莱公奉真宗盟契丹处，后圮于水，今州治即北城也，败垣辽廓，周回二十余里，居民寥寥，黄茅白苇丛杂瓦砾中，殊有沧桑之感。城东南土阜蜿蜒，为黄河故堤，汉武帝时河决瓠子宫，其地在州之南。行九十里。

二十六日，食白家道口，滑县境，入河南界。村西南积水澄碧，天光云影，上下空明，凫翁三五，唼喋残蒖败苇间，见人拍拍惊起。晡抵滑县，古滑台也，亦名白马城。嘉庆癸酉，滑经教匪之乱，井里为墟，城内外秋潦未涸，葭菼荇藻，弥望青苍，如居泽国。西南隅有浮图，损其半，高出睥睨数丈，瓴甓镌慈氏像，其下即杨果毅侯穴城破贼地也。浮图距城二十弓而近，当时地雷震砉，山岳为摧，不识此物何以独完，邑人为侯植感恩碑在其左。行一百里。

二十七日，食淇门镇，濬县境。朱全忠攻魏博，其将庞师古、霍存下淇门即此。宿汲县北郭。自过淇门渐近太行，叠巘层峦，绵络无际。行九十里。

二十八日，早寒，食新乡，宿获嘉，汉修武县也。光武幸修武，鲍永来降，即此。郭东五里，曰周武王同盟之山，实土阜，建武王庙。按，武王陈师牧野，《地理今释》牧作坶，在淇县南，去此殊近。行一百里。

二十九日，过宣阳驿，修武境。食木栾店，踞沁水之阴，对岸即武陟城也，河朔书院在村东，讲堂学舍修洁宏敞，院莳杂花，老柳垂垂，周垣外登更上一层楼，制稍狭，不宜远眺。憩深柳书堂，沃瓯茗而出，门外陂塘纵横，枯荷犹在。前临方池，池上叠石作小山，趾跨草亭，游瞩其间如历豪家园林，忘为弦诵地矣！连日行积沙中，柽柳毶毶，扬尘蔽目，至此一快！舟渡沁河，沿南岸行过虹桥镇，宿大司马武陟境村，有王烈女祠，门廊完固，而正室无片瓦之覆。烈女为王聚女，许字刘戊，年饥，戊出乞食不归，烈女年二十有四，父母将议改聘，烈女潜诣姑所，自陈愿为妇，姑辞以贫，烈女言善作馎饦为生计，非坐食者，戚里闻其贤，咸赒之，家渐裕，为小郎授室生子矣。姑没，哀毁尽礼，而营葬甚速，葬讫以家事属小郎及其娣，夜服女子服，缝纫周密缀聘，环于耳雉经死。有司闻于朝，获旌如例，当事为建祠，时嘉庆戊辰也。行百二十里。

九月初一日，食温县。周采邑左氏帅师取温之麦，亦名李城，赵主石虎卒，石遵受遗被逼而出，姚弋仲、蒲洪遇遵于李城，说遵举兵，即此。宿孟县南门内，有韩文公祠，迫暮不及谒。行八十五里。

初二日，舟渡黄河，古富平津也。晋杜预以孟津渡险，请建河桥造舟，为梁后苻健西入长安，使鱼遵治浮桥以济孟津即此。秋涨已退波面约六七里，舟子慢甚。中流遇洑沙胶滞，三时乃济。食下古镇，孟津东郭也。登邙山，北瞰黄流，南俯伊洛，古冢错布如列星。白马寺负山之阳，汉明帝遣蔡愔使天竺，写浮屠遗范与沙门，摄摩腾竺法兰，东还洛阳，以白马负经而至，因立白马寺于洛城雍关，西象教入中华第一丛林也。伊洛之南，群峰迤逦，伊阙、伏牛诸山，东联二室，其近而高者曰龙门，白乐天、欧阳永叔旧游地。宿洛阳东郭，有铜驼巷，汉之铜驼陌也；晋怀帝将迁都，步至铜驼街，为盗所掠即此。行九十里。

初三日，微阴旋霁。渡洛水，食磁涧，新安境。御者失道，阑入河堧，延缘涧水，乱流无次，水中石子粼粼，与轮蹄相撞，澄波浩淼，深及马腹，揽辔殊有戒心。涧水即书所称瀍涧是也。度汉函谷关，楼船将军杨仆耻居关外，移筑于此。入关即新安治，秦上卿甘罗墓在关南。宿铁门，新安境。遇朱芾亭（士桢）贰尹于旅舍，时自畿辅改官入蜀，独行踽踽，忽逢故人，喜赠以诗。芾亭携女过寓，畅谈入丙夜，乃去。女名恬，字淡如，甫十龄，聪慧绝人。前新乡驿有题壁句，清丽可诵，言次始知之，相与拊掌。行一百里。

初四日，早行，陷泥淖中，车几覆脱骖，更驾误走狭谷，飞流横遏习坎。入坎，募人举舆乃出。食石河，渑池境。经渑池，晋王镇恶，少时寓食渑池人李方家，方善遇之，镇恶期以厚报，方曰君富贵时见用为本县令足矣！镇恶后为龙骧将军，将前锋伐姚氏，次渑池，造方家，升堂见母，厚加酬赉，即授方渑池令，英雄报德乃第一快，心事不独，漂母千金，艳说淮阴也。西郭有秦赵会盟台。涉渑水，宿土壕，渑池境，古石壕村也，杜子美诗“夜宿石壕村，有吏夜捉人”即此。行九十里。

初五日，登硖石山，陕州境，古之二峭也。《水经注》谷水东，迳雍谷，溪石路阻狭有硖石之称。刘聪入寇，度支魏浚帅流民数百家保硖石即此。岭峻路狭，乱石嶕峣，登阤下阤，车无安轨，簸荡隐辚，不啻逆风穿浪，心魂并摇摇也。山巅遇盐车，罣互两时。食硖石驿，宿磁钟，陕州境。行九十里。

初六日，过陕州，东郊有宋隐士魏野草堂废址。鸡足山在州南，黄帝时河上公授经处。食桥头沟，陕州境。过明许襄毅公（进）赐阡，公在宪宗朝触汪直，左迁；武宗朝忤刘瑾，削籍归。风骨铮铮，彪炳史策。其子户部尚书庄敏公（诰）、大学士文简公（讚）、兵部尚书恭襄公（论）皆登膴仕，然德业不逮矣。墓门赑屃相望，松楸无复存者。宿灵宝，汉之宏农也，唐明皇时获灵符于此，故名。行九十五里。

初七日，浓阴，午晴。涉宏农水，浊浪喧豗，势殊湍悍。西岸为古函谷关，上祀老子尹喜，宅在其南与授经台相邻，旁有关龙逢墓，关内邃谷复岭，崩崖亘阻，一凹一凸，时苦轻轩逼仄处，仆夫不容措趾。过稠桑驿，春秋桑田也，魏孝武西奔，糗浆乏绝，至稠桑驿，毛鸿宾迎献酒食即此。食达子营，灵宝境。午后风作，黄沙扑面。未晡抵阌乡，宿焉。行六十里。

初八日，微雨洒尘。经盘豆驿，汉武帝过此，父老以牙豆盘献，故名。古有玉娘湖，今涸。涉泉鸠水，汉戾太子园在焉。武帝怜太子无辜，作归来望，思之台，在园侧，已圮。食阌乡故城。涉郎水，登鼎湖原，黄帝采首山之铜，铸三鼎于荆山之阳，鼎成崩焉。山上有黄帝庙。历皇天原，入金陡关，为陕西界。宿潼关，关南负商颜，北控河潼，三秦襟喉也。行六十里。

初九日，微阴。过潼亭，谒汉太尉杨伯起墓。昭穆列凡七，前有堂三楹，汤文正公修祠，碑在其南。文翰都雅，翘首华岳，迷茫惝恍无定姿，惟落雁峰高卓天际，不为叆叇所掩。俄顷雨作。抵岳庙，独游金天宫。雨大至，持盖摄屐，衣衫淋漉。鼓勇登万寿阁，雨脚下垂，四山羃䍥，明星、玉女诸峰近在眉睫，不获一睹真面，岂山灵避俗客耶。庙规制巍峨，穹楼复阁，碧瓦朱甍，上拟宸居，碑版林立，多宋人题名，唐惟颜鲁公纪游数行傫然独存，余俱刓缺泐败，杂嵌壁中，不辨岁月姓字矣。吾乡李沧溟先生（攀龙），《游华山记》石幢八分书最工。明太祖《梦游华山记》在阁中。唐李卫公《上岳帝书》，明人补刊者。食后过华阴，西郊有汉神医华佗墓，其西则秦丞相王景略墓也。涉敷水，过敷水店，宿西柳镇，华州境。行九十里。

初十日，浓阴，午霁。车旋于泞，招田父舁之。经太平桥，陈希夷先生闻宋太祖代周，大笑隳驴处。西数十武，为郭汾阳王祠，门掩积沙，深没其半，偻而入。门下有巨碑，宋皇祐中王彰撰文，石乃韩建故物。宋政和中，崔君辅砻，去旧文移置于此。院有明秦藩宾竹道人七古一章，遒劲多奇气。王阮亭司寇，华州诸篇皆妙绝。抵华州，城垣旷阔，想见唐代股肱重郡。经齐云楼下，唐乾宁中李茂贞犯阙，昭宗幸华州，为韩建所制，郁郁不乐，每登齐云楼远望，制《菩萨蛮》词，结句云，“何处有英雄，迎侬归故宫”[①]。强藩跋扈，乘舆蒙尘，思之切齿！西郭有郑桓公寇莱公祠。过西溪，残荷半落，早稻初收，柳陌菱塘，大是江乡风物。杜子美任华州功曹，称为小曲江。旧有郑县亭子，今不可问。食赤水，华州境。经渭南，秦下邽也，酒水注西原上。渡泠水，宿泠口，渭南境。行百一十里。

十一日，昧爽，过新丰，遥见骊山生云蒸蒸如釜上气。其西松毛蒙茏，知是两绣岭矣。南部新书华清宫天宝所植松柏，遍满岩谷，虽经兵寇，不被斫伐，信然。食临潼。步出南门，游温泉，上唐华清宫也，或云九龙殿，故址今为使馆。供奉二汤及长汤十六所，皆不可考，惟贵妃汤、太子汤如故。别一泉出重岩下，奫沦黝碧，舆濠隶卒白日投体其中，秽污胜地矣。《明皇杂录》长汤每赐诸嫔御，其修广与诸汤不侔，甃以文瑶宝石，中央有玉莲花捧汤，泉喷以成池。又缝缀锦绣为凫雁，置于水中上，时泛钑镂小舟以嬉游焉，今园丁导入菜圃，足资灌溉而已。《南部新书》谓朝元阁在岭上，山腹即长生殿，又有饮酒亭、明皇吹笛楼、宫人走马楼，故基犹在缭垣之内。《雍录》谓羯鼓楼在朝元阁东，未及游，不知存否。若集灵台，斜阳、烽火、瑶光诸楼，飞霜、明珠、南筝诸殿，饮鹿槽、斗鸡舞、马球场诸迹，《唐书》所称环山列宫室，又筑罗城，置百司及公卿邸第者，率为禾黍及樵牧地。山鬼谶成，仙妃院闭，灵液空漾，玉体委尘，恩宠豪华云烟过眼，何处寻遗钿坠舄耶！徘徊池上，不胜风流怊怅之思。过灞桥，古销魂桥也。跨蓝水之上，桥下为小行馆，彼都人士饮饯之所，竹树掩映，亭榭周回，两岸垂杨婆娑，闲阅行客不复作攀折苦矣。渡浐水，陟长乐坡，旧名浐阪，浐之西岸也，横亘如城。晡抵西安。行九十里，夜雨二寸。

十二日，微雨。竟日在西安。闻松野弟去任寓成都，将有西藏督饷之行，以方鲠忤上官故也。作家书。

十三日，阴，在西安。拟游碑洞，时方扃闭，不得入，遂止。赁舆骑，发家书。

十四日，早发。浓霜敷野，晓寒特甚。南望紫阁、白阁诸峰，朝旭初上，残雪模糊，岚气滃郁，山腰以下皆不及见。咏唐人《终南阴岭秀》一绝，叹其逼肖，特早暮异耳。憩三桥驿。过沣桥，沣水挟樊川、御宿诸水，交流入昆明池，自南来，北注于渭。舟渡渭水，抵咸阳。午食咸阳，为成周故都。秦汉陵墓皆在城北，崇冈回抱，高冢毗连，古之毕郢原也。过马跑泉，宿兴平，汉武茂陵在其地，与李夫人荚陵相近。行百一十里。

十五日，乘月早行三十里，抵马嵬驿。舆夫偎火待旦。访杨太真墓，挝门而入，秉炬读题壁句，从冢户购石拓二十种。墓出白粉，土人取以頮面，云胜脂泽也。四隅种柏，槎枒髡脱，生意几尽。嘻谡谡松风哀魂如诉，累累抔土弱魄安归，恨跋扈之六军，寄仓皇于尺组。诵白乐天《长恨歌》及洪昉思《破不剌》一曲，不禁清泪如铅水已。食扶风旧城。渡漆水，宿武功，汉典属国苏子卿墓在城东南郭，有绿野亭，宋张横渠先生授经处，今为书院，讲舍奉先生像，明吴匏庵先生书院碑记文及书法皆佳。入城谒康对山殿，撰祠与县署邻，堂构半倾，隶役下榻其中，几露处矣！对山失职后与鄠杜王敬夫竞为乐府新声，没之日家无担石储，而有腰鼓百面，才人末路征歌选舞，消磨壮心，殆与杨用修居金齿相似。行一百里。

十六日，凌寒早行。过汉兰台令班孟坚墓，石玃尚存。登三畤原，食扶风东郭，有马伏波祠。城南飞凤山三班祠，祀班定远父子也。有苏若兰织锦巷、马季长绛帐村。法门寺在城北二十里，唐元和中，宪宗遣中使迎佛骨至京师即此。食后历龙尾三沟，土人取北山石琢砚，质粗劣不可用。北山者，孟子所称岐山、梁山也，晋氏羌齐万年反，有众七万，屯梁山即此。暮宿岐山，西北十里有周公庙，五丈原在城东南五十里。行百二十里。

十七日，渡岐水。遥望陈仓，山高插天，半与太白惇物连属。食油坊村，凤翔境。涉汧水，波澜湍激，举舆而过，有危心。过祀鸡台，台负山足。广袤，数寻坛壝，周圆如高廪，秦时祀陈宝处。前为陈宝夫人祠，翠羽明珰，装饰妍靓，婉孋可观，古有凤女祠在其东，祀秦弄玉者，见《水经注》。宿宝鸡。行百二十里。

十八日，舟渡渭水。傍清涧河行二十里，过和尚原，抵益门镇，入栈之始；登第二关，径险绝。食观音堂，宝鸡境。登煎茶坪，相传武侯出师煎茶于此，坪高出众峰之巅，乱石嵯岈，人马疲顿，履危缒滑，休而复上，回视来径，群山环列如培塿。西下，抵东河桥，路稍旷衍。薄曛暮，急趋黄牛堡，堡东大兰河，宽十余丈，清波齿齿，石矼半没，笼灯彳亍，仅乃得渡。行百二十里。

十九日，过北星，食草凉驿，唐明皇驻跸处。过五星台，入石关，古大散关也。关下涉故道水，再涉嘉陵水，峰峦转处，绿杨夹岸，白波中通，盛夏经此，浓阴披拂，缓促征鞍，当忘行旅之苦，惜背秋涉冬，来非其时耳。宿凤县，周文王时凤凰集此，故名。行百一十里。

二十日，浓阴。出郭登凤岭，危磴崚嶒，劣不容趾。将及山半，细雨丝丝，滑汰蹒跚。直上二十里，至凤巅关，仰睇前队如联蚁蠕蠕，鸟道中林峦云雾皆入足底。关前有贾胶侯中丞德政碑，土人颂其煅石辟路也。直下十五里，食新红堡，堡西峭壁对削，危矗霄汉，石状狞恶类伏犀，馋蛟蜿蟺，躨跜懔懔不可逼视。一水出东南峪，大声怒吼，澎湃骇人。经三岔驿，过废邱关，稻陇错布如僧衣，古柳夭桃交荫沙屿，不啻武陵源也！宿南星，留坝境。行一百里。

二十一日，浓阴，微雨时作时止。路转趋东，忽又数折，时见六、七峰，秀特如长剑脱匣，薄雾缭绕，他峰无是也。过松林驿，登柴关岭，线径蛇盘，窊隆周折，蹄涔与众溜相淆，荦确无置足地。抵关门，寒风料峭，砭人肌骨。过紫柏山，汉张留侯祠在焉。辟谷处在山南四十余里，祠中殿宇巍峨，阶除修洁，寂历令人生道心。别院凿池，引山泉注之，上跨石梁，中浮荇藻，长廊曲榭，绕以卉木。池南为拜石亭，多修竹，明赵文肃公贞吉诗刻嵌壁内。新起授书楼未讫工，菊数十畦方盛开，多紫色，乏佳种，诗版林立与菊同。祠外两山夹峙，灌木千章，白石清流，红叶绚烂，栈中仙都也，徘徊久之不忍去。祠内乞签得中平， 有蔺相如完璧归赵兆。过乱石铺，宿留坝，作书寄松野。行百二十里。

二十二日，夜雨盈寸。迟明，开霁，四山敷白，一色朗然。过碾子坪，山益稠，水益怒，石益丑恶，俶诡不可方物。度画眉关，大木幽翳不见曦景，寒风槭槭逼人。历青羊关，涉青羊水，经褒斜谷口，二水合流，东为古三交城。食八里关，又过虎头、界牌二关，抵武关。渡石沟水，自画眉关至武关俗谓二十四马鞍也。宿马道驿，留坝境，《汉书》韩信度上不用，即亡，萧何闻信亡，不及以闻，自追之，即此。驿前有樊水，相传舞阳侯樊哙曾建桥，故名。水上引铁絙敷板渡行旅，或其遗规也。店壁下临褒水，浪声淙淙，聒人不寐。行百一十里。

二十三日，夜微雨，沈阴竟日。循褒水行，河漘乱石巑岏。过仙人关，渡青桥河，食青桥驿，留坝境。驿当石谷之口，两壁仡仡如崇墉。二十里至观音碥，古所称阎王碥也。石株插云，抵牾奇崛，江流砰訇，辊雷掣电，一水自西南来，急溜飞注，大石扼之，浪花高溅人衣。岩下镌宋荔裳先生《琬栈道平歌》，为贾胶侯中丞汉复作也；书者为沈绎堂学士荃，时称双绝，企踵猱升，攀石棱读之，阻于怒涛，不得详睇，且岁久漫漶缭戾难读，但辨数句而已。过豹子坡麻坪寺，石理纵拆，圭锋呈露，若长戈巨斧，交织向客，不寒而栗。登七盘岭，栈路斗绝，愈折愈上，直入云窟。绝顶为鸡头关，阴崖大石，廉锷森森低插江心，高附岭背类鸡帻。南望汉中府，平原似掌，桑麻铺菜，巴、梁、定军诸山环列几席。连日身穿蛇穴至此，凭高远眺，心目清爽。山下即褒谷口，汉隐士郑子真垂钓处，有石盆栈中，秋潦充涂，泥淖没踝，舆夫择地插足，二分外垂，乱石摇摇欲堕，仰负绝壁，俯临飞湍，逡巡扪藓而过，观者舌挢不能下，艰危之状于斯为极！宿褒城县，行九十里始食橘。

二十四日，晓晴。出郭，山势陡断，四野平旷。橘柚粳稻差近江南，气候亦异北土。褒水直趋汉江，平沙如练。南去汉中府四十里，唐之兴元也，汉高帝始封于此。取别径，遵汉江北岸西南，行过新街，南郑境。涉黄沙水，食黄沙驿。驿东西多水田，穲稏方敛，稻孙凝绿。药畦果圃翠影连阡，《水经注》黄沙屯南女郎山上有女郎冢，张鲁女也；《郡国志》张鲁女浣衣于石上便怀孕，生二龙女，死将殡，柩车忽腾，跃升此山，遂葬焉，水旁浣衣石犹在。过旧州堡，涉沔水。古有武侯八阵图，图凡三，在夔者方阵也；在弥牟者当头阵也；在棋盘市者营阵也，此地是已。旧植二百五十六魁，今石子磊磊，江流弥漫，莫寻遗踪。谷口缺处，林木葱茜，祠宇微露，舆人曰定军山武侯墓也。宿沔县东郭，谒武侯祠，瞻拜遗像。座后有石琴一，侯故物也，扣之，其声清越。石刻插笏，惟唐贞元中御史沈迴碑最古。杜子美《古柏行》半泐缺。从庙祝丐武侯墓志一函。侯初亡，所在求立庙，朝议不许，百姓私祭于道陌上；炎兴元年，校尉习隆请近其墓立一庙，断其私祭，即今祠。东有左将军斄乡侯马超祠，墓在祠外。行九十里。

二十五日，阴。傍沔西行再入栈，北岸诸山，冈峦丛杂，多土阜。南则顽石危削，若坚城。舟渡沮口，沮水入沔处。食蔡坝，沔县境。坝之西逶迤穿涧谷中，过金斗坡，嵚崎未易攀跻。岭坳山田潴水，云光荡漾，野鸥往来仆仆，劳人羡彼闲适。宿大安驿。行九十里。

二十六日，阴。过烈金坝。经嶓冢之阳，隆隆特起，危入青冥，然如马鬣封无立峰，故以冢名。漾水从西来，涓涓微溜，深不没骭，江源滥觞非虚语矣。食宽川堡。入五丁峡，一名金牛峡，两壁微合，一线漏天，石则千岁积铁，巀嵲倒垂，危磨笠顶，锋棱横吐，时与蓝舆交舂，阴飙疾卷，怪鸱哀啼，惊涛哮腾，钩梯侧裂，过客上避石，下避水，翘足掉栗，不暇他瞩。诘曲十五里，上五丁关，巉削特绝。下峡过滴水岩，古磴破碎，纤流琤琮，伛偻上下，马蹄触石皆脱。宿宁羌。行九十里。

二十七日，阴。过七星台，有池种芙蕖菱芡，可供延赏。乱洄水过黄泥岭，石齿廉厉如戟，枝斜刺人胫。过百牢关，今名牢固关。食黄坝驿，宁羌境。登闵家坡、石坂坡，随间以碛砾，跬步无坦途。西下则侧注而滑，急奔难停。甫至地底，涉潜水，转登七盘关，螺旋而上，幸磴道新葺，遇欹险，蔽以牛墙，筋力虽劳尚不惴惴也。关下宿菱场坝，广元境，入四川界。行七十里。

二十八日，浓阴。逾岭过转头铺，食仲子铺，广元境。憩神宣驿，武侯筹笔驿也。过黄荆岭，连峰列障，一山横跨，下有石穴，高如郭门，可容九轨，《寰宇记》所谓葱岭山之龙门也，亦名龙洞，神龙所宅。诸水奔赴，歕薄宕激，郁若奋霆；洞上虎牙刺天，猿鸟路绝，其巅耸峙如丽谯，竹树荟蔚，殿阁隐蔽，自下望之，殆仙人五城十二楼耶。盘旋跨龙背而上为龙门阁，阁之西，山直走若塞垣，多异石，玲珑穿漏肉，好奇诡，画家瘦秀透皱诸法皆具。脱近中土大力者辇致入园林，叠作假山，信伟观也！纡回十余里，下宿朝天镇，广元境，潜水入嘉陵江处。行七十里。

二十九日，大风终夜，达旦不息。初议买舟泛嘉陵江直抵广元，风色不利，仍从陆上朝天关。山高十里，仅及凤岭之半，险峭倍之，屈曲百折而登，风力刚猛，时虞飘隳。南崖有瀑布千尺，悬流岭下，即朝天峡，嘉陵水出其中，危壁卓立，浊浪混混，骇眩欲绝。断缺见斧凿痕，神禹导江遗迹也。下峡稍旷夷，食江干小聚，过金鳌岭，憩沙河驿。上飞仙关，关踞一峰之脊，左右夹江，峰尽处单椒孤杰，狞龙昂首。经千佛岩，镌金仙像以亿万计，新故错出，题名率元至正，时人《蜀中名胜记》千佛崖即古龙门阁，先是悬崖架木，作栈而行，后凿石为千佛像，成通衢矣。暮宿广元，晤晋人赵纶，得松野弟确耗。行九十里。

三十日，晓霁，旋阴。过皂角堡，人家多种竹，新篁高竦，尚未放梢，舆穿其中，须眉尽绿。经石亭旧治，舟过桔柏渡，登岸即昭化县，古汉寿地。午食近郭，橘橙成林，金实累累，睨之令人堕涎。出西郭，冈阜回环，桧桔塞路，牵率扶曳上牛头山，一步一吁，汗流浃背。其巅天雄关也，蹩躠下岭似坠甑底，攀援再上若陟层梯，如是六七，筋力困惫始抵大木堡，宿焉，昭化境，堡亦名达摩树堡。北数峰轮囷秀挺，旁无附丽。东有数峰足相埒，石敬瑭讨董璋，刺史王宏贽等引兵出人头山，史谓在昭化之西，其殆是欤？行九十五里。

十月初一日，微雨廉纤，自夜达昼，轻霰继之。出门四望，浓云冒山如垂幕，十步之外人物不辨。过七里坡志公寺，云雾稍开。南望大剑山，危壁斜延三十里，平削黝黑类岩城，谷口巨石阻遏，宛转循径，蚁穿曲珠，穹崖微断，一关呀然中开，即剑阁矣。《元和志》大剑即古梁山，峭壁千仞，下瞰绝涧，架空为阁道以通行旅。李特入蜀至剑阁，太息曰，刘禅有如此地面，缚于人岂非庸才邪？唐王建逐韦昭度送出剑门，以兵守之。孟知祥将反赵，季良劝其并兵守剑门。古谓一人荷戟万夫趑趄，信天险也！午食关内，过天然桥，非桥也，两峰儷立，平冈遥跨，坦旷若虹腰。上石洞沟，攀陟甚劳。下岭，雨止路暗，时惧颠越，上灯抵剑州，宿焉。行一百里。晚祭先代。

初二日，阴。食凉山堡，剑州境。憩柳池沟，宿武连驿，剑州境，古武连县也，亦名武功。郭景纯谶云，县路青，武功、荣县路翠，武功贵，宋县令何炎种松刻石纪之；明正德间州牧李璧补其残缺，今剑境多古柏，连延百余里，天然桥，尤浓密，大者数围，小亦合拱。攫拏连蜷，蚴蟉诘屈，龙吟凤矫，弥望苍翠。游觉苑寺，古碑强半亡失，独颜鲁公“逍遥楼”三大字及宋绍兴中助修新学题名在耳，陆放翁诗刻后人所补。行八十里。

初三日，夜雨浓阴。束炬导行，泥径漉漉，隳舆者再。食上亭堡，梓潼境，古郎当驿也。唐明皇幸蜀，闻铃声，问黄旛绰作何语，黄曰似谓三郎郎当，上因制《雨淋铃》曲，即此。踯躅岭谷二十余里，过七曲山，谒文昌帝君祠，观盘陀石，歆坐像，登百尺楼，游显应宫。帝君乘白驴，一童子持如意随侍，欢容可掬。后为桂香殿，有老桂数株，晋柏二已槁，余柏皆数围，古物也。潼水在山下。过送险亭，今废；经梓潼南郭，渡潼水桥，望长卿山司马相如读书处，宿石牛堡，梓潼境。行百一十里。

初四日，夜雨浓阴。食魏城驿，绵州境。后魏县，唐盐泉也。憩沈香堡、杭香堡。过芙蓉溪杜子美东津观打鱼处，溪有仙人桥，水浓绿，潭而不流。抵绵州北郭，舟渡涪江，江重碧色，不似嘉陵浑浊，而悍激倍矣。近郭有人字堤，江滩市民织黄篾屋以居，材木累积，皆自龙安来。宋黄山谷故里在城东渔父村。自七曲山南下多土硱，亦苦登顿。回视云栈，若游康衢，冈阜平迤，无童者松杉桑桰。四望沃若居人不设垣墉，环植修竹，间以芭蕉棕榈，若藩篱然。宿绵州。行九十里。

初五日，微晴。问越王楼，无知者。沿安昌水行，朝岚低覆，舴艋往来，两岸人家都在冥蒙云气中，时隐时露，俨然王摩诘《楚江清晓图》也。舟渡安昌水路入菰蒲，翠色扑人，江干一石兀立波中，有“飞云翥鹤”四字。过石桥堡，多水田，食皂角堡，绵州境。过金山堡，渡潺水，宿罗江县，古雒县也。国初省入德阳，乾隆中徙绵州治于此。嘉庆中教匪之变，设绵州，此县并复云。行九十五里。

初六日，阴。登落凤坡，古之鹿头山也，今名白马关，谒庞靖侯祠。侯围雒县为流矢所中，卒葬鹿头山桃花溪东岸，即今墓在祠后，甃以石圆如露积，有石马二，前殿并祀武侯，称龙凤祠，后殿乃侯专祠也，规制稍亚沔阳。过鹿头关，唐高崇文破刘闢处。涉绵堰水，食仙人桥，抵德阳，古旌阳也。涉石亭水，登和顺桥；涉雁水，有石犀桥；又渡湔水，有金雁桥，桥亭数十丈，可庇万夫，桥尽，抵汉州外郭，宿焉。行百一十里。

初七日，微晴。憩弥牟镇，有武侯祠。经新都，明大学士杨文忠公廷和故里也。城内有湖，好事者植卉木，筑亭馆，修廊邃室，极园林之胜。过天缘桥、三河桥，江流汹涌，堤岸往往溃决，秦李冰治蜀，堰江灌田，千古食其利。汉文翁穿湔江水，堰流以灌平陆，盖踵其成迹者。食天回镇，唐元宗幸蜀至此回銮，故名。经驷马桥，司马相如题柱处；桥下即成都北郭，松野弟先遣仆人迎候于此，至成都。行一百里。

[校注]

①一作“迎归大内中”。

《西行纪程》卷下

道光己酉

十一月二十日，由成都旋里。同行者，潘鲁桥表兄（洙），族人勉斋（继勖）、刍献（广询）及松野眷属也。

前二日送松野赴察木多，饮饯武侯祠下❶。是日俟徒御毕集亭，午就道过驷马桥，望昭觉寺，绀宇参差，乔木参天，一大招提也，逐队前进悔不一叩禅关！憩天回镇，过三河、天缘二桥，食新都。经杨升庵先生祠，即故宅也，北向堂前木樨二树，文忠公手植。过汉洛阳令王稚子涣墓，松柏蒙密，青翠照路。涣为政得宽猛之宜，又能发擿奸伏，京师称为神算，卒之日民思其德，为立祠安阳亭西，当时墓前宜有祠，惜芜没矣。宿弥牟镇，今名唐家寺，新都境，有八阵图在武侯祠前，高似孙《纬略》八阵图在新都者。峙土为魁，植以江石，四门，二首，六十四魁，八八成行，两阵并峙，周凡四百七十二步，魁百有三十。今土阜环列如布棋，圮坏已多。又近阛阓，为比屋侵蚀，不符旧式。祠碑可读者三，一为吾乡云芝王公（敕），历城人；一为司寇杨公（廷仪），邑人文忠公之弟；一为升庵先生。文均奥衍，惜为献贼凿毁，非完璧。行六十里。

[原注]

❶察木多者，古吐蕃界，今隶乌斯藏，唐古特之康部也。国朝抚绥外藩，于乾隆中叶置戍守六台备匪常。自四川打箭炉迤西曰里塘、曰巴塘（均内属）、曰察木多为前藏；曰拉里、曰布达拉（大昭寺在焉，本吐蕃建牙之地，达赖剌

麻居之）为中藏（俗称前藏）；曰扎什伦布为后藏（班禅剌麻居之）。台设同知一，主储偫戍兵，践更者仰食焉，无常员，三岁瓜代，类以牧令获眚者往摄。魑魅异域，水土毒淫，不可居，示惩也。松野木强，不谐俗上，官属以私人，辄面却之，坐是宿怨，颠倒公牍，中以危法，黠者觊承其乏，复希旨挤焉，祸几不测，赖同官持公道得脱，然犹不免绝徼之行。

二十一日，乘月早行。经汉州，有房公湖，又名西湖，唐上元初，房相琯牧此邦，凿湖，陆放翁诗“绕城凿池一百顷，岛屿屈曲三百里”是也。过金雁、石犀二桥，食小汉镇，汉州境。经德阳，汉孝子姜诗及孝妇庞氏故里也，母好饮江水，又嗜鱼鲙，后舍侧忽有涌泉，味如江水，每旦出双鲤以供膳；赤眉经里弛兵而过，比落蒙其安全，孝感天人至矣！祠在城内。过秦子敕宓三造亭，汉广汉太守夏侯纂请秦宓为师友祭酒，三造其庐，故名；纂称宓曰仲父，厨膳即宓第，宴谈，宓称疾卧茅舍，即此。过仙人桥、牛耳堡，宿黄水镇，古鹿头关也，唐王建据阆州，田令孜召之，建至鹿头关，陈敬瑄遣人止之，建怒破关而进，即此。行一百五里。

二十二日，早阴午晴。登白马关，谒庞靖侯祠。食罗江，李雨村先生（调元）故里也。先生淹博宏通，富著述，时有小李将军之称，藏书数万卷，所刊《函海》四十函，搜罗颇富，予购得之为压装物。询其裔，已式微，书亦散佚，“儿童不识字，耕稼魏公庄”，千古同慨！小憩金山铺，宿皂角堡，绵州境。行八十五里。

二十三日，清霜早寒。小憩石桥堡，渡安昌水，食绵州，汉蒋恭侯琬墓在焉。钟会入蜀至汉城与侯子斌书曰，桑梓之敬，古今所敦，西到欲奉瞻尊大君公侯墓，当洒扫坟茔奉祠致敬，愿告其所在，斌答书曰，亡考昔遭疾疢，亡于涪县，卜云其吉，遂安厝之；知君西迈，乃欲屈驾修敬坟墓，闻命感怆，以增情思；会及至涪，如其书云，即此。舟渡涪江，过芙蓉溪，闻州牧于孟冬集渔人打鱼，招僚佐宴饮溪上以为笑乐，盖据杜子美东津诗演为故事矣。过杭香堡，宿沈香堡，绵州境。行七十五里。

二十四日，早阴午晴，微风习习。过铜瓦堡，食魏城驿。过石牛堡，谒汉节士李巨游业祠。节士元始中为郎，王莽居摄，以病去官，杜门不应州郡之命；公孙述僭号，欲以为博士，业固疾不起，述使尹融持毒酒以劫业，业饮毒而死。祠旧有石阙、石表各二，石表不存，一石阙在廊下，道光乙巳坎地得之，字尚完好。渡潼水，宿梓潼。行八十里。

二十五日，出梓潼北郭，登七曲山，谒文昌帝君祠。帝君唐时示现灵迹于此，称张恶子神，李义山有诗。过上亭堡、演武堡，宿武连驿，剑州境。游觉苑寺，读月空禅师自作真容偈，在正殿东壁，字画拙恶，非故物。其石像及宋元丰敕牒、卢邕八分书均亡矣。从苾蒭购颜鲁公逍遥楼大字五纸。自成都至梓潼，麦苗被陇，豆花羅罻，天气和煦如仲春。抵武连，山势渐高，稻田渐少，久暵不雨，苗半萎黄，飕飗寒飙凉透征袂，大是隆冬气象。行八十里。

二十六日，微雨，早行。登武侯坡，灯光闪烁，朦胧迭途，有盲人瞎马夜半深池之惧。食柳池沟，剑州境。宿剑州。武连之东，松桧夹路，顽石粗丑，重冈复岭，登降颇疲。迤北，层阜之外，四五峰平列若扈班，攒突刺空，奇伟可喜。州故名郡，据要害，今治半跨崖阜，半浸溪流，不审城垣何狭陋庳薄如是。行八十里。

二十七日，夜雨，早发，昏暗。行二十里达汉阳堡，雨大作，舆人擠拄，跮踱掣拽始前。过天然桥，松柏交翳，云气滃沍，众峰如匿重帏。下石洞沟，抵剑门驿，宿焉。食后冲雨游剑阁，泥径滑漉，恃人而行。岩下嵌诗刻十余石，李太白《蜀道难》及杜子美、李义山、李赞皇诸作咸在。又有嵩少山人、张鲲诗版三，诗、字并入格，明正德十三年镌，同时有州牧李璧碑，即种松武连者；阁外壁上，遍觅志公影子，目力既穷求，棕拂刀尺之状及“神留宇宙”四字，杳不得其仿佛。张载铭亦不可辨，询之土人，则指崖厂下微白若钟乳者，依稀有瞿昙相，腰际断蠹，证之放翁说不符。岩足坠石狼藉，想久败泐矣。游钵盂寺，后殿祀汉平襄侯姜伯约。当钟会、邓艾破蜀之日，侯及廖化舍阴平而退，适与张翼、董厥合；还，保剑阁以拒会；后死，魏将士之难，蜀人哀其忠亮，故俎豆千秋不衰。从寺僧索石拓三纸，惜张鲲作不全。行六十五里。

二十八日，夜大风狂吼，平旦始发。过志公寺，回望大剑山，森矛攒槊，北麓橡林阴翳，间以枯木萧骚，惨栗凄冷逼人。过高庙堡，入邃谷，仰视天宇，迫隘不复詄荡。食大木戍，古白卫岭也，唐明皇幸蜀，命乐工歌李峤诗，称为才子，即此。过竹垭，登陟五六岭，始达天雄关。白水江自西北来，嘉陵江自东北来，双练交萦，清浊划然汇于昭化之东，古所称桔柏潭也。下关抵昭化西郭，经费敬侯祎祠。侯延熙中领益州牧，北屯汉寿，旋命开府，此旌节旧疆也。宿昭化，邮舍枕江，滩声风声递相喧聒搅人，彻夜不眠。行八十里。

二十九日，凌晨舟渡桔柏潭，循崖垠而进，寒风削面。憩皂角堡，宿广元，古石亭县，唐曰利州，武后降生之地。父士彟为利州都督，州南有黑龙潭，母氏感龙而孕也。郭滨嘉陵江西岸，有皇泽寺，食后渡江访之。武后真容在门廊下，作比丘尼趺坐状，石质笨劣，装饰俭陋不称艳影丽质，殆出后世拙工。岩下镌如来种种化身，剥落无完肤。其南为乌奴山，晋时李乌奴于此修寺，故名，今称五龙宝顶，谓钟毓武后也。陆放翁诗“斜日乌奴停醉帽”即此。是日大风，古谚“利州风、雅州雨”良然。蓬莱张宝臣（香海）大令邂逅来访，围炉谈诗，掀髯击节，烛再见跋乃退，时捧檄赴蜀需次也。闻故人丁贞也近况。行四十里。

三十日，浓阴集霰，风寒特甚。过千佛崖，憩徐家河，北岸多煤洞。登飞仙岭，仙人徐化卿化鹤跧泊之地。岭西万嶂叠峙，南则石笋卓立，不受寸土。食石河，广元境。登金鳌岭，与飞仙岭皆明万历九年所凿，遣官致祭碑尚存。上朝天关，危磴笨云，岌岌如骑屋栋。诸岫环立作儿孙拱揖逊避状。峡口怒涛一束，镗鞳远闻。下岭宿朝天镇，广元境。行九十里。

十二月初一日，浓阴微霰。逾东岭，层峰累巘，应接不暇。委折下龙门阁，食神宣驿。《使蜀日记》谓神宣驿山石险恶，或高如浮图，或连亘如列障，非身历者不知也。憩仲子铺，登木果山，宿茭场坝，广元境。行七十里。

初二日，夜雪。登七盘关，涉潜水入陕西界，上闵家坡，跋疐六七里始造其巅。群岫抹白，朗朗如行玉。山上冰花糁径，人马凌兢，常惧颠踬。上百牢关，险亦如之。憩黄坝驿，宁羌境。食涧水河，过黄泥岭，傍涧水行，沮洳踸踔，宵分始达。宿宁羌州，古羊鹿坪也。行七十里，雪作，入夜浸大。

初三日，在宁羌，雨雪竟日，懊闷殊甚。

初四日，雪止。峰峦林樾，凝华积素，弥望皓然，飞身入水，精域不止，瑶林琼树，晶光照人也。过浣石堡，食滴水堡，宁羌境。上滴水岩，石骨巉巉，瘦削奇谲似米颠袖中物。泉出岩窦，点滴作环佩声，细溜凝箸。横抵嶂垠，磴道滑不受，履进而愈危，客骑有颠踬者。趑趄上五丁关，一门跨焉，新关也。平行里许至古五丁关，下关入峡，钟、鼓二山左右夹立，悬崖万仞，阴风飒然。一水自西来，一水自南来，奔突四合，阗阗如挝雷鼓，怪石蹲奔涛中，怒猊卧虎耽耽瞰人，唐张蠙黄牛峡诗“盘涡逆入嵌空地，断壁高分缭绕天”可以移赠。小憩宽川堡，过烈金坝，在嶓冢山下，《禹贡》所称导漾处也。谒禹王庙，荒阒无居人，庭有老桂尚郁茂，西邻书院讲舍久虚。宿大安驿，宁羌境，古三泉县，宋刘子羽与金人战不利，退保三泉，即此。是日，沿水行，徒杠欹危，浸履濡趾，俗谓七十二道脚不干也！行九十里。

初五日，浓阴，雪澌澌不止，憩金堆堡。过青羊驿，宋总管杨世安知大安军，养牛羊之地。山势平衍，少奇峰，石脆裂入田化为土，泉出陇坳泠泠然。食蔡坝，沔县境。过沮口，上土关，古百牢关也。宿沔县。偕潘鲁桥游武侯祠，登琴台，下俯沔江，白沙浩浩，遥指武侯墓，栋宇暗暍，万木萧椮在暮霭中矣。行九十里。

初六日，快晴。憩旧州堡，食黄沙驿，一名“仙留”，青城道士曾憩于此，未几，仙去，故名。宿褒城。行九十里。

初七日，微阴。上鸡头关，韦端己诗“石状虽如帻，山形可类鸡”是也。山上土地神颇灵异，琢石纪功者以千计。《稽神录》唐温造为兴元节度，赴任将近汉中，大雨，平地水尺余，不可进，乃祷鸡翁山神，疾风驱云，即时晴霁。文宗封山神为侯，今日社翁或傅会山神之说耶。土地祠前有茶亭，轩槛洞豁下临无地，褒水走其下，水石相駋，汹磕疾转作甲马腾踏声，震撼涧壑，然涨痕已杀，坳突谽谺强半呈露。下关憩将军石侧，石挺出江心，状若兜鍪，镌“屹然砥柱”四大字隶书，仿汉人颇佳。过观音砭，怪石森耸如罗刹皴面，夜叉探臂，頮龂搏撠，狰狞向人。危崖横阻，径引羊肠，壁上凿痕历乱，高逾寻丈阁道旧迹也。过仙人关，宋吴玠与金人战守仙人关即此。宿马道，褒城境。旅壁题句半是吊淮阴侯者。行九十里。

初八日，晓寒。过樊水，憩武曲堡，食铁佛殿。过武关，古武休关也。涉石沟水，历界牌、虎头、八里、青羊诸关，涉青羊水，一名野羊水，亦名洋水。由碾子坪上画眉关，宿留坝。是日所经马鞍诸岭，卧起叠变，高或隆卓，低则洼伏，巃嵸委折，断齶相望，凡二十有四，石则鸟跂兽突，盂仰甗欹，令人流玩不给。行九十里。

初九日。憩乱石堡，辗转入幽谷，丛薄阴森，乱泉觱沸，壁上有“翠屏仙隐，高尚神仙”八字。遥见翠桷朱垣出松杉中者，留侯祠也。过进履桥，入祠展谒，菊花净尽，惟竹柏青青如故。经紫柏山，白云匼匝，群椒尽失。时栈中木落草枯，山多悴容，此间乱竹蒙茏，苔纹错绣，苍翠袭人。古云紫柏山有七十二洞，异人多隐于此，信仙界异凡区矣！上柴关岭，幽篁蔽路，仄磴蹇嵯，扶掖以登。西下为连理亭，旧有橡树一株，两干中分，高出丈余，复合为一，久摧为薪。憩松林驿，宿南星，留坝境。南星之东有连云寺，古陈仓道也。《明一统志》陈仓道由百丈坡入山，今荒塞，诸葛亮出散关围陈仓，曹操自陈仓出散关，即此。行百二十里。

初十日，浓阴。抵废邱关，项羽封雍王章邯处。雪作。过三岔驿，上新红峡，径滑而狭，铃驮要遮不进，舆夫时时倾跌，有折胫者。食新红堡。雪大如掌，路益峻，四人曳舆而前，直上十五里，屏息移步，循崖跂跂类守宫真，前人趾压后人顶也。堡侧有绕翠亭，今不存。岭上云气弥漫，冷侵襟袖。出关则重雾四塞，不辨去径。至山半，大风狂啸，浓云渐敛，遥见豆积山兰若隐约，则唐冲妙先生张果祠也，山在凤县北里许。宿凤县，行八十五里。是日山上雪三寸，城中洒尘而已。

十一日，早发。寒甚，憩柳树湾。涉故道水入大散关，唐朱玫李昌符追逼，乘舆焚阁道，王建挟上自烟焰中跃过，比明，车驾入大散关，即此。过白家店草凉驿，食长桥驿，凤县境。历北星，过五星台，宿黄牛堡，凤县境。是日未逾峻岭，盘旋岩壑间，扪坠石，俯长澜，栈木朽败，栏楯将倾，舆骑经其上，摇摇然鸦轧有声，危甚骇甚。晚风长号栗烈中人。行百一十里。

十二日，早寒，凌兢瑟缩，冰结髭须如猬。至东河桥，沽薄醪压寒。连山堆雪皑皑如元圃积玉，朝暾激射晶莹炫目。登煎茶坪，晨苦滑，午苦泞，跙踬乱石间，纤径崭凿，人、马足格格不得出。坪北数峰遥植若插笔，下有飞瀑潺潺，南则连冈东走，万马奔腾，矫首奋鬣，无岫不奇。下白鹤坡，食观音堂，寺内有泉一泓，清澈鉴人。上二里关，橡槲繁密，翳冒峦壑。出关斗下无停趾，过益门镇，抵和尚原。宋吴玠保，和尚原与金人战，大败之；乌珠中流矢，剃其须而遁，即此。循清涧河北行，渡渭水，有梁可通。宿宝鸡。行百二十里。

十三日，昧爽。过祀鸡台。《列异传》秦文公时陈仓人掘地得物如彘，将献之，道逢二童子曰，此名为猖，猖亦曰二童子，名陈宝；得雄者王，得雌者霸，人遂弃猖而逐，二童子俱化为雉飞去。陈仓人以告文公，大猎得其雌者，化为石，因置汧渭间，立祠曰陈宝，即此。磻溪在渭之南，有兹泉，《吕氏春秋》太公钓兹泉是也。憩底店，其东即汧渭合流处，秦非子牧马城在其侧，傍岸人家凿岩而居，炊烟缕缕从岩下出，陶穴旧俗也。食油坊村，凤翔境。舆竿忽折，乘薄笨车以进，渡岐水，宿岐山，借榻驿馆，即次殊不适也。行百二十里。

十四日，过龙尾三沟，唐黄巢寇凤翔，郑畋伏兵大败之于龙尾陂，即此。多长阪升降无缓步。食扶风东郭，历三畤原，宿武功。西原有姜嫄庙，后稷祠在县西二十里，庆善宫在川口东南，唐高祖故宅，文皇诞降地也，后为慈德寺。行百二十里。

十五日，渡漆水，食扶风旧镇。过马嵬驿杨太真祠下，暮宿兴平，唐降金城公主于吐蕃驻此，更号金城。游保宁寺，古清梵寺也。宋天禧中，乡贡进士冉曾修浴室，院碑骈体瑰丽可诵，后有巨塔，尖已坏漏天日矣。南为集仙观，有方塔尚完整，明万历二年建，额曰“文笔开瑞”，知用形家言也。行一百里。

十六日，乘月晓行五十里，抵咸阳，天乃晓。早食，渡渭、沣二水。经通天台，颜师古谓“台高三十丈，望见长安城”者，仅隆隆一抔耳！铜盘茎折，甲帐云空，建章柏梁，鞠为茂草，过客生愁，不独肠断，沈初明也。望终南诸峰，云藏不见，蒋虎臣谓中条、终南、太白，四时云气拥护不露顶相，晴明亦然，宜有圣贤仙佛窟宅其间，斯言果征信耶。未晡抵西安。行一百里。

十七日，微阴。在西安，偕潘鲁桥游崇圣祠，古名崇仁寺，创于隋开皇间。唐高宗度太宗嫔御为尼处。明秦藩为香火院，修长三里有奇，关中第一梵刹也。成化中颁藏经一部，有任福碑，戴珊所书。阶西偏，唐经幢一，元和十三年镌，字画完具而恶劣，无拓者，故知以不材终天年矣。东偏有莲花宝瓮一，乾隆壬寅内大臣伍光禧所施。唐大秦景教流行中国碑亦完善，下方列外国书十余行，嘉庆间重修碑，毕中丞秋帆笔也，骈俪斐亹，可称杰构，八分书亦遒劲入古。正殿后为大慈阁，阁后为罗汉堂，五百应真像，诡异杂出，可喜可愕。堂后为卧佛殿，作如来涅盘状。最后为观音阁，毕公祠在西隅，廊下列张诗舲中丞临摹古帖四种，不失晋人矩范。东隅为僧寮，寒梅正放，与寿藤古柏相纠。山门外有放生池，池南环土阜如假山云。

十八日，在西安。购古帖十余种，碑洞物也。

十九日，在西安。将游城南曲江皇子陂，韦曲，杜曲，大、小雁塔诸胜。鲁桥患腹疾不果行。

二十日，微阴。发西安，下长乐坡，渡浐、灞二水，过唐段司农秀实祠，迤北三里姚村即墓所也。经唐宣宗晁后庆陵，后薨于大中时，以美人赠昭容，学士萧寘铭其窆。懿宗立，乃追册为太后者。过斜口，细流错杂，多出绣岭。遥望秦始皇冢，在骊山之麓，榛莽荒翳，莫可指名。当时穿泉致椁，奇器珍怪，徙藏满之。作机弩矢，有穿近者辄射之。以水银为百川大海，上具天文，下具地理，人鱼膏为烛，葬既下，尽闭工匠，无复出者。刘向所谓下锢三泉，上崇山坟是也。乃异代而后，旋遭掘发，银蚕金凫散落人间，祖龙遗骸竟不能保，噫愚矣！宿临潼。行五十里。

二十一日，微阴。过新丰，晋索綝、麹允破刘粲处。历鸿门阪，亦名掫城，更始使李松君掫，即此。食冷口，涉冷、酒二水，经渭南县，渭水北有紫兰村，白乐天故里也。乐天与弟行简、敏中三墓故在。白氏聚族于斯，尚繁衍。过郭汾阳王故里，今名郭村。宿赤水，华州境，有坊曰周处故里，按《晋书》周孝侯义兴，阳羡人，即今宜兴，不宜在此。行一百里。

二十二日，早行，过遇仙桥，寇莱公少时遇仙人处。抵西溪，昏不辨物。至华州，旭日方升。少华南峙如九叠屏风，秀拔可人，古木沿堤，清流遮道，渔川、江村诸原之水北流入渭，所经浦树山烟颇供清赏，但岁暮稍萧寂耳。食东柳镇，华州境。经华阴，宿岳庙侧。再游金天宫，登万寿阁，看华岳杰立，危削峨峨如司寇冠巨灵，跖迹依稀可认。明星、玉女、落雁诸峰，上接天关，呼吸直通帝座，《山海经》谓高五千仞，非诬也！阁之北，墟落隐映，洪流明灭，渭水入黄河处，《水经》所称船司空是已，庙多秦汉柏，夭矫蜷曲，皮脱腹空，不愧古物。西院有陈希夷先生卧像，都穆《游名山记》，华山玉泉院洞有希夷先生睡像，黄衣束绦，俨乎如生，此远逊矣。行百四十里。

二十三日，过潼亭杨太尉墓下。按《三辅故事》，震改葬潼亭，先葬十余日，有鸟高丈余集丧前悲鸣，葬毕始飞去。时人刻石象鸟立于墓前，今埋没不存。食潼关，出关入河南界。经皇天、鼎湖二原及望思台，涉泉鸠水，宿盘豆驿，阌乡境。行一百里。

二十四日，晓行。河滨微风，撩沙蒙蒙如雾。过阌乡稠桑驿。食达子店，灵宝境。穹谷迫狭，轸毂横磨，牛车窒塞，历三时之久。《水经注》云邃岸天高，空谷幽深，涧道之峡，车不方轨，号曰天险，数语形容尽之。秉炬出函谷关，涉宏农水，宿灵宝，漏已再下。行八十里。

二十五日，过许襄毅公墓，食桥头沟，陕州境。涉橐、谯二水，过陕州，宿磁钟，陕州境。行八十里。

二十六日，过张茅。自潼关之东，冈峦回复，恰无寸石，至是始登石路。食苗沟，陕州境。上硖石山，盘折十余里，山路崭岩，车加旁骖，两人夹掖乃登。隔河望中条、王屋诸山，林峦绵亘，衔接千里。过崤底镇，汉冯异破赤眉于此，光武曰，始虽垂翅，回溪终能奋翼渑池是也。宿土壕，渑池境。行八十里。

二十七日。涉渑水，经渑池，食石河，渑池境。过千秋镇，前历险途，泉涸路干，坎窞故在。宿铁门镇，新安境。行八十五里。

二十八日。渡涧水，过新安，谒家云浦先生祠。先生讳化鲤，弱冠闻道入成均，与茌平宗人我疆先生讳秋者，联会讲学，时称二孟。官铨曹，以疏救给谏张栋争国本事削籍，《明史》有传。祠西为吕忠节公祠，公讳维祺，明季里居助守洛阳，城破之日，勤福王，不屈骂贼，遇害。二公皆乡贤也。食磁涧，新安境。渡洛水，宿洛阳。谒周元公庙，规模闳阔，重修于康熙十三年，故未颓败。前殿祀元公东序，有金人三缄像，两庑祀历朝守土名臣，汉召公信臣、李公膺，唐狄梁公仁杰、韩文公愈，宋文潞公彦博、欧阳文忠公脩、苏公辙、范公纯仁，明吕忠节公维祺，及国朝修祠者王公来庆。中殿元公、召公、毕公并列，庑下为太公望散宜生诸乱臣，但少邑姜耳。后殿为负扆像，成王南向，立貌，犹童稚，元公侍立于左；祀庑下者伯禽、君陈也，二程子、朱子、邵子、范文正公。诸祠皆鳞次庙东。行一百里。

二十九日，登邙山，亦名北山，姚襄与桓温拒伊水而战，大败，奔北山，即此。经孟津，过王相国觉斯墓。食下古镇，孟津境。舟渡黄河，水势消退安流，归槽挂帆乘风，俄顷飞渡，宿孟县。行九十里。

三十日。早膳乃行。过谷旦镇，日未昳抵怀庆，宿焉。得皇太后升遐凶，问侪偶仆从，同易素服。旅馆守岁，乡思凄然。行六十里。

庚戌正月初一日，微阴。早膳食牢丸乃行，乡风也。渡沁、丹二水。居民种竹为业。沿坡被垄，篠簜臘臘，间种粳稻，杂以麦辫。清渠横错，山翠纷萦，大是佳处。宿清化镇，河内境。入兴教寺，古名刹也，神佛皆冶铁为之。后院千佛阁已倾。申刻日食，云藏不见。行四十里。

初二日，阴霾风寒，辰刻雪作。食待王镇，修武境，云待武王也。过修武市，门多插竹，粘色纸其上。宿狮子营，获嘉境。行百一十里。

初三日，阴。过获嘉，经同盟山前，食新乡，古鄘国也。北眺苏门山，孙登啸台在焉。百泉出其下，《毛诗》所谓泉源在左是也，建百泉书院，宋元诸儒讲学地，国初孙徵君钟元先生遁迹于此，辟兼山堂，读《易》其中。累聘，坚卧不起。门人日进辑《理学宗传》二十六卷。汤文正公

（斌）为讲官日，以忧归里，亦往从游。闻其地清泉嘉树，映带茅茨，林壑之美甲于河朔，距新乡五十里而近，恨不携屐一往！宿汲县。行百二十里，雪大作，深几一尺。

初四日，雪作止不时，入夜始霁，已二尺矣！在汲县。

初五日，晴，雪深不可行，仍留汲县。

初六日，薄雾浓阴，积雪耀目。失道，迂行二十余里。宿新镇，濬县境。行六十里。

初七日，晴，早膳乃行。宿滑县，行四十里。

初八日，早雪旋止，狂风大作，沙砾横飞，人畜寒噤，几至隳指。食白家道口，宿中台，均滑县境。行七十五里。

初九日，冲寒，早行。入直隶界，抵开州始晓。食双庙，清丰境。入山东界，宿观城。行百二十里。

初十日，食朝城，武王伐纣，诸侯朝武王于此，故名。宿莘县，梁刘鄩军莘县，堑而守之，筑甬道以通馈饷，即此。行九十里。

十一日，食沙镇，聊城境。宿聊城东郭。渡会通河，晤稷封族兄及继栋诸侄辈。行七十里。

十二日，早膳后行。宿茌平。行六十里。

十三日，食焦家庙，长清境。渡大清河，宿齐河北店。行百二十里。

十四日，早行。望鹊华、千佛诸山，如歧路逢故人，不觉色喜，诵王渔洋“十万芙蓉天外落，今朝正见济南山”之句，真先得我心矣！绕省垣行，宿东郭，晤怀玉族兄及董又超诸人。行四十里。

十五日，夜行五十里，食鸭儿王口，历城境。过老僧口，雨帆弟来迎，午刻抵家。行一百里。

西征集

《西征集》宣统二年（1910）绿野堂刻印本原书名页

《西征集》序

九江烟水，纡文藻于骚人；三峡楼台，殢行踪于词客。羌村日暮，杜子美进艇之陂；古寺秋深，陆放翁佩壶之地。剪灯夜雨，人话三巴；载酒凌云，侯轻万户。盖宇内山川所结，陇益称雄，而古来文物之区，蜀都为最。未身游也，尝梦见之。

乃有监鱼仙吏，起凤祠宗，学衍浩然，官陪成瑨。爱霓光之连蜷，赋有郊居；望云影以低徊，时方息驾。只以玉友宦游，阿连契阔。秋风莼鲙，知结想于鲈乡；春草池塘，拟和声于雁序。

爰辞珂里，载束行縢，制锦而负有奚囊，舂粮而装维襆被。三时余暇指夔府以遄征，五岳前期首岱宗而明发。

苏门遥望灵宝，载驰洛水微波。忆陈王之艳赋，香山小集；留潞国之芳筵，汉《都记》白马曾来函谷。问青牛何去，高秋华岳，秀劈三峰，晓日潼关，敞开四扇。已而度五丁之峡，已越秦封；宿七盘之冈，才交蜀界。芙蓉削翠，遥指剑门，橘柚垂黄，近临巴里。入栈而雨淋深箐，牛铎不闻；攀崖而云幂乱峰，马衔直上。猿鸣古涧，实下泪于三声；雁唳层霄，难寄书于一字。而况萍水离多，天涯聚少。卯君卅日，才风雨之联床；戊尉一屯，又崆峒之持节。千秋岭外，愁登鹳雀之楼；万里桥头，恨唱阳关之曲。南依星斗，独望阙而关心；西得诸侯，更何门之趿履。轮蹄遂北，马首欲东，而时迫杪冬，节濒改岁。鸡鸣茅店，家家爆竹之声；人踏板桥，处处印泥之迹。峥嵘无那，惆怅何如？然而渡江梅柳先已争春，出海云霞若为迓客。河来星宿，宜太白进酒之篇；路出洛阳，即少陵还乡之乐。昔日旗亭之曲，已有人歌者。番蜀道之行，方知天近；览四州之形胜，诗句酬他。縻六月之居诸，江山助我，借以恢意气，拓心胸。滟滪堆撞入文坛，峨嵋雪矗成诗垒。长篇磊落，陋今体为隶奴；短韵精雄，与古人相伯仲。芭蕉雪里，王摩诘所亲窥；杨柳月中，卢思道所不解。

裒然成集，卓尔不群。

周生平足迹未出郯州，夙昔见闻不离齐境，客谈瑶柱未免朵颐，诗遇宣城能无低首？寄万言之珠玉，移我濯锦江边；披一卷之琳琅，忆君浣花溪上。

咸丰元年清明后三日，同里鞠农弟吴连周拜撰

序

昔人谓诗之为道，非胸有万卷，足行万里者不能工。是说也，予向以为訾言。道光己酉夏，获读孟柳桥亲家诗钞二

大帙，喜其经史子集奔赴腕下，悉能炼精熔液，令人钦其宝莫名其器，乃始叹万卷之言为不诬也。

是秋八月，柳桥因事为成都之行，往返六阅月，得诗二百余章，复钞以示予。渊浩如前，而字里行间顿添碧峭、摩云、黄河、走海之观，山川之益人一至此乎？昔人万里之言又岂欺我哉？因颜其集曰“西征”俾授诸梓。读是集者谅不河汉予言。

道光庚戌秋七月，姻愚弟刘家麟序

过滑县

沙路车倭迟，微霜澄积潦；
萧萧葭菼丛，鸥鹭点波小。
杳霭望滑台，时清戍旗倒；
秋风撼长林，斜阳度归鸟。

修武道中

客路逢摇落，吟鞭兴未穷；

晚风振丛薄，野水澹遥空。
缓缓催征骑，翩翩数过鸿；
平沙河朔道，试险待崤潼。

硖石山

短辕百折上嶕峣，历井扪参扣泬寥；
三辅河山围上党，二陵风雨下中条。
粮艘砥柱传输险，铁锁关门控制遥；
陶穴人家遗俗在，留将浑噩问唐尧。

潼　关[1]

地险坤维锁，雄关几战争；
三峰名岳出，一线大河横。
树隐桑田驿，云生莲[2]勺城；
兴亡纷在眼，铭甲不胜情。

［原注］

❶唐孙可之有《潼关甲铭》。

❷音犨。

雨中登万寿阁望华山，云迷不见，排闷作歌

五岳峙诸夏，睥睨狎争长；
太华临重关，兀兀压雄壤；
两戒河山分，金天气飒爽；
传闻峰上头，花开藕十丈；
苔绣玉女盆，萝蟠巨灵掌；
叔卿白鹿游，子先茅龙往；
娑罗树郁葱，青柯坪豁敞；
我来期探幽，济胜孱一緉；
真宰窥鸿蒙，司寇冠可仰；
呼吸帝座通，詄荡天门广；
邂逅沃琼浆，振衣谢尘网；
山灵胡太骄，不受俗流赏；
细雨飞廉纤，重雾腾瀁漭；
倚槛揩双瞳，六幕失旷朗；

乘兴来匆匆，败意归怏怏；
他时掉鞭过，定携九节杖；
预约希夷君，同参漆园想。

太平桥[1]

隳驴大笑中原定，归隐虬髯寄一龛；
点易洞中高卧稳，白云迢递冷终南。

[原注]

[1]陈希夷先生隳驴处。

华州晓发[1]

掉臂莲峰过，邮签郑县分；
荒城隳山月，丛竹掠溪云。
孱主三层阁，名卿七尺坟；
娱人风景别，红叶正纷纷。

[原注]

❶城中齐云阁，古齐云楼也，唐昭宗东狩所登。郭汾阳、寇莱公墓皆在近郭。

渭南九日有怀

旷绝丰原上，蒙蒙野色衔；
轻霜酒曲树，斜日渭河帆。
伫望空千里，迢遥滞一缄；
明年插萸会，樽酒卸征衫。

骊山温泉

烛龙远避羲和鞭，俯首弭耳潜重泉；
口衔火珠灼地肺，山髓倒漱流涓涓。
一泓黝碧清不滓，遗恨唐家成祸水；
文瑶密石嵌莲花，浴殿承恩拜肥婢。
亭亭玉质朝露酣，澹荡春生灵液底；

洗儿余腻三姨争，十丈黄虬涌波起[1]。
渔阳鼓震潼关开，九龙别殿生蒿莱；
陈宫莫哭胭脂井，马嵬路隔金粟堆。
流恶弥弥三尺水，行人徙倚歌新台。

[原注]

❶杜诗："化作长黄虬"，谓安禄山也。

出西安

三朝草草理行辀，书剑西来负此游；
隐映楼台韦曲树，萧条云物灞陵秋。
倾风柳市无真侠，踏雪蓝田忆胜流；
遮莫徘徊抛不去，名区况是帝王州。

茂　陵[1]

轮台刚下诏，仙路绝飞升；

隧道穿槐里，倾城傍荚陵。
祠荒云气散，盘折露华凝；
莫奏哀蝉曲，阴沈闷漆灯。

［原注］

❶李夫人冢曰荚陵，在其侧。

晚宿兴平

曛暮尚孤征，迢迢斥堠生；
大星明远坞，急柝下空城。
路转飞龙务，人歌猛虎行；
病躯浑不耐，风露太凄清。

康对山先生祠题壁❶

刘家逆竖持天纲，驱策卿相如犬羊；
空同愤激托章奏，晓上封事宵锒铛。

身填牢户命汤火，苦无奇策脱缠裹；
四字飞传告急书，咄咄对山能救我。
大珰招客华筵开，好风吹送状元来；
殷勤手劝金卮酒，公如俯从尽一斗。
怜才还乞宥狂生，脱靴力士古人有；
先生高节凌清秋，权门失足缘朋俦。
一朝株累谢簪绂，同朝缄默空悠悠；
吁嗟此义照千古，垂老闲情寄乐府。
醉挡琵琶教新声，零落百面胜腰鼓；
援溺自溺无人援，彼哉朋辈安足数。

[原注]

❶武功县署东偏。

凤女台

兀兀高台久寂寥，并肩人去玉京遥；
月明昨夜青鸾过，第一峰头闻洞箫。

游观音堂

古寺偎重岩，山花散幽径；
石坳碧泉开，澄澄揩一镜。
茗碗杂佛香，禅床撩吟兴；
倚槛众峰低，流云𨼆清磬。

煎茶坪

首历茶坪险，青天上果难；
路危僮马怯，风紧客衣单。
石气昏阴壁，江声吼急滩；
征途谁慰藉，草草进盘餐。

秋气老蚕丛，凭高当御风；
双江秦蜀划，一线雍梁通。
曲涧沈沈碧，残花漠漠红；
崎岖辟纤径，疏凿仰前功。

新红堡❶

转侧趋蛇穴，萦回径尚通；
岩崖喧瀑雨，石壁荡天风。
废堠临三岔，瓯窭累半空；
汉台荒蔓合，莫问雍王宫。

[原注]

❶距废邱关十里，项羽封章邯处。

柴关岭

昨日凤头岭，悸魂呼不醒；
今朝上柴关，佽佽堕鬼境。
十万倚天剑，横磨出芒颖；
怪石罗刹蹲，探臂攫人顶。
仄径绝梯桄，涉级无等等；
将却足转前，似通路旋梗。
悬溜闲蹄涔，择途如蹈鼎；

威纡登岭巅，罡风砭肌冷。
欲下重惕息，垂崖乏修绠；
安得乘飙轮，畏途度俄顷。

栈路触目

斗捷逐飞猱，踏云步步高；
薪穷山立骨，泉涸洞悬尻。
小坞牛羊聚，丛林虎豹豪；
我来殊孟浪，不是梦三刀。

蛇路走岩阿，纡回相见坡；
云栖悬壁树，石斗夹江波。
犾檨延熊馆，牛宫俯鸟窠；
民风留沕穆，问俗忍轻过。

邮舍依江壁，长林蔽石潭；
礫须山鬼恶，负瘿市民憨。
蕉叶青张榻，菜花红上簪；
茶神恨未到，谁与辨泉甘。

瘠壤混畦町，要遮响驮铃；
叶薰山店赤，峰泼驿楼青。
地僻民常拙，天阴昼亦冥；
身行图画里，谁为写云屏。

寥落民居少，荒城隐薜萝；
趁溪田叠辋，傅藁树披蓑。
幂首聚诸鬼，珠喉调八哥；
承平遗堡在，谁复念横戈。

紫柏山谒留侯祠

峨峨紫柏山，兀兀授书阁；
窅窱开灵区，修阻蟠洞壑；
卓哉汉留侯，辟谷此栖托；
诡从赤松游，妄践黄石约；
初志期报韩，功成辄屏却；
纵坚带砺盟，难羁红尘脚；
隆准况寡恩，烹狗祸旋作；
急流寻退步，惟公高一着；

秋深塞雁来，冥冥向寥阔。

雨止趋小留坝

一岭阴晴半，廉纤雨乍停；
龙归云漠漠，猿啸树冥冥。
紫柏❶岚光沍，苍苔石气腥；
低空鸾鹤舞，仿佛降仙灵。

［原注］

❶山名。

画眉关

碾子坪前乱石稠，画眉关下鸟钩辀；
氐邻白马通荒徼，水挟青羊走怒流。
稻陇纵横沿曲岸，漆林蓊翳俯灵湫；
如何茅店三更雨，四面峰峦已白头。

马鞍岭

上岭如缘橦，下岭如隳阱；
二十四马鞍，鼠穴辟纤径；
青羊接虎头[1]，巑岏势绵亘；
斜褒两水来，合流力逾劲；
波石互斗争，鞺鞳群谷应；
人马走悬崖，欹侧间泥泞；
鹤行长露尻，凫趋短续胫；
逡巡足先翘，掉栗神不定；
休歌上天难，磨蝎方入命。

[原注]

❶两关名。

青羊渡口号

荦荦确确青羊关，磊磊砢砢黑龙滩；
鸦鸦轧轧笋舆竿，曲曲盘盘入云端。
吁嗟乎，蜀道难如上青天！

问君底事苦相干，踉踉跄跄向西川。

农家书所见

板屋秦风旧，数家岩畔栖；
危桥支折竹，败壁庵枯梨。
豚栅防豺虎，蜗庐聚犬鸡；
艰辛开确嵴，冒冻尚扶犁。

鸡头关❶

麻坪寺前路，投足苦周遮；
危磴攀鸡帻，雄关踞虎牙。
云垂闷岩窦，雷辊刷江沙；
何处寻真隐，台边问钓家。

[原注]

❶郑子真钓台在岭下。

舆夫叹[①]

褒斜道上三日雨，危栈滑汰懊行旅；
骡纲冲淖扶鞍过，负戴扪壁力不举。
舆夫齐歌行路难，平时舁重常蹒跚；
窘迫走险如铤鹿，艰涩何况逢漏天。
凌兢蹩躠揞拄蹉，跌一步一吁十步；
九歇淋漉方盈头，踒螯胫血流中途。
盘涡畏颠蹶内壁，坳突愁牵挡急寻；
故蹊走岩隙危厂，摇摇势欲拆俯临。
惊湍转雷硠外垂，二分还跼蹭乍避；
乍就亦拒亦迎气，微力竭饥肠弦鸣。
饮泣无声下岭力，少闲涉溪势湍悍；
石齿齧股攒戟牙，负痛纡徐盼彼岸。
舆中端坐多牛翁，意气轩轩肆讥讪；
嗟乎彼亦人子也，请君听我舆夫叹！

[校注]

①原文有删节。

出褒城望汉中

十日瞢腾穴底游，平畴旷朗接梁州；
路通楚甸千山豁，水折巴江万里流。
漠漠菱塘收穲稏，冥冥竹坞叫钩辀；
羡渠衔尾帆樯过，挝鼓乘风发棹讴。

晚　行

暝色生岩谷，归客带残照；
樵担一一过，山花供旅灶。
接翅昏鸦飞，平林莽喧噪；
天风掠空来，隔岭闻清啸。

黄沙驿[1]

棕榈橘柚闲青红，气候暄和似楚中；
賨女插花编箬笠，僰僮卖药裹筠笼。
丛篁破晓竿竿露，古柳摇秋叶叶风；

指点浣衣孤石在，双龙飞去墓门空。

[原注]

❶南有女郎山，张鲁葬女处。

即　目

山农三五家，茅茨翳修竹；
时见炊烟生，缕缕出岩腹。

野鸟联翩下，闲云自在飞；
深林行不尽，岚翠上征衣。

驿转空城曲，山衔落日黄；
溪流遮过客，脱屣上鱼梁。

谒武侯祠即望定军山墓田❶

古柏森森覆几筵，宗臣遗像沔江边；

伊周勋业攀三代，典诰文章续两篇。
铜镞消磨犹饮羽，石琴清越恰无弦；
漳阴曾过曹瞒冢，可有名香一瓣然[2]。

隆中抱膝比耕莘，出处何惭古大臣；
特笔青编翻铁案，遗黎白帽拜纶巾。
圣贤当厄生斯世，今古论才得几人？
俎豆黉宫分一席，诸儒仰止颂天民[3]。

破空睒睒隳星文，缟素长号渭上军；
稔乱天心终六出，托孤臣力瘁三分。
豺狼夜度惊神旆[4]，蛇鸟秋高覆阵云[5]；
咫尺檠乡侯墓在，鬼雄常此伴荒坟[6]。

祠宇遥连少祖峰[7]，夕阳红上墓门松；
连云邸阁空流马，抔土空山竟卧龙。
绵竹结缨同激烈，魏都衔璧太昏庸；
沾襟不独宗留守，展拜书生泪满胸。

[原注]

[1]祠在沔县东郭，墓在东南十五里。

❷墓前有遮箭石，上嵌铜镞，祠有石琴，传是武侯故物，叩之其声清越。

❸紫阳纲目尊蜀抑魏，翻温公旧案也，沔人祀武侯多着白冠。

❹嘉庆间教匪倡乱，过沔望定军山旌旆林立，仓皇遁去。

❺山下沔江中有八阵图遗迹。

❻汉左将军马孟起墓在祠东一里。

❼墓在少祖峰下。

大安驿

败叶翩翩下，萧条秋气空；
龙收三洞雨，猿叫四山风。
古驿穿氐道，沈阴暗沓中；
征鞭浑不整，亸袖去匆匆。

五丁峡

南下鸡头关，掌平四野大；

澄澄天宇空，游瞩颇称快；
西行一日程，山川忽变怪；
古传五丁神，大力凿要隘；
谽谺巨灵劈，赑屃六鳌戴；
怒如汉舞阳，拥盾齿頬龂；
愤比燕荆卿，冲冠发不髤；
阴阳互亏移，线景漏茫昧；
危岩激飞湍，乱石扼澎湃；
松栝参蒙茏，藤葛翳荒岁；
造物殊好奇，叠出太狡狯；
谲哉牧犊儿，馈牛乃开塞；
凭险几废兴，过客自长喟！

七盘关[1]

踯躅方秦岭，艰危又蜀山；
蜗庐团小聚，蛇径折雄关。
云气函诸岭，乡风混百蛮；
伴人惟涧水，相送日潺湲。

［原注］

❶初入蜀界。

茭场坝

断雁他乡信，严装万里程；
密林蒸雨气，空峡沸江声。
秋老鱼凫国，山围羊鹿坪；
愧他潘骑省，橐笔赋西征。

筹笔驿[1]

汉相经营地，纡盘气尚雄；
江流回剑外，山势走回中。
邸阁空留迹，丰碑自纪功；
行人下马拜，挥涕对西风。

［原注］

❶今名神宣驿。

龙　洞

蟠屈神龙宅，阴幽客过稀；
一门群溜夺，孤阁乱峰依。
黄叶有时隳，白云相向飞；
何人耽逸趣，把钓坐苔矶。

龙门阁

赤足上青冥，天阊夜不扃；
阴崖藏古雪，高阁摘寒星。
谢豹啼方急，骄龙睡未醒；
飞仙跧泊地，环佩韵泠泠。

朝天关下阻风

葱岭岭前山路恶，醉骑狞龙上寥阔；
急寻别径趋嘉陵，登舟稍幸息腰脚；

命途舛午百龃龉，朝天关下风又作；
大声疾吼吹倒人，瓢隳岩石摧林薄；
怒涛挟势啮岸漘，汹汹直与峡门搏；
长鲸奋抃老蛟掷，磨牙截流肆吞攫；
瓜皮艇子片叶轻，掀簸不啻撼秋箨；
击楫贸贸犯石尤，孱躯将无填巨壑；
舌挢口噤颜如灰，急语黄头速停泊。

飞仙岭

飞仙接金鳌，诘曲蜗角路；
笋舆周折行，阑入云生处。
秋风峡口船，夕照关门树；
问讯徐化乡，何年跨鹤去？

过石亭旧治

悬崖千尺泻琤瑽，乱入洪流势转降；
兀立破云山露顶，倒蟠吞石树空腔。

盘盘路折葭萌驿，叶叶帆回桔柏江；
我欲卜居岚翠里，教人错比鹿门庞。

昭化县[1]

簇簇益昌县，人烟近郭稠；
乱云生马足，危壁耸牛头。
小市楩楠坞，轻风舴艋舟；
费公开府地，何事吊苴侯。

［原注］

❶西郭十里即牛头关，亦名天雄关。

宿大木戍[1]

倦极浑无寐，迢迢数乱更；
驿门交虎迹，客枕纳猿声。
诗竭吟难就，乡遥梦转萦；
明朝登剑阁，知否胜天彭。

[原注]

❶古白卫岭也，一名达磨树。

达磨树雨行

野竹垭前岭色昏，达磨树下湿云屯；
枯藤络木龙蛇卷，怪石嵌流虎豹蹲。
瘴雨蒙蒙迷僰道，痴云漠漠闭蛮村；
远游忽忆放翁语，悔不骑驴入剑门。

高庙堡遇雪

雨作兼飞霰，冥蒙一气生；
只愁攀栈滑，不作看山行。
溜转悬崖壮，云填大壑平；
剑门三十里，失却翠屏横。

剑　阁❶

积铁连墉壮，峰围大剑来；
荡云双壁合，束峡一关开。
后主虚蒙业，宗臣苦费才；
勒铭识深戒，欲读重徘徊。

［原注］

❶武侯相蜀于大剑山立剑门。

自昭化达剑州作

黯淡征衫渍雨痕，登高回首望中原；
双江抱县蟠沮口，孤壁摩天拥剑门。
叱拨缘崖泥滑滑，鸺鹠啸树雨昏昏；
嘉陵道上摧颓甚，剪纸谁招过客魂。

古柏行

昨谒武侯沔阳渡，古柏萧萧拱祠墓；
参天黛色霜皮皴，崔嵬曾入少陵赋；
西来剑关重睹此，志公寺前已纷布；
儺立最是天然桥，连蜷千亿不知数；
次者合抱大十围，蒙密阴森变朝暮；
崇冈蜿蜒走苍虬，鳞鬣之而爪牙露；
枯干劲健抗天风，接叶低垂扫云雾；
刁调静听鸾凤吟，夭矫时作蛟龙怒；
老魅窟穴山魈藏，白日遮人过客怖；
移种传始宋庆元，图谶几为景纯误；
兵燹迭经辞斩伐，神物知有英灵护；
蟠根得地终孤高，挺柯苦耐冰雪冱；
县荣县贵君休谈，且敷美荫庇行路。

入西栈作

秋深云栈气萧条，槲叶离披拥败蕉；
千幅蒻篷沙步市，数椽杉屋寺门桥。

索钱遮道僧徒恶，卖酒当垆少妇娇；
正是客愁无遣处，林端忽送太平谣。

堡垣错落点崇冈，酒旆飘飘表市场；
石壁幂云搀黑白，梯田潴水划青黄。
舂粮庑寂羊窥臼，戽水人归鹭满塘；
羡杀岁丰崇节俭，三农比户足仓箱。

绵　州❶

芙蓉溪上路，迢递见绵州；
乔木连山合，涪江抱郭流。
朱旗巴女庙，黄篾濮人楼；
风景东津在，观渔谁唤舟。

[原注]

❶州东芙蓉溪，杜工部东津观打鱼处。

绵州晓行

江路傍云根，人穿橘柚村；
水光翻日碎，岚气抱城昏。
市近酒先贯，风高裘不温；
田家真乐足，安处长儿孙。

石桥堡

胜地水乡换，左绵通近郊；
人家藏岸曲，驿路转林梢。
叠屿安鱼笱，支橧压鹳巢；
稍嫌碍游目，墟落接菰茭。

罗江道中

积雾沈沈闭，朝晖微放晴；
幽花临水妥，野竹上墙生。
溜杂蛮江浊，峰回蜀道平；
前程三百里，计日话离情。

过德阳

兼旬苦行役，暮节剧相侵；
细雨红藤峡，清霜乌桕林。
哀猿倾客泪，归雁断乡音；
抑郁何人语，徒为拥鼻吟。

汉州西湖怀房相次律

次律西湖一百顷，楼台岛屿望中遥；
涛痕夜上石犀浦，岚气晨蒸金雁桥。
片石亭亭留廨舍，孤琴落落集宾僚；
前身智永君休问，瓮底藏书久寂寥。

新都杨升庵先生祠

觥觥父子接朝班，大礼器争濮议攀；
抗疏千官先撼阙，荷戈万里老投蛮。
马援名并留金齿，徐淑诗成泣玉颜[1]；

好撷渚蘋献祠下，骑麟翳凤有无间。

[原注]

❶升庵夫人黄有寄外诗。

三河桥晚眺

夕照千山出，青岷入望时；
远江通鳛部，秘洞长蟾夷。
水落彭门峡，云封灌口祠；
堰流遗迹在，沟洫绿差差。

登成都北城远眺感怀

誓神秦相启名都，兴学文翁信远模；
云栈地雄蟠陇益，江流天险下夔巫。
唐宗几叶纾兵劫，汉室三分屈霸图；
生齿千年仍陆海，刀耕火耨遍春芜。

开天杜宇未招魂，草窃诸奴莫漫论；
入梦断虹夸帝子，抵时跃马笑公孙。
摩诃池涸黏萍梗，永庆陵荒没草痕；
表里山河犹足霸，牵羊舆榇几童昏。

二仙庵

飘瞥仙人迹，徘徊过客情；
澄潭窥剑影，修竹隐箫声。
香鼎虒俞篆，石坛鵾鸠鸣；
晚霞天际艳，仿佛御风行。

青羊宫❶

未验吹箫谶，丛祠喋血场；
沈冤同白马，浩劫阅青羊。
柱史微官隐，流沙去路长；
五千垂道脉，底事问空桑。

[原注]

❶献贼屠士子之所祠，有老子初生像。

即席送张雨樵赴夔州寄讯金大令绍文

离樽促席烛花残，送客他乡信寡欢；
小市三家鹦鹉嘴，片帆千里鹧鸪滩。
青衣江落鼍声静，赤甲云开雁影寒；
寄讯瞿唐贤令尹，临风一语劝加餐。

送家松野赴察木多督饷

乘槎绝域羡张骞，捧檄儒生也着鞭；
荡节遥程开万里，瓜期成格报三年。
践更戍尉临蒲海，保塞庚邮达酒泉；
异地储胥知郑重，汉家充国策屯田。

蜻蛉塞接怒江流，弱水浑脱[1]不泛舟；
冰栈铁桥疲笮马，蛮烟瘴雨度旄牛。

束缯谒客劳重译，彩胜班春贺孟陬；
声教祗今沦域外，抚循瓯脱亦宣猷。

巴塘西去雪山横，白骨青燐滞驿程；
密箐僵尸毒蛇迹，飞髆暴客饿鸱声。
六花闲访维摩室，双树晴开舍卫城；
努力蛮荒邸阁守，节旄零落问苏卿。

法轮常转不传灯，百宝楼台象主凭；
比户求符驱疫鬼，升堂判牒拜髡僧。
犷顽恶习闲修戟，混沌遗风近结绳；
火齐木难饶物产，轻装归路励冰兢。

侏儒梵呗乱鸣蛙，赤足蒙毡髻不丫；
织罽猓奴随释子，贩茶估客拥黎娲。
春田玉蛹丛生草，雪岭琼莲冷作花；
魑魅与游诚不易，行藏须慎莫咨嗟。

苍狗白云寄一官，腐儒方鲠陆沈难；
趋承只合随流靡，吹索谁能束湿宽。
媚不拂须还劲草，锄逢毒手到芳兰；

天涯雁断刀环在，生入玉门早挂冠。

[原注]

❶平声。

留别朱芾亭贰尹

与君联辔平干道，惊沙扑面风浩浩；
旅次论心抵足眠，五年旧梦如电扫。
今岁遇君函谷关[1]，匹马蹀躞千峰间；
夜阑偶诵题壁句，清声雏凤同开颜[2]。
驿亭一夕惨分手，行李齐穿剑门走；
君访下帘卖卜人，我寻送客吟诗叟。
浮云世事无定踪，中途转徙随飘蓬；
却先君入成都市，碧鸡坊下重相逢[3]。
可怜代飞等雁燕，我忽东归指乡县；
昭觉净居两丛林，颇悔芒鞋未蹋遍。
武侯祠近薛涛井，工部草堂阒幽境；
胜地留连况素交，惜别回首心耿耿。
骊驹在门系不驻，徘徊忍竟抛君去；

他时好叠浣花笺，一行遥寄齐州路。

[原注]

❶遇芾亭于新安铁门镇，时方随牒入蜀。

❷前在新乡旅壁读淡如女史绝句，心赏其工，后乃知芾亭贤女作也。

❸予初将赴苍溪家松野幕中，途次闻在成都，遂来省垣；杜工部有《送客苍溪县》诗。

将发成都

行滕初卸赋归兮，信美江山宁久稽；
暮岁逼人殊蹙蹙，浮生旅食叹栖栖。
龟城卌日余鸿爪，鸟道千寻逐马蹄；
一种勾留抛不得，武侯祠宇浣花溪。

遥程迢递阻关河，重向湖边理钓蓑；
暂驻未移齐客语，遄归休和越人歌。
文君酒贳垆头少，薛氏笺分井畔多；
惭愧故人开祖席，深宵拇战倒红螺。

骎骎短晷走丸同，褦襶冲寒马首东；
整辔刚逢添线日，卸装应及试灯风。
迎春郁垒山扉上，饯岁屠苏野店中；
作客淮南伤予季，天涯兄弟各飘蓬。

四方糊口计全非，明日孔融便拂衣；
去去又宜携不借，匆匆何事寄当归。
兼旬抱疾河鱼苦，万里分行塞雁飞；
容易西征容易返，绕枝乌鹊竟何依。

长卿山

吊古梓州过，名流安在哉？
峒蛮蟾种杂，江路鳖灵开。
赋手乡人荐，琴心艳偶来；
青山魂魄在，应绕读书台。

武连驿早发

茫昧趋前路，萦回去转遥；

驿灯摇隔岭，蛮语下重霄。
催晓鸡无赖，冲寒马不骄；
残冬风景异，乌桕未全凋。

孤驿盘盘折，长溪涧涧通；
远峰嵌冷日，夹壁束回风。
幽翳棕榈坞，支离桧柏丛；
舆夫疲脚力，措拄上巃嵸。

绝巘望凄迷，平临万壑低；
塔排诸寺出，云截乱峰齐。
市近山君避，林扃木客啼；
名卿遗阙在，高矗柳池西。

出剑阁即目怀家松野西行

大剑屹立如崇墉，攒矛列戟摩苍穹；
剑阁嵯峨插天半，跌荡高与阊阖通；
盘旋直下一千尺，篮舆闯入霜林丛；
木落草枯气萧索，痴云漠漠号阴风；

野店寂寥古寺闭，山川惨淡无舒容；
忆昨戒装成都市，出郭弥望殊青葱；
橘柚扶疏竹枝袅，麦苗豆蔓抽芃芃；
连朝嫩晴好天气，如春将半非残冬；
两地迢遥六百里，节候差别华夷同；
阿连捧符使绝域，轺车已历泸江东；
徼外雪飞逾寻丈，岩腹冻裂填长谼；
足瘃手皲口舌噤，时颠筰马僵僰僮；
九月寒深砭人骨，严凝况值星躔终；
念此不敢嗟行役，粟肌生暖洪炉烘；
安得白傅大裘长万里，一时遍覆中外春融融！

昭化旅夜

荒寂苴侯国，驿亭寒背江；
涛声欺客枕，风力拓楼窗。
乡梦觉还续，旅愁排未降；
夜长人不寐，挂壁闪残釭。

入栈杂咏

积雾埋阴壑，流澌漱浅沙；
高峰寒上日，丛薄乱啼鸦。
指塔听僧梵，逢村问酒家；
不愁前路失，短碣立三叉。

近市人声闹，穿林鸟道纡；
云扶攀磴客，风簸度关舆。
归巷羊随犬，临流鹭瞰鱼；
每逢幽邃处，水石镇清虚。

桥断路斜出，树枯藤倒穿；
山坳寒晕雪，江步暖蒸烟。
黠鼠窥林杪，饥鸥下水田；
勾留兴难尽，欲去且停鞭。

涨退滩全出，冬残叶尚飞；
栈云晴不散，林鸟暮相依。
径仄樵夫避，神灵过客祈；
羡他闲适乐，岭背敞双扉。

冻路千盘滑，流泉百道鸣；
林暝团虎气，谷邃闭[1]鹃声。
草靸檐阴挂，篮舆石罅行；
大佳山水处，流玩不胜情。

万木响萧萧，霜深槲未凋；
雪痕山驿出，江影市楼摇。
怪石飞灵鹫，穹崖泊倦雕；
欲投村店宿，远近问归樵。

熊馆压岩根，龙潭枕郭门；
岚蒸诸岫合，沙暖一江浑。
社古鸡豚赛，林深虎豹屯；
土风最淳古，比户世求婚。

云影荡天光，山巅潴水塘；
澄波窥蟹堁，寒日下鱼梁。
垂实收丛橘，浮筠脱嫩篁；
此间堪遁迹，何事近周行。

［原注］

❶入声。

利州曲

风萧萧，利州路；
波浩浩，白沙铺。
掉舟浪花中，颠掷长年怖；
稽首千佛岩，乞取慈云护。
君不见：
杜宇声声劝行客，如此风波公无渡！

仲子铺题壁

芒鞋浑未遍，匹马竟东还；
别梦萦双峡，吟怀落百蛮。
江穿龙背岭，雪压虎头关；
茅店村醪熟，三杯解冻颜。

自沔至褒道中即目

咫尺黄沙驿，人烟接旧州；

茫茫巴路断，淼淼汉江流。
橘柚喧村担，凫鹥狎岸舟；
明朝疲脚力，鼓勇上鸡头。

栈中作

日日山行听鹧鸪，霜林初霁朔风粗；
邮亭早膳蒸云子，涧户冬租足木奴。
瘿妇就暄缝客袂，跛巫办岁画神符；
残冬向尽嗟羁旅，空数墙边九九图。

晚趋留坝

风紧天寒岭色昏，牛羊点点散前屯；
山重水复行人急，日暮神鸦泊庙门。

废邱关遇雪

重雾幂腾腾，重关冒雪登；
岩腰微辨树，石齿渐生凌。
磴转迟回骑，林拳瑟缩鹰；
诗情游客发，清绝灞桥胜。

黄牛堡早行至东河桥作

岚气远沈沈，霜威入晓侵；
瘦驴疲冻路，噤雀恋寒林。
雪晃连峰影，冰埋急濑音；
茶坪遗垒在，取次一相寻。

宝鸡道上[1]

秦伯竟何在，山雌喑不鸣；
河流争晓色，沙路碎寒声。

苔覆飞熊石，烟荒牧马城；
霸图王迹歇，汧渭去无情。

[原注]

❶磻溪钓鱼石在渭水南岸，石刻“非熊在望”四字。秦非子牧马即此地。

马嵬驿

艳骨成尘剧可怜，梨花影里吊婵娟；
仓皇谶应山前鬼，缥缈魂招海上仙。
过客尚思看绣袜，才人枉欲讳金钱；
军威四逼成长诀，错道坠楼金谷边。

清平调奏倚名亭，邀取君王带醉听；
休斥女戎危社稷，可堪骄虏负朝廷。
外家气焰争三国，贤相风规失九龄；
金粟堆遥负同穴，凭肩空记咒双星。

新　丰

思乡游子一家同，魂魄千秋念沛宫；
竟忍杯羹分鼎上，空提尺剑定关中。
仓皇拥树拼娇女，汛扫迎门辱乃公；
剩有几多骄仲业，室庐鸡犬起新丰。

过寇莱公祠感丁谓事

孤注澶渊藉运筹，无端远谪向雷州；
同朝养虎终贻患，入境蒸羊肯纵仇。
五鬼队中援手急，三公座上拂须羞；
湘南士庶悲遗老，插竹林间惠泽留。

华阴道上

百二俨雄图，连峰接帝都；
涨消河水瘦，天阔岳云孤。

觅狗仙来往，骑驴客有无；
未能攀锁去，俗面愧征夫。

出潼关作

百尺雄关俯广原，秦封终古仗篱藩；
荒祠沙汨轩皇鼎，穹谷人耕太子园。
华岳撑空晴崒嵂，长河排浪夜豗喧；
将军百战殒身地，词客经过一怆魂。

灵宝县

灵符何处问，孤客易生愁；
宛宛桃林塞，茫茫竹箭流。
川原包左界，封域划中州；
不避山灵笑，回看太华旒。

旅馆守岁

彻夜爆竹春雷轰，冬冬腰鼓拦街鸣；
男肃冠裳妇簪胜，千门万户迎元正。
客子旅馆苦岑寂，屠苏循例飞巨觥；
小具盘飧供饯岁，濡毫剪烛鏖残更。
百年此日知有几，无端惘惘西川行；
浪掷光阴已半世，夺标壮志浑无成。
浮云富贵愧不就，种种华发垂千茎；
饥来驱我四方走，余粒徒与鸡鹜争。
偻指饶有噬脐悔，改弦先欲寻郗生；
巢由买山为办价，半顷入手安躬耕。
婚嫁既毕断家事，足底五岳随向平；
倦游归来著书老，五侯七贵谁令名。
酒酣信笔写长句，痛饮势若黄河倾；
须臾漏尽天向曙，徐理鞭策歌东征。

元日河内道上口号

草草牢丸饱，征骖去不停；
春风知慰客，先遣柳条青。

获嘉道中望隔河诸山

浊流已东徙，缭曲首阳间；
青嶂忽开豁，白云时往还。
险通鱼跃浦，势尽虎牢关；
往事悲昏垫，禹功孰可攀。

汲县早发

乡梦尚凄迷，束装聒小奚；
冻云淇县北，残月卫城西。
觅径随铃驮，占时误角鸡；
衡茅眠正稳，我欲叹栖栖。